故事会

2005 · 8

（总第 338-341 期）

合订本

上海文艺出版社

图书在版编目(CIP)数据

《故事会》2005年合订本.8/《故事会》编辑部编.

上海: 上海文艺出版社,2005

ISBN 7-5321-2876-8

Ⅰ.故... Ⅱ.故... Ⅲ.故事-作品集-中国-当代 Ⅳ.Ⅰ247.8

中国版本图书馆 CIP 数据核字(2005)第 052855 号

责任编辑: 鲍 放

封面设计: 李宝强

故事会 2005 年合订本 8

(总第 338-341 期)

《故事会》编辑部 编

上海文艺出版社出版

地址: 上海绍兴路 74 号

电子信箱: gushihui@263.net

网址: www.slcm.com

中国图书进出口上海公司发行

地址:上海市广中路88号

电话:36357888

字数 280,000

ISBN 7-5321-2876-8/Ⅰ·2212

338 2005
SEMIMONTHLY 上半月刊 3月
STORIES

故事会
2005年3月
上半月刊·红版

主 编：何承伟
副主编：吴 伦

社务委员会
何承伟 吴 伦 姚自豪
夏一鸣 冯 杰 张 凯
本期责任编辑：马 峡
美术编辑：李宝强
发稿编辑：
姚自豪 鲍 放
夏一鸣 蔓 石
梁宁宁 潇 白
主管：上海市新闻出版局
主办：上海文艺出版总社
（上海市绍兴路74号）
邮政编码：200020
电话：021-64375030

督印 发行：张凯
（上海市建国西路384弄11号甲）
邮政编码：200031
电话：021-64313938
广告总代理：上海文艺广告传播中心
上海市绍兴路74号（邮编：200020）
广告总监：张 淮
广告业务：021-34010383
广告投诉：021-64333738
广告经营许可证
沪工商广字3101034000029号
发行：中国图书进出口上海公司

百姓话题

搜狐文化
CULTURE.
本刊与搜狐文化
合作推出电子版

本刊各栏目欢迎来稿。来稿寄上海市绍兴路74号《故事会》杂志社，邮编：200020；本期责任编辑
E-mail地址：maxia@vip.sohu.net

必然联系

足球比赛刚刚结束，一位体育记者正在采访大名鼎鼎的球星彼得。

记者：请问你对主裁判无故将你红牌罚下有什么看法？

彼得：噢，这很正常，我昨天刚刚结婚。

记者：这和今天裁判的误判有关系吗？

彼得：当然，因为我娶的女人前天还是他的妻子。

（郑 旭）

（本栏插图：李加史琦）

无法见面

小林经常写别字。这天，他想约一个女孩子在公园见面，于是写了一张字条："晚八时，公元前见面。"

不久，他收到了女孩子的回条："我生活在公元 21 世纪，无法与古人见面。"

（赖换强）

今非昔比

张先生的妻子爱发牢骚，这天闲来无事又对丈夫唠叨开了："唉，你们男人，就是婚前婚后两个样。婚前你对我多好啊，走路碰到一摊水，你都抱着我过去。可你现在就是碰到一条河，也不会抱我了。我觉得你对我的爱，只有过去的二分之一了。"张先生无奈地答道："这有什么办法呢？过去你的体重也只有现在的二分之一呀！"

（黄芝云）

学习方法

开学伊始，《古代汉语》课教授对中文系学子说"要学好这门专业课需要掌握五法。"说完，转身在黑板上写下："A燕子垒窝；B老牛吃草；C母猪吃食；D医生看病；E小姐穿衣。"众学生不解其意。

教授解释道："所谓燕子垒窝，是指知识的积累如燕子衔泥巴做巢，要一点点地堆积；关于老牛吃草，就是采取反刍的方式，把学到的知识常回顾复习；说到母猪吃食，就是来者不拒，知识的提高要博采众长，以达到触类旁通；谈到医生看病，一定少不了写病历，听课也要仿效之，做好笔记……"

众学生急问："那么，小姐穿衣怎么解释？"

教授说："知识到了要使用的时候，该露的，一定要露出来！"

（杨鑫芳）

缘分

一只黑猩猩走路不小心，踩到了长臂猿的粪便。长臂猿帮黑猩猩擦洗，结果产生了感情，它们相爱了。

后来，有人问黑猩猩是怎么跟长臂猿相爱的。

黑猩猩感叹道："猿粪，都是因为'猿粪'（缘分）啊！"

（蔺建伟）

谁家的猪

哥哥：哎呀，这群猪是谁家的，怎么跑到咱们的西瓜地里来了？

弟弟：大猪是谁家的我不知道，小猪是谁家的我知道。

哥哥：快说，小猪是谁家的？

弟弟：小猪……小猪是大猪家的。

（廖文胜）

 ·笑话·

眯缝眼

小王天生一对眯缝小眼，有一天，好友小马对他说"小眼睛有一个好处，也有一个坏处。"

小王问："什么好处？"

小马说："好处就是沙子不大容易进去。"

小王又问："那坏处呢？"

小马说："坏处就是沙子一旦进去了，就不大容易弄出来。"

（周媛青）

改口费

老子为了儿子的婚事，又是盖房子，又是送彩礼，赔进了所有家底，还借了不少外债。这天是儿子结婚大喜的日子，老子想终于可以松口气了，可是接亲的队伍还没走，儿子又跑来说："爸，女方又打电话来说要上轿费800元，离娘费1800元，还有改口费8000元。"老子想了想，咬咬牙，跟儿子商量说："中，先给上轿费和离娘费，改口费先缓缓，先不急改口叫爹，还接着叫叔叔就行了。"

（赵文山）

福气

有一个男子，总认为自己没有异性缘，于是跑去教堂祈祷："请上帝赐一群女人围绕在我身边吧。"可不幸的是，他刚刚走出教堂，就被一辆车撞倒，住进了医院。

男人躺在病床上，沮丧地想：上帝怎么这么不公平……

正在这时，护士长领着二十多名漂亮的女实习生走到他的病床前，对她们说："这名患者因为遭遇交通事故不能动弹，你们先教他怎么使用便盆吧……"

（张 帆）

把记忆的沙子，装进故事的盒子。 ——何从仓（云南）

父子俩

午夜，父亲叫道："儿子，别看足球赛了，你明天一早还要上学呢。"

儿子答道："爸，你也别看了，明天一早还要上班。"

父亲说："我早上起不来，可以请病假。"

儿子说："那我早晨起不来，也可以请事假。"

父亲问："你请事假干什么？"

儿子答道："父亲有病，儿子侍候是理所当然的。"　　（周媛青）

盐比酱油咸

甲向乙抱怨自己的家庭开销大。

甲：我家的开销特别大，光酱油一月就得好几瓶。

乙：你家怎么不吃盐呢？盐比酱油咸多了！

（李　伟）

童言无忌

六岁的丁丁在书房里蹦来蹦去的，搅得一旁看书的爸爸皱起了眉头。妈妈过来拉住丁丁说："乖，到外面玩去，爸爸在这里看书呢！"丁丁侧过头，看看妈妈说："不嘛，爸爸在这里看书又不影响我玩！"　　（黄　帅）

相当

阿赵中午下班回家，肚子饿得咕咕叫，老婆却忙着去喂猪。阿赵不高兴了，责怪道："老婆，总不见得又要我去买方便面吧，先把我喂饱行不行？"老婆一愣："你说什么？要我喂你？你又不是猪！"阿赵可怜兮兮地说："我每月赚一千多元工资，把我喂好了，就相当于你每年养了二十头猪呀！"

（张金初）

（本栏欢迎来稿，作者可将有新鲜感的、有精彩细节的笑话佳作投寄给我们。来稿一经采用，最高稿费为一则100元。本期责任编辑电子信箱：maxia@vip.sohu.net）

百姓故事
(1)
(2)

书中所列的百姓话题有三十个之多，诸如话说"当官的"、话说"发财"、话说"球迷"、话说"妻子"、话说"打工"等等，每一个话题都以一种朴实亲切的叙述方式，通过一则则情节性强、生动有趣的小故事揭示问题，形象地道出老百姓要说的心里话。都是老百姓自己讲述的故事，都是讲述老百姓自己的故事。

名作故事

汇集了经过精心修改包括美、英、法、德、日、俄等国名家大师的作品，其情节或紧张奇特，或真切动情，或谐趣幽默，或荒唐却耐人寻味，既简练明朗，又保持了原作之精华。

笑话故事

是从《故事会》十几年来的作品中遴选出来的笑话精品，共600余则，全方位地折射了社会、艺术和人生，作品趣味盎然，回味无穷。

谜案故事

收入的90则作品都是世界著名谜案故事，主人公除了名侦探福尔摩斯外，还有怪盗英雄、强悍警察、著名律师等等，他们八仙过海，各显神通，是一本谜案故事的精萃之作。

欠你一笔
中介费

□ 时英友

我是一个厨师，单身，平时酷爱文学，喜欢看书，偶尔还能在报上发表一两个"豆腐块"，拿几块钱稿费。由于家里穷，母亲又生病，最近朋友替我在外地一个大城市的一家宾馆餐饮部找到一份工作。第一次孤身来到这个人生地不熟的地方，我感到非常孤单苦闷。

一天晚上，我走出集体宿舍，突然发现路边多了一家"公话超市"，便想给娘打个电话，问问她身体情况，还有没有钱买中药，但一看玻璃门上写着："长途话费，每分钟三角"，心里又嫌贵。正在犹豫的时候，玻璃门

开了，看店的姑娘微笑着出来，冲我招手说："大哥您好，打电话请进来啊！"

我眼前顿时一亮，好清纯的姑娘啊！我活到二十几岁，连女孩的手都没拉过，看到她，我耳根竟然有点发烧，但马上就意识到自己真是癞蛤蟆想吃天鹅肉，现在穷得连三毛钱一分钟的电话都打不起，还敢有这样的鬼心思！但那姑娘实在太有吸引力了，我还是鬼使神差地走了进去。

从此以后，我几乎每天都到公话超市打电话，不过每次只敢打两三分钟。没几天，我与这个姑娘熟识了。姑娘名叫巧丽，本地人，父母都去世了，只有一个哥哥，也是打工的。当然她也早就知道我是个穷打工仔了。

这天晚上下班后，我照例走进公话超市，意外地发现玻璃门上贴了张

纸，凑近一看，竟是一些房屋出租信息。我心里一动，我住在宾馆的集体宿舍里，八个厨师挤一个很小的房间，他们一天到晚打牌赌钱，喝酒起哄，有几次喝醉了就吐在我的被子上。我天性喜欢安静整洁，在这种环境下哪能看书写文章，简直是度日如年。

我想到了自己租房，可是一看那价格，吓了一大跳，这里的房租居然这么贵，每月300块以下的都没有。而我每月的工资只有600块，租了房不就得喝西北风了？我走进去，没话找话地问巧丽："开中介搞副业了？"巧丽莞尔一笑，说："闲着也是闲着，帮一个开中介的小姐妹的忙。"我又半开玩笑地说自己想租房子，巧丽一听就来了兴致，赶紧从抽屉里拿出一个笔记本，参照上面的租赁信息为我挑选房子。

我说我想租一间小房子，十来个平方，价格在百元左右，还要离宾馆近些，步行最好不超过十分钟。我的条件实在苛刻，巧丽把笔记本从头翻到底，也没有找到适合的。我笑着说："看来我这笔中介费你是赚不到了。"巧丽却不罢休地说："我非赚你的不可！明天我再到小姐妹那里查去。"

第二天晚上，我刚到公话超市，巧丽就嚷着要带我去看房子。她满脸兴奋地说："今天刚接手一间空房子，很近的，就在公话超市后面，房租挺便宜的，150元。我还帮你磨去了20元呢。"

我一听也很惊喜，没想到她真能找到这么便宜的房子，但我还是留了个心眼，对她说："贵了点，先看看房子再说。"房子离公话超市不足百米，进了巷口第一个门，转个弯就到了。巧丽把我领到院门口，叫出房东后，就回公话超市了，让我自己跟房东进去看房，我知道，巧丽对我十分信任。

我在房东带领下，进了屋。房间挺大，朝南的，有床，有桌子，有椅子，各方面条件都没得挑，一个人住正合适！我心里很喜欢，嘴上却还是嫌房租太贵了，东看看，西望望，与房东闲扯了一会儿之后，我问道："大哥，你与刚才带我来的那位姑娘认识吗？"房东生得五大三粗，外表看起来蠢蠢的，实际上却极其精明，他早已看穿了我的心思，笑笑说："见面熟，她叫什么名字我都不知道。你要想租，搬过来就是了，别管她。这样你不就省了一笔中介费？"我心里斗争了半天，觉得这样做太对不起巧丽，可是想到那100元中介费可以给娘买好多副药了，就下定决心做一次"亏心事"。当天晚上，我就偷偷搬过去。我自己又给自己写了一张欠条：欠巧丽中介费100元。这样我的心才平衡些。

两天后，我又到公话超市，一见面，巧丽就问："房子看中了吗？"我支支吾吾地说："房租贵了点，我、我想再看看。"巧丽冲我眨了眨眼睛，诡秘地说："你别着急，那间房子我帮你留着，过几天我再去帮你杀杀价。"我笑笑离开了。

从那以后，我进公话超市的次数明显地减少了。为什么？心里有鬼啊！我真有点儿害怕再见到巧丽，可是心里却又总是想着她。一晃二十来天过去了，这天我正在厨房里忙碌，做肉包子的大胖师傅，人称"罗肉包"的屁颠屁颠地从外面进来了，靠近我满脸坏笑地说："宾馆门口有个女的找你。"见我不相信，他又一本正经地说："我可不是跟你开玩笑，那姑娘像是公话超市里的那个小靓妹！嘿，小子，搞文学的就是不一样哦！"说完用大手摸着他那油光发亮的脑袋，满脸羡慕的样子。

我心里"咯噔"一下，心想坏了，巧丽肯定知道那房子被我租下了，上门讨中介费来了。这要是让大伙知道了，我这脸往哪儿搁呀！犹豫了一会儿，我央求"罗肉包"说："麻烦你出去跟她说，我今天没来上班。"

"罗肉包"狠狠地拍了拍我的肩膀说："嘿，你真没用！见了靓妞怎么吓成缩头乌龟啦？你怕她把你剁吧剁吧做成肉包子馅？嗨！咋不是找我的呢？"说着用力跺了一下脚，晃着他那大肉包脑袋，万分可惜地出去了。

下班后，我和几个同事一道走出宾馆，"罗肉包"突然扯了一下我的衣襟，朝我使了个眼色。顺着他的目光一看，我的脑袋"轰"地就大了：巧丽竟然在宾馆门口守着，正朝我招手！我只好硬着头皮去见她。来到巧丽面前，我极不自在地说："巧丽，你找我有事？"巧丽一脸焦急地说："昨天我接手了一个小房间，房租110块，离这儿又近，比你现在租的房子还要便宜，不过屋里条件肯定不如你现在住的。我来问你想不想租？"

"我……"我张口结舌，只觉得脸上火辣辣的。原来巧丽早就知道我租房的事儿了！见我半天不吭声，巧丽接着又说："你先考虑吧，我要回超市了，出来已经有一会儿了。"

巧丽一走，同事们"呼啦"一下围了过来，冲我挤眉弄眼。什么"情场高手"啊，"泡妞新秀"啊……一时间，他们送给我一大箩筐的"荣誉称号"，还叫嚷着让我请客。无奈之下，我只好辩解我和巧丽之间只是普通朋友。没想到一听这话，他们又都改口叫我"书呆子"、"木头"、"傻瓜"……"罗肉包"拍了拍我的肩膀，语重心长地说："呆子，你的桃花运来了！大哥我见得多了，巧丽是看中你这小白脸了，否则她会对你这么好？还不赶快行动，可不能辜负了人家的一番心意噢。嘿嘿！"

回到出租屋，躺在床上，我翻来覆去难以入眠，巧丽的音容笑貌总是

挥之不去。每次走进公话超市，她都笑脸相迎，主动与我搭话。莫非真如他们所说，她喜欢上我了？

几天以后的一个晚上，我刻意打扮了一番，走进公话超市。我请巧丽到路边的大排档吃夜宵，没想到巧丽竟欣然同意了。我们点了几个菜，要了两瓶啤酒，边吃边聊，不知不觉两瓶啤酒就见底了。我的酒量小，觉得有点晕乎乎的，此时看巧丽，更是妩媚动人。

埋单时，我掏出身上仅有的100元，脱口而出："巧丽，我还欠你一笔

中介费呢！"话一出口，我立刻觉得说漏嘴了，顿时羞得满脸通红！

巧丽一愣，可马上就回过神来，把这100元推回来说："你这100元先给你娘寄去吧，等到猴年马月，海枯石烂，我都记得这笔账的。"我一下子感动万分！尤其是听到"海枯石烂"这个词时，我心里顿时暖意洋洋，竟然又开始胡思乱想了。饭后，我说："巧丽，到我房间看看吧！""好啊，顺便向你借几本书！"巧丽爽快地答应了，我心里怦怦直跳。

说话间，我们就到了我租的小屋。见屋里收拾得条有理，巧丽夸了我一番，而后便开始翻看我的书。由于刚喝了点酒，巧丽的脸颊绯红，可爱至极。我呆呆地看着她，不知不觉中呼吸越来越急促，只觉酒劲直往上顶。我拿起一本书假意递给她，顺势一把拉住她的手，语无伦次地说："巧丽，我……我……"

巧丽吃了一惊，脸"腾"地红到了耳根，急慌慌地往回抽手。此时，我已失去了理智，像发了疯一样，死死地抱住巧丽，想亲吻她。挣扎之中，巧丽"啪"地一个耳光抽到我的脸上，我这才慌忙放开她。我看见巧丽眼里噙满了泪水。她喘着气，愤怒地盯着我看了足有半分钟，而后拉开门，跑了出去……

事隔两天，我鼓足勇气，再次走进公话超市，却没见巧丽，一问才知

障碍赛冠军 （文：宗道军；图：包丰一）

1. 田径障碍跑冠军杰克在接受媒体采访时说：“这样好的成绩要归功于妻子对我的帮助！”

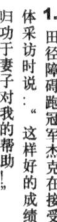

2. 一媒体记者问道：“你妻子都给了你怎样的帮助呢？”

3. 杰克不好意思地回答：“她脾气很糟，每次我们吵架时，她都会取出猎枪。”众人面面相觑。

4. 杰克接着说：“我必须在第一时间快速越过客厅的茶几、沙发以及花园的栅栏，奔向行人众多的街道……”

道，巧丽辞职了。我失魂落魄地向超市老板打听她的下落，老板说：“我也不知道，你去问她哥啊，她哥家就住在后面，巷口第一个门，转个弯就到了。”

“啊！”我目瞪口呆，我的房东竟是巧丽的哥哥！

我犹豫了半天，才心情复杂地去找巧丽哥。他正忙着，见我来了，脸立刻沉了下来，不冷不热地问：“你来干吗？”“我，我……巧丽……”不知为什么，我竟然连句囫囵话都说不出来了。半晌，巧丽哥才叹了口气说：“唉，我妹妹真是太善良了。她总觉得你不一般，人好，有才华，家里又那么困难，所以一听说你要租房子就来

找我，让我便宜点租给你，这样可以省你一笔中介费。巧丽这丫头，还特细心，生怕你知道了会过意不去，让我千万别告诉你我是她哥哥。可是你怎么能……”巧丽哥的眼神忽然黯淡下来，说不下去了。我只感觉脸上烧得厉害，越发连头都不敢抬了。沉默了好半天，巧丽哥才接着说：“唉，你太让巧丽失望了！她让我告诉你，别找她了，就是找到了，她也不会见你。今后，你好自为之吧。”

此后，我再也没见过巧丽，但她那愤怒的眼神却如同刀子一样横在我的心里，时刻让我感觉到疼痛……

（本篇月月评短信代码：0501）

（题图、插图：安玉民）

来生再做母女

母亲患上了绝症，女儿一直守候在她的身边。弥留之际，母亲的神志仍很清楚。女儿注视着母亲苍白灰暗的面庞，见她眼珠稍稍转了一下，嘴唇在微微地颤动。

女儿俯下身子对母亲说："妈妈，您还有什么事要交代？"母亲干枯的眼眶里渗出了一滴浑浊的泪水，断断续续地说："假如……还有……来生，我们还……做……母女。"尽管声音极其微弱，但女儿听得十分真切。

她取出手帕，拭干了母亲的眼泪，贴在她的耳边，哽咽着说："妈妈，假如还有来生，我们一定再做母女，不过，妈妈，您这辈子太辛苦了，您要答应我，来生我俩得换个位置，我做母亲，您做女儿。"说罢，泪雨滂沱。

（推荐者：褚满珍；插图：箭　中）

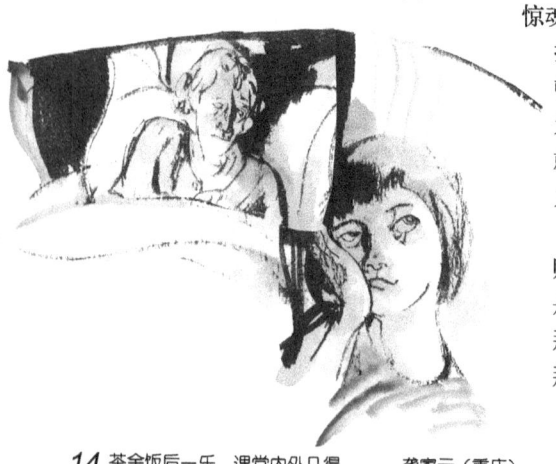

尽力和全力

一只兔子被猎人开枪打伤，它惊恐地逃跑了。

猎人向猎犬打了个手势，训练有素的猎犬如箭一般追向那只逃跑的兔子。猎犬的速度飞快，它的身手是那样的敏捷。

兔子没命地飞奔，根本看不出它已经受伤，最后竟把猎犬甩开了。

猎人见它一无所获，愤怒地骂道："没用的东西，连一只受伤的兔子都抓不到，今晚别想吃晚餐了！"猎犬感到很委屈，辩解道："我虽然没能抓到兔子，可我已经尽力而为了呀！"

那只受伤的兔子逃回窝中，伙伴们为它死里逃生而感到惊奇。它们好奇地问："猎犬速度这么快，你居然还能逃脱，真是太不可思议了！"

惊魂未定的兔子说："猎犬如果抓不住我，顶多被主人骂一顿，所以，它追我只是尽力而为；可我如果被它抓住，小命就没有了，所以我逃跑是全力以赴呀！"

在生活中，当我们因失败而找借口为自己开脱时，是否反思过，自己到底做了那只尽力而为的猎犬，还是那只全力以赴的兔子？

（推荐者：潘菊美）

当代传奇故事

　　优秀的传奇故事能给人以悲喜、惊恐、神秘等强烈而多变的阅读快感。本书每则故事无不以"奇"作为情节的核心，让人读来欲罢不能。作为"故事会爱好者丛书"中的一种，本集子相当具有代表性，故事的特点，《故事会》的风格，从此书可窥一斑。

发财故事

　　发财，自古以来人皆往之，因此发财故事也就在民间绵延不绝。本集36则发财故事分六大类：因财起祸、生财之道、天落横财、发财恶梦、飘忽财运、钱难通神等。故事生动，通俗可读。

旅途故事

　　46则旅途故事，让人在应接不暇的情节、人物中体验生活、体验社会、体验人生，从而拥抱生活，拥抱明天。作品充分运用了故事艺术的诸种表现手法：悬念、对比、误会、包袱……情节跌宕起伏，引人入胜。

喝酒故事

　　酒这东西，自古以来人们就对它褒贬不一，毁誉参半。本集古今中外64则喝酒故事，或喜或悲，或辛或酸，或啼笑皆非，按内容分为"因酒生事、借酒陈言、醉酒出丑、酒水糊涂、酗酒丧身、荒唐赛酒"等六类。

 警匪故事

本书汇集五则中篇故事精品，描写公安人员深入虎穴，与潜伏的敌特土匪斗志斗勇，最后使之落入天罗地网。故事情节曲折复杂，悬念性特别强，敌我之间关系扑朔迷离，错综复杂，人物命运特别牵动人心。

 红色间谍故事

7则中篇故事，描写一群置生死于度外，出生入死在敌巢魔窟中，机智勇敢地与敌特匪首周旋，进行地下斗争的革命者。故事情节曲折，人物形象鲜明，具有震撼人心的艺术魅力。

 捣蛋鬼故事

本书收入的"捣蛋鬼"，是一批头上长角的油子、懦夫、贪者、莽夫、偷儿、怪徒，他们大多性格怪异，但在激变的环境中却展现出了人们意想不到的美丽人生。书中也描写了另一类罪错者，故事往往以轻喜剧的风格来处理人物之间的矛盾冲突，让你饱览社会生活的丰富多采。

 怕老婆故事

怕老婆现象古今中外均不同程度存在，汇集出书这是第一本。作者均取材于实际生活，有古代代表性作品，更多的是描写当代人的这类夫妻关系。他们怕老婆的行为，离奇古怪；怕老婆的动机，五花八门。

说大事、小事,普通人的身边事
讲闲话、实话,老百姓的心里话

三个父亲的故事

　　如果把母爱比作是涓涓细流,它绵长、温润、亲昵,那么,父亲的爱就像是大海,它壮阔、强烈、深沉。曾经听到这样一个故事,说的是有一个父亲,他是个渔夫,有一次带着儿子出海打鱼,但在捕鱼时遇到了一场好大好大的风浪,父亲尽管经验丰富,但他也没有预料到巨大的风浪竟会弄坏了渔网和船的动力系统,没办法,他只好用船上的材料做了一张简单的帆,开始了漂流。没过几天,船上的食物全都吃光了,儿子决定用鱼钩钓鱼,可船上再也没有一点可以做鱼饵的东西了。第二天,儿子起床后发现饭桌上有一条刚烧好的鱼,父亲告诉他,这是刚钓上来的,儿子觉得奇怪:没有鱼饵怎么钓鱼?可令人纳闷的是,从这以后,父亲天天会钓鱼给儿子吃,而儿子始终不知道父亲是用什么做鱼饵的。就这样,父子俩在大海中漂流了好多天,终于有一天他们发现了陆地。儿子高兴得跳了起来,就在这时,父亲突然摔倒在船上,儿子马上过去扶住他,这才发现父亲的腿上血迹斑斑,有些部位已经腐烂了。这时,儿子才知道父亲是用什么做鱼饵的!

　　这就是父爱!

我们以前的"百姓话题"讲过三个母亲的故事,今天,我们再来讲讲三个父亲的故事……

一张百元钞票上的星号

老崔经营的一家彩票销售站在城郊,旁边是一处公交车站。老崔挺喜欢市里的大学生,每到星期天,他们便三三两两地到郊外散心、游玩,路过彩票站,女生看着男生,这时男生常常会很有派头地从皮夹内抽出一张大钞,轻飘飘地说上一句:"一百元机选。"老崔的手指只需动那么几动,半分钟后,8元提成费就挣到手了。

可是这样的主顾不多,大都是几元、十几元的,需要找零儿,老崔每天都得备着一定数量的零钞。

一个周五的傍晚,老崔关上彩票机,正准备收工,忽然,窗口玻璃被敲响了,一看,窗外站着一位年过半百的老头,老头右手捏着一叠钞票,左手抓着两个嚼了一半的烧饼,他问老崔能不能把他手中的零钞给换成两张百元大钞。这样的事儿当然求之不得,老崔痛快地为他换了,老头又问以后每个周五来这里换大钞可不可以,老崔连连答应:"可以,可以。"老头十分高兴,嚼着烧饼走了。事后,老崔感到这老头的面容有些熟悉,可又一时想不起来在哪儿见过。

以后每个周五晚上老头都来换大钞,每次都是咬着烧饼来,嚼着烧饼走。一天,换好钞票,两人闲聊起来,老头说,他家在一座县城里,他和老伴原先都在一家企业工作,收入还不错,儿子在这里上大学,有两年了,已经有了女朋友。今年他所在的单位减员,他和老伴都提前退休了,收入少了不少,所以他就到这里来打零工,零钱是打工赚的,换成大钞给儿子送去,他跟儿子说他到城里来办事,退休的事儿也瞒着儿子。

老崔又看了看老头,说:"我可能见过你的儿子……那为什么非得要换成大钞呢?"老头解释说年轻人要脸面,大钞适合他们用;另外,如果给儿子送一大堆零钱,儿子就会起疑。

老头说完,准备走了,老崔想了想,把刚换给老头的两张大钞要回来,像是算了算什么,然后在每张钞票的一角用蓝色的铅笔画上了四个小小的星号,又交给了老头,老头不知道这是啥意思,但老崔笑了笑,没有回答。

到了星期天,一个男大学生和他的情侣来到了老崔的彩票站,他又是很有派头地从皮夹内抽出一张大钞,轻飘飘地说上一句:"一百元机选。"老崔看了看那年轻人,他和那个来换钱的老头长得很像，而年轻人拿出来的那张百元大钞果然带有四个星号！那年轻人买了100元的机选，挽着他的情侣走了，老崔望着他俩的背影，心里直嘀咕："老子这样挣，儿子这样花……"老崔后悔没跟小伙子说点什么。

老崔收下这张大钞后，又在原先的四个星号后画上了一个星号。

又到了周五，那老头又来换大钞了，这一次老头的样子有点狼狈，额头擦伤了一片，走路也一跛一跛的，老头解释说在为人家擦玻璃时从架子上掉了下来。老崔给他换好了钞票，还把那张画有五个星号的放在里面。老头临走时，老崔有点难过，眼眶也湿漉漉的，他说："你太苦自己啦，我真应该为你做点什么。"

老头没有听出老崔话里的意思，笑道："你已经帮助我很多啦，多谢了！"说完，老头还是手里抓着烧饼，一跛一跛地走了。

又到了星期天，老头的儿子和他的情侣又来到了彩票站，小伙子又是很有派头地从皮夹内抽出一张大钞，轻飘飘地说上一句："一百元机选。"

这一次老崔没有动，只是盯着小伙子的脸，小伙子以为老崔没听见，又重复了一遍，但老崔还是没有动，小伙子恼火了，他说了第三遍，这时老崔开口了："如果我没有猜错的话，你的身上有一张钞票是画着五个星号

的，它的号码是……"

老崔说出了一组号码，这一下可把小伙子和那姑娘说呆了，小伙子一看手中的那张钞票，果然带有五个星号，而且钞票的号码和老崔说的丝毫不差，小伙子望着老崔，半天说不出一句话来。

老崔指着钞票上的星号说："你知道这五个星号是什么含义吗？是你来了五次，花掉了500元，这背后是什么？是你爸爸辛苦了五个星期……"随后，老崔把他俩让到了室内，跟两人说了很多很多……

这次周五晚上，老头没有来换钞

票，周六一早，老头很早就来了，他告诉老崔，今天不换大钞了，他要回家，来道个别。

老崔一时不知道说什么好，老头接着说："儿子让我回去的，你都跟他说啦？"

老崔点点头："你是一个好父亲！"老头听了，眼角湿润了："谢谢你啦，你是个好人！你帮助过我，我要感谢你，我得买点彩票，让你也挣点提成。"老头说着便掏出一张大钞递给老崔。看着那钞票，两人都笑了，原来这就是那张画有五个星号的百元大钞。推让了一番，老崔只好给老头选了几注，并祝他中了大奖来城里兑奖，老头连忙说："不求中奖，只算做个纪念。"老头留下了那张画有五个星号的大钞，揣好老崔找给的零钞赶车去了。

老头走后，老崔把那张大钞夹进记事本中，放进了抽屉里。

一晃半个月过去了，老头的儿子再也没有来过。又过了好长时间，这天晚上，老崔正忙着，突然听到了轻轻的敲窗声，开窗一看，就是那老头的儿子和他的情侣，那小伙子见到老崔，连忙解释："我们不是来买彩票的……"

"那你们……"

顿了半晌，小伙子告诉老崔，他们这是刚刚收工回来，两个人课余时间在市郊一家超市做零工，已有半个月啦，他们自己挣到钱了！老崔听了心头热乎乎的，伸出手去和两个年轻人握手："祝贺你们！祝贺你们！"三个人都很激动。老崔忽然问道："为什么不买几注彩票呢？"

小伙子听了倒有些吃惊："可以吗？"

"嗨，有什么不可以？自己的劳动所得嘛！"老崔说着重新开启了彩票机，为这两个年轻人选了几注，又把彩票郑重地交到小伙子手里："你们都是懂事的好儿女，祝你们好运！"

"师傅，也祝你好运！"

两个年轻人走了，老崔从记事本中找出那张画有五个星号的大钞，用橡皮把上面的星号轻轻擦去，这张大钞上再也没有什么痕迹了……

父亲的拐杖孤零零

王老伯今年近八十岁了，儿子也五十岁了，儿子一家住在小别墅里，他仍然住在老房子里，这没啥，老了，他不愿讨人嫌。一个人住，别的倒没啥，只是王老伯小时候得过小儿麻痹症，一条腿有点残疾，年轻时不太碍事，上了年纪就离不开拐杖了。

这天，王老伯想去找儿子王强。王强开了个手机店，离王老伯住的老房子不远，但王强嘱咐过，让他不要去店里，有事打个电话，王老伯懂儿子的心思，儿子这几年卖手机赚了钱，店里进进出出的都是些体面的人，自己一个瘸腿老头去那里分明是给儿子丢脸，可今天不去不行，儿子只顾忙，一个多月没来看他，也忘了给他交电话费，电话打不通，急得他团团转，他得去对儿子说一声。

王老伯锁上门就离了家，没走几步又停住了，他看看自己身上皱巴巴的旧衣服，觉得寒碜，怕给儿子丢脸，又转身回家，翻箱倒柜，找了一件稍稍好些的换上，这才又出了门。

王老伯走得很慢，走着走着，又停下了脚步，他看着手中拄着的拐杖发起了呆：儿子是个要面子的人，拄了这拐杖去店里让人笑话。王老伯想了又想，决定放下拐杖，路不远，能行，于是他又第二次转身回家，掏钥匙，开门，放下拐杖，锁门，这样来来回回一折腾，王老伯累得直喘气。

其实，王强的手机店不远，就五百米，王老伯扶着墙往儿子的店走去，努力不让自己的脚显出跛来。

这时，

王强正在经理的位子上坐着，他的手机店铺面豪华，几个女服务员漂漂亮亮的，正忙着向顾客介绍各种款式的手机。有一个中年人选中了一款五千多元的手机，眼看就要成交了，就在这时，王老伯推门进来，嘴里叫着："强子——强子——"人们都扭过头来看，王强霍地站起来，在这里他习惯人们称他王经理，听到他爸的喊声感觉格外刺耳，本来挺气派的一个人好像一下子变得灰头土脸的了，他迎上来，气呼呼地说："你来干什么？不是说有事打一个电话就行了！"

王老伯说了交电话费的事，王强说："我明天去给你交，缺钱花了吧？"说着，掏出一个皮夹子，用食指和中指夹出一叠钱来，往王老伯怀中一扔，可王老伯没接住那钱，钱撒了一地，约有七八张100元的票子。

几位顾客望着他们，王强的脸微微有点红了，他说："钱都拿不住，你真是老了。"说着，王强就弯腰去捡那些钱，王老伯也弯下腰去捡，他把捡起的钱递给儿子，说："我不缺钱。"王老伯不想要钱，只想让儿子交了电话费，好让他能给自己的强儿打打电话，这就够了。

王老伯捡完钱后扶着墙走了，他走得很慢，一步一顿的。王强看着王老伯慢吞吞地走出店，心里窝着一肚子气，就在这时，那位想买手机的顾客看了看王强，说话了："你就是这里的经理啊，你也是有点岁数的人了，怎么对老人家这种态度，冲这，我也不买你的东西了！"说着，那人转身出了店，其他几个顾客脸色也都淡淡的，没再多看，也三三两两地走了。

王强心里更是窝火，他刚想坐下，刚才那个说话不客气的顾客又急匆匆地跑进店来，说："快去看看你爸，他摔倒了！"

王强急忙跑出去，一看，见王老伯躺在不远的地上。原来，王老伯刚才正走着的时候，脚下被一块石子绊了一下，摔倒了，怎么也挣扎不起来。王强跑过去扶王老伯，一边扶一边粗着嗓门问："你的拐杖呢？摔哪去了？"

王老伯说："我今天没带拐杖。"

王强一听，不高兴地说："你就会给别人添麻烦，出门怎么不拄拐杖呢？摔坏了谁有工夫来伺候你？"

那个顾客在一旁听着火了，他指着王强说："你小子还算人吗？你现在就背上他，背回家去，你今天若是不把老人家背回去，看我不把你揍扁！"围观的人也都说："是呀，快背他回去，地上凉。"

王强没办法，弯下腰去把王老伯背回了家，王老伯到家后没多久就咽了气，医生说是心脏病突发……

王强怎么也想不到父亲这么快就走了，他逢人便说："你说我爸那天怎么就忘了拄拐杖呢？他什么时候离得了拐杖呢？真奇怪！"

有人听了说："你呀，你就是他的拐杖啊！"

多少年过去了，王老伯的那根拐杖至今还靠在他家老屋的墙壁上……

小江的街坊传说着的故事

送给老爸的生日礼物

小江的妈妈过世早，小江的老爸就没再娶，寂寞的时候，他就抽抽烟解解愁，渐渐养成了抽烟的习惯。只是他抽烟有两点特别：一是人前不抽烟，二是不抽别人的烟。小江不解，问老爸为什么要这样。老江笑笑说："各人的习惯呗。"后来小江懂事了，知道老爸的苦衷：人前不抽烟，是怕人家笑他人穷还要过烟瘾；不抽别人的烟，是因为自己没有好烟回敬人家。

这一年，小江读完了大学，有了工作，他盘算着，一定要买条好烟，让老爸也能扬眉吐气地在人前抽！说来也巧，再过几天，就是老江的生日了，于是小江在领到第一个月工资时，就用二百块钱，在街边的烟摊上买了一条精品"黄鹤楼"，当天中午，他兴冲冲地跑回去送给了老江。看见这么高档的烟，老江高兴得笑眯了眼，手颤抖着，差点连烟都没接住，他一个劲儿地埋怨小江："儿子啊，你刚参加工作，每月就那点薪水，买这么高档的烟干啥！"接下来他又再三叮嘱："下回可不许这样大手大脚啊！"

小江走后，老江捧着那条烟，眼泪都快下来了：还是儿子好啊，知道老爸想啥爱啥，只是这么好的烟，我咋舍得抽呢！抽一支可抵得上平时抽十来支便宜烟的价钱啊，不如多换几条便宜的，可以对付好些日子呢！老江是个实在人，想来想去，决定把这条好烟换掉。

家门口正好有个副食店，老江和店老板挺熟，他把烟递给老板，说"这烟是别人送的，好是好，可我不习惯抽这种烟，请你帮我换几条我往常抽的那种烟吧。"老板接过烟仔细地看了看，摇摇头说："老哥，不是我不换，你这烟是假货！"

老江愣了一下，半天没吭声，他知道老板是内行，不会骗他。这时，老板又开口了："谁这么缺德呀，舍不得花钱就别送，送假烟坑人哪！"老江听了这话，脸上火辣辣地发烧，他回去后没把这事儿告诉儿子，他相信儿子不是故意的。

转眼间，老江的生日就到了。这天，小江下班后，急忙赶回来给老爸祝寿，路过门口副食店时，老板叫住他说："小江啊，你爸今天过生日，也该买点礼物啊，怎么空着手呢？"

小江笑呵呵地说："前几天我已经买过啦！"

老板和小江家很熟，平时说话挺随便，他又问"买什么好礼物啦？"

"香烟，精装'黄鹤楼'。"

老板听说是精装"黄鹤楼"，嗓门立刻大了起来："嘿嘿，你老爸的那条烟是你送的？你小子也太不地道了吧，竟用假烟来蒙你爸！"

小江有些莫名其妙："呃，你怎么知道我送的是假烟呢？"

"嗨，你蒙得了你老爸可蒙不了我，这活儿我干了多年，那天你爸一拿出来，我立马认出是假货。小子哟，这样对待你老爸可要不得啊！"

小江这才明白自己上了别人的当，掏真钱买了假货，现在他不想和老板辩解什么，只想赶快回去说说清楚，求得老爸的谅解。他一步跨进家门，看见满屋子的人，有伯伯叔叔，还有舅舅姨父，他们都是来给老江祝寿的。大家济济一堂，有说有笑，见小江来了，都围住他问长问短，说个没完，都夸小江是个好儿子，会读书，又孝顺，如今大学毕业参加了工作，不仅能挣钱，也为整个家族争了荣誉！大家一夸，老江更是高兴，连忙吩咐小江把那条烟拿出来招待大家。这真是哪壶不开提哪壶啊，本来小江知道自己买的是条假烟后心里就不好受，这下又要他拿假烟来招待长辈亲人，更是尴尬万分，他吞吞吐吐地对老江说："那烟是……是给你的……"

"什么你的我的，那么好的烟我一个人可不能独享，让大家都尝尝！"说着，老江走进内屋取出了那条"黄鹤楼"香烟，拆开后给抽烟的长辈一人手里塞了两包。老江一边递烟一边说："这是小江用头个月工资给我买的生日礼物，我特地留给你们。其实，小江能有今天，叔叔、伯伯、老舅、老姨都没少担待，尝尝他买的香烟，也算是分享小江对长辈们的一点孝心吧！"

会抽烟的长辈们都抽起了这"黄鹤楼"香烟，他们都说烟好，没有一个人说烟不地道。

客人走后，小江这才有了机会给老爸解释。老江说："儿子，你有这份心爸就知足了！现在卖假烟的多，你又没经验，难免上当的。我没和你说，是怕你难受……今天一大早，我特地去商场买了一条正品的'黄鹤楼'，你买的那条烟我藏着呢！"

小江这下真的傻了，愣了好半天，他哽咽着叫了一声"老爸"，便再也说不出话来……

"一张百元钞票上的星号"作者：崔玉杰；"父亲的拐杖孤零零"作者：刘红茹、伍亚东；"送给老爸的生日礼物"作者：金戈。

下期话题：老同学相会故事多

（题图、插图：刘斌昆）

精细处示枨弘，芥子中藏大千；方寸间现精彩，故事里容万象。——杨士顺（江苏）

楼下送来
排骨汤

□ 魏柏林

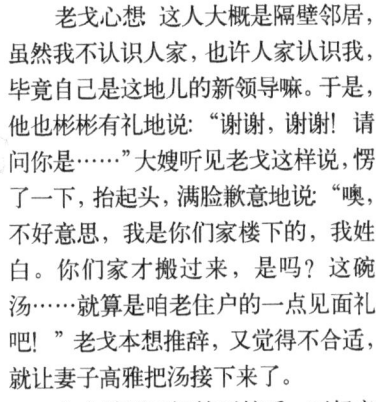

老戈原来在市委机关工作，今年调到城西担任社区主任。为了工作方便，他和别人换了一套房，把家也搬到了社区。

刚安好家，就有人找上门来。那天傍晚，他赴宴回来，正准备喝杯茶解解酒，就听见门外有人亲热地喊"老戈，老戈"，接着摁响了门铃。老戈让妻子高雅打开门，见进来的是一位面生的大嫂。大嫂手里端着一碗汤，头也不抬，嘴里喊个不停"老戈，这是我刚煨好的湖藕排骨汤，特地给你们家盛了一碗，赶快趁热尝尝。"

老戈心想，这人大概是隔壁邻居，虽然我不认识人家，也许人家认识我，毕竟自己是这地儿的新领导嘛。于是，他也彬彬有礼地说："谢谢，谢谢！请问你是……"大嫂听见老戈这样说，愣了一下，抬起头，满脸歉意地说："噢，不好意思，我是你们家楼下的，我姓白。你们家才搬过来，是吗？这碗汤……就算是咱老住户的一点见面礼吧！"老戈本想推辞，又觉得不合适，就让妻子高雅把汤接下来了。

白大嫂用围裙擦了擦手，不好意思地说："人说五百年修得同船渡，咱成了邻居，也算是有缘吧，往后大家都有个照应了！"说罢，转身下楼，回自己家去了。

等高雅掩好了门，老戈便问："这人你熟？"

高雅说："我不认识啊。"

老戈疑惑地说："你我都不认识，

她咋就这么热情呢？"

高雅拉着酸溜溜的调儿说："这还用问，人家当然是冲着你这个大主任来的呗，你没见，人没进屋，声音就撞破了墙，'老戈老戈'的，喊得多亲热啊！"老戈皱了皱眉头说："你看你看，又没正经了不是！"妻子笑了一下，说："不是我没正经，而是你想歪了！人家和咱非亲非故，人生面不熟的，凭啥给你端汤送水的？还不是想热你新主任的肠子！这叫先放春风，候你夏雨呢！你等着吧，找你麻烦的日子在后头呢！"

老戈点了点头，顿了一下，又摇了摇头说："如今这人呀，也真是世故到顶儿了！"

望着桌上冒着热气的排骨汤，高雅说："这汤咋办？"

老戈说："反正我已经酒足饭饱了，你想吃就吃呗。"

高雅撇撇嘴，不屑地说："我才懒得吃这不明不白的东西！指不定脏着呢！"老戈说："要不，就留给儿子下晚自习后当宵夜吃？"高雅横了老戈一眼"亏你说得出口，咱们不吃的给儿子吃，你没心没肺啊？"

见老戈没吭声，高雅突然快活地拍拍手说："不说儿子我倒忘了，咱不是还有个小儿子吗？"

"小儿子？"老戈愣了一下，突然回过神来："你是说咱家靓仔？"

"可不！"说着，高雅又轻轻地拍了一下手，"靓仔，快过来，让妈妈犒劳犒劳你！"

靓仔是老戈家养的一条狗。从白大嫂进门的时候，它就嗅到排骨汤的香味了，一直候在餐桌底下，盼着主人给块骨头啃啃呢。听到主人的呼唤，这家伙别提多高兴了，连忙甩着尾巴从桌底下拱出来。

高雅连碗也懒得换，将那碗排骨汤端下桌，直接放到靓仔的嘴边。这两天由于搬家忙乱，靓仔没能好好吃上一顿，这下可吃了个痛快！

没过几天，白大嫂又端来一碗冬瓜排骨汤，说是住校的儿子周末回家，自己特地煨的，顺便也给他们家盛了一碗，又问："上次那碗湖藕排骨汤味道咋样？"高雅只好点头说："好好，不错不错。"白大嫂又问："老戈也尝了吗？"

"老戈？噢，他、他没尝，全是我家那小、小儿子给吃了。"高雅总算是急中生智，没把"小狗"两字带出来。

"这回呀，你可一定让老戈也尝尝，嫂子我别的能耐不敢说，煨的汤绝对地道！"白大嫂放下汤，乐呵呵地下楼去了。

不用说，这汤又让靓仔饱餐了一顿。这以后白大嫂每次送汤来，靓仔总是早早地候在门口，亲昵地直蹭白大嫂的裤腿，显得格外高兴。

白大嫂送来的排骨汤虽然都让狗给吃了，但毕竟也是个人情，高雅有时候也想弄点汤呀水的回敬回敬人家，但转念一想，俗话说，"醉翁之意不在酒"，现如今哪有免费的排骨汤呢？高雅于是打定主意：要送你尽管送吧，不就一碗汤吗？反正哪，咱老戈主任的位置在那儿，到时候随便给你点儿光，也能照你满屋子亮，岂止是一碗汤的价？

时间一晃过去了两个月，白大嫂除了送汤还是送汤，根本不说别的事儿。这倒让老戈两口子琢磨不透了：有什么事你开口讲嘛，何必老是这么汤来汤去的呢？

当白大嫂又一次送汤上门的时候，老戈实在按捺不住，说"大嫂，我们做邻居也有些日子了，彼此也都熟了。我想，您该知道我老戈的为人，有什么事要找我解决的话，您就直说，只要是在我权力范围内，能给您帮忙的我一定帮忙！"

白大嫂听了，半天没回过神来，她茫然地问："什么事？我家能有什么事儿呢？我老公在外做点小生意，我呢，也拿了内退工资，孩子读书也挺顺的，真的没什么事儿要麻烦您，真的！"

"没事儿？没事儿您老是往我家送汤干吗呢？"老戈一着急，压在心里多日的那句话竟脱口而出。可话一出口，他又觉得有些唐突。

好在白大嫂并不介意，反而咯咯直笑，说道："原先我不好意思说，现在是熟人啦，说出来也不怕您笑话。你家这套房子原来的主人和我们一直相处得很好，他们家两口子喊我老妹，我称他们家两口子老哥老姐。两家弄些什么好吃的，总喜欢端来送去。就在你们换房的那几天，我和我老公外出进货，不知道他们已经搬走了，所以那天送汤的时候，我照旧'老哥老哥'地喊，没想到您正好姓戈，被您误会了。当时我想，汤已经端进了您家，咋好意思再端回去呢？误会就误会吧。再说，远亲不如近邻，他们家走了，你们家来了，这都是缘分，就算不认识，送一碗汤又算啥？"

"噢，原来是这样！"老戈总算解开了心中的谜，可他还是有些疑惑："送错一回也就算了，以后为什么还要送呢？"

白大嫂笑道："我听说你们家孩子挺喜欢吃的，所以，每次煨汤就给他留一份。隔壁邻居嘛，也没别的意思，大家吃个高兴，图个和睦呗！"白大嫂这几句话朴实真挚，令老戈夫妻俩好尴尬，原先那种居高临下、施恩还情的感觉突然一下全没了，心里头变得空落落的，好像丢失了什么似的。

人常说，一床被子不盖两样人。白大嫂一走，高雅立马拉着老戈说："既然人家没事儿找你，那咱得找事儿在人前露露脸呀，让人家也瞧瞧咱的能耐！要不然，你这主任的面子往

哪儿搁呀？"老戈听罢，点点头说："这事儿你放心，我已经想好了，到了年底，我以社区送温暖的名义，给她们家派个红包，既施了恩，又还了情，一块泥巴堵俩缺口，你看如何？"高雅一听，捣了老戈一粉拳，说："看来，你这社区主任没白干！高！"

第二天正逢周末，老戈夫妻俩来了兴致，带着"小儿子"靓仔逛起了菜市场。正在兴头上，突然听到吵吵嚷嚷的声音，再一看，一大圈子人围在那里，不知在瞧什么西洋景。老戈有些好奇，也挤进人堆里头看热闹。只见几个愣头小子正跟一个中年妇女拉拉扯扯地扭在一起。他再仔细一瞧，那妇女不正是白大嫂吗？老戈找旁人一打听，原来白大嫂的钱包让其中一个小子给扒走了，白大嫂一把揪住那小子，翻了他的衣兜，却没有找到自己的钱包。这下那小子不依了，

说白大嫂污辱了他的人格，一声吆喝，找来四五个同伴，把白大嫂困在中间，你推过来，我蹬过去，嘴里还骂声不绝。

老戈看不过去，正想走上前制止，却不料有人拉了一下他的衣角，回头一瞧，原来是老婆高雅。高雅朝他直瞪眼，压低嗓门，咬着他的耳朵说："少管闲事！你没见那几个愣头青是什么人吗？都是些不要命的主儿，说不定他们身上有刀呢！"老戈一听，不由打了个寒战，嘴上却说："总不能看着白大嫂受人欺负呀？"

高雅说："要帮她也不能让那几个小子看见，你跟我到外面去，找个避人眼的地方报警，让人家110来管这事儿。"

老戈觉得老婆的话有道理，便和她一起悄悄退出人群，找了个没人注意的角落拨打了110。

打完电话，老戈两口子发现，一

2005年《中国最有影响力的故事》征文大赛拉开帷幕
6大措施奖励优秀作品

《故事会》杂志社决定，2005年举行《中国最有影响力的故事》征文大赛，并对优秀作品实行6大奖励措施：

1. 入选作品除在杂志上发表外，还将收入《中国最有影响力的故事》（2005年年底出版）一书。2. 入选作品可得两笔稿酬：在《故事会》杂志发表的作品，首发稿酬每千字400元；入选《中国最有影响力的故事》一书，再追加每千字1000元。3. 入选作品的作者每人可得价值超1000元的《话说中国》一套（"月月评"的第一名获奖作者不重复这一奖励）。4. 入选作品均颁发奖励证书。5. 本刊将委托有关专家对入选作品进行精彩点评。6. 本刊将邀请有关作者参加优秀作品研讨活动，所有费用均由编辑部承担。

征稿范围：具有现实感、新鲜感且可读性强的中短篇原创作品，超短篇（如幽默故事）的字数一般在1500字以内，短篇（如中国新传说）的字数一般在5000字以内，中篇故事的字数一般在15000字以内。

第一次截稿日期：2005年3月31日。

来稿方法：1. 从邮局寄发，请在信封上注明"征文大赛"字样，本刊地址：上海市绍兴路74号《故事会》杂志社，邮编：200020。2. 从网上传递，本刊为大赛所设的信箱是：wulun@vip.sohu.net，请在主题上注明"征文大赛"字样，也可直接与本期责任编辑联系，信箱是maxia@vip.sohu.net。

直跟随左右的靓仔不见了。两人分头叫了几声，还是没看见靓仔的影子。正着急着，突然听见菜市场传来阵阵狗吠声。高雅耳尖，一听就知道是自家的靓仔，连忙拉着老戈循声而去。当两人再次钻进围观的人群时，一下子惊呆了：只见靓仔浑身血淋淋的，后腿被人打折了，它正用前腿支撑着身子，像一个杀红了眼的战士似的蹲守在白大嫂跟前，龇牙咧嘴，朝着那几个小子狂吠不已。令人意想不到的是，刚才那凶巴巴的混混们，在这只"正气凛然"的小狗面前竟然胆怯了，他们掉转头，在人们的哄笑声中抱头鼠窜。

这天晚上，白大嫂又煨了一罐排骨汤，那是专门为小狗靓仔做的。当她端着汤走到老戈家门口时，正好听见老戈夫妻俩在说话。只听高雅说："老公啊，咱家靓仔总算是没有白吃那几碗排骨汤，这下好了，替咱把楼下的人情也给还了。"

老戈说："可不，咱们调教出来的狗素质就是不一样！我敢说，没有我这个'伯乐'，就没有靓仔这么好的狗！"

听到这里，白大嫂端汤的手一颤，一大罐排骨汤顷刻间洒了一地。

（本篇月月评短信代码：0502）

（题图、插图：刘斌昆）

电话爸爸

□ 陈 玲

可可刚一出生，爸爸就离家外出打工了。每隔十天半月，妈妈就会抱着可可，走二里路到村部接电话，每次都是妈妈和爸爸先说上一会儿，而后妈妈就将听筒放在可可的耳边，教可可叫"爸爸"。那时，可可还不会叫"爸爸"，但可可会听，她听得可入神、可专注了，有时还会发出"咯咯"的笑声。

当可可咿呀学语会叫"爸爸"时，看见村里其他孩子都有爸爸在身边，自己却没有，可可就闹着向妈妈要爸爸。妈妈总是说："可可听话，可可乖，妈妈明天就带可可去找爸爸。"可可等啊等，等了有一年时间，妈妈也没有带她找过爸爸。

夏季的一天，妈妈突然对可可说："可可，想不想爸爸啊？妈妈明天就带可可去找爸爸！""真的，妈妈不骗我？"可可异常惊喜。这次妈妈果真没有骗可可。第二天，妈妈把自己和可可的衣服装进一只有轮子的箱子，然后拖着箱子，带着可可来到镇上，坐上了大汽车。

可可还是第一次坐汽车，兴奋得大呼小叫，一会儿叫妈妈看这，一会儿让妈妈望那。车上的人都给可可逗乐了。可可发现大家都看着自己，难为情了，一头钻进妈妈的怀里不再出来了。妈妈轻轻拍打着可可，交代说："可可，见到爸爸，一定要叫爸爸啊！爸爸给可可买了很多好吃的、好玩的……"可可答应着妈妈，嘴角挂着笑容，眼睛却慢慢地闭上了。

孩子坠地的时候，就是故事开始的时候。 ——杨汝建（重庆）

恍恍惚惚中不知过了多久，可可觉得自己被人给托了起来，睁眼一看，自己竟躺在一个陌生男人的怀里。可可"哇"地一声就哭开了。妈妈接过可可说："可可别怕，这是爸爸，快叫爸爸啊！"这个男人的声音和电话里爸爸的声音不一样，可可紧紧地搂着妈妈，不停地抽泣着。"可可又不听话了，路上不是说好要叫爸爸的吗？"妈妈责怪起可可来。

这时爸爸说话了："别太为难可可了，孩子怕生。"隔了一会儿，可可不哭了，爸爸突然叫道："可可，你看这是什么？"

可可转过脸，只见爸爸朝他递过来一只漂亮的洋娃娃。洋娃娃闪烁着蓝色的大眼睛，嘴唇一张一合，不停地叫着："爸爸，妈妈，呵呵……"可可看了爸爸一眼，迟疑地伸出手，当她快要触及到洋娃娃的时候，爸爸却将洋娃娃收了回去，说道："可可叫声爸爸，这个洋娃娃就是可可的了。"妈妈也赶紧在一旁帮着说："多漂亮的洋娃娃啊，可可，快叫爸爸！"

可可眼瞅着洋娃娃，伸出去的手却慢慢地收了回来，半响，她猛地转回身，搂着妈妈，又委屈地大哭了起来……

晚上，妈妈烧好饭菜，喊可可吃饭，可可却假装没听见，自顾自地缩在墙角玩洋娃娃。妈妈提高嗓门又喊了一遍："可可，过来吃饭。"可可看

了一眼坐在桌边的爸爸，还是没有过去。妈妈生气了，吓唬道："可可再不过来吃饭，就把你丢在这里，妈妈一个人回老家去。"可可仍旧不过来。妈妈气冲冲地要过来拉可可，却被爸爸阻止了。爸爸端起饭碗，知趣地躲到外面吃去了。爸爸一离开，可可就跑了过去，趴在桌上狼吞虎咽地吃了起来。

第二天，妈妈领可可到外面玩。可可人小脾气大，爸爸算是领教了，再也不敢轻易接近她，只是远远地跟在母女俩身后。外面的世界真精彩啊！可可跳跳蹦蹦，睁大了眼睛，东瞧瞧，西望望，突然，可可清脆地叫了一声"爸爸"，然后迈开腿朝路边一家食品店跑去。妈妈惊讶不已，赶紧跟了过去。可可登上两级台阶，冲着柜台上的公用电话又喊了一声"爸爸"。

妈妈的眼泪立刻夺眶而出，原来可可的心里一直装着电话里的爸爸啊！听着可可急切的声音，妈妈忽然有了主意。她瞅了一眼电话机上的号码，转身用手冲着后面的爸爸比划了一番。爸爸心领神会，掏出手机，躲到一边去了。

"叮铃铃——"电话铃突然响起，可可吓得一激灵。"爸爸给可可打电话了，可可快接电话呀！"妈妈说着，拿起听筒，递给可可。"可可，我是爸爸……"电话里果然传出熟悉的声

音。可可紧紧地把听筒贴在耳朵上，认真地听着……

从此以后，可可每天都到食品店接听爸爸的电话。一晃很多天过去了，这天早上，可可醒来时，太阳已经老高了。可可猛然发现床头柜上摆着一部崭新的电话机。可可正要伸手去摸，电话却"叮铃铃"地响了。可可拿起听筒，里面立刻传出了爸爸的声音："可可，太阳都晒屁股了，该起床了……"

"爸爸，你怎么不回家啊？"可可突然问道。

"前几天爸爸已经回家了，但可可不要爸爸，可可不肯叫爸爸，还不和爸爸在一张桌子上吃饭。"

"那，那个人不像爸爸。"

"那爸爸长得什么模样啊？"

"嗯……"可可说不上来了。

顿了一会儿，爸爸接着说："妈妈那里有爸爸的照片，可可看过照片就知道爸爸是什么样子了。"

"嗯。"可可答应着，放下电话就向妈妈要照片。妈妈很快就找出一张照片来。可可仔细端详着，这照片是冬天拍的，爸爸穿着红色的羽绒服，眯缝着双眼，笑吟吟的，露出一口白亮的牙齿。不一会儿，电话铃又响了。爸爸说："可可，这回知道爸爸长得是什么模样了吧！想见爸爸吗？"

"想。"

"那好，可可放下电话，从1数到10，转过身来，爸爸就会站在你的面前。"

"1、2、3……"可可真的数了起来。

数到"10"时，可可转过身，爸爸真站在了眼前。爸爸穿着红色的羽绒服，笑吟吟地眯着双眼，露出一口白亮的牙齿，与照片上的"爸爸"一模一样。可可瞪大了眼睛，有些不大相信，傻呆呆地看着爸爸，爸爸也看着可可，双方僵持着……

美好的心灵要靠好故事来滋润，丑陋的灵魂要用好故事来清洗。——卢永君（广西）

"掌上灵通杯"《故事会》优秀作品月月评

2005年,《故事会》继续与上海掌上灵通咨询有限公司联合举办"掌上灵通杯"《故事会》优秀作品月月评活动,形式更新,奖品更丰厚,全年共设价值48万元的奖金和奖品,等你来赢取!

今年的评选方式和奖品设置如下:

1. 本期初评委推荐以下10篇故事为候选作品,读者可挑选出你最喜欢的一篇,将其月月评短信代码(如0508,没有短信代码的作品不参加评选)发送到200056(移动用户)或900056(联通用户)。每次限选一篇,可多次投票。

篇名与短信代码

代码	篇名	代码	篇名
0501	欠你一笔中介费 (P9)	0506	三敲寡妇门 (P44)
0502	楼下送来排骨汤 (P25)	0507	猫王 (P49)
0503	电话爸爸 (P30)	0508	千层糕的诱惑 (P54)
0504	良心的煎熬 (P34)	0509	会飞的彩运 (P83)
0505	天上真能掉馅饼 (P41)	0510	希望之星 (P92)

2. 作者奖:每期设"最受欢迎的故事"三篇,由得票最高的前三名作品获得。这三篇作品均将列入本刊今年举办的"中国最有影响力的故事"征文大赛候选名单(该征文活动详见本期第29页)。第一名的作者还将获赠上海文艺出版总社出版的大型历史图书《话说中国》一套(价值1000元)。

3. 读者奖:参加评选并对当期"最受欢迎的故事"的读者均有机会获得现金奖,每期20人,各获现金500元;所有参加评选的读者均有机会获得参与奖,每期200人,各获价值30元的礼品一份;参加全年24期评选的读者更有机会获得年终大奖,共12人,各获价值5000元的数码摄像机一台。

4. 本期活动截止期为:3月5日。得奖读者在评选结果揭晓后将得到短信通知,用户接收每条短信收费0.50元。

慢慢地,爸爸的脸上爬满了汗珠,呼吸也急促起来。"我是爸爸呀,可可。"爸爸憋不住先开口了,还迫不及待地想要过来抱可可。

"你,你不是爸爸。"可可突然丢下照片,转身扑向妈妈。

爸爸的神情突然黯淡下来,站在那里,如泥塑一般。妈妈把可可抱到屋外,自己返回屋里,歉意地说:"这些年你不在家,孩子受了很多委屈,她只认识电话里的爸爸,我无法立刻让孩子接受你,再给我一段时间吧。"

爸爸的眼圈一下子红了,他摇着头,低声说道:"这不怨孩子,是我自己只想着赚钱养家了,这么长时间都没顾上回来看你们。你放心,慢慢来,用不了几天,可可就会叫我爸爸的……"

看着爸爸发红的眼圈,妈妈点了点头,泪流满面。

(本篇月月评短信代码:0503)

(题图、插图:魏忠善)

良心的煎熬

□ 明月阳

这天晚上，青年出租司机刘齐从市区送一位乘客到西郊听泉山庄。他驾空车回城时，已经过了十一点。夏利车快速穿行在夜色浓浓的郊区路上，当车子拐过一个弯道时，一个人影从路边突然蹿到了车前。刘齐大吃一惊，立即猛打方向盘，同时拼命踩刹车，可还是晚了。随着"砰"的一声闷响，那人被撞飞出去，摔在两三米远的地方。刘齐惊魂未定地下了车，借着车头的灯光，见伤者是个三十多岁民工模样的男人，趴在地上一动不动，血正顺着嘴角缓缓地流淌着。刘齐轻轻地碰了几下那人的胳膊，焦急地呼唤着，那人却毫无反应。

刘齐把手探到他的鼻孔下，又把耳朵贴在他的胸前，竟没有听到一点声息。

刘齐一屁股瘫坐在地上："完了，完了，这人没用了！"他点了支烟，猛抽了几口，又把烟往地上一摔，狠狠地踩上几脚，然后飞快地上了车，消失在茫茫黑夜中。

刘齐一口气把车开到一百多公里外的邻近城市，找了家便宜的旅馆住下，又在公用电话亭打了两个电话。一个是匿名打给110的，说听泉山庄发生了一起车祸；另一个是打给妹妹的，说自己送个客人去了外地，晚上不回来了，让她和妈别担心。

刘齐原以为这事儿公安部门顶多查两天就作为无头案挂起来了，没想到事情却闹得满城风雨，各种媒体竞相报道，晚报甚至专门开辟了一个专栏，讨论当前司机形象问题。

更让刘齐想不到的是，那人竟然没死！报道说，伤者叫胡永安，今年35岁，为了供两个女儿读书，从安徽老家来本城打工。车祸造成他颅脑损伤，目前生命垂危。胡永安的妻子美花在接受电视采访时声泪俱下地说："想不到没干一年就遇到这种事，今后我们的日子该怎么过？"

第二天，刘齐所在的蓝天出租车公司还专门为此开了会。会上，公司胖经理潘一雄挥着手中的报纸，情绪激动地把撞人后逃跑的司机大骂了一通，听得刘齐惶恐不安，脸直发烫。

过了一天，刘齐坐不住了，他来到市医院，只见躺在病床上的胡永安全身裹满纱布，双眼紧闭，一动不动。一旁坐着一位少妇，在不停地给伤者擦身。刘齐轻声问少妇："请问你是胡永安的家人吧？"少妇惊讶地说："我是他的老婆叫美花，你是谁？有什么事吗？"望着双眼红肿的少妇，刘齐有些心虚，嗫嚅着说："我，我叫刘齐……我从电视上看到你们的事，很同情你们，就来看看。"少妇忙站起来，连声道谢。刘齐又从口袋里掏出一个信封，轻声说："这是一万块钱，是我的一点心意，希望你们给胡永安

好好治病，让他早日康复。"说完，把钱塞到少妇手里，转身匆匆出了病房。

又过了几天，刘齐送客人到这家医院，他不由自主地又悄悄走进胡永安的病房。病房里只有胡永安一个人，两人的目光刚一接触，刘齐就有一种做贼心虚似的慌乱。他轻声问："你……好点了吗？""还行，你是不是刘齐？""是的。"

胡永安一听是刘齐，就挣扎着想坐起来，可一阵剧烈的疼痛又让他瘫

倒在床上。他叹了口气说"唉,我真成了废人了。"刘齐忙安慰他说:"怎么会呢?你好好养伤,一定会好起来的。"胡永安苦笑着说:"你是个大好人,不管我以后怎么样,我们全家都会感激你。"

"别别别,千万别这么说。"刘齐一时不知该如何作答。

"其实,我根本就不值得你这么做,"胡永安长长地叹了口气,"治好治不好对我来说无所谓,我现在最放心不下的就是我两个女儿和老婆。我对不起她们,没给她们一点幸福,反而拖累了她们。"说着,胡永安哽咽起来,眼中噙满了泪花。

刘齐心情沉重地出了医院大门,他已经打听到胡永安就借居在西郊方山村,离听泉山庄不远。

这天晚上,刘齐送完客人,决定去方山村看看胡永安的妻女。汽车开出城,下了大路,沿着起伏不平的小路向方山村行驶。行没多远,刘齐发现前方的路边有几个人影在晃动。刘齐想:这么晚了,这些人在干什么?这么想着,他就不由自主地放慢了车速。在汽车经过这些人的时候,他看见两个男青年并排站着,他们身后还有两个人在地上撕扯着,好像还隐约有女人的"唔唔"叫声。

刘齐立刻意识到发生了什么事。他停下车,一边狠命地摁喇叭,一边冲那几个青年喊道:"赶快放了她,不然

我就报警了。""嘀嘀"的喇叭声在寂静的夜晚显得格外响亮,几个青年吓得转身便跑,瞬间就消失在茫茫的夜色中。

刘齐下了车,一边向那女的快步走去,一边大声地问:"你怎么样?没事吧?"

等走到近前,两人都愣住了。这人竟是胡永安的老婆美花!

美花挣扎着从地上爬起来,拍了拍身上的泥土,有些尴尬地望着刘齐,抹着眼泪说:"上次你给那么多钱,我还没谢你呢,这次又多亏了你。你真是我们家的大恩人。"说完,美花"扑通"一声给刘齐跪下了。刘齐慌忙把她搀了起来,然后一直把她送到家才离开。

然而这件事非但没有给刘齐带来一丝的心理安慰,反而让他愈加感到内疚。他觉得美花的遭遇全是他一手造成的:如果他没撞伤胡永安,美花也用不着晚上还在打工;如果不是晚上打工,美花也不会一个人走夜路……胡永安的事成了刘齐的心病,让他真真切切地尝到了良心谴责的滋味,那是一种煎熬,一种食不甘味、夜不能寐的煎熬。刘齐真想去投案自首,把真相说出来,可一想到一家人的生活还要靠自己承担,他的心就发颤了。

第二天,在出车的路上,刘齐的手机突然响了起来,他一看是个陌生

一个好母亲抵得上一百个教师,一个好故事抵得上一百个医生。——凌钰茜(广州)

的号码，一问，竟是公安分局打来的，叫他马上到分局去一趟。刘齐心跳猛然加快了，坐在车里紧张地想：难道他们知道是我撞了胡永安？

到了公安分局，刘齐忐忑不安地下了车，推开厚重的玻璃门，走进大厅，一眼就看见美花正站在那儿和两个警察说着什么。这时，美花也看见了刘齐，忙和两个警察迎了上来。

刘齐感到腿脚发软，他硬着头皮往前挪动，极力掩饰着脸上的惊恐。

"就是他，就是他。"美花扯着刘齐的胳膊，冲着警察连声说道。刘齐木偶一般被美花拉到了警察跟前。

"你是刘齐？"一个年龄稍大的警察握着他的手说，"我姓郑，是这里的教导员，你的事情我们都知道了。"

刘齐紧张得头脑嗡嗡乱响，语无伦次地说："我……我不是有意的，是不小心碰上的。"

"小伙子还挺谦虚的嘛，"郑教导员拍着刘齐的肩头，笑着说，"非亲非故的，一下子就捐了一万块钱，还见义勇为，赶跑了流氓，不容易啊。社会上就缺你这种精神，你给我们全市的出租车司机争了光，做了表率，值得大家学习。"

"什么？"刘齐有些懵了，这样的结果完全出乎他的意料。就在刘齐还没回过神来的时候，一只只话筒已伸到了他的面前，原来记者们早已闻风而至。

他们提的问题一个接一个，没完没了。一位年轻警察上来解围道："各位各位，请到会议室，到会议室坐下来慢慢采访。"说着，便领着记者们往会议室去了。

郑教导员亲热地拉着刘齐的手说："走，一块儿走。"

"不了不了，"刘齐推辞道，"郑教导员，情况你们都知道，我就不参加了，我现在还有事，有急事。"

见刘齐态度很坚决，郑教导员只好点点头说："好吧，你就先忙去吧。过两天我去你们公司给你发奖金。"

"别别别，千万别把事情搞这么大，区区小事，用不着这样。"刘齐慌忙说道。他真的有些害怕了，事情如果像这样发展下去，该怎么收场呀！

一夜之间刘齐成了市里知名人物，走到哪儿都有人认出他，主动和他打招呼，亲热地说上几句，就连交通警察见了他也客气了许多。

蓝天出租车公司自然不甘落后，给刘齐开了隆重的表彰会，连平日很少露面的蓝天集团钱总裁也到了场。潘一雄胖经理更是忙前忙后，显得格外卖力。在表彰会上，美花激动地介绍了刘齐的英雄事迹，随后潘胖子做了慷慨激昂的发言，说蓝天出租车公司出了刘齐这个新时代英雄，是上级领导和钱总关怀爱护的结果，是蓝天公司的骄傲，是全市出租车司机的骄傲。

刘齐在主席台上如坐针毡。会后，潘胖子找到刘齐，有些神秘地说："我给你透个风，市里正在整理你的材料，往省里报，准备在全省掀起学习新时代英雄的高潮，你要做好思想准备。另外，抽空写篇发言稿，过两天市里开会要用。"

刘齐一听，真的急了："本来就没什么事，用得着这么夸张吗？我不去！"

潘胖子见刘齐急得像猴一样，上前拍拍他的肩膀，语重心长地说："刘

齐啊，你听我的话，保证你不会吃亏。以前我对你关照不够，这是我的疏忽。从今往后，你有什么困难，有什么要求，尽管向我提出来。关心你这样的同志也是我们当领导分内的事情，你不用客气。"

"潘经理，我不是这个意思。我真是没有资格当什么先进、英雄。"

"有没有资格不是你自己说了算，你说有就有，你说没有就没有？还是要组织上来考察认定嘛。"潘胖子抬腕看了看表，说："好了，我要去门口接记者了，你就安心干工作，别整天胡思乱想了。"

从潘胖子办公室出来，刘齐就接到郑教导员打来的电话："胡永安不行了，你要不要去医院看看？"刘齐一听，如雷击顶，他愣了一会儿，立即驱车赶往医院。刚到病房，就见胡永安的妻子和两个女儿扑在蒙了白布的死尸上，抢天呼地地号哭。胡永安死了！刘齐激动地拉住旁边的一个医生，大声问道："怎么回事？你们为什么不救他？"医生无奈地说："今天早上病人病情突然恶化，像这种本来身体就不好的重伤病人，出现并发症的概率很大，随时都有可能出意外。我们已经尽了最大努力……"后面的话，刘齐已经听不进去了，他心如刀绞，看着胡永安的亲人哭得如此凄惨，刘齐一句安慰的话也说不出来。

晚上，刘齐躺在床上翻来覆去睡

不着觉，这些天发生的事情像放电影一样在他的脑海里不停地闪现。撞人逃逸本来就是违法的事情，可自己却反而受到表彰，接下来还要到市里省里做报告，这算什么事？他感到自己的心已承受不了如此重压了。

第二天一大早，刘齐来到潘胖子的办公室。潘胖子一见他，便笑呵呵地说："有个好消息，市里已经定在下星期二给你开表彰会，市有关领导都要参加，钱总也要去。这两天你赶快把发言稿准备一下，写好了还要报总公司审，你要抓紧。"

"开什么表彰会？我不去。"刘齐非常坚决地说。

"你犯什么病啊？为什么不去？"潘胖子怒道。

刘齐盯着潘胖子因生气而涨红的脸，一字一句地说："因为是我撞了胡永安！"

"什么？"潘胖子瞪大眼睛问，"你说什么？"

"是我撞了胡永安！"

潘胖子愣住了，随后像一只漏了气的皮球瘫在椅子里。过了好一会儿，他才摇着头，喃喃自语道"胡闹，胡闹，简直是胡闹。"

"我准备去投案自首。"刘齐看着潘胖子，坚定地说。

潘胖子像被针扎了一下，突然坐直了身体，问："这事还有谁知道？"

刘齐摇摇头说："没其他人。"

潘胖子急忙起身，走到门口张望了一下，然后"砰"地一声将门关上，凑近刘齐低声说："听着，你撞人的事不要让第三人知道，市里的会你照样参加，以后我会想办法淡化这件事。"

"不行，胡永安都死了，你说我还怎么忍心去领奖？"

潘胖子在办公室里踱了一圈，继续开导刘齐说："你只要把下星期市里的表彰会对付过去，剩下的事由我负责，我保证让事情平息下去。这样，对你对我们大家，都是最好的结局，你看怎么样？"

面对潘胖子期待的目光，刘齐平静地说："要去你自己去好了，我实在没脸再站到领奖台上。"说完，头也不回地走出办公室，上了汽车，径直向公安分局赶去。

到了公安分局，刘齐脚步沉重地一间间办公室寻去，最后在局长办公室里找到了郑教导员。见到刘齐，郑教导员和其他领导交换了一下眼神，问："刘齐啊，有什么事？"

"我是来投案自首的。"刘齐低着头轻声说。

郑教导员点了点头，严肃地说："你的事情我们已经知道了。"

"知道了？"刘齐颇感意外。

"在你来之前，我接到了潘经理的电话，他向我们提供了胡永安车祸的重要线索。"顿了一下，郑教导员又

说:"不过,在我们找你之前,你能主动来找我们,就算是投案自首,这一点我们会向检察机关提出。"

结果,刘齐因交通肇事逃逸被刑事拘留。一个月后,法院判处刘齐有期徒刑两年,缓刑三年。

从法院出来的时候,刘齐的妹妹迎了上来,递给刘齐一封信,说:"这是胡永安老婆美花回老家前送来的,说是在整理胡永安遗物时发现的。"

刘齐忙撕开信封,里面有一本存折和一封信,打开信纸,只见信上写道:

刘齐老弟:

你好!

不知你现在是否还为撞了我而感到内疚,其实你根本不用内疚,因为那晚是我想自杀。我有先天性心脏病,因为没钱,一直都没能治好。这几年病情越来越严重,成了家里的负担,心里很不安。我想,如果被车撞死了,不仅可以帮美花减轻些负担,说不定还能有笔赔偿金,可惜你没能把我撞死。我为这件事给你带来的麻烦表示歉意,需要的话,你可以拿这封信证明你的清白。其实,你第一次来看我时,我就认出了你,那晚撞车的瞬间我看到了你的脸,但我没有勇气说出来。另外,你上次给的一万块钱,我让美花以你的名字存了起来,现在还给你。

祝好!

胡永安
7月18日

读完信,刘齐呆呆地站在那儿,任凭那本存折从手中滑落到地上……

(本篇月月评短信代码:0504)

(题图、插图:安玉民)

天上真能掉馅饼

□ 郭 超

在 207国道边不远，有一家小卖店，店主叫李万才。这家伙能说会道，上山会打猎，下河能摸鱼。207国道刚开工时，他就颇有眼光地开了这爿小店，生意红火，人气颇旺，这些年狠赚了些钱。

这天后晌，小卖部的山墙上贴了一张通缉令，吸引了众多人的目光。犯人绰号"疤子"，是个心狠手辣的抢劫杀人犯，几天前越狱了。现在，警方到处都在悬赏缉拿此人。通缉令上说：提供逃犯线索者奖励5000元，亲自抓捕归案的奖励10000元。这条信息激发了人们的兴致，大家议论纷纷。

就在这时，国道上过来了一辆摩托车，停在小卖部前，后座上的小伙子对骑摩托的说了几句，就跳下了车。这人走路晃着肩膀，浑身透着股痞子气儿。刚才议论纷纷的人群都闭了嘴，目光全聚焦到他的身上。

小伙子来到店老板李万才跟前，粗声粗气地说："来包烟，红金龙的。"说着话，掏出一张百元大钞。李万才给他拿了烟，接过票子摸了摸，看了看，还是放心不下，收也不是不收也不是。小伙子烦了，眼一瞪："咋啦？怕是假钱？"李万才嘿嘿笑道："我这是小本生意，一天也挣不了几个钱，要是收了张假的……"小伙子恼火了，嚷道："快找钱，少废话！"李万才没法拒绝，转身拉开一个抽屉，开始找钱。这抽屉里放着个小型验钞器，李万才不动声色地验了验，确定是真家伙，这才稍稍放了点心。

小伙子眯着眼，抽着烟，接过找

零也不数就塞进了兜里。

小伙子离开时，回头恶狠狠地瞪了李万才一眼，把李万才唬得一激灵。咦？这张脸怎么这么眼熟？小伙子走出几米远了，李万才突然想起来了——通缉犯！他大喊一声："爷们，他不就是那个通缉犯吗？快抓人，一万块呀！"话音没落，人就冲了出去。旁边的人也都醒悟过来，争先恐后地扑了过去。说时迟，那时快，那小伙子还没弄明白怎么回事，就被李万才扑倒了。接着，人们一拥而上，有的抓头发，有的拽衣裳，都想捞着点什么，当作以后领奖的凭证。骑摩托的那人见势不妙，慌忙奔

了过来，大声喊道："咋回事，咋回事？"他一喊，反而提醒了人们——他俩是一伙的！于是，一群人又向他扑去。眨眼工夫，两人都被五花大绑，捆粽子似的被扔在了墙角。

众人异常兴奋，个个喜形于色。李万才激动得两手发抖，心说：这回可逮住了个金元宝！两个小伙子却懵了，惊魂未定，紧张地瞪着这群人，歇斯底里地喊道："救命啊！救命啊！"李万才讥笑道："大家听听，杀人犯还喊救命！谁救你们呀？"这俏皮话惹得众人哈哈大笑。两人越发茫然，疑惑地问："谁是杀人犯？"李万才生气地说："装聋是不是？把那通缉令拿给他们看。"于是有人把通缉令撕下来，递到他们眼前。两人看罢才松了口气，买烟的小伙子哭笑不得："我的妈呀！我啥时候杀过人啦？你们眼睛瞎了还是咋的？救命呀……"众人又发出一阵笑声。有人冲着买烟的小伙子说："看看你自己的模样，长得像不像？不是你是谁？"骑摩托的小伙子相对老练些，他稳定了一下情绪，对大家说："有本事你们打110。"人群中立刻有人接口说："马上就到！"呵呵，原来早有人报警了！

一会儿，两辆警车呼啸而来。荷枪实弹的警察将那两人围住，一名警察搜出他们的身份证仔细地核对了一阵，对围观的人群说："给他们松绑，乱弹琴！罪犯额头有一条明显的疤，

你们瞧瞧，他们有吗？"

敢情真是抓错人了，在场的人面面相觑。

一场闹剧结束了，大家都挺扫兴，说话也没了精神。李万才也没趣地进了屋。忽然，他蹿出来吼了一嗓子："刚才你们谁进来过？"人们一下子被他那紧张的神情吓住了，都问："啥事？""我放在屋角里的'土炸弹'不见了。"原来，李万才自制了一颗炸土狗用的土炸弹，后来听人家说私自做炸弹是不允许的，于是他就把那玩意儿放在屋角，准备交公，可没想到忙乱中，竟然不见了。那东西很像一种叫"玫豆角"的点心，要是被不知情的人咬上一口，非出人命不可！李万才真急了，瞪圆了眼睛嚷道："谁拿去了？"可刚才大家都逮"犯人"去了，谁也没注意呀。

就在大家发愣的当口，屋后头忽然跑出两个五六岁的小孩儿，一个在前面跑，一个在后面追。前面跑的是刘寡妇的儿子虎子，后面追的是李万才的儿子铁蛋儿。铁蛋儿边追边喊："拿来，这是我家的。"虎子边跑边挥着手中一个灰白的东西说："来夺呀，有本事来呀！"李万才一看，脸"唰"地白了。天哪！土炸弹竟然在虎子手里！"娃娃，那东西可吃不得呀！"李万才吓得嗓音都哑了，赶紧去追虎子，这时他真恨不得变成孙悟空，施展定身法把虎子定住。可虎子不明白

呀，一见李万才也来撵他，立刻掉头朝国道上跑去。李万才心急火燎，边追边喊"甩了它！甩了它！"虎子可不听他的，跑得比兔子还快。

眼看就要上国道了，不知怎的，虎子脚下突然被什么东西绊了一下，猛然摔倒了，手中的土炸弹也一下子飞了出去，从山坡上滚落到国道上，滚了几下，却没炸。虎子摔痛了，趴在地上哭起来。李万才悬着的一颗心这才回到肚子里。他赶到虎子跟前，伸手去搀他。就在这时，公路上一声巨响，一辆疾驰而来的轿车东倒西歪地冲出车道，一头扎进了田里。

土炸弹爆炸了！空气中顿时弥漫着一股焦煳味。司机被撞晕了。十几分钟后，110警车和120急救车同时赶到。司机被送往医院抢救，交警则留下来勘查现场。大家都替李万才和刘寡妇捏把汗。车毁人伤，他们两人都有份，这得赔多少钱呀？

人们的担忧不长，很快情况发生了翻天覆地的变化。三天后，传来的消息让李万才他们大跌眼镜。原来，从虎子手中甩出的土炸弹炸的不是别人，正是通缉令上的在逃犯——疤子！人们立刻议论纷纷，都说李万才他们运气好，歪打正着，一下子竟成了有功人员！

(本篇月月评短信代码：0505)

(题图、插图：安玉民)

三敲
寡妇门

□ 朱 红

黑妹去年死了丈夫，年纪轻轻地就成了寡妇，劝她改嫁、替她介绍朋友的人络绎不绝，但都被黑妹一口回绝了，因为她丢不下常年卧病在床的婆婆和正在读高中的女儿。

这天晚上，黑妹早早地休息了。半夜时分，她在睡梦中迷迷糊糊听见"咚咚咚"的敲门声，"谁啊？"她连忙从被窝里出来，披上外衣，掀开窗帘一看，只见一个黑乎乎的人影站在自家门外。"黑妹，开开门，开开门！"一听是个男人的声音，黑妹的心就咯噔一下，再细细一听，这不是同村的阿达吗？这阿达年轻时与黑妹有过恋爱史，但因种种原因，未能成婚，立志终身不娶，至今仍孤身一人。这个时候找黑妹，会有什么事呢？黑妹心里开始犹豫起来：深更半夜，孤男寡女的，万一被人看见了，岂不笑话？

她想了想，佯装没听见，依旧钻进被窝睡觉，让门外的阿达吃了个闭门羹。

第二天，黑妹还是和往常一样早早地来到种西瓜的瓜棚，刚走到门口，就发现有些异常，昨晚明明关好的瓜棚门，不知怎么被打开了。她急忙放下担子，走进瓜棚一看，天哪！满棚的瓜苗不知被谁连根拔起，横七竖八地丢了一地。

这时候，她忽然闻到了一股酒味，又听到了呼噜呼噜的打鼾声。她顺着酒味和打鼾声走过去一看，见一中年男子横躺在地上，左手握着一只酒瓶，右手抓着一把瓜苗，正钻在棚沟里蒙头大睡。原来是个酒鬼！黑妹气呀! 她一个箭步冲上去，把那人拖了起来，说: "你这个酒鬼，快赔我瓜苗!" 那人酒似乎还没有醒，推开黑妹的手，拂掉蒙在脸上的瓜藤说"别吵别吵，让我再睡个好觉。" 说着，又侧躺在地上呼呼大睡了。

黑妹真是哭笑不得，再仔细一看，人顿时呆了。为啥? 原来这酒鬼不是别人，竟是阿达。

难道是他有意报复? 黑妹用手拧住阿达的耳朵，用力把他拉了起来，说: "你这个死鬼，你给我说说清楚!" 阿达痛得哇哇直叫，一面用手捂住耳朵，一面求饶说: "轻点，轻点，别把我的耳朵拧掉了。" 黑妹怒气未消，说: "轻点? 我恨不得把你吃了哩! 走，到村委会找老田评理去!"

阿达拔了黑妹的瓜苗，引起了全村人的震动。村主任老田差一点没把办公桌砸穿。他怒气冲天地说: "好你个阿达! 吃饱了老酒撒什么酒疯? 竟敢拔黑妹的瓜苗! 看我怎样治你!" 想了想又说，"看在你前几年为村里引进'早春红玉'西瓜有功的分上，这刑事责任先不追究，但俗话说'借债还钱，杀人抵命'，你拔了黑妹的瓜苗，就得把你家的三亩大棚西瓜赔给黑妹!" 这时阿达的酒也好像醒了，连忙说: "那可不行，难道让我喝西北风?" 老田说: "你喝西北风还是东北风我管不着，谁叫你干出这种缺德事来!" 这时，黑妹倒显得有点过意不

去了，她还记着阿达以前对她的好，所以帮着阿达说: "老田啊! 阿达是酒后误事，不是存心要拔的。我看这样吧! 我家的三亩大棚就让他种些蔬菜……" 老田听了，指着阿达的鼻子说: "你看你看，你拔了黑妹的瓜苗，可黑妹不记仇，还帮你说话，今后你得好好向黑妹学习。" 阿达听了，把头点得像鸡啄米，连声说道: "好，好。"

从此以后，阿达一头钻进黑妹的瓜棚里，经常几天几夜不出来，门口还插着块牌子，上面写着: 瓜棚重地，谢绝参观。旁边还请了两个外地民工轮流守着，连村主任老田都不让进。老田想，这家伙肯定又在搞什么鬼名堂了，所以也没去打扰他。

眼睛一眨，西瓜熟了。黑妹先挑了一担，去附近的旅游点试销，到了那里一看，顿时呆了，为啥? 因为旅游点上铺天盖地全堆满了西瓜，原先卖五元钱一斤的精品西瓜，现在卖两元一斤都没人要。一天下来，黑妹只卖掉四五只西瓜，还不够一顿客饭钱呢! 黑妹急得团团转。

这天晚上半夜时分，黑妹躺在床上正担心着西瓜的销路，忽听有人"咚咚咚"地敲门，一看，是阿达。黑妹打开窗冷冷地问: "你来干什么?" 阿达说: "你开开门，我有要事和你商量。" 黑妹说: "这深更半夜的，不怕寡妇门前是非多?" 阿达说"寡妇也

是人,我不怕!"黑妹说:"你不怕,我还怕哩!你连瓜苗都敢拔,还有什么事好谈!"说完,"啪"地一声把窗关了,让阿达又吃了个闭门羹。

第二天早晨,黑妹打算再挑些西瓜,换个地方去试试。可刚刚到大棚门口,见昨晚锁好的门又不知被谁打开了,急忙跑进去一看,天哪!堆在里面的近百担西瓜不翼而飞!这下,黑妹像西瓜棚抽掉了竹架子,瘫倒在地上。这时候,她突然闻到了一股酒味,又听到了呼噜呼噜的打鼾声。她顺着酒味和打鼾声走过去一看,见一个人钻在西瓜棚下正呼呼大睡呢!黑妹见又是阿达,气得用手拧住阿达的

耳朵,狠命拉了起来,说:"你这个死阿达,把我的西瓜弄到哪里去了?"阿达连忙用手捂住耳朵说:"轻点轻点,别这么凶啊!""天啊!你为什么要害我,我到底跟你结了什么怨呀?"黑妹伤心地捶胸顿足。可阿达却笑嘻嘻地说:"我的西瓜还没下种,就与宾馆饭店订好了合同,是五元一斤。但我的西瓜已赔给了你,昨晚只好拿你的西瓜去充数了。""你……你……"黑妹手指着阿达,气得半句话也讲不出来。阿达说:"你要瓜钱也不难,只要乖乖地跟我走,不过先得打扮得漂亮点,而且到了那里,不管我说什么,他们说什么,你只能说'是'或者点头,就是有委屈,也只能忍着。"黑妹一听,咬了咬牙说:"好!只要能拿到瓜钱,我一切都听你的!"

俗话说,佛靠金装,人靠衣装。你就看那黑妹,脸上加了些胭脂,嘴唇上抹了些口红,那紧身的蓝花白底短袖旗袍往身上一穿,女性的魅力就全部体现出来了,要多美就有多美!她与阿达走在一起,不知道的人还当是从城市里来的一对情侣呢!他们一起到了锦山宾馆,客户们也早到齐了。还没等别人开口,阿达就开始介绍道:"她叫黑妹,是我的老婆。""啊?"黑妹想不到阿达会这样说,正想分辩,被阿达在手上捏了一把。黑妹只得点点头说:"是,是,请多多关照!"那些客户们说:"阿达呀,看在你漂亮

老婆和多年交情的分上，我们也不与你讨价还价了。要知道今年市场价两元一斤还没人要呢！"阿达连忙说："对，对，做生意要重合同、守信用，今年你们帮了我们的忙，明年一定不会让你们吃亏。黑妹，你说是不是？"黑妹连忙说："是，是，明年一定不会让你们吃亏。"

账结得很顺利，在回来的路上，黑妹突然伸手拧住了阿达的耳朵，说："你这个死阿达，油腔滑调占我的便宜！"阿达连忙用手捂住耳朵，求饶说："轻点，轻点，我什么时候占你的便宜了？"黑妹问："那我什么时候嫁给你，成了你的老婆？你叫我今后怎样做人呀？"阿达说："这很简单，你嫁给我不就没问题啦？再说了，我都已经等你20年了！"说着，偷偷地在黑妹脸上"叭"地亲了一下。黑妹的脸顿时涨得通红，拔腿就逃。

这天半夜，"咚咚咚"的敲门声又响了，黑妹知道肯定又是阿达，所以假装没有听见，但阿达死皮赖脸地不走，还不停地喊着："黑妹，开开门，黑妹，开开门。"见黑妹不开门，阿达就走到窗前说："黑妹，我今天是向你求婚来的，如果你不开门，我就在你门前跪到天亮。"黑妹想看看阿达到底有多少诚意，仍旧不理不睬。第二天早晨，黑妹起来一开门，就从门外滚进一个人来，仔细一看，竟是睡着了的阿达。黑妹心疼地把阿达扶起来

说："你……"这时候，阿达也醒了，对黑妹说："黑妹，你终于把门打开了……"

正在这时，阿达的手机响了，是村主任老田打来的。老田火里火气地说："阿达呀！刚才乡长来电话，说你约了上海几家大宾馆的老板和旅游公司的经理，今天下午要去参观你搞的什么观赏型现代农业园区。这次你牛皮吹大了，你拿什么给人家看呀？"阿达笑笑说："老田啊，你放一百个心，我阿达做事从不脱头落襻，你等着，我马上过来。"说完，拉起黑妹就往瓜棚跑去。

一路上，黑妹被阿达手拉着手跑着，羞得低下头不敢看别处，想把手抽出来可又被阿达抓得紧紧的。跑到大棚口，老田早候在那儿了，就等阿达打开大棚。大棚一打开，老田和黑妹更是惊得张大了嘴，只见大棚里种满了千奇百怪的南瓜：有的挂在架上，有的躺在地上；有长的，也有短的，有圆的，也有扁的，甚至还有方的；有深红色的，也有淡黄色的，有浅蓝色的，也有乳白色的；有的长得像葫芦，有的长得像铜鼓，也有的长得像小孩的两爿屁股。更奇特的是，有一只巨形南瓜，长得像庙里的弥陀菩萨，称为"巨佛南瓜"。老田高兴得一蹦三尺高，拍着阿达的肩膀问："阿达，你是怎么想出这鬼主意的？"阿达说："我没那么聪明，我是从网络上

学来的。""从网络上学来的？""是的，我在上网时看到，因为前几年西瓜好卖，所以人们一窝蜂地种起了西瓜，我想，我们再种西瓜一定没有出路，必须寻找新的致富门路。从网上我又得知，现代人重视保健，而南瓜的营养极其丰富，又是糖尿病人的首选保健品，所以我就有了收集世界各地珍品南瓜的打算，搞一个观赏型、实用型的现代农业区。现在看来，我的这个设想基本上是成功的。"黑妹问："你为什么不告诉我？"阿达反问："我两次到你家去，你给我机会了吗？"老田问："那你为啥不对我说？"阿达说："因

为我以前没种过，不放心，所以想先试试。成功了，是大家的；失败了，是我自己的。"

阿达正说着，乡长陪同客人们来了，有几个还是老外哩！阿达、老田、黑妹就热情地陪同一起参观。这些老外经理们看得个个眉开眼笑，争着要与阿达签合同。其中有一个叫玛丽的洋姐激动地对阿达说："密斯特达，您的聪明才智创造了一个奇迹，我爱您！"说着，张开双臂把阿达拥抱起来，同时，在阿达脸上"叭叭"亲了两下，留下了两片美丽的桃花。阿达也大方地说："玛丽小姐，感谢您的赞赏，我也爱您！"接着也在玛丽的额头上"叭"地一下。在一旁的黑妹有些急了：这死阿达刚才还说要娶我，现在怎么又和那个洋姐搂搂抱抱？不行！我得问问明白！想着，就走过去一把拧住阿达的耳朵说："死阿达，你给我过来！"还不等阿达开口，玛丽小姐奇怪地问："亲爱的达，这位漂亮的女士是谁？为什么要拧您的耳朵？"阿达灵机一动，连忙说："她是我未来的夫人，拧我的耳朵表示对我的爱！"玛丽听了哈哈大笑，说："有趣！有趣！那我也爱您，让我也拧拧您的耳朵。""啊？"阿达连忙用手捂住耳朵，说："别拧，别拧！再拧，我两只耳朵都要保不住了！"

（本篇月月评短信代码：0506）

（题图、插图：张　恢）

·民间故事金库·

古城登州有一条街,名字很奇怪,叫做"猫王街",据说是因为街里有一座"猫王"宅而得名……

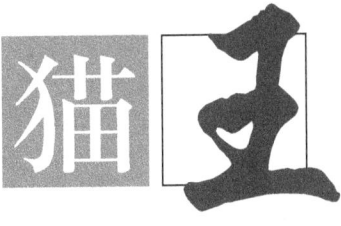

猫王

□ 黄　胜

清朝康熙皇帝刚登基的时候,不少地方官欺他年幼稚嫩,趁机肆意妄为,大发横财。

登州府有个负责征收皇粮国税的粮道,名叫福渊,他也不甘落后,利用秋季征粮的时机大敛其财。朝廷将登州府征粮的数额下达到他这里后,他大笔一挥,以防虫耗、鼠耗、雀耗、运耗等名目,将定额数私自翻了一番,这多出来的自然就落入他的手中。同理,下面负责收粮的各级长官们也效仿上司,雁过拔毛,层层加码,

你加一斗我加八升的,最后到了老百姓头上,每石库粮的实征数已经达到了两石八斗八。这样一来,登州府的老百姓苦不堪言,怨声载道。后来,这事被一个御史察觉,就参了福渊一本。

康熙皇帝虽然年少,却深知官员腐败乃祸国之源,看到这个奏折后,龙颜大怒,传旨召登州粮道福渊火速进京见驾。

福渊接到圣旨,吓得七魂去了六魂,瘫倒在地,死活爬不起来了。本来像他这种地方官员,能进京见驾是天大的福分,可是他心中有鬼,知道这次进京凶多吉少,轻则丢官,重则脑袋难保,可是逃又逃不了,万般无

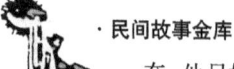

奈，他只好带足银票，惶恐不安地奔赴京城。他打算用银子打通关节，请中堂大人鳌拜为自己撑腰，这样或许能够化险为夷，逃过这一劫。

当时，因康熙年少，先帝退位时，指令以太子少保鳌拜为首的几名朝中老臣辅佐康熙打理朝政。鳌拜受先帝所托，加上手握兵权，官居中堂，在当时权倾朝野，众臣无不巴结，就连羽翼未丰的康熙都怵他三分，生怕一不小心得罪了他，自己这个皇帝也做不成了。

福渊到达京城后，不敢耽搁，连夜到鳌拜府上求见。他深知自己这次命悬一线，是死是活全掌握在对方手上了。见面之后，福渊立刻将身上所带银票一古脑儿全都掏了出来，跪在地上哀求道："此次鳌大人若能相助，以后定当重重报答，鳌大人叫福某死，福某决不敢活！"

鳌拜看看银票上的数目，哈哈大笑道："福大人言重了，既然福大人有事，我自不能袖手旁观。"接着，他话锋一转："不过……"

福渊心里"咯噔"一下，心又提到了嗓子眼，以为鳌拜是嫌钱少，赶紧叩首道："鳌大人请放心，小人在老家还有几处房产土地，容我回去……"

鳌拜摆摆手说："我的意思是皇上对此事甚为重视，你若想活命，明日上朝之后，必须如此这般从容应对，方可保你性命无忧。"说罢，当即对福渊面授机宜。

福渊听完后，将信将疑地问："这样能行吗？"

鳌拜自负地狂笑两声，牛眼一瞪，老气横秋地反问道："你是信不过我吗？"

福渊心中一寒，赶紧垂首道："小人不敢。"可心里却仍是怦怦打鼓，忐忑难安。

第二天，康

熙宣福渊进殿。福渊进殿之后，"扑通"跪下，心里虽说有鳌拜打下的保票，仍是紧张得全身哆嗦，汗流浃背。

康熙厉声问道："福渊，你告诉朕，登州府今年粮食实征多少？进库数又是多少？"

福渊马上听出来了：皇上肯定已经掌握了实情。他吓得牙齿打颤，半晌不敢答话，生怕答错了脑袋搬家。他求救地望着站在旁边的鳌拜，鳌拜冲他微微点了点头。福渊咬咬牙，这才说道："回皇上……"事到如今，他也豁出去了，就按照鳌拜昨天晚上的吩咐，毫不隐瞒，将库粮的实征数与入库数如实作了回答。

康熙看他直言不讳，倒有些奇怪，质问道："为何实征数比入库数多出近两倍？"

福渊竭力保持镇定，答道"回皇上，实在是没有办法，今年的鼠患特别严重，仓鼠猖獗，库粮鼠耗数目惊人。"

康熙闻听，冷冷一笑："鼠耗？是仓鼠还是你们这些硕鼠？"

福渊额上冷汗直流，可却不敢伸手去擦，只好装作没听明白皇上话里的意思，答道："是仓鼠，现在这些仓鼠都吃成硕鼠了。"

康熙一拍龙案，怒斥道："事到如今你还敢狡辩？都是你们这些官仓硕鼠，为中饱私囊，胆大妄为，败坏我大清朝的声誉，不杀难向登州百姓、

天下百姓交代。来人！"

福渊不由魂飞魄散，伏在地上磕头如捣蒜："皇上饶命……"

就在此时，鳌拜干咳了一声，大声奏道："皇上且慢。"

康熙不满地看看鳌拜，脸色慢慢缓和下来，和颜悦色地问："鳌中堂有何事？"

鳌拜指了指瘫在地上的福渊说："皇上，福大人所言不虚。据臣所知，今年鼠患确实特别严重。"说着，他从怀内掏出几张奏折，痛心疾首道："说来此事都怨我，这些都是最近各地送来报告闹鼠灾的奏折，我怕皇上您为这些小事烦恼分心，所以私自扣下了。现在听福大人这么一说，没想到鼠患竟如此严重！唉，看来是老臣我失察了。"

康熙一听，皱了皱眉，他心如电转，知道鳌拜定是得了福渊的好处，才弄些假奏折来替他说话。但康熙脸上依然不动声色，道："鳌大人不必自责，这鼠患之事，还须查明后再定。"

鳌拜见康熙还是不太相信，便一使眼色，他的同党立刻心领神会，马上就有数人站出来，纷纷启奏道："皇上，此事千真万确，臣等亲见鼠患严重，臣等家中也是老鼠成灾。"

鳌拜步步紧逼，鼓着牛眼，盯着康熙问道："皇上，您现在总该信了吧？"

大殿上的空气一下子紧张起来，

康熙权衡了一下形势，看来今日鳌拜一定要为福渊开脱，自己若再坚持，势必与他闹翻，此时自己羽翼尚未丰满，还不宜与对方翻脸，不如退让一下，给他个面子吧。想到这里，康熙当即哈哈一笑："怪不得呢，昨天朕还看见宫中御猫叼了一只老鼠，看来这鼠患是闹到宫里来了。"

一听此话，满殿大臣都明白皇上是向鳌拜让步了，赶紧随声附和称是。鳌拜环顾左右，洋洋得意。瘫在地上的福渊心头一松，知道化险为夷了，这才敢擦擦脑门上的冷汗，忽然觉着胯下凉飕飕的，竟是刚才吓得小便失禁了！

康熙心头恨极了，他看着满脸狂喜的福渊，觉得就这么放过他，心里着实不甘。忽然间，康熙玩心大起，想到一个点子，便强忍住笑说道："福渊，你起来吧，这次事情虽说是鼠患所致，但你身为粮道，有责任灭鼠除患，何以竟让仓鼠成灾？朕今日就革去你登州粮道之职，封你为猫王，统领群猫，负责天下灭鼠之事，务必捕尽天下硕鼠！"

"猫王？"福渊一听，哭笑不得，一张脸顿时像给人揍了几拳似的，鼻子不是鼻子眼不是眼。可就这副丧气模样，还得趴在地上连连磕头谢恩，山呼万岁。从地上爬起来后，"猫王"扭扭捏捏，满脸尴尬，不敢接触别人的目光。大殿内窃笑声响成一片，偏有那不识时务的轻轻说："恭喜福大人、贺喜福大人，福大人好福气，因祸得福，也封王封侯了。""猫王"满脸通红，恨不得地上有道缝能钻进去。

康熙心中好笑，表面上却像真的一样，又正儿八经地说："既是猫王，手下岂能无兵无将？朕就赐你御猫一对，务必捉尽仓中硕鼠，若鼠患不除，朕可要拿你是问！"

福渊只得再次磕头谢恩。

康熙看了一眼满面骄横的鳌拜，又看了看嘻嘻哈哈的众臣，面色陡然一沉，说道："传旨下去，各地全力灭鼠，若再有以鼠耗为名滥加滥收皇粮的，朕决不轻饶！"

说完，康熙当即命人到后宫捉来一对御猫，福渊恭恭敬敬地接了过来。那猫认生呀，它可不认这个御封的猫王，在福渊怀里又是挠又是抓，挠得福渊脸上、胳膊上爬满了一道道的血丝。但这是御赐的宝贝，福渊不敢造次，心里虽然恨不得摔死这长尾畜生，可表面上还得笑脸呵护，左一只右一只，跟抱祖宗牌位似的，小心翼翼地退下殿去。出得宫来，福渊禁不住仰天呼了口长气，百感交集，不知是该大哭还是该大笑。此行虽说是丢了肥缺，不过好歹保住了性命，算是死里逃生，心里的欢喜毕竟多过了失落。

不久之后，福渊被皇上封为"猫王"的事就天下尽知了，一时间成为民间的笑谈。同时，众官吏特别是众粮道心里也不免惴惴不安，人人自危，再也不敢在"鼠耗"上做文章了。至于雀耗、虫耗啥的，当然也就跟着降了下来，因为有福粮道做榜样，大家生怕哪天皇上一个高兴，也封自己个"鸟王"、"虫王"啥的，那可够"光宗耀祖"的了。如此一来，天下百姓的粮赋一时间竟减了许多。

几年后，康熙羽翼渐丰，设计除掉了大奸臣鳌拜，鳌拜的党羽也下狱

的下狱，砍头的砍头。有一天，康熙心血来潮，想起了当年逃过性命的"猫王"福渊，就差侍卫赶到登州府查查这个鳌拜的余党如今何为。

侍卫赶到登州后，经多方打听，终于在僻静处找到了一个不大的庭院。一进门，侍卫吃了一惊，只见庭前廊下、窗台下、房檐下到处是猫，或大或小，或黑或白，不下百只之多。

听见有人进院，房门一响，从屋里出来一个红光满面的老头，双肩上各趴了一只肥猫。此人不是别人，正是"猫王"福渊。他双肩上的那两只猫，正是当年康熙所赐的御猫。一见福渊出来，院中众猫立刻蜂拥而上，围着他上蹿下跳，亲热无比。福渊一声轻喝："去！"众猫甚是听话，快速散开。福渊又对肩上双猫道："福气、福财，来客人了，下去！"两只御猫"喵"了一声，不情愿地跳了下去，懒洋洋地走开了。福渊脸上神采飞扬，俨然猫中之王！

侍卫见状，没有难为福渊，回去报告康熙后，康熙很是感慨，也不再追究其往日罪过。后来，康熙御笔亲书"猫王"二字，命人做成金字匾额，送到登州，挂到了福渊的宅门之上。从此，登州府就多了一处"猫王"宅，后来，也就有了这条"猫王街"。

（本篇月月评短信代码：0507）

（题图、插图：黄全昌）

千层糕的诱惑

□ 何振江

从前,有个叫苏鸿志的穷孩子,早年丧母,与父亲相依为命。苏鸿志从小聪明懂事,父亲深感欣慰,很早便开始教他识字读书。父亲对鸿志期望很高,省下一切开支供他读书,帮他买笔墨纸砚,立志要把他培养成读书人,将来考状元,光宗耀祖。

一年,天下着鹅毛大雪。父亲还是起了个大早,照例上山砍柴,让鸿志一个人在家习字。回来时,父亲见鸿志站在窗口,歪着脑袋,聚精会神地望着窗外,毛笔就搁在桌子上。父亲这个气啊,冲进屋里,阴沉着脸,骂道"小畜生,居然不用功读书!爹这样累死累活,为了什么?知道吗,咱家就指望你光宗耀祖了啊!"鸿志

怯怯地望着父亲,一声不吭。"你刚才在干吗?问你呢,哑巴啦?"父亲更加生气,冲到窗前,向外瞅了一眼。原来,隔壁做糕点生意的金财主家,正冒着香喷喷的热气,人家在做千层糕呢,这糕真香,不要说一个小孩子了,就连自己也垂涎欲滴啊。父亲叹了口气,说道:"鸿志,老实跟爹说,是不是想吃千层糕呀?"鸿志点了点头,低声说:"嗯,是的,我想吃……"父亲瞪了他一眼,喝道:"咱家虽然穷,但是人穷得要有志气,知道吗?

书中自有黄金屋，书读好了，以后出人头地了，想吃多少千层糕就吃多少。快去写字！"鸿志似懂非懂地点点头。

父亲说完，转身出了门。他犹豫了好大一会儿，才敲开金财主家的门，支支吾吾地向他开口说："我儿子……想吃一点千层糕，你看能不能……"可是话还没说完，就见金财主不屑地看了他一眼，不耐烦地说："这玩意儿也是你们家吃的？你以为是窝窝头呀！咱这土地方哪有这么考究的原料啊？青梅、蜜枣、葡萄干、瓜子仁、猪板油、绍兴酒、糖桂花汁、芝麻油……知道我这些原料是从哪儿来的吗？都是从几百里外的码头捎来的。不是我小看你，咱家的狗买得起，你都吃不起！"说完，金财主顺手拿起一块千层糕，丢到自家狗的跟前，那狗摇晃着尾巴，叼着这块糕，乐颠颠地跑开了。父亲的脸涨得通红，什么也没说，默默地离开了。

走进自己家门时，他看到鸿志正兴奋地期待着他回来，学习完全心不在焉。父亲在门口想了一想，下了决心，猛然转身冲入茫茫的雪幕中。

过了好一会儿，他带回了一大碗热气腾腾的千层糕，把鸿志叫过来说："吃吧。"说完，还在千层糕边上放了一碟碎糖。鸿志高兴极了，说："爹，你也一起吃吧。"父亲说："我已经吃过了，你慢慢蘸着糖吃吧。记住，

再怎么困难也要好好学习，否则你对不起死去的娘，也对不起爹，要知道咱家的希望就在你身上啊。"可鸿志却像什么也没有听见一样，目不转睛地盯着千层糕，一点也不想学习的样子。看到父亲严厉的神情，他这才拿起毛笔，一边写字，一边吃糕。

父亲伤心极了，默默地走开了。这点千层糕，来得是那么不容易。他下了多大的决心，才用妻子生前留下的唯一嫁妆换来足够的钱，去金财主那儿买回了这些千层糕。可鸿志却只知道吃好东西，不肯努力学习。想到自己的良苦用心付之东流，想到金财主势利的嘴脸，父亲彻底失望了，他丧失了活下去的信心，心说："鸿志啊，早知道你这么没出息，爹我还活到现在干什么呀？与其让人家看不起，咱爷俩还不如一起去了！"于是，他打算等儿子吃完这最后的一餐，便与儿子同归于尽。

父亲去厨房拿了把菜刀藏在身后，然后走进鸿志的房间，问他："鸿志，千层糕好吃吗？"鸿志这时正在专心地写毛笔字，丝毫没有注意到父亲说话。父亲又走近了一些，发现碗里面还有一些千层糕，一定是鸿志吃剩的。这时候鸿志也发现父亲来到了自己身边，可他还是没有抬头，只说了句："爹，千层糕很好吃，你也吃一些吧！"

还是只知道千层糕!

父亲绝望了。他从背后悄悄拿出菜刀,正要朝鸿志的后颈上砍去,突然发现鸿志脸上黑乎乎的,父亲感到非常奇怪,便说:"鸿志,抬起头来。"鸿志这才把头抬了起来。天哪,这张脸完全变了样,脏兮兮的,嘴巴四周全是黑色的墨汁。父亲再一看才发现,旁边的一碟碎糖居然动也没有动过,原来鸿志一直是蘸着墨汁而不是蘸着糖吃千层糕的,可这孩子却一点也没有发觉自己吃的全是墨汁!

看到这一幕,父亲眼里突然噙满了泪水。他颤声问道:"鸿志,你刚才要吃千层糕不是因为嘴馋?"鸿志红着脸说:"不是,当然不是,我可不想当好吃懒做的无用之辈。那天我到二狗子家去玩,他正在吃千层糕,便分给我一块,那东西不太好吃,但很饱人,他

说那是他娘用糠给他做的,一层糠一层菜皮,一层糠一层菜皮,叫千层糕。今天我实在是太冷太饿了,写字的时候手发抖,看到外面有卖千层糕的,就想吃一点,垫垫肚子,好集中精力写字,少浪费一点纸墨。爹,你每天要砍多少柴才能换回这些纸墨呀!可是今天的千层糕怎么这么好吃啊,比二狗子家的好吃多了……"话没说完,只听"哐当"一声,父亲手中的菜刀掉在了地上……原来是这样!鸿志根本不知道真正的千层糕这么金贵,他向自己要的千层糕竟然只是糠做的。难怪在鸿志眼中,千层糕比纸墨便宜多了!想到这里,父亲一把将鸿志搂在怀里,眼泪一滴滴地落在了他的头上……

(本篇月月评短信代码:0508)

(题图:黄全昌)

"掌上灵通杯优秀作品月月评" 2004 年 12 月份评选结果揭晓

2004 年 12 月上获得选票前三名的作品分别为:《擦亮你的眼睛》(2314)、《中奖也烦恼》(2305)、《似曾相识燕归来》(2301)。

2004 年 12 月下获得选票前三名的作品分别为:《生死危情》(2416)、《两条尾巴的狗》(2404)、《扔砖头》(2410)。

"掌上灵通杯优秀作品月月评" 2005 年 1 月份评选结果揭晓

2005 年 1 月上获得选票前三名的作品分别为:《望眼欲穿》、《妈妈睡觉了》、《神圣的豌豆》。

本故事改编自世界悬念小说大师希区柯克的同名小说。

双重杀手

□李林 编译

格登是个职业杀手，从业至今，每次都能在约定时间内，干净利索地把人干掉，从没让他的雇主们失望过。可是这次，他遇到了一个棘手的任务，谋杀对象是个叫罗依的商人。此人狡猾得像只老狐狸，和格登满世界玩起了捉迷藏的游戏，害得格登为他耗费了整整9个月，眼看着与雇主考里昂先生约定的期限就要到了，格登有些急了。

可是格登不愧是个厉害的杀手，在关键时刻，他还是从蛛丝马迹中发现了罗依的踪迹，并再次尾随他来到了西班牙的巴塞罗那。

凌晨两点，巴塞罗那郊外的小旅馆里，已经逃亡了9个月的罗依身心疲惫地沉入了梦乡。格登在阴暗处注视了他一会儿，在确认是罗依后，他再也不想耽搁时间，果断地叫出了他的名字。罗依马上从梦中惊醒了。他迅速地眨了眨眼睛，猛地看见一个黑洞洞的枪口，正死死地对着自己。

罗依明白了一切。"该发生的最后还是发生了，"他无奈地说，"这场游戏看来是要画上休止符了，9个月了，最终我还是要死在你的手里。"

格登冷冷地回答："这只是时间问题，从考里昂先生雇佣我开始，你就注定要死在我的手里。你已经多活了9个月，你应该为此感到高兴才是，"格登以一种自我欣赏的语气继续说着，"这真是一个痛苦的旅程，有

· 外国文学故事鉴赏 ·

几次我还以为我把你给跟丢了呢。"

罗依静静地听着，手却悄悄地伸到了枕头下面。那儿放着一把已经上了子弹的左轮手枪。这是他唯一的机会了。

"罗依，你太低估我了，"格登有些不耐烦了，"你的手枪我已经拿走了，我们不需要再玩这种无聊的游戏了吧？"

罗依知道现在死亡对他来说已经不可避免了。他的脸上冒出了冷汗，一个劲地央求格登："如果有任何可以挽回的方法，您都可以提出来，我有的是钱。"格登不屑地摇了摇头说："声誉是杀手的第二生命，我想你是明白的。""那好吧，"罗依还是没有放弃争取，"在杀我之前麻烦你帮我做件事。在你身后的写字台抽屉里有一个信封，我希望你能够打开它，读完以后，请把它交给你的雇主，那个要杀我的考里昂，好吗？"格登想都没想，马上说："我会的。"几乎是同时，他扣动了扳机。罗依的前额中央立刻出现了一个大洞，他的身体随即向后倒了下去。

格登收好枪，取出一个袖珍照相机，拍下了几张死者的照片。在准备离开时，他突然想到了罗依临死前的请求。他走到写字台前，取出了抽屉里面的信封，抽出里面的短信，看完后又轻轻塞回到信封里，然后打开门，走出了屋子。

格登回国后的第一桩事情当然就是去见他的雇主考里昂。

这考里昂，本来就是个没什么耐性的人，这次他已经苦苦等待了9个多月，一见到格登，他就疯狂地冲上去，抓住格登的手，连连喊着："照片，照片！"格登一言不发，取出照片交给了他。考里昂一把抓过照片，从头到尾看了几遍，脸上露出了笑容。

此时，站在一旁的格登冷冷地笑着说："这儿还有一封信，是罗依写给你的，我希望你能够读一读。"考里昂疑惑地接过信封，抽出信，喃喃地念道："我知道你会雇人来杀我的，为了公平起见，假如那个人把这封信交给你的话，那就证明他已经接受了我放在信封里的两万美金，并且同意帮我'以牙还牙，以血还血'，再见了，考里昂先生！"

看到这里，这封信忽然从考里昂的手里落了下来，他的身体也向后倒去。在他倒地之前，他的前额上出现了一个大洞，和罗依的一模一样。

（题图：箭　中）

玛瑙珠串起的故事，褪尽了人间的冬日苦寒，静听了世界的幽深华茂。——李玲（新疆）

父亲的

"歪理邪说"

□ 小 时

————年前，阿康从封闭落后的小山村来到上海打工。经过一年多的努力，他终于找到了一份体面的工作，在一家歌舞厅做音控师。歌舞厅里每天轻歌曼舞，一对对情侣牵手相伴。看着他们，阿康情不自禁地想起了大玲。

大玲和她的妹妹小玲是邻村的一对姐妹花，听村里人说，追求她们的人可多呢。一天晚上，村里的晒场上放露天电影，阿康刚好坐在大玲的前方。放映过程中，阿康无意间扭过脸去，竟惊喜地发现大玲正在看着自

己。隔了一会儿，他忍不住再次回头，大玲还在看他。于是，阿康大胆地与她对视，大玲脸上挂着浅浅的微笑，毫不胆怯，连眼睛都不眨一下。倒是阿康先不好意思起来，慌乱地躲闪开了。阿康真没想到邻村的大美人居然会看上自己这个书呆子！这下阿康可乐坏了，于是暗下决心 找个机会，一定要向大玲表白自己的心意。没想到，没过多久，他就到上海去了。这一走就是一年，他常常会想念大玲，可是相距这么远，自己该如何向她表白呢？

因为山村里还没电话，联系都靠书信。这天，阿康收到一封家书，捧读父亲的来信，他陡然有了主意了。父亲能说会道，幽默风趣，是村里出

了名的媒公。父亲的保媒成功率极高，至今还没有出现过一对半路夫妻。他还有自己的一套"婚配原理学"，像什么属猴的不能娶属羊的为妻；水命不宜与火命相配等等，如此这般，乱七八糟，足有几十条。阿康曾笑话父亲，说他搞的是"歪理邪说"，乱点鸳鸯谱。但如今，阿康想，与其自己牵肠挂肚、朝思暮想，还不如请父亲大人帮帮忙呢。于是，他赶紧给父亲回信，让他给自己的儿子做媒。

不到半个月，父亲的信就飞来了。信里说："傻儿子，你怎么不早说呢？事情已经敲定，本月28日你的心上人将与你相会。"大玲要到上海来啦！阿康顿时激动万分，对父亲佩服得五体投地。

接下来，阿康开始为大玲的到来做准备，他先将租来的屋子粉刷一新，增添了锅碗瓢盆，还用一道布帘将房间一分为二，里间留给大玲，外间归他这个护花使者。

终于盼到28日，阿康穿戴一新，还学城里人的样子，买了一束红艳艳的玫瑰花拿在手上，早早来到火车站翘首以待。不一会儿，出口处人潮涌动。阿康瞪大了眼睛在人流里搜寻。不多时，一张熟悉的脸孔出现了，可她并不是阿康朝思暮想的大玲，而是她的妹妹小玲。莫非她们姐妹结伴而来？阿康心里直纳闷，疑惑地四下张望，却找不到大玲的影子。怎么回事？他傻在那儿了……

就在阿康愣怔的工夫，小玲一脸灿烂的笑容，走到了他面前，说："让你久等了。""我……我……"阿康涨红了脸，结结巴巴地说不出话来。他刚要伸手去接小玲的行李，才发现自己手中还有一束玫瑰花。迟疑了一下，他只好将花举了起来。小玲接过玫瑰花，放在鼻子下，用力地嗅着，脸上洋溢着幸福的微笑……

回到家，阿康一边安顿小玲，一边在心里嘀咕着：这信里明明说的是大玲，怎么会变成小玲呢？难道父亲老眼昏花看错了？不可能，父亲办事一向仔细。莫非小玲是她姐姐派出的"探子"，待摸清了底细再做决定？他左思右想，也没有想出个所以然来。但是，不管怎么说，小玲是大玲的亲妹妹，阿康觉得自己应该好好待她才是，再说，到时候还得指望小玲在大玲面前替他多美言几句哩！

就这么，阿康和小玲朝夕相处了好几天。小玲虽然不及大玲漂亮，但她勤劳，性格宁静温和，阿康发现自己竟然渐渐地喜欢上了小玲。可是一想到大玲，他又不敢面对小玲了。他想，万一小玲真是个"探子"，那自己不就麻烦了？于是，阿康反复提醒自己一定要冷静，千万不能露出马脚，中了圈套。

几天后，阿康帮小玲找了份工

作，在一家商场做营业员。这样一来，小玲白天上班，阿康晚上上班，时间错开了，虽说同居一屋，接触的机会却少了。与此同时，阿康还给父亲写了封信，询问父亲这到底是怎么回事，并要求尽快给他一个回音。事情真相不明之前，阿康一直谨小慎微地与小玲保持着距离，压抑着内心的冲动，哥哥一般照顾着小玲。

这天，同事正好有事，和阿康调了班次，阿康白天上班。晚上他下班回来，见小玲还没有睡。小玲兴奋地告诉阿康，她帮一个小姐妹过生日去了，吃饭，喝酒，唱卡拉OK……

半个月来，小玲从来没那么开心过。阿康这才发现，小玲笑起来竟是那么迷人，面如桃花。这时候的阿康可真想拥抱她一下啊，但他还是不敢轻举妄动。

洗漱过后，阿康躺在床上佯装想睡。小玲意犹未尽，坐在他床边，不停地说着过生日的情景。阿康一句也听不进，心猿意马，想入非非。终于，他担心时间久了，把握不住自己，就狠下心说："小玲，太晚了，明天你还要上班，明晚再说吧！"小玲脸上的笑容当时就凝固了。顿了一下，她起身默默回到帘子里面去了。半夜，阿康听到了小玲的抽泣声……

第二天，小玲神色忧郁地说，她想回老家。阿康一听就慌了，知道是昨晚过于严肃了，只好好言相劝。其实，阿康正苦苦等待着父亲的来信呢，可是，那信却偏偏迟迟不来。

一晃又过了半个多月。这天凌晨，下着雨。下班后，阿康裹着雨衣，骑着自行车，急匆匆地往家赶。来到一个十字路口，见是黄灯闪烁，四下又没有人，便闯了过去。在快要穿过马路的时候，突然一辆白色面包车呼啸而来，阿康躲闪不及，"砰"地一声，他被连人带车撞飞了。

阿康醒来的时候，发现自己已经躺在医院里，浑身上下插满了管子。

他试着动动身体，才发现自己的一只手被另一双手紧紧地攥着，那是小玲的手。小玲趴在床沿上睡着了。阿康刚想叫醒她，恰巧一位护士走了进来。护士用手势阻止他，说："你就让她睡一会儿吧，你昏睡了很久，她可一刻都没合眼哪！她一直握住你的手寸步不离，我们劝她休息，她哭着说，手一松，你就回不来了，她要把你拉回来……"护士的话没说完，阿康已是热泪盈眶。

几分钟后，小玲惊醒了，见到阿康已经醒来，她愣了愣神，竟"哇"地一声大哭起来……

在小玲的悉心照料下，阿康身体恢复得很快。一周后，他就出院了。不过，这下他对小玲产生了无比的依恋，再也离不开她了。回到出租屋，他抓住小玲的手，语无伦次地说："我……我……离不开你了……"

小玲羞红了脸，忙挣脱开，情急之下说了句："我姐姐过些天会来的。"说完，跑了出去。看着小玲的背影，想起大玲，阿康又有些手足无措，心悬了起来，不知道等待自己的会是什么结果。

父亲的信终于来了。他竟然只说要过来看看阿康，其他什么也没说。

这天，阿康和小玲去火车站接父亲。很快，他们就在人群中见到了风尘仆仆的父亲。父亲后面还有一人，竟然是大玲！阿康顿时紧张了起来，不知该如何面对这尴尬的局面，等待着自己的又将是怎样的结局呢……

A 与小玲确定了恋爱关系（短信代码GA）； B 与大玲确定了恋爱关系（短信代码GB）； C 与姐妹俩无缘（短信代码GC）。 **（题图、插图：安玉民）**

猜情节，赢大奖

开动脑筋，猜想正确的情节！请选择你认为正确的情节发展，将其短信代码发送到200056（中国移动）或900056（中国联通）。我们将在本月下半月的刊物上刊登这个故事的结尾，并从竞猜正确的读者中抽取优胜奖20名，赠送价值100元的纪念品；从参加竞猜的全部读者中抽取参与奖500名，赠送价值10元的纪念品。

参加全年情节ABC活动，并猜对全部情节的3名读者更将获得特等奖彩信手机一部！本期活动截止日期为3月5日。

得奖读者在评选结果揭晓后将得到短信通知。本活动每条短信收取0.50元。

□ 沈定顺

提酒虫

有个叫张扬的副局长，喝了一辈子的酒，酒量大得惊人！

最近，张扬在体检时发现自己得了高血压，他老婆就劝他："酗酒不但会影响你的身体，还会影响你的前程，还是戒了吧！"张扬想想这话有道理，就决定戒酒。可才戒了半天，张扬就感到身体严重不适：浑身没劲儿，精神恍惚，五脏六腑隐隐作痛，便又让夫人陪着去看医生。

为他把脉的是一位鹤发童颜的老中医。一番望、闻、问、切后，老中医摇头叹息道："酒是穿肠毒药啊，你

却嗜酒如命！如今不但内脏器官受了损，而且中枢神经也遭到侵害！恕我直言，你患的是酒痨！只有彻底戒酒，才能得到根治！否则……"张扬听了直冒虚汗："老先生医术高明，身手不凡，一眼就看出了我的病因！只是这酒我每天少说也要喝个三五斤！要我戒酒，难啊！"老中医捋捋胡须，点点头说："冰冻三尺非一日之寒，说戒就戒当然不易，得循序渐进，我先开几服中药，你试试吧。"

回到家，老婆赶忙把药煎好端给张扬喝。哪晓得药喝下去不到10分

钟，张扬的酒瘾又发了！

他去酒橱找酒，酒早被老婆收起来锁到另一个房间去了。他便像丢了魂似的倒在沙发上，面色蜡黄，呵欠连天，鼻涕口水不停地流，周身到处像有虫钻一样难受！他央求老婆给他点儿酒喝，老婆硬着心肠坚决不答应。张扬像头发怒的狮子，跳起来抓住老婆就打，打得老婆鼻青脸肿，连连求饶，交出钥匙，他这才住手！张扬开了门，怒气冲冲地提出瓶茅台，双手颤抖着打开瓶盖，"咕咚咕咚"喝下去，才长舒一口气，慢慢恢复了常态。他把剩下的药全抛进垃圾篓，狠狠地说："天天一个醉，能活一百岁。谁戒谁是傻子！"然后一摔门，骂骂咧咧地走了！

老婆哭哭啼啼，去找老中医。老中医听完她的叙述说："这么重的药汤都不管用，照此看来，你男人不是一般的酒痨，而是体内长了一种特别嗜酒的虫子！那虫长约3寸，有19对小脚，头大嘴阔，寄生在人的胃或肠道里，名为酒虫！只要一段时间不见酒，它就会啃咬人的胃或肠壁，让人烦躁难耐，生不如死！"听了老中医的话，张扬的老婆差点晕倒！她哭着恳求老中医发发慈悲，救救丈夫！老中医见她凄楚可怜，捋捋胡须，答应尽力帮忙，并说："你男人体内那条酒虫我看有五六年了，是条老酒虫了，不是药力能奈何的！要救你男人的

命，必须按我的吩咐去做才行！"说完，老中医附在她耳边，如此这般叮嘱了一番。

张扬老婆回到家，先到局里为张扬请了五天假，然后到市场买回各种下酒的菜弄好端上桌，打开酒瓶坐在旁边，为他斟酒夹菜，满面笑容地劝他尽兴喝好。老婆的一反常态，令张扬大惑不解"咦，莫非太阳从西边出来了么……"老婆说："我现在想明白了，人生在世，说穿了还不是为吃穿二字！男人喜欢喝酒没有错，就像女人喜欢穿戴打扮一样！俗话说：'男人不喝酒，枉在世上走。'你在家喝的是别人送的酒，在外喝的是公家的酒，这不用咱掏一分钱的酒，不喝白不喝啊！只要你喝了后别向我发脾气，对我好一点就行了！"这些话张扬听了正中下怀，他揽住老婆，在她脸上亲了一口说："这才是我的好老婆嘛！"

晚上，张扬的两个妻舅也赶来助阵，推杯把盏专敬姐夫，直喝到午夜，把个张扬灌得酩酊大醉，如死猪般沉沉睡去！

张扬酒醒后，已是第二天上午九点钟了！他发现自己身处一个陌生的房间，全身被捆绑着俯卧在一张宽大的木凳上，旁边站着老婆、两个妻舅和那个老中医。张扬大声呵斥道："你们想干什么？快放开我！"老婆说："别闹，老先生要为你捉酒虫……"不

待老婆说完，张扬破口大骂："你们都疯了，都傻了！怎么相信这老骗子的胡言乱语！快放我下来！"老中医含笑不语，带三人走出房间，然后"砰"地一声把门关上，接着里面不断传出张扬粗俗的叫骂声。

一个多小时后，屋内叫骂声渐弱，老中医他们才推门进去，只见张扬全身大汗淋漓，奄奄一息地俯卧在木凳上，嘴里反复念着一个字："酒……"老中医见时机成熟，忙叫人端来一盆白酒搁在他的头下，让酒香直冲他的口鼻。张扬闻到酒的香味儿，顿时来了精神，瞪大一双血红的眼睛，恳求人们快给他点儿酒喝！老中医不理他，端张小凳在旁边坐下，专等那酒虫出来！

10分钟过去了，酒虫还没出来，只见张扬鼻涕口水直往盆里掉！他伸长舌头想去舔盆里的酒，可是老够不着。他挣扎，大骂，但无济于

事！看他痛苦的样子，老婆在一旁心疼得直掉泪！20分钟过去了，还是不见酒虫的影子！这下老中医着急起来："我用此法捉酒虫十拿九稳，今天是咋回事？莫非他肚里没有酒虫？"忽然，他问道："平时你丈夫爱喝什么酒？"张扬老婆答道："五粮液和茅台！"老中医眼睛一亮："原来问题在这里，那酒虫长期吃惯了好酒，一般白酒的香味引诱不动它！快去拿两瓶好酒来！"

张扬老婆火速拿来好酒，老中医换个盆把酒倒入其中，顿时酒香四溢，沁人心脾！不过张扬这时已被折磨得昏睡过去。老中医叫大家不要出声，说那酒虫就要出来了！果然，不

到一支烟工夫，张扬的鼻孔里就露出了半截虫子！那虫被盆里的酒香撩拨得不停地扭动身子，一对针鼻大的小眼睛贼亮贼亮的！它张开口想吃盆里的酒，可是还差那么一点点儿，它又往外伸出了一小截。老中医迅速伸出右手去捉，谁知那酒虫机灵得很，竟"哧溜"一声缩回去了！老中医见状大惊："不好！这家伙缩回去就难再被引诱出来了！快，你们快掏耳屎给我！"张扬老婆和妻舅忙用小指伸进耳朵猛掏，眨眼间，都掏出了一小坨耳屎。老中医用筷子撬开张扬的牙齿，叫他们把耳屎塞进他的嘴里，然后移开酒盆。张扬立刻翻江倒海般呕吐起来，一大摊秽物其臭无比！那酒虫也随秽物呕吐出来了，在地上摇头晃脑，拼命挣扎！老中医朗声笑道："这下看你往哪里逃！"说着，小心翼翼地用钳子将酒虫夹住，"咚"地一声丢进酒盆！

张扬的老婆和妻舅看见盆里那3寸来长、浑身长着小脚、头大嘴阔的怪物，都吓得目瞪口呆！

老中医长出了一口气说："解开绳子，让他亲眼看看这条酒虫吧！相信这辈子他再也不会喜好杯中之物了！"

大家七手八脚解开绳子，张扬宛如从梦中惊醒。他看着盆里的酒虫，问老中医："它在酒里能活多久？"老中医回答："只要有酒，它就可以永远活下去；离开酒，要不了半个时辰就会死去！就像鱼儿离不开水一样，酒是酒虫的命根子！"

临走的时候，张扬想把酒虫带回家作个纪念，老中医含笑拒绝了。张扬问何故，老中医说："世界之大无奇不有，这东西我还要留着警戒世人呢……"

张扬从此滴酒不沾。

（题图、插图：杨宏富）

在这个世界上，以恶行报复别人的人，到头来其实也报复了自己……

□ 小 树

香水陷阱

1. 情迷香水

在江南某市的城郊，有幢造型别致的别墅小楼，里面住着一位年轻娇艳的女子，名叫姗娜。姗娜的丈夫叫林彬，是一家公司的老板，很有钱。他长得矮矮胖胖的，心却很细，把妻子像花一样养在家里，啥事都不让她沾手，还雇了两个保姆任她使唤。

姗娜天生喜爱香味，小别墅里，房里房外洒满了香水，楼上楼下摆满了时鲜香花，因此，她的生活中总是充满了香味。人家都说姗娜是个有福气的女人，可她却觉得现在的生活还缺乏某种激情。

这天晚上，林彬下班回家，姗娜微笑着迎上去问："回来啦？饭吃过了吗？"林彬"嗯"了一声，冲她笑了笑，便往沙发上一靠。姗娜又柔声问道："累吗？"林彬又"嗯"了一声。"那我给你放水洗澡好吗？"林彬依旧回答了一个"嗯"字。林彬洗好澡，一句话也没说，便往床上一仰，不一会儿就呼呼大睡了。

姗娜呆呆地望着酣睡的丈夫，心想：他为什么对我总是"嗯嗯啊啊"、不冷不热的，他难道并不真正爱我吗？想到这里，姗娜觉得非常委屈，竟流下泪来。

第二天早上，林彬看出了姗姗的不快，刚好他要到福州去谈一笔生意，于是决定带姗姗一起去散散心。姗姗第一次来福州，这儿青山绿水，景色宜人，她开心得像只飞出笼子的小鸟，一步不离地跟在林彬的身旁，陪他去见客户，陪他游山玩水。姗姗感觉这次来福州简直比度蜜月还要开心。

到福州的第三天晚上，林彬带姗姗去见一个生意上的伙伴，据说这人是在福州做香水生意的。约会地点是一个幽静的小酒吧。他们到了之后，对方还没来，林彬转身上厕所去了。姗姗打量了一下这个小酒吧，觉得这儿与其说是谈生意的地方，不如说更像是男女幽会的场所。酒吧里灯光暖昧，色彩迷离，一对对青年男女卿卿我我，窃窃私语，如此氛围，不禁让姗姗浮想联翩！正在这时，天空中一道流星划过，姗姗猛然闻到一种清雅而沁人心脾的香水的味道。成天沉浸在香味中的姗姗，也从来没闻到过这么好闻的香味，她觉得头脑一下子变得兴奋起来，抬头一看，只见一个高大的男士站在她的面前。这人三十岁上下，面容俊秀，西装革履，潇洒脱俗。刹那间，姗姗脑子里闪过一个念头：要是自己的丈夫是这样，该多完美啊！正在姗姗一愣神的工夫，那位男士略一欠身，彬彬有礼地问："请问您就是林太太吧？"这一声，把姗姗从梦幻中惊醒了。她发现自己失态了，不由脸一红，慌乱地点了点头。那男士从容地在姗姗的对面坐下，顺手倒了杯红酒，默默地呷了一口。这时姗姗才发现，那迷人的香味竟然是从这位男士身上散发出来的。她惊叹这世界上居然有这么香、这么迷人的男子。姗姗长这么大，很少接触丈夫之外的其他男子，她闻到的只是丈夫身上那让她常常感到恶心想吐的气味。姗姗两眼怔怔地看着这个陌生男人，居然有了初恋时心动的感觉。

这时，一阵"哈哈"的笑声把姗姗从沉醉中唤了回来，林彬回来了！他笑着和那男士握了手，两人寒暄之后，就开始谈生意了。

姗姗再没心思听他们谈生意了，她已经被这个香水男人迷住了。她觉得他的眼神，他的神态，他那自信的笑容和微微翘起的嘴角，还有他身上那种独特的香水味道令她心驰神往。

第二天，姗姗推说身体不舒服，没有跟丈夫去谈生意。其实她自从昨天见到那个香水男人之后，满脑子都是那个男人的身影。她也惊讶自己已经结了婚，怎么还会对另一个男人产生这么浓的兴趣？她想控制自己不去想他，却怎么也控制不了；她想见他，又不知应不应该去见他。想来想去，姗姗还是决定先和那男人通个电话，探探他的心思。于是，姗姗从林彬的名片夹里找出香水男人的电话号码，给他打了一个电话，没想到香水男人竟然热情地邀请她去他的海边别墅做客。姗姗放下电话，想也没想，立即"打的"前往。那是一座香雾缭绕的别墅，依山傍海，椰林婆娑。走进别墅，一股淡雅的香味扑面而来。此刻，姗姗只觉得脸在发烧，心跳加速，这可是她第一次背着丈夫与别的男人幽会啊！在香气的包围中，香水男人扑上来抱住了她，在他强有力的拥抱下，姗姗放弃了矜持，倒在了他的怀里。一阵拥吻之后，香水男人把她抱到了床上……此时的姗姗感觉自己变成了一匹脱了缰的野马，在一片开满野花的草地上狂奔，奔着跑着，渐渐地感到没了力气，接着彻底崩溃了，仿佛从天堂坠入了深不见底的深渊……也不知过了多久，姗姗终于清醒了，她慌乱地爬了起来，穿好衣服，便急忙"打的"回到了住处。

第二天，姗姗又打电话去找那个男人，可电话响了半天，却没人接。她又"打的"去了那个海边别墅，别墅里空无一人，那香味也早已散尽了。香水男人似乎从这个世界上突然蒸发掉了！直到姗姗离开福州，香水男人再也没有在她面前出现过。此时，姗姗心里矛盾极了，既思念那人，又觉得这个结果让她宽心。毕竟她的内心还是爱着自己丈夫的。香水男人的出现只不过是她生活中的一个美丽的小插曲，而且这个小插曲在她心里打下

了有愧于丈夫的烙印。

从福州回来之后，姗姗收到一个邮包，邮包的落款居然是"香水男人"。邮包里面有两瓶香水，一瓶男用的，一瓶女用的。那瓶男用香水的味道就是香水男人身上的那种。让姗姗惊讶的是，林彬非常喜欢这瓶香水。他一改以往不肯用香水的习惯，每天睡觉前总要精心地擦上一遍。每当丈夫喷上这种香水扑过来时，姗姗就有了那天在海边别墅疯狂的感觉，仿佛香水男人一直在自己的身旁。从此以后，每过半年，香水男人就会寄来两瓶香水，一瓶男用的，

一瓶女用的。

2. 树林惊魂

一晃三年过去了。一天，林彬出差了，姗姗一个人在家正闲着无聊，一个小男孩儿敲门进来，交给她一封信。姗姗打开一看，信是打印的，落款居然是"香水男人"。他在信中约姗姗下午六点钟到城边的小树林见面。这信又拨动了姗姗早已平静的心弦，她的眼前仿佛又浮现出香水男人那高大俊美的身影。见不见他呢，姗姗有点犹豫，她想眼下可不是在福州啊，去了万一被人发现怎么办呢？但是当她一想起在福州那个疯狂的夜晚，她就不顾一切地决定去赴约。她欢快地化好妆，"打的"驶向城外小树林。说是小树林，其实面积不小，有点阴森

森的。下了车，她走到了约定地点，却看不到香水男人的身影。她试探着往树林深处走去，树林间弥漫着一种淡淡的她熟悉的香味，但仍不见人影。她想这肯定是香水男人故意营造出来的浪漫氛围。她充满期盼，跟着香味来到了一条小河边，还是不见人影。这时天已经黑了，她借着月光，顺着香味沿着小河往前走去，走了不远，忽然看到河边有一条小小的模型船，船上摆了一小瓶香水，那香味就是从这里弥漫开的。她把香水瓶拿起来放进了随身带的小包里，四下里看看，仍不见人。姗姗心想：难道这人在跟我捉迷藏？如果是这样，那么这小船上可能会有线索。于是她蹲下身子拿起了小船，可左看右看也没发现小船有什么特别的地方，只是船尾上拴了

一根绳子。姗姗拉起绳子，绳子很长，她心里充满了好奇和期待，想看看香水男人到底给她送来了什么特别的礼物。她使劲地拉呀拉，终于把绳子后面的东西拉出了水面。姗姗发现那东西挺沉，拉上来一看是一个黑色的油纸袋子，

童年时，妈妈的故事教我做人；长大后，书上的故事助我成才。 ——王彼德（沈阳）

上面沾了些河泥，纸袋子上还拴了一把小剪刀。纸袋摸起来软绵绵的，滑腻腻的，就像香水男人温情脉脉的眼神。姗姗急切地拿起剪刀把纸包剪开，刚剪开一点口子，发现有些腥味。她想，可能是河泥的味道吧。于是她把纸袋完全剪开，顿时一股恶臭扑鼻而来，一个圆圆的东西从纸袋里滚出来砸在她崭新的白皮鞋上。姗姗赫然发现那居然是一颗已经高度腐烂发臭的男人的头颅！上面还有白色蛆虫在蠕动。姗姗顿时跌坐在地上，连尖叫的力气都没有了。她挣扎着跌跌撞撞、连滚带爬地朝树林外逃去，几次撞在了树干上。

姗姗记不起来自己是怎么逃出这片树林，又是怎么撞开家门的，更记不起自己是不是打110报警了。她的脑子里始终不停地重现着那个腐臭的人头。警察来询问时，她连一句完整的话都说不出来。等好不容易问清了事发地点，已经一两个小时过去了。警察带着狼狗找遍了小河的上游下游和小树林，结果不要说人头了，就是那只小船也找不到了。警察问姗姗，她总就是那么几句，关于为什么要去小树林，她只字不提，问多了她就号啕大哭。警察没有找到任何线索，只能无奈地丢下一句话："等你好一点了，请到警察局去一趟，我们重新给你录一次口供。"姗姗的邻居们议论纷纷，都怀疑姗姗中了邪。等到姗姗觉得好一点了，再去找抽屉里的那封信时，却发现信已经不翼而飞。听着邻居的议论，再想想那封不翼而飞的信，姗姗的脑子有点糊涂了。她想难道真的是自己的精神出了问题，产生了幻觉？难道这件事自始至终都是一个噩梦？但那小河边的一幕一幕，还有那个狰狞的头颅，都那样真实地历历在目。从此她得了心悸的毛病，别人说话的声音稍大一点，她就觉得心慌不安，上不来气。原来她很喜欢香水的，从这以后也很害怕闻到香水，一旦闻了香水味，她就会心跳加速，喘不上气来。于是她把家里所有香水都扔掉了，连花也不买了。

3. 裸体照片

经过两星期的休养，姗姗心悸的毛病好了许多。这时，林彬来电话说生意谈完了，马上就要回来了。一想到丈夫要回来，姗姗顿觉有了靠山，身上立刻充满了力量。

就在姗姗心情安定地坐等丈夫回来的时候，邮差送来了一个邮包。邮包上没写寄件人姓名和寄件地址。姗姗觉得有些奇怪，她把邮包拿进了自己的房间，打开一看，顿时脸色惨白，一股凉气由下而上直冲脑门，心脏仿佛突然停止了跳动。邮包里面居然是她和香水男人在福州海滨别墅的裸照！姗姗感觉到头晕脑涨，一下子瘫

坐在了地上，她做梦也不敢相信，一个看上去潇洒脱俗的君子，怎么竟是这样一个道貌岸然的卑鄙小人，居然心怀叵测地把那一次逢场作戏的事儿拍了照片！这事要是被丈夫晓得，自己的一切不全完了！过了好一会，姗娜才从地上爬起来，到卫生间用凉水擦了擦，使昏胀的头脑清醒了一些。她靠在床上，左思右想，想不通香水男人为什么要这么对她！她想：这人给我拍了裸照无非是想问我要钱，可他却只字未提钱的事；他约我出去，又不露面，却让我看一个死人的头颅。他到底想干什么？难道只是为了戏耍

我？想到这里姗娜又气又恼，她觉得心肺都快爆炸了。她抓起邮包狠狠地扔在了地上，也许是用力过猛，她突然感觉到一阵剧烈的胸闷，接着便什么也不知道了。当她清醒过来的时候，天已经黑了，她觉得好了一些，就把照片拿到卫生间烧了。

林彬终于回来了，但是姗娜却高兴不起来，因为她心中充满了恐惧，她害怕那个香水男人也同样给林彬寄裸照。可是让她稍微心安的是，林彬仍像以前一样，笑眯眯的。睡觉前，林彬还是和从前一样在身上洒了那种香水，然后朝她扑过来。但是姗娜闻到香水的味道，看着身边的林彬，恍惚地感觉到身边不是自己的丈夫，而是那个给她寄来裸照的香水男人，丈夫的脸好像就是那个恐怖的死人头颅！姗娜的心又开始猛跳，手脚发凉，一会儿就什么也不知道了。

姗娜醒来时，发现自己躺在医院的病床上。床边放了一台监护器在监控她的心脏。林彬坐在床边握着她的手，眼睛红红的。几天之后，医生给她做了全面的检查，最后诊断说她患有心律失常——阵发性房颤！她不明白这是什么意思，只是感觉很虚弱。她对香水更加过敏，一闻到香水味她就觉得要窒息。她现在好担心香水男人会突然出现，在丈夫面前掏出一叠照片。然后会怎么样？也许自己会比街上要饭的还惨，被人从家里赶出

去，一个亲人也没有了！她不敢想下去！

姗姗开始怀疑身边除了丈夫之外的所有人。她怀疑家里的两个保姆是不是拿走了那封约会的信；她怀疑那些警察没有好好搜查小树林；她甚至连卫生间都不敢上，怀疑香水男人可能就躲在卫生间的门背后。但是这之后却什么也没有发生，再加上林彬对她无微不至的呵护，渐渐地，姗姗的状况有了好转，心情也开朗一些了。她更加依赖自己的丈夫，也更后悔自己在福州做过的那件荒唐事。她暗下决心，一定要在林彬知道之前了断与香水男人之间的纠葛。

一转眼两个月过去了，林彬看姗姗好了一些，又开始忙生意上的事去了，但是每天都回来悉心照顾她。可是有一天，林彬回来后心情很不好，满脸愁云，坐在沙发上唉声叹气。姗娜的心一下子抽紧了，不知该怎么办才好。林彬对她说："还记得那个擦香水的男人吧，他今天找我借一大笔钱，我说暂时没有，他就很生气，还扬言要如何如何！我看他这个人不地道，以后我们不要和他来往。他今后如果上门来，不要让他进门，知道吗？"林彬的话刚说完，姗娜顿时如五雷轰顶一般，她想：这可怎么办啊，那个香水男人已经找上门来了，他真的来敲诈了！他为什么不来找我啊，找我的话我肯定会尽可能用钱来摆平

·社会长廊　生活广角·

这件事的。可是现在呢，他找的是林彬，林彬如果不给他钱的话，他就有可能把我的裸照给林彬。那时候我可就完了！林彬看姗娜脸色突变，呆若木鸡，就说"嗨，你别怕！谅他也不敢怎样！早点休息吧！"说完就去洗澡了。

这一夜姗娜彻夜未眠，恐惧、悔恨、羞辱、愤怒在她的心里纠缠，她只觉得欲哭无泪，生不如死。

第二天丈夫按时回来了，还是那么心神不宁，一根接着一根狠狠地抽烟。姗娜小心翼翼地问他，他只是冷冷地说你不用管。林彬刚坐下没一会儿，就有人给他打手机，林彬接了电话后，什么也没有对姗娜说，就出去了。姗娜赶紧走到窗口向外望去，天哪！外面站着的不就是那擦香水的变态男人吗！这个男人的身影在月色下显得格外地吓人，姗娜几乎都不敢再看，只觉得腿如筛糠。接着，她看见他们两个人好像起了争执，过了一会儿，那个人把一个小包递给了林彬，然后两个人的争执停止了，香水男人扬长而去。姗娜心中只有一个念头：他给林彬的肯定是我的裸照，我完了！这时就听到林彬"乓"地一声重重地拍上大门，"噔噔噔"气势汹汹地走了过来……然后她就什么都不知道了。

也不知过了多久，姗娜醒来了，一看四周，又是在医院里，而林彬已经趴在自己的病床边上睡着了。看着

林彬熟睡的样子，姗娜禁不住哭了起来。听见哭声，林彬醒了过来，他高兴得像孩子一样握着姗娜的手对她说："姗娜，我那天和那个叫吴祖茂的擦香水的男人大吵了一顿，回来就看到你昏过去了，真是把我吓死了！"说这话时，林彬脸上充满了后怕的表情。姗娜迟疑了一阵，才喃喃地说："我……当时在窗口看见你们吵。我从来没见过你生那么大的气，他当时对你怎么了？"林彬听了这话更加生气："别说了！他是一个纯粹的无赖！我这次郑重其事地告诉他，我不会借钱给他，他冷笑着跟我说，他早就知道我不仗义，所以在送给我们的香水里面加了他的尿！我当时气得真想掐死他！然后他给了我一包东西，说看了之后我就知道不借钱的代价了。我想他这个无赖能给我送什么好东西？所以回来后看也没看，就扔到垃圾桶里去了！"姗娜听到最后一句话，暗暗地舒了口气。

4. 主动出击

出院后，姗娜回到家，在垃圾桶里找到了那包东西，果然没有打开过的痕迹，她到厕所里打开一看，里面果然是裸照。她把照片烧了，但心里仍感觉很累，她知道一天拿不到底片，一天就不会轻松。她思来想去，觉得不能这样被动地受耍弄，得主动出击，去找那个叫吴祖茂的无赖。但怎么找，往哪儿找呢？

就在姗娜犯难时，吴祖茂竟主动来信了。信还是打印的，而且还是约她下午六点去那片小树林见面。上次的遭遇让姗娜犹豫再三，最后她一咬牙：不入虎穴，焉得虎子？去！万一见到他，就豁出命和他拼个鱼死网破！于是，姗娜略做准备，在包里放了一把小刀，"打的"来到了小树林。树林里还是像上次一样，弥漫着淡淡的香水味。姗娜找了一阵，不见人影，就来到小河边。小河里果然和上次一样有个小模型船。所不同的是，小船上没有香水，后面也没有系着绳子，船里只有一张纸条，上面写着："当你看到纸条的时候，上游马上就会漂下来你的玉照，你赶快跳进水里捞吧！哈哈哈！"姗娜见了，气得发抖，把纸条撕了个粉碎，然后往上游看去，果然从上游漂来了一张张照片。姗娜知道那个无赖肯定正在上游往河里投照片，她想去抓他，又怕不赶紧把照片捞上来，万一被别人捡去，自己的脸可就丢尽了。无奈之下，姗娜只得跳进水里捞照片。等到小河里看不到照片时，她急忙上岸，往上游奔去。可是，当她气喘吁吁奔到上游时，除了一个牛皮纸袋之外，连个鬼影也没见到。她拿起那个牛皮纸袋一看，上面写着："水里的照片捡完了吗？你的手脚真利索呀！不过，我在这树林中的一些树上还钉了几张，去找吧，我走了，拜拜。"姗娜气得肺都要炸了，心里骂道："混蛋！你不得好死！"

可怜的姗娜被折腾到凌晨一点才回到家。一进门，就见林彬还坐在沙发上等她。看见姗娜进来，林彬关切地问："娜，你去哪儿啦？怎么才回来！"面对如此关心自己的丈夫，姗娜无言以对。她匆匆上楼，草草洗了个澡，钻进被窝，蒙头沉睡。第二天等她醒来，林彬抚摸着她手臂上被树枝扯得红一条、青一块的伤痕，关切地问："昨天你干什么去了，出了什么事了，你得告诉我啊。"姗娜说："我昨天在家觉得心里闷得慌，就出去走了走，散散心，不料走迷了路，我一时心慌，摔了跤，手臂被树枝扯伤了，不过现在没事了。"林彬又说了些安慰的话，就上班去了。

林彬一走，姗娜感到伤心极了。自己受人家耍弄、折磨，却无处诉说，连向自己的丈夫哭诉都不可能！她默默地在床上想了好久，终于想通了，与其这样受折磨，还不如把一切都跟丈夫说了，大不了离婚。这么一想，虽然觉得心痛，但却踏实多了。

这时保姆进来了，交给姗娜一封信，说是一个陌生男人送来的。姗娜打开信封，信上的署名居然又是"香水男人"。信上说："我今天坐下午四点的车回福州，希望你能和我一起去。如果不去的话，我就把你的照片发到互联网上去，让全世界的人都能看到你。"

姗娜气得把信狠狠扔在地上，拿了一把刀追出去，可是追到屋外一看，一个人影也没有。她回到房间，越想越气，却又顾虑重重。如果那家伙真的把自己的照片发到互联网上去，

那自己活着还有什么意思？于是她决定去一趟福州。她随便准备了一下，也没给林彬说，就"打的"来到车站，等着香水男人的出现。可是姗娜从十二点一直等到下午四点半，那个男人也没有出现。她觉得奇怪了：这混蛋，难道又在耍我！如果是这样，这福州到底去是不去？姗娜想了一会儿，最后还是决定去，好歹一定要把这件事解决了。于是，她上了一辆五点去福州的豪华长途汽车。上车后，她刚坐下，无意间看见一个熟悉的身影上了另外一辆去福州的汽车，好像就是那个香水男人！姗娜想，自己乘的这趟车先开，正好到福州来个守株待兔！果然，姗娜的车先到了，她没出站，等后面那辆车到了，她两眼一眨不眨地看着乘客们一个接一个地下车，可是等到所有乘客都下完了，也没见到那个长得像香水男人的人。一问司机，司机说中途没有人下过车。姗娜心里骂了一句：见鬼！

人没等到，姗娜决定先找个地方住下来再说。一切收拾停当，她包里装了一把小刀，就开始四处寻找香水男人的踪迹。她去了他的海边别墅，可是那里看样子已经好久没有人住过了。接着姗娜又去了那家酒吧，还是没有香水男人的下落。最后，她只好去找了在福州公安局工作的老同学李小娟，请她帮忙查查吴祖茂的底细。

可是三天过去了，依然没有香水男人的消息。就在姗娜一筹莫展的时候，一个打扫卫生的老太太对她说："闺女，听人说你在找一个喜欢擦香水的先生是不是？你找他干什么呢？他几年前就死了啊！"姗娜简直不敢相信自己的耳朵："他死了？不会吧，我前几天还看见他呢！"老太太说："我记得那位先生姓吴，或许我们说的不是一个人吧。但是我在福州生活了快七十年了，要说男人擦香水的，而且像你所说的长相和风度的也只有吴先生了。"老太太说完，转身走了。姗娜并不相信她的话。可是就在当天下午，姗娜接到了李小娟的电话，她告诉姗娜，调查结果显示，吴祖茂在三年前已经死了。姗娜一听，脑子"嗡"地一下子全乱了，这怎么可能呢？难道说是一个死人一直在和自己捉迷藏？

5. 是人是鬼

姗娜怎么也想不通这究竟是怎么一回事，于是立刻"打的"去公安局找李小娟。李小娟递给她一个档案袋，上面写着吴祖茂的名字。姗娜颤抖着手打开档案袋，那照片上的人果然和三年前那个香水男人一模一样，可档案上已经盖了"死亡"章，并注明是自杀身亡，更为不可思议的是，死亡日期居然就是他们在海边别墅约会后的第五天！姗娜看了，差点晕倒。李小娟不解地问："姗娜，你让我

帮你找这么个死人干什么？而且都死了三年了。"姗姗带着哭腔说："可是，可是他几天前还给我写过信呢！是他写信把我约到福州来的啊！"李小娟听了，连连摇头说："这不可能，就凭一封信你能肯定就是他约你了？你认识他的字吗？姗姗，如今骗子多得很，可别自己吓自己啊！"

姗姗心乱如麻，不想跟李小娟多说，更不敢把自己的事告诉她，于是赶紧告别李小娟，"打的"回了宾馆。在回宾馆的路上，姗姗总觉得身后有一个影子在跟着自己。姗姗紧张极了，下车后飞快地跑进宾馆，"砰"地把门紧紧关上，而后钻进被窝，用被子把自己盖得严严实实，可她还是觉得身体冷得像个冰块，脑子里反复出现香水男人的身影和那恐怖的、发臭的人头。

第二天早上，姗姗昏昏沉沉地睁开眼，突然看见一个男人背对着自己坐着。姗姗惊得差点叫出声来，她赶紧又闭上眼睛，假装还在熟睡。但那个男人像是听到了响动，转过身来，姗姗偷偷睁眼一看，竟是那个死了的吴祖茂！姗姗骇得肝胆俱裂，惨叫一声"鬼！"然后连忙把被子蒙在头上，可还是浑身发抖。这时，她仿佛听见一个声音从很远处传来"我，我不是鬼。你不要叫，我不会伤害你的。"姗姗颤声说"你不要伤害我，你别过来啊！"那声音叹了一口气说"这里有你的一封信，我不是坏人，但是让我来送信

的人可能是个坏人，你可别上了他的圈套。"说完就像风一样消失了。过了好大一会儿，姗姗才战战兢兢地爬起来打开信，信是打印的，上面写着："我想你现在已经知道我死了吧，可是我想告诉你，我其实还没有完全死。我有件事想告诉你，如果你想彻底解决我们之间的事儿，晚上十二点去图上画的地方找我。千万不要跟别人讲，否则你知道后果！——吴祖茂。"信的下面还画了一张简单的地图。姗姗看完信愣住了：这家伙说他还没有完全死是什么意思？难道他是个活死人？为什么他刚才不把

事情解决，却要我去这个地方？

6. 生死拼搏

晚上，姗姗又在包里藏了一把小刀，然后就出发了。出租车出了城，开了好久，才在一个山坡前停住。姗姗下车一看，只见四周全是蜿蜒起伏的大山，山风习习，夜雾缭绕。这时，出租车已经开走了，这里只剩下她一个人。处在群山之中，姗姗觉得冷飕飕的，心中不禁打起了小鼓，但此时已无退路，她只好按照信上画的示意图艰难地往山上走去。这山很高，快到山顶时，姗姗看见前面有几点火光，她忙向火光走去。当她来到一棵大松树前时，只见树上吊着一个人。姗姗吓得赶紧往回跑，刚跑了两步，却见对面站着两个黑衣人。姗姗腿一软，倒在了地上。就在这时，她突然听到一个非常熟悉亲切的声音："姗姗，你别怕，有我呢！"姗姗抬头仔细一看，明白了，对面的黑衣人不是别人，正是自己的丈夫林彬和他的助手张威。姗姗再也控制不住情绪，大哭起来。林彬抱住她，轻声说："别怕，我来了，一切都好了。"

说完林彬朝张威一摆手，张威便走到松树前，把那吊着的人放了下来。林彬对姗姗说："姗姗你过去看一看，吊着的人是谁？"姗姗走近一看，这不就是害得自己成天心惊胆战的香

水男人——吴祖茂吗？姗姗疑惑地看着丈夫，林彬神色自若地说："姗姗，你那天没跟我打招呼就走了，害得我找得好苦。当我知道你来了福州，就马上赶来了。今天早上我打听到你的住处，就赶去找你，却看见这家伙从宾馆里出来，我就跟踪他到了这里，一问才知道他今晚是想把你骗到这里害你。我查清楚了，他不是吴祖茂，而是吴祖茂的弟弟吴同茂。他哥哥三年前自杀死了，他却认为是我害死了他哥哥，但他没机会对我下手，就选择了你。他承认设了好多圈套整你，把你整得很惨，让你受了很多罪，现在他被我们绑了，随你怎么处置。"

姗姗心想：幸好这人还没讲出裸照的事，可是林彬就在眼前，他万一说出来怎么办？为了我未来的幸福，干脆一不做二不休，杀了他！姗姗刚想到这里，林彬已经把一把锋利的刀递了过来，姗姗略一愣怔，便接过刀，一步一步慢慢向吴同茂走去。林彬随即向张威递了一个眼色，张威就下山去了。

这时，一声"啊"的惨叫在山谷中显得分外刺耳。姗姗全身发抖，手中那把滴血的尖刀"当"的一声掉在了地上。黑暗中林彬走过来问："你杀了他了？"姗姗点了点头。

林彬长长地出了一口气，从衣袋里拿出一叠照片。姗姗不解地接过照片一看，不禁倒吸了一口冷气。那正

是她和香水男人的裸照。林彬又拿出一卷胶卷，冷冷地说："这就是你一直想拿到手的底片。"说完用打火机点燃，扔进了万丈深渊。姗娜大声嘶叫着问："为什么底片在你手里？"林彬面无表情地回答："你所遭遇的一切，全是我导演的一出戏，你没想到吧！"接着，林彬就得意地说出了真相。

原来，三年前吴祖茂在生意上遇到了危机，便找曾是自己生意伙伴的林彬借钱，没想到林彬却一分钱也不肯借。于是吴祖茂特意设局，拍下了姗娜和自己的裸照，想以此要挟林彬。但是棋高一着的林彬不但没有给他诈去一分钱，反而把吴祖茂杀了，并制造了一个自杀假象，把警察都蒙骗了。林彬就是这样一个人——眼睛里揉不得沙子，谁要是侵犯他、背叛他，他就会加倍报复，甚至置对方于死地。在他眼里，姗娜是他的老婆，也是他的摆设和工具，就像他的财产一样归他所有。他知道了姗娜竟敢背着他偷汉子，

岂肯善罢甘休！他要彻底地报复她，于是，他从假冒香水男人寄香水开始，拉开了报复的大幕，把妻子折磨得死去活来，神魂颠倒。林彬说的所谓吴祖茂的弟弟，其实是他从农村花钱雇来对付姗娜的，那人的长相与吴祖茂十分相似。现在，几乎所有的人，包括警察都认为姗娜精神出了问题，林彬自己也玩腻了，这才亲自出场了。

林彬狞笑着说："姗娜，你现在杀人了，你知道吗？而且所有人都觉得你精神有问题，然后你知道你会怎么样吗？你会在这里像三年前那个吴祖茂一样畏罪自杀！哈哈哈！"姗娜挣扎着往后退，边退边喊："我不自杀，我不自杀！"林彬阴森森地说："这可由不得你了，识相的还是自己选择一

个死法吧，是从山上跳下去，还是我亲自给你一刀？"姗娜继续往后退去，林彬叹了一口气说："看起来，要我亲自动手了。"说完他戴上手套，走过去拿刚才杀"吴同茂"的那把刀。正在林彬弯下腰的一瞬间，突然一双手掐住了他的脖子，把他按倒在地。按倒林彬的人竟然是"吴同茂"，他还没有死！此时，两人厮打在一起，姗娜挣扎着爬了起来，拿出包中的小刀走过去，趁林彬翻在上面时，一刀扎了下去……

林彬被捆了个结结实实。他想不通自己如此精明能干，怎么会栽在自己老婆和一个乡巴佬手里！他原想借姗娜之手杀了这个已无利用价值的知情人，却没料到这两人竟联手把自己给绑了。

姗娜好像看出了他的心思，淡淡地说："你这是百密一疏啊！你叫这位先生给我送了一封信，他跟我说了几句话。真正的吴祖茂说的是标准的普通话，而他说的却是带浙江口音的普通话。当时我倒没在意，但是当你交给我一把刀时，我突然想到这个细节，觉得奇怪，并联想到那人早上曾对我说过的话，预感这可能是个阴谋，所以我没有杀他，而是偷偷割开了他的绳子，然后在他臀部扎了一刀。我想他一定知道我是要救他的，所以他就一动不动地瘫倒装死。"

林彬嘿嘿一笑说："即便是这样，你们也别得意，这里可是深山，靠两条腿，一两天是走不出去的。我的助手张威就在山下，他可是有功夫的，对付你俩绰绰有余。"姗娜冷静地说："我们走不出去，可以打电话报警啊！"说完便拿出手机拨号。林彬突然哈哈大笑起来："在这儿手机根本没有信号，你打也是白打。要不我怎么会选择在这儿报仇呢？"姗娜一听，恨得飞起一脚踢在了林彬的脸上。就在这时，电话里突然传来了"喂"的一声。

警察来了，张威和林彬都被抓获了。姗娜为了以防万一，出来时带的微型录音机帮了她的大忙。有了确凿的作案证据，林彬锒铛入狱了，姗娜一下子成了拥有千万家产的当家人。

但是当她回想起这几个月来发生的一切时，不禁觉得后怕：她没想到和自己生活了这么多年的丈夫居然如此奸诈、残暴。要不是那个被他雇来的人比较厚道，当怀疑林彬在做违法之事时突然来报信，并与自己默契配合制服了林彬；要不是恰好电信公司刚刚在山里安了信号塔，使自己顺利报警，自己现在肯定和那个香水男人吴祖茂一样变成了一个冤死鬼！

通过这件事，姗娜终于明白了：原以为自己做一个花瓶式的女人是幸福的，现在看来活出自我，才会拥有美好的生活！

（题图、插图：杨宏富）

外国悬念故事

　　该书汇集的是《故事会》"外国文学故事鉴赏"专栏中的35则精品，其中包括美、英、法、意、俄、日等国的当代有影响的作家的作品，尤以美、日居多，按内容分为"机智过人、如此情爱、自食其果、历尽惊险、光怪陆离、荒唐滑稽"等六类。

历险故事

　　36则历险故事场面刺激，气氛紧张，情节惊心动魄，人物性格鲜明，叙述过程常常给人以身临其境的感觉。作品通过对主人公聪明才智的展示和坚韧不拔精神的刻划，形象地展现了历险故事特有的魅力。

荒诞故事

　　50余则故事用啼笑皆非的荒诞手法来鞭挞生活中的假恶丑，用荒诞不经的人物形象来呼唤人世间的真善美，在荒诞的外衣下，包藏着极为深刻的社会内容，长久以来一直活跃在人们中间，口耳相传，历久不衰。

诙谐故事

　　本书汇集外国诙谐故事精品100则，按内容分为"莫名其妙、洋相百出、针锋相对、随机应变、难言之隐、弄巧成拙、井底之蛙、强词夺理"等八大类，每大类前均有短小幽默引言，从不同角度折射社会面貌。

我的故事

　　《故事会》自1995年开辟"我的故事"栏目以来，日益受到广大读者的认可和欢迎，如今成为保留栏目。它的特点是"真情流露"，作品多是作者的亲历或见闻，并以第一人称叙述故事。本书汇集了该栏目的41则作品，读来备感自然亲切。

外国幽默故事

　　此书选取了《故事会》"幽默世界"中的近百则外国幽默故事，并按内容分为"奇闻趣事、巧言妙计、戏谑嘲笑、鞭挞讽刺、荒诞不经、意味深长"等六类。

武侠故事

　　39则武侠故事，形象地描述了侠义之士扶弱抑强、除暴安良、布善施德、匡扶正义的豪情生活，作品情节设计跌宕起伏，人物形象栩栩如生，每一则故事都是一首武林豪杰的正气歌!

男子汉故事

　　本书共收10则中篇故事，刻画了一群性格各异的青年男子，作品情节性强，极富文学色彩，不仅显示了男性的健壮刚强美，更突出他们面对权势、金钱、爱情以及生与死所表现出来的气质、智慧和英勇。

会飞的彩运

□ 汤礼春

这天，阿P正在街上走，忽然，一张彩纸从空中飞落到他的头顶。阿P下意识地抓起来一看，嘿嘿！居然是张彩票，再看看日期，是一张今晚就要开奖的彩票。阿P好高兴，双手合十要感谢上天，他这么一抬头，嗬，忍不住又是一阵春心荡漾，原来路边一幢楼的三楼阳台上，一个如花似玉的女孩正俯身看着自己。古代有抛彩球选如意郎君，现在时代发展了，莫不是姑娘抛彩票挑白马王子？一时间阿P想入非非，双眼盯着美女，一句话也说不出来。

上面那个美女见阿P这副模样，便大方地说："这彩票就归你了！祝

你中奖！"说完，飘然进内屋去了。

"哈哈！"阿P终于笑出声来，"看来我的桃花运真的来了！这张彩票带着美女香气，一定能中大奖，然后我就把奖金送到这美女的府上，美女笑若桃花，当即送给我一个香吻，然后我们就成了一对鸳鸯……"阿P越想越高兴，像捧着颗钻石一样捧着彩票，小心翼翼地回到家。随后，他就盼星星、盼月亮地盼着晚上的到来。

好不容易熬到晚上十点，激动人心的时刻终于来临了！随着电视荧屏里那小黄球的滚动，阿P的心也在滚动！第一个号出来了：8。哈哈，阿P的彩票上第一个号码就是8。"要想发不离8嘛！看来这艳福是享定了！"阿P高兴极了。第二个号码又出来了：7。哈哈！阿P的彩票上第二个号码也是7。"要想齐就得7！看来钞票、美女一起在向我招手了。"阿P又乐得合不拢嘴。

接着第三个号码又出来了：6。阿P瞪大了眼睛在彩票上寻找，可这次

落空了，怎么也没找出个6来。"嗨！6哇6，叫我愁。"不过阿P马上又打起了精神，得不了一等奖，得二等奖也行嘛！二等奖也有七八万呢！正想着，第4个号码出来了：还是个6。"嗨！又叫我愁！"接下来的号码还是6，此时阿P已不再是愁，而是仇了。"6啊6，我把你仇，你使我的艳福转眼丢！"阿P越想越烦恼。

阿P的美梦消失了，他瘫坐在沙发上难过了片刻，突然间又激动起来：不是有人说过吗，没有条件，创造条件也要上！是啊，没有中奖，难道我不可以对美女说我中奖了？后面的艳戏还不是可以照样演！

接下来，阿P对自己的下一步计划又反复研究了一阵：说中了一等奖，当然是特大喜讯，可500万对阿P来说，那是天上的星星，看得见却摸不着；说中了二等奖也不行，阿P毕竟不是傻瓜，七八万的投入，风险也太大了。琢磨到最后，阿P决定，就说中了三等奖！三等奖嘛，3000元钱，也是阿P现在全部的家当，为了美女，阿P豁出去了。

第二天晚上，阿P鼓足勇气敲开了那个美女的房门。那美女大概是个近视眼，一时没认出阿P来，她伸了个懒腰，嗲嗲地问："你找谁啊？"阿P激动得几乎要昏厥过去，结结巴巴地说："小姐，我恭喜你得奖了！"那美女以为是碰上了推销产品的，赶紧关门："真是笑话了，我会中什么奖？"阿P忙抢前一步，连声说："没错，没错，你昨天飞给我的那张彩票的的确确中奖了！"

那美女愣了片刻，终于想起来了，不由得哈哈大笑："我掉的那张彩票中奖了？"随即收起笑，很随便地说："我说过彩票归你了，奖金自然归你得！"

这一下，该阿P气壮如牛了，他"啪"地从口袋里掏出那3000元钱来，用手弹了几下，很庄重地塞给了美女："小姐，我是个正人君子，是个有美德的先生！既然彩票原本是你的，这奖金自然归你得！"

那美女果然被阿P的君子风度征服了，她含笑接过钱，突然在阿P脸上亲了一下："你真是个好同志，好帅哥！谢谢！谢谢！"

美女的赞誉和奖赏使得阿P心潮澎湃，他恨不得冲口而出："小姐，我想和你交朋友！"但话到嘴边，他又克制住了，俗话说"心急吃不了热豆腐"，这个道理他还是明白的。于是阿P故作潇洒地退后一步，拿出早已准备好的名片，递给美女说："有事你找我，告辞了。"

这天晚上，阿P失眠了。第二天美女没来电话。第二天晚上，阿P又失眠了。到了第三天晚上，阿P再也熬不下去了，就又来到了美女的楼下。

阿P刚要上楼，却见那美女正好

·幽默世界·

不罚你罚谁

□ 赵再年

老刘退休后，在家闲不住，和老伴一合计，打算租个店铺，开家副食店。老两口花了几天时间，终于在一条街道上找到了个门面。这里饭店林立，是开副食店的黄金地段，可唯一不理想的是店门旁边有个小旮旯儿，经常有喝醉酒的人在此行方便。老刘转念一想：只要今后盯紧点，这倒也不是啥大问题。

和一个帅哥出来了。阿P忙冲着美女灿烂地一笑，可那美女抬头望了一眼，大概是夜色的原因，居然又没看清，理也没理阿P，挽着那个帅哥的胳膊飘然而去。阿P的心一下子掉进了冰窟窿，他似乎还不相信眼前的事实，又跟着人家走了几步，就听见那个帅哥在问美女："刚才那个家伙冲你笑呢，你认识他？"

那美女放肆地笑了起来，声音仍是嗲嗲的："那是个傻子！前天，我正在阳台上看新买的彩票，谁知一不小心，彩票掉下去了，正好被他捡到，我

又不想下去捡，就说归他了！谁知他前天居然找上门来，说彩票中了三等奖，还把3000元奖金送来了！其实那彩票号码我记得清清楚楚，根本就没中奖！他这只癞蛤蟆是想用'奖金'来钩我这个天鹅哩！"

听到这里，阿P再也坚持不住了，双腿一软，"扑通"一声坐在了地上。好半天，阵阵冷风才把他吹醒，想起美女还吻过自己一下，阿P又莫名其妙地兴奋起来。

（本篇月月评短信代码：0509）

（题图：李 加 史 琦）

于是，老刘把铺子租下，办好营业执照，就开始忙着进货开张了。

这天，他到批发市场进完货，蹬着三轮车往回走，刚扭头拐进街口，就被一个交警拦住了："这条街是单行道，你违反了交通规则，罚款20元。"

老刘一脸无辜，忙解释说："我，我刚在这租的店铺，不知道啊，能不能……"

话还没说完，那交警就不耐烦地打断他："我们得照章办事，说什么也没用，罚款！"老刘见无法通融，只好照办。

罚完款，老刘绕了半天道才回到店铺，刚卸了一半货，又来了三个戴"大檐帽"的，说是卫生监督局的，要对他的货物进行检查。

结果，有种食品被查出不符合卫生标准，那领头的"大檐帽"一脸严肃地说："这东西得没收，另外罚款50元。"

老刘一听就急了，求爷爷告奶奶解释了大半天，货总算是留下了，可这罚款却一分也不能少。

刚把这帮人打发走，只听店外又有人喊上了："这三轮车上的货是谁的？"老刘一瞧，差点没吓趴下，是城管队的！

他赶紧跑了出去。城管队的人不由分说，"嚓嚓"撕下两张票说："难道你不知道店外不允许摆放货物？罚款……"老刘知道再说好话也没用，只好乖乖地把罚款交了，这才算完事。

回到店里，他这个气呀！自己咋这么倒霉，还没开张，就被罚了整整100块……正在气头上，老刘突然看见一个人从对面的饭馆里出来，径直来到他店旁的那个旮旯儿，旁若无人地方便开了。老刘这下可逮住出气筒了，心说：既然别人能罚我，我咋不能也罚他一回？

想到这里，老刘蹦出去大喝一声："嗨，你咋随地大小便，还讲不讲点文明？罚款20元……"

本以为这两下能唬人，可那人不慌不忙，慢腾腾收拾妥当，这才回头问他："你哪个单位的，有罚款收据吗？"

老刘气呼呼地说："我是这家副食店的老板。"

那人一听乐了，从兜里掏出个小本子，撕下一页，往老刘手里一塞，打了个酒嗝说："那你就先交100元罚款吧。"

老刘头都大了，结结巴巴地说："你在我门前随地小便，我，管错啦……"

那人嘿嘿一笑，说："我是治理整顿乱罚款办公室的，你一不具备执法资格，二没有罚款收据，属于典型的乱罚款行为……不罚你罚谁？"

这个会不管饭

□黄建刚

老吴是单位的一个头，每天有很多事要做，其中一项重要的工作就是开会。大会、小会，一个接一个，没完没了。在单位里，是他给别人开；出去了，是别人给他开。

今天上午，老吴又去桃园大酒店开会了。到了中午，照例要吃顿会议餐。主办单位接待的规格挺高，劝酒的人又热情，老吴喝多了。下午回到单位后，他本想开个会，传达上午的会议精神，不想酒劲涌了上来，就在办公室里迷糊过去了。不知过了多久，刘秘书推了推他，老吴迷迷糊糊中就听刘秘书说："……让您四点半必须到会，再晚就迟到了。"

又是开会！老吴看看表，就快四点了。他眉头一皱，不高兴地说："都快下班了，还开啥会？你替我去开吧。"

刘秘书忙说"不行呀，这个会别人不好代替，必须由您亲自去参加。"

老吴一听会议这么重要，忙站起身，夹起公文包就走，不料身上酒劲儿没消，刚走了两步，脚下便一歪，一个趔趄，差点摔趴下。刘秘书赶紧上前搀扶着他，一直把他送进小车里。刘秘书跟司机交代清楚了会议地址，还不放心，嘱咐说："头儿喝多了，你可一定把他送进屋。"

等老吴赶到会场时，会议已经开始了。一个女领导坐在主席台上，正说着什么。台下的同志个个聚精会神，听得十分认真。老吴打了个哈哈："不好意思，迟到了。"他见屋角还剩个空座，就径直走过去坐下，从包里取出个本子，摊在桌面上，摆好了记录的姿势。台上的领导张嘴闭嘴谈的好像都是教育问题，老吴酒劲上来了，很快就两眼一闭，旁若无人地打起了呼噜……

榆树长牙

□ 天宗健

那年冬天，德旺老汉一大早就来到村头的大榆树旁，像往常一样绕着榆树练起了八卦掌。突然他"咦"了一声，睁圆了双眼望着大树，奇怪呀，黑灰色的树干上竟长着两颗人的门牙。

也不知过了多少时候，耳边"噼里啪啦"一阵巴掌响，有人捅了老吴一下："散会了！"老吴一激灵，醒了，再一看，外面天都黑了，他收拾好皮包就往外走。出了门，却不见有人跟出来，大家都围着主席台上的领导说着什么。老吴在门口等了一会儿，见那些人老不出来，就有些不耐烦了，回头冲着里面大声说："喂，我说，到哪儿去吃饭？"

众人大眼瞪小眼，面面相觑。讲话的女领导也莫名其妙地看着老吴，奇怪地问："你说什么？"

老吴拍拍肚子说："走，吃饭去呀。会开到现在，难道让我饿着肚子回家呀？"

众人闻听，"轰"地都笑开了，女领导边笑边说："对不起，这次会议不安排用餐。"

老吴感觉很意外，"哦"了一声，心中还是不解，这年头还有"不管饭"的会，真奇怪！再转念一想，明白了，原来今天是开廉政会呀！

回到家，夫人迎上来问："开会一直开到现在？"老吴说："是啊。今天开的是廉政会，连顿便饭都不管。"不料夫人眼一瞪："什么廉政会？我不是让刘秘书通知你去给咱儿子开家长会了吗？难道你没去学校？"

这一下，老吴的酒全醒了。他一拍脑壳，惊呼道："我的天！我说么，原来是家长会！"

德旺怕自己看花了眼，忙揉揉眼睛凑近了看，不错，确实是两颗门牙。

德旺忽然想起，小儿子在省城晚报社当记者，一直说需要新闻线索，这不是现成的线索吗？

德旺乐颠颠地往家跑，迎面碰上邻居刘大爷正急匆匆地往镇上赶，便问："老伙计，啥事慌慌张张的？"

刘大爷焦急地说："我去镇上，大昌住院了。"

大昌是刘大爷的儿子，德旺吓了一跳，问："咋了？"可刘大爷顾不得搭理他，早风风火火走远了。

回到家，德旺跟老伴儿一说那事，老伴儿立刻骂他："老东西，想线索想疯了吧，我活了这么多年还没听说过树上长牙。"

德旺见老伴儿不信，拍着胸脯赌咒发誓："我要是骗你，我就不得好死。走，跟我去看看。"说完拉着老伴儿来到村头。

老伴儿从衣兜里掏出老花镜戴上，往榆树上只看了一眼，便惊得倒吸一口凉气。"老东西，这是真的吗？"说着伸手捏住两颗门牙，一使劲便拔了下来，榆树上立刻留下了两个小坑儿。

德旺想阻止已来不及了，不由得埋怨道："你一拔，让我咋对儿子说？儿子还要来照相哩！"

老伴儿说："这不照样照吗？你发啥脾气？"

德旺见老伴儿不服，便跟她吵了起来，两人你一言我一语正吵得不可开交时，远处突然传来了警车声。

不一会儿，刘大爷和一个交警从车上跳下来。刘大爷一指榆树，对交警说："就是这棵。"

交警围着榆树上上下下打量了半天，不解地问："大爷，没有啊？"刘大爷肯定地说："没错，大昌说就是这棵树。"说完也眯缝着眼，仔细地寻找起来。

"老伙计，找啥哩？"德旺见状凑过去问，可刘大爷还是不理他。德旺生气了，拉过老伴儿往回走，边走边说："走，不理咱算了，咱回家给小三子提供线索去，真是怪事，树上长牙！"

"站住！"刘大爷听到这话，冲上来拉住他的手着急地问："老哥，树上长牙，那牙在哪儿？"

老伴儿伸出手说："在这儿。"刘大爷惊喜地大叫："找到了，这就是大昌的门牙，大昌说他骑摩托时，被汽车撞到树上了，就是这棵树！"

德旺和老伴儿不禁面面相觑，树上的两颗牙齿原来是大昌撞上去的啊！

（本栏目欢迎来稿。来稿可从邮局寄发，也可从网上传递。如为电子邮件，请发以下信箱：maxia@vip.sohu.net）

不能接近的目标

□ 邓 发

一位男教练带着一群少体校游泳队的女队员来到一个僻静的小海湾集训。此时宽阔的海面上只有一名男子在游泳。见到美丽的大海，姑娘们兴奋不已，纷纷跳入海中畅游。可是，不久教练就发现有情况，水里的那个男子既不上岸，也不向远处游，只是紧紧盯着那些女队员们看。

教练认定这名男子是个色狼，他忙对女队员们说："姑娘们，以那个男子为目标，向他发起进攻，比比谁游得快！"队员们听到命令，立即争先恐后地朝着男子游去。

那个男子见姑娘们突然朝自己游过来，吓得惊慌失措，掉头就向深海处狂游，一边游一边不停地呼喊"姑娘们莫过来！莫过来！"可姑娘们哪里听他的，仍然在后面穷追不舍。

距离越来越近了，眼看还有五米左右就要追上了，奇怪的是所有的队员突然停止了追赶，纷纷游了回来。教练非常生气，责问她们为什么不听命令。队员们个个都红着脸不回答，见教练追问得紧，一位胆大些的队员才说："教练，我们不能再游过去了！"

教练火了，大声训斥道"不能再游过去了？你们离那个人还有好几米呢，以为我是睁眼瞎啊？"

正在这时，海面上那个男子大声喊起"救命"来，原来刚才他游得太急，这会儿腿肚子抽筋，支持不住了。教练怒气未消，冲着队员们呵斥道："快，这就给我过去救人！"

还是那位胆大的队员吞吞吐吐地

虽不曾行走在高原大漠，好故事却使我海阔天空。——郭小多（广东）

胖子大赛评奖揭晓

　　某杂志社举办了一次"压坏体重秤"大赛，各地有名的胖子们都蜂拥而至。最终评委们评出了前八名，结果公布如下：

◇ 第八名赵胖子，获奖理由：直接被体重秤警告；

◇ 第七名朱胖子，获奖理由：一不留神压坏了一台体重秤；

◇ 第六名刘胖子，获奖理由：体重秤上站不下，由评委估算结果；

◇ 第五名马胖子，获奖理由：吃饭论斤，喝酒论升，人送日文名"酒囊饭袋子"；

◇ 第四名王胖子，获奖理由：腰上的一圈肉垂至膝盖，有时可当裙子穿；

◇ 第三名孙胖子，获奖理由：腰围 1 米 8，坐下时占地面积近 3 平方米；

◇ 第二名上官胖子，获奖理由：家里凡涉及到靠、坐、躺的东西均为钢筋混凝土结构；

◇ 第一名欧阳胖子，获奖理由：据有关人士计算，此人身上的脂肪全部燃烧后，所放出的能量可使一列带 28 节车厢的列车从沈阳直接跑到大连。

（作者：长　征）

　　说："教练，我、我们不能去救，救了他我们就得牺牲……"教练怒气冲冲地说："你们怕'牺牲'？那好，我不怕，我去救！"这时，男子的救命声更加急促了，教练来不及多想，一个猛子扎入海中，朝男子游过去。

　　游到离男子十米左右的地方，教练已经清楚地看到他脸色苍白，情况危急。教练加快速度接近男子，突然间，教练发现了一个意想不到的秘密：原来这个男子没穿衣服，光着身子在裸泳呢！难怪他见到姑娘们朝他游来时，拼命往深海处狂游，也难怪姑娘们在离开他五米左右的地方就折了回来。

　　男子看见教练来救他，像抓住了一根救命稻草，第一句话就说："快，快把你的泳裤借给我穿，我要上岸，我已在水里泡了两个小时，实在支撑不住了！"

　　救人要紧，教练二话不说，就把自己的泳裤脱给了男子。男子穿上后拼命向岸上游去，上岸后抱着衣裤就跑。这时，教练突然醒悟过来，领会了队员所说的"救了他我们就得牺牲"的意思，但为时已晚，教练自己也变成了一名裸泳者！情急之下，他冲着男子大声急叫："我的泳裤……还我的泳裤……"

（本栏题图：李　加　史　琦）

希望之星

□ 娄献忠

杰克原是一个技艺高超的窃贼，他曾在1937年做下震惊全国的珠宝盗窃大案，此后便金盆洗手退出江湖，在可罗拉市这个小城隐居了五年。这五年来，他娶妻生子，当上了一个勤奋敬业的肥皂推销员。

这天，杰克一大早起来，照例去门口的信箱里取当天的早报。早报头版新闻的下面，刊登了一则珠宝展览的广告：一颗来自非洲重达58克拉的超级蓝钻——"希望之星"，将于后天在威利市博物馆隆重展出。杰克顿时按捺不住内心的冲动。要知道，"希望之星"对他的诱惑实在太大了。有多少身怀绝技的同行，包括杰克的师傅

做梦都想得到它。杰克记得师傅当初为盗"希望之星"，曾经游走五个国家，最后身中三枪，当场毙命。今天杰克看到的这则广告，如同强有力的撬杠，撬开了他的心理防线。他决定再干一次，最后一次！

展览会开幕这天，乔装打扮一新的杰克早早进了展览大厅，一眼就看到"希望之星"被密封在一个大玻璃匣子中，放置在最醒目的主展台上，光辉四射，夺人眼目。

尽管威利市民风淳朴，治安良好，主展台旁仍站立着四名高大的警卫。杰克的心在狂跳着，要知道，他可从来没有见过这么珍贵的钻石！杰

克尽量克制着自己激动的情绪，他挂着手杖，慢慢靠近 "希望之星"，仔细端详了一番，忍不住伸出左手摸了一下玻璃匣子。警卫人员礼貌地制止了他。杰克歉意地点点头，做出准备离去的样子，脚下却一滑，与此同时，手杖也落在了地上。一名警卫弯腰去搀扶他，说时迟，那时快，杰克的脚尖突然碰了一下手杖柄上的按钮，只听 "噗" 的一声，一股白烟喷出，接着飞快地蔓延开来，展厅内顿时烟雾弥漫，惊呼声四起。杰克见时机成熟了，立刻用手上特制的戒指划开玻璃匣子。凭着 "职业" 的感觉，他摸到了 "希望之星"，把它紧紧地攥在手上，然后借着浓浓的烟雾，蹿出了展厅。就在他即将跑上大街时，一名隐藏在暗处的警察突然向他开了一枪，子弹划伤了他的右腿。

杰克顾不得疼痛，拖着伤腿，一路狂奔到可罗拉山的山口，杰克抬头一看，这时虽是中午，天空却阴沉得厉害，看样子一场暴风雪马上就要来临。眼下，要退回去是不可能了，警察肯定已将身后的所有道路都严密封锁了，可是要翻过这座山又非常困难。这该死的右腿，被子弹划了一下就有点不听使唤了，怎么办呢？杰克考虑了半天，最后还是决定翻越可罗拉山。

这时，狂风四起，大雪铺天盖地落了下来。杰克强打起精神，捡了一根树枝当拐杖，一瘸一拐地沿着崎岖陡峭的山道朝前走。路很窄，又很滑，杰克很多时候不得不手脚并用，像山羊一样爬行。大风卷着雪花沿着山坡吹过来，不知过了多少时间，小道上的积雪已经有一英尺厚了。杰克在大雪中艰难地爬行，双手交替着抓住裸露的岩石和树根，大口大口地喘着粗气，终于，他再也爬不动了。

杰克绝望地看着山顶，虽然只有几十英尺的距离，可自己却难以到达。"这难道是上帝对我的惩罚吗？" 杰克暗暗问自己，他感到死亡的阴影仿佛正从自己眼前飘过。他拼上最后的力气，挣扎着站起来，可刚一迈步，脚下不知被什么东西一绊，又重重地摔倒在地。杰克发现自己居然摔在一个人的身上，这个人已经快被大雪掩盖了。杰克扒开雪一看，此人身穿警服，腰带上还挂着左轮手枪，正处于昏迷中。杰克往他脸上抹了一把，不禁 "啊" 地叫了一声，这人竟然是可罗拉市的警长史密斯！ "他一定是得到通知来堵截我的，"杰克判断道，"如果史密斯是来打前站的，山那边一定还有大队人马，只是被风雪暂时挡在了山下。看来我已经无路可逃了。"

杰克卧倒在雪地上，伤腿疼得厉害，他感到体内的血就要流完了。他想，应该告诉妻子真相了，自己骗了

·海外故事·

她整整五年，这五年来，她可一直认为丈夫是个不错的肥皂推销员。不过看来这点可怜的心愿怕是难以实现了。杰克决定放弃努力，听天由命。"我死不足惜，只可怜女儿才3岁，就没了父亲。"他不由感叹道。

过了一会儿，风雪变小了。杰克又慢慢有了点精神。突然，他感到身旁的史密斯警长似乎动了一下。杰克心里一喜，"如果我能唤醒他，请他带个口信给妻子，不为为不争气的丈夫伤心，他一定可以办到。只是如果他活过来，我可就真的插翅难逃了！"杰克犹豫着，最后还是把手放到了史密斯的心口，他的心脏果真还在跳动着。杰克不再多想，拼命给他按摩，几分钟后，史密斯神奇地醒了过来！

史密斯警长一睁眼，就认出了杰克。"你好，杰克，"他微笑着说，"感谢你救醒了我。我有个好消息带给你。仗越打越大了，盟军急需你这样的专家来获取敌人的情报。你几年不

出江湖，我们无法找到你。现在前方情况紧急，我们只好设下钻石展览的圈套来引诱你出山。开枪将你击伤，逼你从这过山，这些都是计划的一部分：你能带伤爬上山，说明耐力很好；肯在绝境中救活我这个假装昏迷的警察，说明你良心未泯。"杰克愣住了，如听天书般吃惊地张大了嘴，却一句话也说不出来。半晌，杰克才结结巴巴地问："你们，你们……不抓我？""你被批准戴罪立功，赶快养好身体，去窃取敌军的情报吧。哦，那不叫窃取，应该叫战斗，你已经是一名战士了。"史密斯警长笑着说。

杰克还是不敢相信这一切都是事实，这时，一名军情局的官员带着几名医生从一块大石头后面走了出来，微笑着向杰克伸出了手："祝贺你，杰克，祝贺你顺利通过考验。"

看到医生手中急救箱上的红十字标记，杰克顿时泪流满面。

（本篇月月评短信代码：0510）

（题图：箭　中）

搜狐文化频道
http://culture.sohu.com

文化是大自然最后的目的

看《故事会》电子版，到搜狐文化频道 http://culture.sohu.com

339

2005
SEMIMONTHLY
下半月刊

3月
STORIES

故事会
2005 年 3 月
下半月刊·绿版

主 编：何承伟
副主编：吴 伦

社务委员会

何承伟 吴 伦 姚自豪
夏一鸣 冯 杰 张 凯

本期责任编辑：鲍 放
美术编辑：李宝强

发稿编辑：

姚自豪 蔓 石

夏一鸣 梁宁宁

马 峡 潇 白

主管：上海市新闻出版局
主办：上海文艺出版总社
（上海市绍兴路 74 号）
邮政编码：200020
电话：021-64375030

督印 发行：张 凯
（上海市建国西路 384 弄 11 号甲）
邮政编码：200031
电话：021-64313938

广告总代理：上海文艺广告传播中心
上海市绍兴路 74 号（邮编：200020）
广告总监：张 淮
广告业务：021-34010383
广告投诉：021-64333738
广告经营许可证
沪工商广字 3101034000029 号
发行：中国图书进出口上海公司

搜狐文化
CULTURE.SOHU.COM

刊与搜狐文化
作推出电子版

本刊各栏目欢迎来稿。来稿寄上海市绍兴路 74 号《故事会》杂志社，邮编 200020；请在信封上注明"×
×栏目"收；本期责任编辑 E-mail 地址：baofang@vip.sohu.net

速效减肥

妻子与邻家大姐探讨速效减肥的方法。

四岁的女儿在一旁听到了，回家抄起剪刀跑过去，一本正经地对她妈妈说："妈妈，妈妈，我给你剪！"

（敏　子）

有话要说

父亲要打儿子屁股，儿子连呼带喊："老爸——你听我说呀！"

父亲怒气冲冲地说："你把邻居的花盆打碎了，把邻居的孩子惹哭了，现在你该挨揍了，你还有什么话可说？"

儿子的哭声更响了："我要说的是——老爸，你打轻点！"

（徐海林）

（本栏插图：李加史琦）

打一辈子光棍

家里要来客人，张三想杀只公鸡款待来客。公鸡一看苗头不对，就蹿上了房檐，张三捉了半天也没辙。张三气得要死，瞪着眼睛狠狠地对公鸡说："好，你不让我杀你，我就把所有的母鸡都杀了，让你打一辈子光棍！"

（陈小婷）

爸爸告诫刚读小学的女儿说："你要经常听听英语磁带，这样能帮助自己提高英语水平。"

女儿摇摇头说："可那些带子我根本听不懂呀！"

爸爸急了："那是你听得太少，多听几遍自然就能听懂了。"

女儿嘴一撅："我每天都听咱家小狗叫，怎么到现在也没听懂它在叫什么？"

（汪小弟）

听不懂

谈股论经

饭后，股迷夫妻在"谈股论经"。

丈夫总结说"买绩优股是现实主义，买网络股是浪漫主义，买亏损股是冒险主义。"

妻子不信："要是我什么股都敢买呢？"

丈夫回答："那当然是恐怖主义啰！"

（黄海飞）

闹了个大红脸

某君一日到酒楼用餐，正吃得高兴时，服务小姐走过来，微笑着对他说："先生，请让我清理一下好吗？"某君一愣，随即大喜："好，好，亲这里，就亲这里。"边说边把自己的右脸凑了上去。服务小姐抿嘴一笑，麻利地把他桌面上的骨头杂物清理干净，礼貌地说了声"谢谢"就走了。某君突然醒悟过来，闹了个大红脸：自己把"清理"听成了"亲你"。

（许明远）

喝 酒

某单位会餐，甲大口大口喝酒。

乙觉得奇怪"你平时不是说喝酒睡不着觉吗？"

甲叹了口气"可是，白吃白喝的酒，见了不喝更睡不着啊！"

（刘平安）

无法睡觉

一位妇女要离婚，调解员问道："你们是老夫老妻了，干吗还要离婚？"

"这个死老头子，老是喜欢在床上喝酒。"那妇女气愤地说。

"我看这又不是什么大事情，你管你自己睡觉好了。"

"睡觉？"那妇女更生气了，"他喝多了，把筷子插在我的鼻孔里，我还能睡呀？"

（黄宪高）

送别的情景

语文课上，老师让同学们围绕"送别"练习一次口头作文。

小明抢着举手："那是一个灰蒙蒙的早晨，她紧紧地握住我的手，久久不肯放开，她的眼眶里含着泪花，那悲伤哀怨的眼神令我心碎……"

小明说得非常动情，老师吃不准是怎么回事，问他："小明，你送的是谁……"

"送我的小表妹，送她去幼儿园！"

（陈建明）

机　会

某球员转会前要参加文化测试，他的教练事先向主考官打招呼："考题可别搞得太难啊！"主考官心领神会。

考场上，主考官小心翼翼地问那个球员："三乘以三，是多少？"

球员想了想，说："我想应该是九吧？"

主考官尚未开口哩，教练赶紧站起来说："不好意思，请您再给他一次机会吧！"

（郏福科）

师生对话

数学老师给她的学生讲了这样一道题目："有一所房子，1个人造需要1个星期完成，而如果7个人造，只需要1天就可以完成了。"

学生在下面融会贯通地说"老师，如果有168个人造，只要1个小时就可以完成了。"

老师笑着点头："对，是这样，是这样啊！"

这时候，一个顽皮的学生眨眨眼睛，站起来问："老师，按照这个逻辑推算，如果有604800个人一起来造，这所房子只需要一秒钟就可以造好了？"

老师无语，学生笑倒。

（程　龙）

　一盏灯，一杯茶，一本书，走进故事世界；一击掌，一顿足，一叹息，体味别样人生。——刘文娟（陕西）

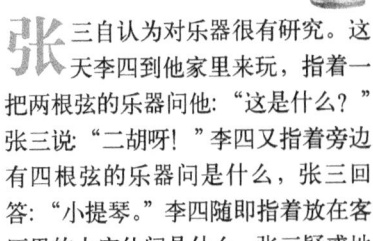

各负其责

妻子: 我和女儿说定了, 高考前的各科测验, 90分以上奖100元, 90分以下罚100元, 罚的钱从她每年的压岁钱里扣。

丈夫: 好主意! 不过这事儿得咱俩分工负责。

妻子: 你啥意思?

丈夫: 你确保奖金兑现, 我负责罚款没收。　　　 (江 林)

家乡特产

三个来自不同地方的士兵成了好朋友, 这天他们相约在俱乐部聚会, 并且每人都要带一样东西, 体现自己家乡的赴宴特色。

第一个人带的是火腿肠, 他说: "在我们老家, 不管你办多少宴席, 这个菜是绝对少不了的。我们那儿就出火腿。"

第二个人带的是葡萄酒: "你们尝尝, 味道好极了, 现在国宴上用的, 就是我们家乡产的这种酒。"

而第三个人两手空空什么东西也没拿, 反而还带了个人来。另外两个人好奇地问他: "你呢? 你给我们带来了什么?"

那人说"我带来了我的弟弟, 这就是我们那里赴宴的特色, 从来都不会单个赴宴的。"

　　　　　　　　　　 (丁永明)

共 同 点

张三自认为对乐器很有研究。这天李四到他家里来玩, 指着一把两根弦的乐器问他: "这是什么?" 张三说: "二胡呀!" 李四又指着旁边有四根弦的乐器问是什么, 张三回答: "小提琴。"李四随即指着放在客厅里的大家伙问是什么, 张三疑惑地说: "难道这是钢琴你都不知道?"

李四狡黠地眨眨眼: "你知道它们的共同点是什么吗?"张三被问住了, 想了半天也不知怎么回答。李四忍不住笑了: "那就是: 你不拉不弹, 它们都不响。"　　 (王佳欣)

·快乐辞典·

趣说恋爱

有一篇《趣说恋爱》的文章，用"青"字来演绎恋爱史，有这么一段：

◇ 青：年轻时，单身一人，无忧无虑。

◇ 倩：后来身边多了一个人，一个美丽的倩影。

◇ 情：突然对这个倩影动了心，于是就产生了情。

◇ 请：有了情就得千方百计去讨好她，请这请那的。

◇ 猜：请不动的时候，就要拼命去揣摩她的心思。

◇ 清：猜不透的时候，思绪就有点乱，需要用冷水洗脸，让头脑清醒清醒。

◇ 静：清醒过后就会静下心来，心平气和地考虑怎么再去请动她。

◇ 靓：啊，靓妹终于被我感动啦，答应今晚和我约会！

其实，男女之间的情感既丰富也简单，就像"人"字本身的结构：一撇是女人，一捺是男人。一撇盖住一捺，给其关爱；一捺撑住一撇，给其依靠。归结起来就是两句话：女人是男人温暖的被子，男人是女人挡风的亭子。

（推荐者：赵春萍 贺 瑶）

善良真

□ 王瑞霞

我 明天就要结婚了，今天左邻右舍都来帮着做准备，有的扎彩车，有的布置洞房，更多的人则在灶房里准备明天待客的酒菜，欢声笑语此起彼伏，满屋子都透着婚庆的气息。

突然，东屋里的电话"嘀铃铃、嘀铃铃"急促地响了起来，正在东屋门上贴"喜"字的爹接了电话就朝我直喊："小志，快来，是找你的。"我赶紧奔了过去，爹把听筒递给我的时候嘀咕了一句："什么人，口气硬硬的。"

爹继续贴他的"喜"字去了。我抓起听筒"喂"了两声，就听对方在电话里问我："你是刘明志吗？"

这是一个操着生硬普通话的男人的声音，我一时想不起他是谁，就问他"不好意思，你是哪一位啊？我听你的声音挺陌生的，我就是刘明志。"

奇怪的是对方并不理睬我的问话，口气生硬地说："听说你明天要办喜事了，你的媳妇叫金玲，对不对？我告诉你，我和你这个媳妇原来在一个地方打工，关系好得很哪！"他把"关系"两个字咬得紧紧的。

我一听，心里顿时就紧张起来：金玲出去打工整整两年了，我们是在她回来之后才定的亲，莫非这里真有什么事儿？我只觉得浑身的血液都往头上涌，捏着听筒的手直抖，我朝电话里喊："你是谁？你告诉我你是谁！"

"我？我也是个年轻人，"对方依

然按他自己的思路说着，"请原谅，我难免会做出出格的事，我……"他说到这里突然把话打住了。

我拼命提醒自己，一定要沉住气等着他说下去。过了一会儿，只听对方喃喃道："对不起，我和金玲已经有了一个女儿，都一周岁了，孩子现在在老家跟着她奶奶过……"

什么？我脑子里"轰"地一下头就胀大了："你说什么？你到底是谁？你想干什么？"

对方沉默了一阵，话语里带着哭腔"我想请你去劝劝你的媳妇，让她回来吧，她本该是属于我的，孩子需要娘啊！再说，我娘年纪也大了，照顾不了孩子了。"

天哪，难道他说的这一切会是真的？金玲不可能是这样的人啊！我恨得牙齿咬得"格格"响，冲着他就骂："你胡说，你这是存心要破坏我们的婚姻。"

可对方却不以为然，在电话里"嘿嘿"冷笑了两声，说："你不信我的话？那我只好直说了：你媳妇身上是有记号的，她……"

这混蛋！我实在听不下去了，冲口就吼他："住口，不准你这样污辱她。你说，你到底是谁？你现在人在哪儿？我马上就去见你，咱们见了面再谈。"

可对方支吾了一阵，没说一句话，"啪"的一声就把电话挂了。听着听筒里传来的那一阵阵"嘟嘟嘟"的忙音声，我整个人僵在了那里。

爹不知什么时候已经站在了我的身后，在爹的一再追问下，我只好把电话里说的事情都告诉了他。爹没吱声，蹲在地上好半晌，才黑着脸憋出一句："去，把你顺叔叫来。"顺叔是村里的"智多星"，平日谁家有了点麻烦事，都找他拿主意。

不一会儿，顺叔就来了，爹让我把事儿一说，顺叔的脸比爹更黑。顺叔压着嗓门说："其实，这两天村里人都在传这事儿，只是背着你们罢了。现在的闺女呀，说是出去打工，一走就是二三年，天知道她们都在外面干了些啥。"

看着爹和我愁眉苦脸的样子，顺叔说："我给你们出个主意。你们不是已经给了金玲五千元彩礼钱，还另外给了她五千元买摩托车吗？如果今天退亲，这两个五千你们肯定拿不回来了。再说了，你们明天喝酒的喜帖都送出去了，如果今天突然退亲，脸面上怎么挂得住？就是对亲朋好友也不好交待。我看，你们不如今天先稳住她，等明天办了喜事，过一夜，后天把她送回娘家去，啥都别说，只给她一句话：'你这辈子就别再回来了。'"

唉，谁让我们家碰上这么倒霉的事呢？虽说我和爹心里别扭，可也只能按顺叔的意思这么做了。

第二天，婚礼如期举行，我尽量装出笑脸，鞭炮声锣鼓声欢笑声声声震耳，可在我听来却是显得那么悲凉。我由着那帮年轻人闹，送走最后一批客人的时候，已经是凌晨一点多钟了。

常听人说，女人最漂亮的时候就是当新娘子的这一天。这话果然不假，当我送客回来跨进洞房时，猛看见金玲正端坐在床头，那张俏丽的脸在满屋子金灿灿的灯光映照下更显得妩媚动人。我心里不由一颤，头上冒出了冷汗：糊涂啊，我怎能因为这两个五千元的彩礼钱而再让她今晚蒙羞？我不能泯灭自己善良的本性，毕竟我们相爱过，我得尊重她。

我想了想，走过去对她说："你回家吧，我送你。"

金玲惊得脸刷白："你……你这是什么意思？"

我强忍住心头的愤慨，把昨天那个男人打来电话的事一五一十地说了一遍。

金玲听完后冷笑了一声，说："你也不想想，一个你连问三遍都不敢说出自己是谁的人，他有胆量跟我做这种事吗？不过即使你昨天提出退婚，我一个子儿也不会少还你，你小瞧我了！"

金玲的这番话，让我觉得心里很空。那男人说的话到底该不该相信呢？可毕竟事情关系到我自己的将来，宁可信其有！我低着头喃喃道："我送你回去吧！"

"不必了，我自己认识回家的路。"金玲说完就站起身来，大步向外走去。

望着她跨出门去的背影，我突然醒悟过来：现在都什么时候了，深更半夜的，怎么能让她一个人回去？我忙喊住她："你别想不开乱跑呀，我明天不好向你家里人交待。"

金玲回过头来，一字一顿地看着我说："我不会让你为难的，天亮了我一定会再回来，然后你把我送回去。若是现在回家，我爹娘都睡下了，会

惊扰他们的。"

我有些于心不忍，提醒她说"可是……可是你现在回去与过一夜明天再回去是有区别的，你……你不怕人家笑话你吗？"

金玲却显得非常坦然："身正不怕影子斜，人家爱怎么说怎么说去吧。"说罢出门而去。

我独自在床头坐下，心里却越发不能平静：这是个怎样的姑娘啊，对自己的事情连一个字都不解释。是啊，以她的个性，咋会看上一个敢做不敢当的软蛋？这一夜，我辗转反侧睡不着觉，天刚刚亮就急着去开门，等着金玲再回来，谁知她正坐在我家门外的石凳上，见我开门，没打招呼就进了屋，默默收拾她昨天带来的衣服。

这时候，我爹我娘放不下心也早早起来了，我把他们拉到一边，说："金玲不是那样的人，她是个好姑娘。"

娘一听就乐："我说哩，生没生孩子咋能一样，看肚皮不就全知道了？"

听我这么说，爹心里的石头也落了地，就故意沉着脸数落娘："少说几句吧，没人当你是哑巴。"

我的脸却红了：我一个毛头小伙子，哪知道姑娘家的肚皮该是个啥样子？只是辗转一夜让我想明白了一件事：不用去追究那个男人电话里说的事是真是假，凭着我亲眼看到的金玲的那份刚强和坦然，我相信她绝不是

作假伪装出来的。

我走到金玲身边，说："你收拾完了吧？你不是说这刚买的床罩不合适吗，咱们去县城换吧！"

金玲抬起头来，吃惊地看着我。我不顾爹娘在场，附在她耳边轻声说："我不在乎别人怎么说，我喜欢你！"金玲拼命咬住嘴唇，没说一句话，眼睛里却盈满了泪水。

一刻钟以后，我跨上那辆崭新的摩托车，载着我的新娘金玲直奔县城。一路上，金玲才给我道出事情的真相。原来打工这两年，那个打电话的男人一直在追金玲，遭到回绝后依然纠缠不休，即使金玲回了家乡，他还不死心。后来知道金玲要结婚了，他觉得自己的希望彻底落了空，就拼命乱往村里打电话，一来继续打听金玲的情况，二来借机散布她的谣言，以发泄自己心里的愤恨。

我嗔怪金玲："傻丫头，咋不早说哩？"金玲两只手紧紧搂住我的腰，高兴地嚷着："为什么要早说？现在这样不更好？"

此刻，我心中不觉涌起一股暖流，眼睛也潮湿起来：是啊，若按顺叔说的意思办，以金玲的个性她是绝不会再走回头路的。我真替自己庆幸，一时的善良，让我找回了一个多么好的姑娘！

（本篇月月评短信代码：0601）

（题图、插图：安玉民）

鞭 策

□ 张长公

我上任光辉高级中学校长还不到一个星期，这天教育局李局长到学校来找我，说是有件事要我办一办。

我说："李局长，有什么事你尽管吩咐。"

"这个考生你们学校研究研究，是不是给收下试试？"李局长边说边从手提包里拿出张纸条递给我。我打开纸条一看，上面写着：马林林，语文88，英语92，数学16。

我不禁皱起了眉头：数学考分这么低，进了高中能跟得上大家？三年后高考，岂不直接影响学校的升学率？我为难地说："李局长，这学生数学一窍不通啊！"

李局长说："其他功课不错，让他试试。"

这么差的考生，老局长亲自出面说情，一定有什么来头。可是依我的经验，数学成绩差到这种地步，三年之内要跟上大家其实很难。我若是现在收下他，三年后毕不了业或是考不进大学，到时候我岂不更加被动，怎么向老局长交待？

我试探着轻声问："李局长，这个考生与你什么关系？"如果不是与李局长有很直接的关系，我想劝李局长

把这个学生退了。

　　谁知李局长听我这么问一愣，说："你怎么会这么想？"可能是他看出了我的心思，便开口道："这样吧，能不能让他试读三个月，实在跟不上再退？"

　　话说到这份上，我只好把这个学生的材料接了过来。

　　可是这天晚上躺在床上我就睡不着了，想想这么低的分数收进来，还不知道这个学生的整体素质怎么样，能不能在三年时间里发奋学习赶上大家，否则今后怎么说都会影响学校声誉，无论放到哪个班级，老师都会怪

我这个校长。我决定尽快了解这个学生的情况，顺便搞清楚他到底与李局长是什么关系，可以有的放矢地采取下一步措施。

　　按照材料上提供的地址，我好不容易找到了马林林的家。这是坐落在城郊的一个小渔村，马林林黑脸大眼，他父亲的皮肤更是黑得发亮，一看就是日晒雨淋的打鱼世家。我进了屋，说是学校来的，父子俩立刻端凳倒茶，马林林父亲说："林林考砸了，你们还这么关心？"看样子，他还不知道我们学校要收下马林林的事。

　　我问："李局长来过吗？"马林林父亲眨巴着眼："哪个李局长？我们不认识呀，局长怎么会到我们家来？"听口气，李局长与马家并没有什么关系，那他为什么会对一个普通考生这么关心？我有些不解。

　　我问马林林："你今后怎么打算？"马林林低着头，一脸茫然。他父亲叹了口气，说："村里人都指望我们小渔村今后能出个大学生，谁知考数学那天，林林高烧发得坐也坐不住，一出考场就往医院送。命中八尺，难求一丈，唉，孩子不是读书的命，只能跟我吃捕鱼这口饭了啊！"

　　原来是一次偶然的病，就轻易地把一个渔家孩子的梦破灭了，想到这一层，我心里也不免沉甸甸的。我脑子一转：反正李局长已经有了指示，我今天索性借机现场考考马林林的数

学到底学得怎么样。正好我包里有一份今年中考的考卷副本，我对马林林说："马林林，你能不能今天再考一次？"马林林的眼睛里一下子放出光来，惊喜地叫着："老师，重考？什么时候？"

"现在！"

马林林的父亲感激得不知说什么好，学校老师寻上门来重考，这是想都不敢想的事，他不住地问："老师，这是真的吗？真的吗？"

这声音，就像锤子一样敲着我的心，我只是一次普通的家访，了解考生的情况，竟让他们一家人如此感激涕零。马林林做完了试卷，我看看表，比规定的考试时间提前了20分钟。我索性当场阅卷，批下来，92分。马林林原来竟是一个优秀生，一棵好苗苗！

马林林的父亲当即叫来村长作陪，一定要盛情招待我，我连连推托，赶回学校立即召开校委会。大家听我把前后事情一说，意见非常一致，决定马上给马林林补发我们学校的录取通知书。

谁知通知书发出的第二天傍晚，小渔村的村长就带了一大帮人敲锣打鼓地来到了学校，这些世世代代打鱼为生的渔民听说学校对他们的子女这么认真负责，都要来表表心意。马林林的父亲对我说："校长，你为我儿子的事亲自上门，留你吃饭都不肯，让

我们怎么谢你呀？"村长的嗓门还要响："校长，你们真正是陶行知先生再世啊！"他一声喝令，立刻有两个渔民抬了一块长长的匾上来，我一看，上面写着：捧着一颗心来，不带半根草去。

我的脸一下子红了，心里愧疚得不行。我原来还怀疑李局长和马家有什么沾亲带故的关系，后来才知道，其实李局长那天是在例行的考卷抽查时，从全县几千份考卷中发现马林林这种悬殊考分情况的，凭他多年的工作经验，在纪律允许的范围内，他把这个考生的材料推荐给了我，这得要多大的责任心，李局长才是真正对考生负责的园丁啊，这块匾应该给他送去！

我准备和学校老师一起给李局长送匾时，正巧李局长来了，他一见我，就夸我做得比他好。他说："好样儿的，想不到你办事这么认真负责，会亲自去考生家里。"

我被他夸得脸上一阵阵发烧，我说："李局长，真正认真负责的是你呀，这块匾该送给你才对。"

李局长乐呵呵地说："我们都是园丁，都是育苗人，捧着一颗心来，不带半根草去。渔村的百姓给我们送这样的匾，是他们的心声，这匾挂在学校里，这是对我们真正的鞭策啊！"

（本篇月月评短信代码：0602）

（题图、插图：安玉民）

政府大院养老虎

本书系《故事会》金栏目"中篇故事"精选，共收9则传奇色彩浓郁的精品。大老虎走进政府大院，还被委以"保卫"重任，它果然尽职尽责，抓到了坏人，真叫新奇荒唐。两头公牛一碰面就眼红气粗，斗得天昏地暗，当它俩遭遇群狼围攻时，竟捐弃前嫌，配合默契，脚蹬角挑，杀得饿狼嗷嗷惨叫，可谓奇妙。还有鹰猴各为其主，舍命拼斗；小黄牛为救女主人，居然初生牛犊不怕狼；民兵营长独闯野猪沟，杀死红野猪；汽车班长迷路斗公狼，血战沙尘……

黑色人物在行动

本书系《故事会》金栏目"中篇故事"精选，共收9则该栏目之精品，主要围绕金钱这一主题多侧面地拓展故事情节。其中有因钱而污染灵魂，导致亲情泯灭，好友成仇；有见财起意，不择手段冒领他人钱财；有为钱所逼，做了违心之事；更有为发横财，行骗作恶等。这些作品的特点是故事情节曲折生动，令人回味无穷。

密访曲家屯

本书系《故事会》金栏目"中篇故事"精选，共收9则有关形形色色的"官"故事精品。或是颂扬清官好官心系民众，为民请命，惩治土顽，巧妙拒贿，秉公施政；或是批评某些干部为创政绩大搞形式主义，弄虚作假，蒙骗上级，苦了百姓；更有一部分作品对那些贪官污吏们以权谋私，仗势欺人，坑害民众，甚至为逃避罪责杀人灭口、销毁罪证等不法行为进行了无情的揭露与抨击。

高原守护神

本书系《故事会》金栏目"中篇故事"精选，共收其9则故事精品，说的是怎么做人的故事。作品通过对人物举手投足的精心设计，形象地描绘做人的道德、原则与气质，展示了人与人之间相互关爱、恪守诚信以及见义勇为的精神。面丑心善的火化工关爱弱女，可歌可泣，好邻里关心失足青年，以情动人，男女青年历尽坎坷，体现了大海可以作证的为人美德，等等。

不速之客

□ 黄 胜

你是来找我的

田桂花的丈夫黄建刚在城里当老师，每年也就是学校放假的时候才能回来看一看，所以平时一大家子的事儿就全落在了田桂花的身上，每天田里干不完的活儿不说，家里还有一个瘫在床上的婆婆，一个刚上小学一年级的儿子，还有圈里的猪笼里的鸡，田桂花每天从早忙到晚，简直没有一点喘息停手的时间，到夜半躺炕上时，那腰就像断了似的。

那年麦收季节，已经过了大晌午，别人早回家歇晌去了，田桂花还

在地里忙着，恨不能一个人劈成两爿使。抬头看看天，太阳已经开始西斜了，想想炕上的婆婆，还有那圈里养着的十几张嘴巴，都还等着她回去伺候呢，于是只好收起镰刀，急匆匆往家赶。

她一路小跑着，走得很急，进了村就直往家奔。老远，就看见自家门前站着一个年轻的姑娘，粉里透红的一张脸，水灵极了。田桂花心中纳闷：这是谁呀？咋长得这么好看？

姑娘见田桂花来了，脸上顿时露出甜甜的笑容，张口就叫："阿姨，您回来了？"

田桂花越发疑惑了："你是来找我的？"

姑娘自我介绍说："我是从省城

来的，叫小玉，是黄建刚老师的同事。这是黄老师的家吧？"

田桂花听说姑娘是丈夫的同事，赶紧把她往屋里让："是啊，是黄老师的家，快进屋吧！"

两人进了屋，田桂花将凳子擦了又擦，给小玉让座，又倒了一杯水给她，说："农忙，家里乱得很，让你笑话了。你还没吃饭吧？先坐会儿，我去给你做点吃的。"说着就要下灶房。

小玉忙拦住她说："阿姨，您不用忙，我不饿，我已经吃过了。"停了停，忍不住又说了一句："您是黄老师的母亲？真没想到您这么年轻！"

田桂花一听"母亲"两个字，猛地愣住了，心里不由酸酸的：我真有这么老了？她不由自主地抬起手，理了理额前乱蓬蓬的头发，苦笑着说："是呀，我都老得不成样子了……"

姑娘当然不知内里，认真地看着田桂花，嘴里连连夸着说："您一点不老，真的，您比我想象的要年轻多了。"

两个人正这么说着话呢，大概是婆婆在里屋听见动静了，问了一声："桂花，谁来了？"田桂花回说："是建刚单位的同事。"婆婆聋得厉害，没听清，还在问："谁呀？是哪家来的客，怎么也不进来坐坐？"田桂花就把小玉带进了里屋。

里屋土炕上侧卧着一个面容清瘦的老人，田桂花给小玉介绍说："这是我婆婆，在炕上瘫了有十几年了。"

小玉吃了一惊：黄老师的奶奶还在呀，怎么从来没有给我提起过？她亲亲热热地上去喊了一声："奶奶！"

站在一旁的田桂花心里立刻"格噔"了一下：怎么叫"奶奶"？她当真把我当成建刚的母亲了？

老人当然不知怎么回事，笑眯眯地看了小玉一眼，问田桂花："这是谁家的姑娘啊？"

田桂花贴在她耳边大声说："妈，是建刚学校来的。"

田桂花话音刚落，不知为什么，老人的神色立刻就变了，上上下下打量着小玉，说："建刚不是在学校读书么，怎么老师又找上门来了？这孩子，老爱在外面疯玩儿，我不喊他就不着家……"小玉听不懂老人在说什么，田桂花轻轻推了推她，说："我婆婆耳背，神智也有些糊涂，咱们出去说话吧。"小玉早被老人的神情吓得变了脸色，听田桂花这么说，暗暗吐了吐舌头。

两个人走出里屋，田桂花猜想小玉大老远地来一定肚子饿了，执意下灶房去给她做点吃的，小玉趁机把外屋仔仔细细地看了一遍，心里不住地感慨：没想到黄老师是在这么贫苦的环境里长大的，能够读到大学毕业，真是太不容易了。

小玉正感慨着哩，田桂花两只手

各端着一碗糖水蛋从灶房里出来。她把一碗放在小玉面前，说："你吃吧，我就不陪你了，我去喂我婆婆吃点儿。"说完，端着另一碗进了里屋。

说实话小玉也真饿了，她看田桂花是个实在人，所以也就没说什么客气话，接过碗三下两下就把蛋吃了下去。吃完后，她看田桂花还在里屋忙着，就一个人来到院子里的树阴下歇息，待田桂花忙完了从里屋出来，那太阳都快要落到山尖尖儿上了。

先别叫我妈

田桂花为小玉倒了一杯水，两眼探寻着问她："你今天来……"

小玉的脸上顿时罩上一片红霞："阿姨，我不知道黄老师有没有向您提到过我？"

田桂花挺惊讶地摇摇头。

小玉似乎有些失望，不好意思地低着头说："也许……也许我来得有点唐突，可是我实在忍不住，我觉得我应该来见您一面，想请您同意我们的婚事。"

田桂花一听，惊得"噌"地从凳子上弹起来，由于动作过于急速，连放在桌上的茶碗也被带到地上，"当啷"一声摔成了八瓣。她颤声问："婚事？你们的婚事？你们是谁？你和他……"

小玉猛地抬起头，盯着田桂花，似乎是下了很大的决心，说："阿姨，

我想您不应该阻拦我们。请您放心，我虽然比黄老师小十几岁，年龄差距大了点儿，可我是真心的，我以后一定会照顾好他，也一定会孝顺您和奶奶的，求您老人家成全我们吧？"

田桂花看着站在面前这个一脸认真的姑娘，身子晃了晃，她努力让自己平静下来，问："你今年多大了？"

"十九。"

田桂花就觉得胸口一阵疼痛，她想了想，缓缓开口道："孩子，你大概不知道……"

"我已经不是孩子了，"小玉抢过话头说，"我知道我该怎么做。而且我也知道黄老师离过婚，他还有个儿子，可是我爱他，这就足够了。"

田桂花颤声问："是他告诉你说他离婚了？"

小玉点点头："是呀。"

田桂花木然地怔了半晌："既然这样，那我可以答应你们。"

小玉眼圈一红，眼泪流了下来："可是黄老师说他的母亲，也就是您不同意他与我结婚，这也就是我今天来找您的原因。阿姨，您就成全我们吧！"

"成全你们？"田桂花突然冷笑一声，怒气冲冲地提高声音道，"我凭什么成全你们？"

小玉被她突然变化的态度吓坏了，怯怯地问："阿姨，您怎么了？"

田桂花立刻意识到了自己的失态，她拼命忍住快要溢出的泪水，竭力让自己平静下来，说："姑娘，我不该朝你发火，这不关你的事。我想问你一句，建刚他没对你说他为什么离的婚？"

"说过呀，"小玉回答，"他说是因为性格不合。他的前妻是一个大字不识的农村妇女，他和她根本没有共同语言，他说他只有和我在一起时才会开心，我们彼此有说不完的话。"说到这儿，小玉的脸上甚至流露出一丝得意的微笑。

田桂花叹了口气："是他让你来找我的吧？"

小玉摇摇头："是我自己偷偷来的。"说着，她一把抓住田桂花的手，恳求道，"就请您答应我们了吧？"

田桂花脸色苍白地起身挣脱小玉的手，摇摇晃晃地进屋，走到墙角挂着的一面破镜子前，出神地看着镜子里那个脸膛黝黑、皱纹纵横、头发干枯的女人，眼泪在眼眶里面转着转着，终于不可抑制地流了下来。

小玉跟进来，站在她身后，关切地问："阿姨，您怎么了？"

田桂花轻声问她："我是不是真的很老了？"

小玉急急地说："没有呀，我真的觉得您挺年轻的，我原先以为黄老师都三十多岁了，她母亲一定是位头发花白的老太太呢！"

田桂花勉强一笑，可那样子比哭还难看，她咬着牙对小玉说："好吧，只要他同意，我没意见。"

"真的？"小玉乐得简直要跳起来，惊喜地喊了一声："阿姨！不，妈妈！"

田桂花脸如死灰，摆摆手说："你先别叫我妈。"

不料小玉还沉浸在自己的欣喜之中，根本没注意到田桂花脸上的神情变化，也根本不听她在说什么，伸开双臂抱住她，一个劲儿地撒娇："我就叫你妈妈！妈妈！妈妈！"

田桂花的脸沉了下来："你再这么叫，我就反悔了。"

小玉这才住了口。

我们该咋办

小玉现在心满意足，恨不能马上飞回省城去，把这好消息告诉心上人，她向田桂花告辞说："阿姨，我要回去了。"

田桂花却不让她走："你来一趟不容易，就体会一下当黄家媳妇的滋味吧！"

小玉一听：这是要考验我呀？满不在乎地说："行，您说吧，都要我干些什么！"

田桂花指指里屋："你先去伺候老太太大小便，然后咱们下地割麦子去，要不是你来，我现在早把地里那点儿麦子割完了。"

小玉今天其实是有备而来的，本想一面来做做黄老师母亲的工作，一面也帮她做一点家务活儿什么的，给她留下一个好印象，可再怎么有思想准备，替老人把屎把尿这种事却是无论如何也没想到过的。她进了里屋，使出吃奶的劲儿才把老人抱下炕，等老人小便完后，又费尽全力抱她上了炕，这一下一上就累得满头大汗。完了之后她刚想松口气儿，老人却突然开口说："我想拉屎。"小玉差点没背过气去：得，又得折腾一遍。反正老人耳背听不到，她忍不住嘴里嘀咕起来："你拉屎屎尿为什么不一块儿办？"谁知老人竟像听到了似的，硬生生地说："你嘀咕什么，我刚才还不憋。"小玉委屈得泪水直流。

田桂花闻声进来，一边安抚老人躺下，一边对小玉说："你别往心里去，老人有点糊涂。走吧，咱们下地割麦子去。"

小玉以前从来没有割过麦子，跟着田桂花来到麦地，还没干活，这一路的山道就累得她够呛，镰刀还没举起人就先成了"草鸡"。田桂花见她半天没动手儿，问："怎么了？"小玉苦着一张俏脸，抱怨说："阿姨，这么干，不把人累死？您还不如索性花点钱买得了。"

田桂花一面挥镰如飞，一面追着小玉的话尾说："你说得轻巧，哪来的钱！你回去问问黄老师，他读那些年

的书，他儿子上学的学费，还有平时给老太太看病吃药的钱，哪一样不是靠这么一镰一镰割出来，一样一样做出来的，一分一分省下来的？"

小玉被田桂花说得不好意思起来，连忙说："阿姨，对不起，我刚才说话冲了。我知道，您是天底下最伟大的母亲，您放心，我们忘不了您的好，今后一定会孝顺您的。"

田桂花再也没有说话，埋着头拼命挥动着手中的镰刀，满眼的泪水和着满脸的汗水，成串成串地洒落在她脚下的这片土地上，直到小玉告别离

开，她也没把事情的真相说出来。

回省城后，小玉马不停蹄地去找黄建刚，一见面就扑了上去："建刚，你猜，我到哪儿去过了？"没等黄建刚回答，就激动地喊了起来："我去你老家了！"

黄建刚顿时人就傻了："我老家？你怎么去我老家了？那你看见……"

"看见了，我都看见了，你妈，还有你奶奶！"

"我妈？我奶奶？"黄建刚心里暗叫一声："不好！"

可此时，小玉的声音却显得特别欢快"建刚，你妈终于同意我们结婚了！"

黄建刚大吃一惊："不可能！"

"怎么不可能！"小玉兴高采烈地说，"你妈亲口答应我的，我走的时候，你妈还一直把我送到村口，她让我告诉你，叫你马上回去办手续。不过挺奇怪的，按规定我们结婚的手续应该是在城里办的，她为什么非要我们回去办？我问她，她说你知道。"

黄建刚傻呆呆地看着小玉，心里就像打翻了的五味瓶，说不出个滋味来。沉默了半晌，说："告诉你，小玉，我妈瘫了，根本不会走路。"

"你妈瘫了？你妈干起活儿来像牛一样，她身体好好的，怎么瘫了？你说的是你奶奶吧？"

"唉——我奶奶早已去世了，"黄建刚低下了头，喃喃道，"那瘫在炕上的，是我妈。"

小玉傻眼了："那是你妈？那……那个女人是谁呀？"

黄建刚默然了好一会儿，说"我没想到你会去我老家。小玉，我对不起你，其实我还没有离婚。我想，她应该是我的妻子。"

"你妻子？"小玉惊讶万分，脱口道，"她……她怎么会那么老？"

黄建刚怔怔地望着远处，泪水终于从他的眼眶里溢了出来。此时此刻，想起妻子他心中愧疚难当："其实……其实她只比我大一岁，是因为常年操劳才让她累成这样的……"

（本篇月月评短信代码：0603）

（题图、插图：安玉民）

·本刊信息传真·

郑 重 声 明

为严肃出版纪律，编辑部再次郑重声明：1.本刊拒绝重发稿、抄袭稿。一经发现，编辑部将视情节轻重，对其作出相应的处理，如通报有关部门、在刊物上公开曝光等，并保留向司法部门起诉、追究法律责任的权利。2.所有来稿务请注明：原创、翻译、改编、推荐、搜集整理以及需要说明的事项（包括该作品是否已投寄其他刊物）。3.来稿三个月内未接到任何通知，作者可另投他处，编辑部不再退稿。

好故事犹如色彩斑斓的石子，能让我们平静的心湖荡起涟漪。 ——杨敏（湖南）

□刘春山 编写

拜狼为师

格布是草原上有名的"活地图"，这年夏天，他家里来了个正在省城读书的外国留学生，名字叫汉斯，说是学校图书馆里的画报故事让他对草原发生了浓厚的兴趣，趁着暑假他想来大草原深入生活，实地领略草原风光，而且还想进一步了解草原人何以如此彪悍强壮。

汉斯刚说明来意，格布就朗声大笑起来："那还不简单，我们有高明的老师啊！""高明的老师？谁？"汉斯惊讶地问。格布说："狼啊！"此言一

出，汉斯大惊：狼怎么成了老师？格布热情地说："住下吧，孩子，你在这里住一段时间，就会明白我这话的意思了。"

这天，汉斯跟着格布去放牧，远远看见一大群黄羊正悠闲地在草原上休憩吃草，蓝天白云加上悠闲自在的黄羊，汉斯不由得想起了中国老师教过的那首古诗："天苍苍，野茫茫，风吹草低见牛羊……"他心驰神往地举起望远镜，目不转睛地看着这一幅如画的场景，久久舍不得放下。

看着看着，忽然汉斯嘴里"哎呀"叫出了声。咋回事？原来他从望远镜

里看到黄羊旁边的草丛里藏着十几只狼，此刻正呈扇子形悄悄向羊群包围上去。汉斯赶紧告诉格布："不好，狼要吃黄羊了！"没承想格布连眼皮都不抬，慢条斯理地说："放心吧，不会有事儿的！"

汉斯不信，这么凶狠的狼会逮不住一只黄羊？何况它们还是偷袭。汉斯盯着狼群，眼见狼和黄羊的距离只剩几米了，突然那些狼箭一般地向黄羊扑过去，刹那间草原上似起狂飙一般。可是过后汉斯一看，狼群果然一无所获，那些黄羊早已不见了踪影。

汉斯觉得奇怪，问格布黄羊逃生的秘诀。格布说："你别看黄羊埋头吃草，其实它的耳朵一直支楞着在留心周围的动静，它们明知道野狼埋伏着却不躲不闪，是因为它们跑的速度奇快，狼群根本别想追得上它们。""既然这样，"汉斯追问道，"那你为什么还说'拜狼为师'呢？"格布眯着两只眼睛眺望着远方，说："那是因为你没有碰上有经验的老狼，它们抓黄羊可就一逮一个准了。"汉斯将信将疑——年轻的狼都追不上黄羊，难道老狼会跑得更快？

午后，汉斯和格布一起赶着羊群往回走，经过一个小山丘的时候，汉斯又从望远镜里看到，有一只黄羊正卧在草丛里大睡。旁边会不会也有野狼窥伏着？汉斯举着望远镜仔细察看，果然，他在附近草丛里发现了一张垂涎欲滴的狼脸。

"快看！"汉斯立刻把望远镜递给格布。格布接过望远镜看了一会儿，说："这回悬了，这是只老狼。"老狼真有这么神？汉斯不信：刚才一群狼都撵不上一只黄羊，现在就它一只，能行？格布朝汉斯摆摆手，说："咱们先把羊赶到低洼地去，那里安全。回头我带你再来，说不定你会看到这只老狼是怎么逮黄羊的。"

半个小时以后，格布和汉斯把羊统统赶进了低洼地，随后又返回小山丘。汉斯从望远镜里清清楚楚地看到，那只老狼果然还没有动手，仍然一动不动地窥伏在那里；而那只黄羊大概是吃饱了，还在草丛里大睡。既然这只老狼盯牢了黄羊，为什么还按兵不动呢？汉斯大惑不解。

突然，汉斯发现格布的神情显得有些紧张，额头上都冒出汗来。汉斯小心翼翼地问格布："你怎么啦？上午一群狼你都不在乎，怎么这会儿……"格布小声说："你看那老狼的尾巴！"汉斯定睛细瞅，那尾巴除了是白色的，其他好像没啥特别呀？

格布见汉斯不以为然的样子，神色凝重地说："千万小心，这是狼王，尾巴的颜色都白了，这说明它至少活了几十年。有狼王在，周围必定有群狼，你千万别乱跑乱动，听我的。"格布这么一说，汉斯紧张起来，拿起望远镜再看，发现不远处的山丘上，果然隐隐有狼的影子在闪动。

两个人屏住气，耐心地等着，可是等了好一会儿，老狼还是按兵不动。汉斯忍不住问格布："既然是狼王，那就应该更有经验，为啥不趁黄羊现在睡觉的时候出击呢？"格布推推他的臂膀："你没看到黄羊那耳朵？"汉斯这才注意到，黄羊虽说是在呼呼大睡，可它的两只耳朵却一直警惕地支楞着。

就这么等呀等，一直等到太阳下山，黄羊的身子终于动了，只见它伸了个懒腰，站起来走了没几步，就岔开后腿撒起尿来。就在这个时候，说时迟那时快，老狼突然从草丛里蹿了出来，直向黄羊身上扑去。于是，与上午群狼追逐黄羊同样的镜头又在汉斯眼前重演起来：那只黄羊箭一般地在前面跑，老狼拼命地在后面追，而且他们两个人直到这时候才发现，这只老狼还瘸了一条腿。

跑着追着，不一会儿黄羊就把瘸腿狼远远抛在了后面，可瘸腿狼始终不气馁，狂追不止。汉斯不明白了：瘸腿狼葫芦里到底在卖什么药？明明没有黄羊跑得快，为什么还要选择这个时候去逮它？汉斯正奇怪着，就听格布长叹一声："完了！"果然就见正飞跑着的黄羊突然"扑"地一头栽倒在地，瘸腿狼马上从后面追了上来。

眼看黄羊就要落入狼口，汉斯急

得一把抢过格布手里的猎枪，"砰砰砰"就扣动了扳机。一连串的子弹呼啸着从枪膛里飞了出去，那只瘸腿狼一定以为是中了什么埋伏，掉转头撒腿就逃，不一会儿就没了踪影。格布没想到汉斯会夺自己手里的猎枪，气得朝他直瞪眼："你……你为什么不听我指挥？"说罢，就朝黄羊倒地的地方跑去。汉斯不明白自己做错了什么，紧紧跟了上去。只见那只倒在地上的黄羊并没有死，正"呼哧呼哧"地喘着粗呢！

奇怪了，不是说黄羊能跑吗？既然没死，为啥不继续跑呢？汉斯想问，可看到格布神情严肃的样子，又不敢开口。格布似乎看出了汉斯的疑惑，说："回去你就知道了。"

没想回到家不一会儿，黄羊就断了气。格布三下两下剥了羊皮，掏出内脏，把一个水淋淋的东西捧给汉斯看："知道黄羊为什么跑不动了吗？它睡醒了要撒尿，瘸腿狼就是等着这个时候下手。你想想，黄羊的尿泡早憋胀了，这么猛跑，还有不颠破的？"

汉斯这才明白原来老狼逮黄羊的玄机是在这里，不由感慨道："真是好狡猾的狼呀，不过它最终还是败在了我们手里！"格布却忧心忡忡地说："你不知道，孩子，狼王肯定不会善罢甘休的，等着吧，早晚有一天它要来报复。说实话，要不是为了让你长长见识，我今天说啥也不敢从狼口夺

食。我知道你这么做是为了救黄羊，可不值呀！能救，我早就救了。"

格布的担忧不无道理。半个月后的一天深夜，汉斯正睡得香哩，格布把他推醒了："快起来，外面有动静。"汉斯赶紧爬起来，发现格布的那只牧羊犬巴勒正缩在墙角瑟瑟发抖。巴勒平时凶猛无比，每天晚上都是它替格布看守羊圈，平时对付一二只狼根本不在话下，今天怎么会吓成这个样子呢？莫非真是瘸腿狼领着群狼找上门报复来了？

格布无暇和汉斯多说什么，只是关照汉斯别在屋里点灯，然后他拿起汉斯的红外线望远镜，透过窗户仔细地向外观察。不错，的确是群狼来了，黑压压一片，足有上百只，领头的正是那只瘸腿狼。

格布家在村头，当初就为防着狼来侵袭，所以砌的羊圈特别坚固，圈墙用的都是大青石，垒得也特别高，那些狼只是在高高的圈墙下乱窜，就是上不去。汉斯在屋里看着，乐得眉开眼笑：狼再聪明也有无计可施的时候啊！这么高的圈墙，甭说狼了，就是人也休想爬得上去。

不过，汉斯想简单了，只见那只瘸腿狼在圈墙下转啊转，转了好一会儿，然后在离圈墙两丈远的一棵树下停了下来，目不转睛地盯着树上看。难道它想从树上跳进羊圈里？汉斯担

心地问格布，格布摇摇头："除非它会飞！"可是话音刚落，忽听瘸腿狼吼了两声，刹那间十几只狼涌了过去，狼爪连着狼爪组成了一架狼梯，瘸腿狼后退几步，借着狼梯"嗖"的上去攀住了一根树杈，然后四爪并用拼命往高处攀，在一根粗粗的树杈上停了下来。汉斯发现瘸腿狼的嘴巴里叼着一捆牛皮绳，那是格布挂在房檐下平时狩猎用的。只见瘸腿狼把牛皮绳的一端绕在树杈上，另一端迅速往树下放。紧接着，一个令汉斯不可思议的场面出现了：树下，一只小狼叼住瘸腿狼放下的绳头，然后后腿猛一蹬，身子就晃晃悠悠地在空中来回荡了起来；荡着荡着，突然猛一弹，眨眼间就越进了羊圈。

汉斯"哇"地一声惊叫起来，可格布此时并不着慌。为啥？自从那天汉斯莽莽撞撞地朝瘸腿狼开枪，格布就知道早晚会有这一天，所以他回来后一直不露声色地做着准备，把自家圈里的大部分羊赶进了邻居家的羊圈里，还特地给圈门加了锁。就让瘸腿狼领着那帮恶狼去冲羊圈吧，天一亮，这些群狼可就成了圈中之物。嘿嘿，要知道狼皮可值钱呢，尤其是活剥的狼皮，一张值好几千元！

可是格布这回想错了！天亮以后，他带着汉斯准备好好收拾收拾这些恶狼，可两人扒着圈墙一看，哪里还有狼的影子，倒是圈墙的一侧，那

些被狼咬死的羊被码成了堆,群狼就是蹬着它翻出圈墙逃走的。这一刻,汉斯终于领教了狼的厉害,恨恨地说:"这些家伙,什么时候能把它们统统打死了才痛快呢!"

格布却意味深长地朝汉斯摇头:"你这是只知其一不知其二啊!你不知道,草原上最大的敌人是旱獭、野兔和地鼠,因为它们破坏草场,而它们的天敌就是狼,如果狼没有了,这些动物没了天敌,草场岂不是更遭殃?没了草场,我们的牛羊马吃啥?"

理是这么个理,可是由于野狼作恶多端,不久盟上就决定调集全体牧民联合起来,围歼狼群。这天,有消息说狼群在大水泡那一带活动,让牧民们赶去围捕,格布这天要去区上开会,于是汉斯就跟着盟里的其他牧民骑马出发了。

赶到那里一看,狼群已经被围入了绝境:左面是几百亩的大水泡,若是陷进去就拔不出来;右面是高高的山崖,崖下是几十丈深的陡壁,摔下去就得变成肉泥;前后两头的通道已经由先前赶到的牧民堵上了。用"上天无路、入地无门"这八个字来形容群狼此时此刻的境遇,真是再恰当不过了。

牧民们的包围圈越缩越小,无奈之下群狼只得上山。这时候,汉斯发现领头的瘸腿狼倒显得很从容,它领

着群狼来到悬崖峭壁,四下里一看,叼起身边的一只小狼就把它甩下了断崖。狼群顿时骚动起来,可是瘸腿狼并不理会,一只一只把狼群里所有的小狼都甩了下去。这时候,剩下的那些老狼吓得面面相觑,但它们既不后退也不逃跑,都怔怔地看着瘸腿狼。只见瘸腿狼扔完了小狼,突然身子一纵,在空中划过一道优美的弧线,也一头栽下了断崖。立刻,那些刚才还怔着的老狼们没有一丝犹豫,先后紧跟着就跳了下去。

打围的人们被这突然发生的一幕惊呆了!

这时候,天色已近黄昏,盟里决定大家先回家,第二天一早再来剥狼皮。

汉斯回到家里的时候,格布已经到家了。汉斯激动地给他讲述围歼群狼的经过,尤其对那只瘸腿狼面对死亡宁折不弯的气度赞叹不已。谁知格布听了却哈哈大笑:"你们十有八九被骗了,我看那些狼没死。"

"不可能!"汉斯惊讶万分,"这么跳下去还会不死?"

"不信?明天咱们去看!"格布说这话的时候,显得非常自信。

第二天大清早,牧民们就迫不及待地来到断崖下。一看,可不是呢,一头死狼都没有!汉斯抬头望望高高的陡壁,五六十丈高都不止哪!这么摔下来,怎么会不死呢?

汉斯正琢磨着,格布对他说:"你仔细看看地上。"

"呀!"汉斯不由自主地惊叫起来,断壁下是阴面,积雪足足有几米厚,上面到处是狼压过的痕迹。

格布神情凝重地对汉斯说:"草原上的人整日与狼为伍,既学会了狼的彪悍刚猛,又学会了狼的聪明狡黠。你现在明白了吧?这就是草原人所以要拜狼为师的原因。"

(本篇月月评短信代码:0604)

(题图、插图:安玉民)

《小方寸大财富——珍邮奇闻录》

方昭海　方　晓著

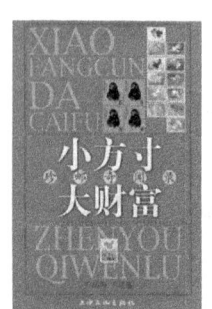

讲述集邮故事——曲曲折折,悲悲喜喜,扣人心弦,令人扼腕。

介绍珍邮知识——历史跨度大,涉及品类多,使人开眼界。

传授投资秘诀——细分邮品收藏价值,指点迷津,操作性强。

内有五十余枚珍邮彩图,附最新各类邮品参考价。邮票是小市民的股票,上世纪八九十年代,邮市上曾产生过不少快速致富的神话。今天只要你掌握了这方面的知识和信息,拿出眼光和胆略,照样能在邮票——小方寸中觅得大财富。

讲明白也好

□张 萍

晓军是一家私营公司的小车驾驶员，专门给老板王总开车。

这天，接王总上班去公司的路上，在一个十字路口碰上了堵车，足足等了一刻钟，好不容易车子重新起动了，王总忽然说要下车看看。

原来刚才堵车等候的时候，王总忽然发现路边有个穿大裤头的老头，一路捡着垃圾一路走来。王总盯着他上下打量了半天，下车后三步两步走到他面前，问："你……你在南疆建设兵团干过吧？"

老头奇怪地看着王总，点点头说："是啊，我在那里上山下乡八年了。怎么，你认识我？"

王总一把拉住他，激动地说"你

这八年是在疆北干的？"

"是啊，疆北一连！"

"太好了，我也在疆北，我也整整干了八年，我是二连的。走，老战友，上车，到我公司去。"

王总当年是知青，这公司里的人都知道，但他的知青情结竟会深到这种地步，却实在令晓军感慨不已。把王总和老头送到公司以后不久，王总半路相认老战友的事儿就在公司上下传开了。吃中饭的时候，晓军在饭厅里听人说，王总带来的这个捡垃圾的老头，年龄其实还没有王总大，回城以后一直时运不济，老婆一年四季卧病在床，自己一年前又下了岗，儿子考上大学后连学费都交不起。王总非常同情他，当即给了十万元，让他给儿子交学费，给妻子治病，还说以后要在公司里给他安排工作。

晓军顿时心潮起伏难平：王总出手居然这么大方？他不由想到了自己的家。晓军的父亲年纪比王总大不了多少，家里的经济虽说不像捡垃圾的

老头那么窘迫，可也富裕不到哪里去，因为他也有个常年离不开药罐子的母亲。父亲前几年采购药材屡次到过南疆，对疆北那一带挺熟，如果让父亲也来冒充一下当年的知青，想办法和王总见一面，说不定王总也会资助一笔钱，别说十万了，就是给个二万三万的，家里的状况也会好很多啊！

晓军回去和父亲一说，父亲果然感兴趣。父亲说："反正你们王总有钱，不用在我们身上也会用在别人身上。再说了，你往后给他开车尽量卖力些，也算是尽尽我们心意吧！"

不过，父亲话是这么说了，心里总还是有些担心会被王总识破。晓军给他鼓劲说："不会有问题的，你尽量多说说家里的难处，他准会掏腰包。这样吧，我明天先去探探他的口风。"

第二天见到王总时，晓军就故意问王总当年去南疆上山下乡的事儿，趁王总说得高兴时，晓军不失时机地开口道："王总，我表叔当年也在你们那里呆过呢！"

"真的？他现在在哪里？"

"就在这个城里啊！"

王总立刻责怪晓军怎么不早告诉他，晓军说："要不是昨天碰上你那个老战友，我还不知道你上山下乡是在那个地方啊！"

王总叫晓军把表叔请来，晓军故意做出一副为难的样子，吞吞吐吐地说："王总，你……你还是不要见他的好，他们家的日子过得比你那老战友还苦，我……我怕你听了又要浪费钱。"

王总一听，立刻正色道："晓军啊，你这话就说得不对了，帮助贫困的老战友，这怎么能叫浪费呢，我心里太愿意了啊！去，你明天就去把你表叔接来，我们见见面。"

嘿嘿，晓军要的可就是这句话！他心里暗自窃喜。

第二天，晓军准备把父亲带到公司去，临出门的时候，他见父亲走路忽然一瘸一拐的，急着问："爸，你的腿怎么了？"

父亲敲敲自己的腿说："记住，等一会见到你们王总，你就说我这腿是十年前为救一个孩子被车压的。"

晓军一听，"噗嗤"笑出声来："爸，你也太离谱了，万一王总以后在大街上看到你走得好好的……"

父亲却打断晓军的话头说："城里人多着呢，他进进出出坐的都是车，哪能这么巧就被他看到？再说了，他这种人朋友多，以后就是看到了，也不见得就能认出我来。"

父亲坚持要瘸着腿去见王总，晓军想想父亲的话也有点道理，于是就这么把他带到了公司。一开始，晓军心里还有些忐忑，可王总却好像完全沉浸在当年的情感之中，和晓军的父亲一见如故，说话的时候两双手紧紧握在一起不愿松开。更加让晓军佩服不已的是，说起当年疆北的生活，尤其是当地的风土人情，父亲居然滔滔不绝，好像知道得比王总还多。

王总握着晓军父亲的手，关心地问："我听晓军说，你回城后日子过得不咋的？"

"唉，不瞒你说，日子是过得不顺啊！"晓军父亲一边说一边脑子里拼命搜罗着，把家里以往桩桩件件的难事儿都讲了出来，最后敲着自己的"瘸腿"说："亏就亏在这条腿，当时是为了救一个孩子，被车压了，要不然，我真还可以好好干呢！"

晓军和父亲都等着王总给钱，王总却意犹未尽地对晓军父亲说："走，我带你去个地方。"

"去哪里？你莫不是要给我治腿病？"晓军父亲不由有点紧张，"不必了，不必了，我这腿治不好的，就是样子难看点，总还能走路啊！"

王总说："你跟我去就是了，我只是想让你的腿舒服舒服。"

王总兴致极高，亲自开着小车，带着晓军和他父亲驶出公司大门。晓军吃不准王总要把他们带到哪里去，表面上没说什么，可心里却紧张得要命。直到车子开进一个娱乐中心，他才恍然大悟：这儿有个当地有名的洗脚城，自己以前曾经送王总来过，肯定是王总见父亲腿脚不好，特地让这儿的小姐来替他按摩按摩。

果然是这样，王总还特地要洗脚城的经理挑最好的服务明星来为晓军父亲按摩。

洗完脚，趁王总去结账的时候，父亲小声问晓军："王总怎么一点表示都没有呀？"

晓军说："放心，那个捡垃圾的老头连洗脚城的影子也没看见，都拿了十万元，今天王总亲自带你来，我看十万元只多不少。"

但让晓军沮丧的是，他的这个估计彻底错了，王总把车开回公司以后，就让晓军去财务室结账。

公司员工都知道，这"结账"其实就是"辞退"的意思。晓军吃惊地

父亲的"歪理邪说"（结尾部分）

（3月号上半月刊说到阿康看到大玲来了，不知等待自己的将是什么结局……）

阿康正不知如何是好，小玲看到姐姐异常激动，一下子冲上去，姐妹俩亲热得不行，话说个没完。阿康赶紧把父亲拉到一边，埋怨道："老爷子，我信里写的是大玲，不是小玲啊！"父亲诡秘地一笑，说："大玲比你大一岁，女大一，背锅卷席，很难成就美满姻缘；而小玲比你小一岁，你属猪，她属鼠，猪鼠搭配，干活不累，绝配！怎么，你不喜欢她？"

阿康的脸"刷"地红了，不好意思地点了点头。父亲乐了，拍着儿子的肩膀说"其实啊，我那些属相配什么的，都是说着玩的，你老爸早看出小玲是个好姑娘，对你也挺有意思的！""那大玲不好吗？"父亲笑了："人家大玲半年前就有婆家啦！我这是怕你伤心，更怕你错过了好姑娘，才这么安排的嘛！"

阿康有些哭笑不得，问父亲"那你带大玲过来干吗呀？""大玲是个斜视眼儿，听说大上海能矫正，我是带她看病来的。""啊？"阿康目瞪口呆，敢情看电影那天晚上，自己是自作多情、一厢情愿啊！想想幸亏那天自己抓住小玲的手，表露了心迹，要不亏就吃大了……

阿康这样想着，不禁说道"老爸，我以后再也不敢小瞧你的'歪理邪说'了！"父亲笑了："傻儿子，还提那玩意儿干啥！"

所以，答案是：A 与小玲确定了恋爱关系。

问："王总，你……你不要我了？"

王总点点头："你另谋高就吧。"

"王总，我……我想知道这是为什么？"晓军在心里问自己：今天这事好像没露什么破绽啊？

王总见晓军还不知所以然的样子，便说："其实你自己心里应该清楚，我为什么要你去结账。唉——"他叹了口气，"不过讲明白了也好。"说到这里，他弯下腰，把自己的裤腿高高挽起："你们看看我腿上这些疤痕。"

晓军和他父亲低头一看，只见王总的腿上密密麻麻遍布黄豆大小的疤痕。王总说："当年在疆北的知青，没有一个腿上不留下这样的印记，这是被疆北特有的毒虫子咬的，那时侯两条腿天天流黄水，每天晚上痒得睡也睡不着，后来好不容易结了疤，就多少年也退不了。那个战友我为什么会在大街上认出他来？是他大裤头下满腿的疤痕告诉我的啊……人再苦再穷，也不能没了实诚，我不想和不实诚的人打交道！"

王总说到这里，晓军和父亲早已羞得无地自容……

（本篇月月评短信代码：0605）

（题图、插图：魏忠善）

第一颗药丸

□ 邢 东

刘方宇四十岁那年被提拔成了主管工业的副县长,随着身份的变化,他心里反而不踏实起来:过去有个邻居,当平头百姓时日子过得好好的,可当了几年官,贪污受贿,生活糜烂,结果栽了跟头不说,差点还送掉了小命。自己今后要是在这些问题上也拿捏不住,说不定就会出大事。

正在忐忑不安的时候,他的老丈人来了。老丈人是现代科学研究所的研究员,看女婿坐卧不安的样子,笑着问:"怎么,升了官倒反而有心事了?"

刘方宇点点头:"爸,您说我该怎么办?"

老丈人一听哈哈大笑,从提包里拿出一个非常精致的玻璃小药瓶,里面有一颗晶莹透明的水滴形药丸,他问刘方宇:"你真想当清官?"

"那当然!"刘方宇急切地回答。

"那你敢不敢做我新药的第一个试用对象?"老丈人晃晃手中的玻璃瓶,"这是我研制成功的第一颗戒贪药丸,说不定会对你有帮助,你是我的女婿,也只有你才会把服用后的药效如实地告诉我,这对我以后进一步改进配方大有好处。"

"爸,它真的管用吗?不会有副作用吧?"刘方宇犹疑着问。

"我不敢说这药能管多大用,"老丈人认真地说,"但我可以肯定地告诉你,这种药的副作用是绝对没有的,你是我的女婿,我怎么能害你呢?而且别说你了,就是我宝贝女儿那里，我也交待不了啊！"

刘方宇听老丈人说得这么肯定，就立刻打消顾虑吞下了这颗药丸。老丈人临走之前拍拍刘方宇的肩说："这药有效期是一个月。一个月以后我会再来，你告诉我它的药效究竟怎么样。如果确实有效，我准备向所里申请投入批量生产，也算为国家做点儿贡献吧！"

说巧也真巧，送走老丈人的第二天，刘方宇就接到过去一个老同事庄顺的电话，邀他中午到会仙楼大酒店一聚。自打当上副县长，刘方宇对这种饭局是再熟悉不过了，无非是想借此机会和自己联络感情谋求照顾而已，刘方宇和庄顺过去没有过多的交情，所以就想回绝。可庄顺黏得很，接二连三地打电话来，弄得刘方宇倒不好意思了。他转念一想：我不是已经服了戒贪药丸了吗？怕什么，到时候万一顶不住，还有这药丸可以为自己撑腰。想到这儿，就答应了下来。

酒席摆在会仙楼大酒店最豪华的雅间里，来的除了庄顺，还有一个自称是集团老总的胖子，彼此客套了几句，就开始吃了起来。酒到半酣，庄顺起身去了洗手间，那个胖子老总神神秘秘地凑近刘方宇，把一个鼓鼓囊囊的信封递了过来，说："刘县长，这点儿小意思不成敬意，算是兄弟对您高升的一个祝贺，今后我们集团还仰仗刘县长多多关照……"

正说着，雅间门突然被推开了，是服务员进来上菜，胖子吓了一跳，慌得一边把手中的信封从桌子下面塞到刘方宇手里，一边冲着服务员吼道："没告诉你不打招呼别进来吗？"说着就站起身冲上去，连推带搡地把服务员撵出门外。

这时候，刘方宇攥着厚厚信封的那只手，手心里几乎全是汗了，他想：这里面大概有两三万吧？这钱要收了，以后会不会出事啊？谁知他刚这么一闪念，突然发现自己的身子"刷"地一下就变成了只有一粒灰尘那么大，想喊喊不出声，想走迈不动步。

几乎是与此同时，庄顺从洗手间返回雅间，一进门就愣住了：刘方宇人呢？胖子老总拿起刘方宇扔在椅子上的那只厚厚的信封，疑惑地问庄顺："你这个老同事莫非真的刀枪不入？要真那样，那咱们承揽广场工程的事就难办了。"

庄顺倒还沉得住气，干笑两声说："别急，这小子的脾气我清楚，过两天咱们到他家去一趟，你信封里再多塞点，把他喂饱了，还愁他不乖乖地给你办事儿？"说完，两个人嘻嘻哈哈地出去了。

听着这番话，刘方宇的鼻子都快气歪了：好你个庄顺，居然这样卖我？哼，等着瞧，广场工程我就是要实行公开招标，你们想使歪门邪道，没门！就在这时候，刘方宇突然觉得自己的身体又迅速变大起来，一会儿就恢复了原样。哈，看来这药丸有点儿意思！刘方宇高兴得伸手理了理自己的头发，昂首挺胸地走出了雅间。

当晚，刘方宇又接到一个邀请，请他的是一个叫焦易的民营企业家，地点在芳草天涯夜总会，这种地方刘方宇以前根本不敢去，所以一开始有些犹豫。可再一想，自己不正可以借这个机会联络一下与民营企业家的关系吗？而且潜意识里也觉得自己年近四十还没到这种灯红酒绿的地方去过，心里也有些痒痒，想到反正有老丈人的药丸撑着，所以就偷偷地去了。

焦易七拐八拐，把刘方宇带到一个灯光幽暗的包厢里，刘方宇一看，里面除了一个高高大大剃着板寸头的男人之外，还有三个浓妆艳抹的女人。刘方宇本能地转头就走，焦易连忙拦住了他："刘县长，您别……"

刘方宇说："焦先生，这种服务我不会接受的，我今天来是为了听听你对县里的民营工业发展有什么看法，希望你在这方面多为县里出把力。这几位小姐请她们出去，要不我走！"

焦易竖起拇指哈哈大笑："好！刘县长果然一身正气，让我们这些市井小人敬而生畏啊！"说着，他挥挥手让那几个小姐出去，又把板寸头喊过来嘱咐了两句，板寸头也出去了。焦易这才拉着刘方宇坐下，两个人边喝茶边聊了起来。这个焦易对县

里的好多情况都了如指掌，对办工业还真有一些真知灼见，慢慢地，刘方宇的心里放松起来，聊的话题也越来越宽。

这时有人敲门，焦易说了一声："进来！"包厢门开了，一个年轻貌美衣着得体的姑娘走了进来，把手里一份文件递给焦易，说："焦总，请您在这儿签一下字。"

焦易看了看文件内容，签罢，那个姑娘转身就走。焦易喊住她，向刘方宇介绍说："这是我表妹，林倩，大学刚毕业，现在当我的助理。"他随即唬着脸对林倩说："怎么这样没礼貌，见了

刘县长连个招呼也不打，还不快给刘县长敬杯茶？"

林倩的脸一下红了，扭扭捏捏地在刘方宇旁边坐下来，端起桌上的茶壶就要给刘方宇倒茶水，刘方宇连忙伸手去推，谁知正好碰上林倩的手，两个人都闹了个大红脸。焦易立刻看出了他们的尴尬，连忙掏出手机说："对不起，我打个电话。"就快步走了出去。这时候，刘方宇突然心里就像着了一团火，抓住林倩的手不肯放，像恶狼一样扑了上去。

谁知他向前一扑，身体立刻又急速地变小了，一下缩到了沙发下面。那林倩呢，娇羞地低着头等了一会儿，不见有动静，抬头再看，却发现包厢里已空无一人，吓得"啊"地一声尖叫起来。这时候，包厢的门立刻被撞开了，焦易和板寸头一步闯进来，板寸头的手里还举着一架数码摄像机。

焦易一把揪住林倩的衣领子，凶狠狠地问："说，刘县长去哪儿了？"

"我，我也不知道。"林倩哆哆嗦嗦地回答说，"刚才还在，可一转眼就不见了。"

"你这个臭婊子！"焦易骂道，"我已经在给他喝的茶里下了春药，就这样你还办不利索？雇你来有什么用？你给我快滚，少在这儿装清纯！"

"老板，"板寸头在旁边小心翼翼地问，"那摄像还拍不拍？"

"拍你妈个头！"焦易怒气冲冲地冲了出去，板寸头和那个被焦易称作"我表妹"的林倩只好紧紧跟了上去。

刘方宇在沙发下面惊出一身冷汗：好家伙，差点把自己一辈子的清白都搭了进去，人这歪心是真不能有啊！刘方宇感慨不已。这时候，他的身体又迅速恢复了原样，他拍拍自己有些发晕的头，坐在那里怔了好半天才站起来。

有了这两次教训，刘方宇终于知道自己应该怎么来做这个官了，后来不等老丈人找来，他就迫不及待地自己上门去了。老丈人问他药效怎么样，刘方宇连连称好，毫不隐瞒地把这两次差点犯错误的经历原原本本地说了出来。刘方宇问老丈人："爸，您从哪里研究出这么好的东西来？"

老丈人看着他的眼睛，说"你知道我这药是怎么研制出来的吗？这是从那些被贪官污吏奸商恶霸坑害了的老百姓的眼泪里提炼出来的！"

"可是我……我有一点不明白，"刘方宇说，"为什么那会儿我的贪思邪念刚冒出来，身体突然就会变得那么小呢？"

老丈人语重心长地对他说："因为这个时候你就是'小人'，就没有人再看得起你了！"

(本篇月月评短信代码：0606)

(题图、插图：魏忠善)

石头唱戏

□ 纯
三

南宋时候，河南安阳有个药铺，掌柜叫刘三，这年他去云南大理进药材，由于路途遥远，一路风餐露宿自不待言，这一走就走了大半年。

到大理后，刘三找了家客栈住下，整日里就忙着采购药材的事。刘三是大主顾，店掌柜自然腾出上房，小心周到地侍候着。

转眼到了第二年春天，刘三看看冬虫夏草等药材收集得差不多了，便让人把小山似的草药分别装进麻袋，又让店掌柜帮忙雇了上百头骡马，准备择日登程。可要命的是，偏偏在这个时候他突然病倒了，而且病得越来越重，到了第三天晚上，竟撒手尘寰驾鹤西去。

这一来，可把店掌柜给乐坏了，

因为刘三是一个人来的，他这一死，这么多药材不就全归了自己？事不宜迟，店掌柜赶紧置了口薄皮棺材，当晚就把刘三抬到了城外乱坟岗。刚要填土埋了，忽然棺盖晃晃悠悠地被顶了起来，店掌柜以为诈尸了，壮着胆子使劲往下摁。谁知越往下摁棺盖越往上顶，本来就是口薄皮棺材，只听"嘎巴"一声那棺材立刻散了架。店掌柜做了亏心事心虚呀，吓得撒开脚丫子就跑。

其实刚才刘三只是一口痰没上来昏死过去的，刘三是个戏迷，在老家的时候没有一日可以不听戏的，听得最多的就是豫剧，自打来云南采药材，这么长时间听不到戏，这才落下了大病。眼看就要踏上黄泉路了，谁知恰恰这个时候隐隐传来了唱戏声，唱的还是原汁原味的豫剧，那店掌柜忙着干坏事自然没留神，可刘三却顿时活转过来。

这会儿，刘三爬出棺材左右寻找，但月光下哪有唱戏的人影？而且不但没找着人，就连刚才唱戏的声音也没有了。刘三正听到兴头上，见声音突然没了，急得抓耳挠腮，最后想出一招：爬回薄皮棺材去试试。说也奇怪，刚刚躺进棺材，唱戏声又传了过来，这一夜，刘三索性就这么躺在棺材里，听戏听得心花怒放，病也不知什么时候跑到爪哇国去了。

天明时刘三回到客栈，店掌柜以为神仙下了凡，再也不敢打他的歪主意了。刘三呢，想想回程路上带着这么多药材，一定走不快，反正这里有戏听，也不急着走了，白天继续打理生意，晚上就跑到乱坟岗去听戏。可让他扫兴的是，到了第三天晚上，乱坟岗上就静悄悄的什么声音都没有了，这回就是爬进薄皮棺材也不灵了，刘三只得快快地回了客栈。

谁知刘三前脚刚进门，店小二就迎上来告诉他："刘爷，城里的得意楼正在唱戏呢，都说来的戏班子是你们河南汤阴的头块牌子。"刘三死活不相信：汤阴和自己老家安阳相邻，离着这儿千山万水，戏班子咋会来这里唱戏？但架不住店小二说得活灵活现，他揣着满腹疑问来到得意楼，可

不是嘛，戏台上正唱得热乎，那腔调韵律，那时急时缓的鼓点，如泣如怨的配乐，就跟自己晚上在乱坟岗听到的一模一样。别的戏班唱武戏只是比比划划做做样子而已，这个戏班则不然，完全是真打真搂，让台下的戏迷看得如醉如痴，叫好声响成一片。这一晚，刘三尽兴而归。

次日傍晚，刘三索性早早就来到戏院，正看到兴头上，忽然剧情起了变化：本来唱的"狸猫换太子"忽然换成了"岳家将"，奸臣秦桧被抽得满台乱滚、血肉横飞。要知道这会儿是南宋初年，秦桧正独揽朝政的时候，这班唱戏的虽说都是岳飞的老家人，可也不能这么明着捋老虎的胡须呀！刘三心里不由为他们捏了把汗。

刘三的担心不是多余的，果然没过一会，就听外面传来乱哄哄的声音，紧接着一队如狼似虎的官兵就冲了进来。刘三吓得"吱溜"一下从凳子上滑到地上，有个毛茸茸的东西滚到他面前，他也不管三七二十一，抓过来就挡在自己头上。

不知过了多长时间，终于没了动静，刘三掀开头上的东西刚想爬起来，忽然惊得张大嘴巴愣在了那里。你猜这毛茸茸的东西是啥？竟然是一个唱戏人的脑袋，眼睛还一个劲地朝他眨呀眨的。刘三吓得"妈呀"大叫一声松了手，那脑袋便"骨碌碌"地滚回戏台找身子去了。刘三还没有明

白过来是咋回事，只见那满地被官兵砍落的唱戏人的脑袋都分别在戏台上找到了自己的身子，头身相连，眨眼间他们就走得一个不剩，戏台上空空如也。

自此以后，一连几天都没了动静，刘三看不成戏也只好死了心，打理好药材就准备启程回老家了。可就在这天晚上，怪事又出现了，得意楼方向又隐隐传来了唱戏的锣鼓声，刘三壮着胆子三步两步赶过去一看，果然又是那个戏班在唱"岳家将"。时间不长，那班如狼似虎的官兵们又包围了上来，不过这回刘三再也不用为戏班子担心了，反正他们会"死而复生"嘛!

可没想这回刘三估计错了，等到官兵们走尽了，那些满地散落的脑袋滚回戏台找身子，却怎么也和身子连不上了。刘三细细一打量，原来可恶的官兵在这些唱戏人的身子和脑袋的断茬处抹上了石灰。"这帮毒心肠的家伙!"刘三一边嘴里骂着，一边赶紧跑回客栈去提来一桶清水清洗石灰，可已经没用了，还是没能连上。

毕竟同是河南人，刘三不忍心这些唱戏人的尸骸就这么身首分离，于是便把他们收拾起来运到城外的乱坟岗，挖个深坑掩埋起来，然后点燃三炷香遥祭跪拜。拜祭完了，刘三转身要走，忽然脚下一绊，低头一瞅，是个唱戏人的脑袋。呀，刚才亲手埋的，咋又跑出来了? 刘三只得重新掘开墓地，把它掩埋好。

次日，刘三满载货物启程，一路无话。这天到了倒马关，这是一条十几里长的大峡谷，两边的树木遮天蔽日，骡队正缓缓前行，忽然树丛里钻出一伙强人拦住了去路。刘三赶紧驱马上前，说驮运的不是什么金银财宝，而是悬壶济世的药材，求爷们高抬贵手。领头的一个络腮胡恶狠狠地说:"高抬贵手? 好不容易等来个做买卖的，到嘴的肥肉还能吐出来? 哼! "说罢，就命喽罗们动手卸麻袋。

突然，就听一个小喽罗"妈呀"一声惊叫起来："头呀，快来看呀！"络腮胡过去二话不说，"哗啦"一下把麻袋来了个兜底倒，不得了，装药材的麻袋里居然滚出个唱戏人的脑袋。只听其他喽罗们也同时嚷嚷起来："这麻袋里也有！""这麻袋里也有！"

刘三大吃一惊：这是怎么回事？

络腮胡天天舔刀饮血，见再多的脑袋也不算啥，他眼都不眨，吩咐喽罗们说："你们还愣着干啥，把脑袋扔一边去，把药材运回山寨，留着以后卖个好价钱。至于这家伙嘛，嘿嘿，别留了他……"话未说完，抢起鬼头刀就向刘三砍去。

说时迟那时快，一个被喽罗扔在一边的唱戏人的脑袋这时候突然猛地从地上弹起来，"嘎巴"一声就死死咬住了络腮胡的鬼头刀。任凭络腮胡如何强悍，见到这种场面也是心肝俱颤，撒开脚丫子就跑，喽罗们立刻一哄而散不见了人影。

峡谷里顿时安静下来，刘三闹不明白这到底是怎么回事，但他心里对唱戏人充满了感激，有心想说句感谢的话，可奇怪的是任凭怎么找，连他们的半个影子也没找到，刘三只好快快地继续赶路。

回到安阳，刘三心里一直惦着这事儿，可就是不见什么动静，时间长了，也就渐渐淡忘了，倒是手里的药材生意做得出奇的顺利，而且越做越大。刘三觉得自己能有今天，得感谢那些唱戏人在强人刀下救了自己的命，所以后来就特地在唱戏人的老家汤阴开了一家分号，药还卖得特别便宜。

这年中秋，刘三去汤阴巡查分号生意情况，晚上喝了点酒，趁着酒兴，新雇来的当地伙计便陪同他出城游玩。谁知刚刚出城不远，就隐隐传来唱戏的声音，刘三心里一惊，忙问伙计："这荒郊野外的，哪还有人会在这里唱戏？"伙计回说："我们这儿每当月明之夜都会有这声音传出来，全城的人都听得到，就是找不到唱戏的人。起初大家还有些害怕，时间长了也就慢慢习惯了。"

刘三一听，立刻想起自己在大理采药时在墓地里听戏的事，就拉着伙计循声音一路寻去，果然不一会儿就来到一片墓地。刘三悄悄走近前去，到跟前一看，吓了一跳，原来这声音是从一块汉白玉的石碑上传出来的。

石碑怎么会唱戏？刘三左看右看，左寻思右寻思，突然发现原来汉白玉石碑上刻着整出"岳家将"的戏本，背面还有好多唱戏人的画像，其中一个嘴里还衔着半块刀片，刘三怎么看怎么觉得这些唱戏人的脸这么熟——对了，原来从络腮胡刀下救自己的唱戏人在这里哪！可刘三实在太奇怪了：这些唱戏人到底是怎么回事呀，怎么又会被刻在这里了呢？

"掌上灵通杯"《故事会》优秀作品月月评

1. 本期由初评委推荐以下10篇故事为候选作品，读者可挑选出你最喜欢的一篇，将其月月评短信代码（如0608，没有短信代码的作品不参加评选）发送到200056（移动用户）或900056（联通用户）。每次限选一篇，可多次投票。

2. 作者奖：每期设"最受欢迎的故事"三篇，由得票最高的前三名作品获得。这三篇作品均将列入本刊今年举办的《中国最有影响力的故事》征文大赛候选名单（该征文活动详见本期第28页）。第一名的作者还将获赠上海文艺出版总社出版的大型历史图书《话说中国》一套（价值1000元）。

篇名与短信代码

代码	篇名	代码	篇名
0601	善良真好 (P9)	0606	第一颗药丸 (P33)
0602	鞭策 (P13)	0607	石头唱戏 (P37)
0603	不速之客 (P17)	0608	红石寨传奇 (P42)
0604	拜狼为师 (P23)	0609	织雪 (P47)
0605	讲明白也好 (P29)	0610	妹子是个爽快人 (P60)

3. 读者奖：参加评选并选对当期"最受欢迎的故事"的读者均有机会获得现金奖，每期20人，各获现金500元；所有参加评选的读者均有机会获得参与奖，每期200人，各获价值30元的礼品一份；参加全年24期评选的读者更有机会获得年终大奖，共12人，各获价值5000元的数码摄像机一台。

4. 本期活动截止期为：3月20日。得奖读者在评选结果揭晓后将得到短信通知，用户接收每条短信收费0.50元。

"掌上灵通杯优秀作品月月评" 2005年1月下评选揭晓

2005年1月下获得选票前三名的作品分别为：《漂亮女对手》、《铃声多美妙》、《潇洒醉一回》。

刘三问伙计："这是谁的墓地？"

伙计说："要说这块墓地，可就不是一二句话的事了。听老辈人说，当年岳飞屈死风波亭后，他们一帮戏迷就一起动手修了这块墓地，岳飞是咱汤阴人，咱特别敬重他呀，他们知道岳飞爱听戏，就特地在石碑上刻了整出的岳家将戏本纪念他。后来这事儿被秦桧听说了，一怒之下就派人凿下画像上这些唱戏人的脑袋，据说一甩手就扔到了几千里之外的云南大理……"

听到这里，刘三方才明白：原来是这些唱戏人不忘旧主呀！隔着千山万水的，他们在云南大理回不来，于是便趁自己这个与汤阴相邻的安阳戏迷去云南采药之际，特地用种种办法提醒自己，巧借自己返程之机把他们带回河南。这真是一班有情有义的唱戏人呀！

（本篇月月评短信代码：0607）

（题图、插图：黄全昌）

·民间故事金库·

红石寨传奇

□文兴传

明朝时候，河南宝丰县西部有一座红石寨，老寨主姬文伯以摆擂台的方式为独生女儿英娘招亲。方圆百里的人都知道英娘不仅美貌出众，而且武艺超群，老寨主没儿子，平时抵御攻打寨子的响马时，常带英娘出阵，那英娘使得一手好剑，是老寨主的左膀右臂。这些年，老寨主自感年老体衰，为英娘和寨子日后着想，他要为英娘寻个武艺高强的男人做夫君，所以摆下擂台招亲。

招亲那天人山人海，好汉云集，比武是真刀真枪，从日出一直比到日落。后来擂台上只剩下一条好汉，那汉子身高九尺，面如美玉，他就是方圆百里名闻遐迩的拳师，名叫中原

红。老寨主和英娘看到中原红称雄擂台，不禁暗自高兴，私下里便让家丁回去预备酒菜，准备收擂了。

就在这时，只听台下一个尖尖的声音叫道："且慢！人人都有份的事，何不待俺来一试？"人们回头看时却又不见人影，好一会儿才听见有人说"在这里，在这里"，接着便是一片笑声。老寨主瞪眼细瞧，只见一个脑袋硕大的侏儒在人群里钻来钻去，好容易才挤到擂台边，老寨主皱着眉说："孩子，这不是玩耍的地方，看你也看了，笑你也笑了，回家玩去吧。"

可是那大头侏儒并不答腔，一个箭步跃上擂台，倒也显几分矫捷。他往中原红面前一站，一捋袖子就露出

了两条细细的胳臂，台下人一阵好笑，站在一旁的英娘顿时面红耳赤。

中原红本不想出手，一看英娘如此尴尬，心里就来气，飞起一脚便想把这个大头侏儒踢下台去。没料大头侏儒人倒了地，可就是不见他下台。以中原红的腿上功夫，别说来个侏儒，就是八九尺高的汉子也消受不起，中原红立刻意识到对方来者不善，待稍稍缓过神来再一看，就见那大头侏儒横着身子开始在地上盘旋起来，旋起的阵阵寒风直朝他腿上扫来。防备不及的中原红左躲右闪，却还是被寒风裹着一个跟头栽下了擂台，半天动弹不得。待重新站起后，他狠狠扫了大头侏儒一眼，扭头就走。

台下一片惊呼。大头侏儒站起身来，看着台下众人："还有哪位好汉上来？"无人应声。

英娘着急了，她哪里容得一个侏儒来做自己的夫君？只好亲自出场。她涨红着脸对大头侏儒说："你这厮算不得好汉，人家打了半天你才上场，以逸制劳，难服众人。来，本姑娘愿意与你一比，你若能赢得也算有话可说。"

大头侏儒本不想和英娘交手，可英娘哪里容得，抽出双剑就连出狠招，大头侏儒不愿伤着英娘，只是躲闪。那英娘打不着大头侏儒更是恼怒，不由柳眉倒竖杏眼圆睁，一番腾挪翻滚，很快就有点体力不支了，大

头侏儒这时才出手，仰面一倒来了个就地十八滚，轻扫英娘的玉腿，把个英娘一屁股扫倒在擂台上。

老寨主在一边看得真切，他知道大头侏儒使的这功夫叫"就地十八滚"。看来，这个人的功夫甚是了得，可如此长相实在让他难以接受，唯一一个爱女，怎么能嫁给这种人呢？可又不能在众人面前失信哪，怎么办？老寨主想了想，走上擂台，朝台下抱拳说："今日是这位英雄获胜，我暂且把他迎进寨子。但这擂台是要设一年的，凡英雄皆可来此一显身手，我定把小女与寨子交给最后的赢家！"

老寨主话是这么说，但心里根本就没打算把女儿嫁给这个侏儒，他是有意要让大头侏儒成为众矢之的，相信早晚有一天会被人打下擂台的。所以大头侏儒虽被迎进了寨子，却倍受冷落，吃住都无人过问。但大头侏儒并不计较这些，他心里明白，以自己的相貌，别说是英娘这样的美女，就是一般的姑娘他也不敢想。他之所以要打这个擂，是缘于几年前他和英娘的一次巧遇。那次大头侏儒的师傅在街头卖艺时突然晕倒，正好被英娘遇见，英娘当即拿出不少银子为师傅请医问药，才将师傅的命救下了。英娘的乐善好施和她的美貌一样，当时就深深地刻在了大头侏儒的心里，让他梦寐难忘，大头侏儒梦想着若真能得

这样一女子，就是拼上性命也值。今天，他就是冲着自己心中长久的梦想而来的，他在寨子东头的一个破文庙里住下，每日到擂台前候着打擂应战。开始还真有上擂台的，但被他那个就地十八滚的功夫打下去了之后，就没人敢再来了。

眼看着一年的期限就剩最后两天了，这天中原红突然出现在寨子里。原来他舍不下英娘，自从败在大头侏儒脚下后，他便四处打听对付就地十八滚的办法，可正道没学着，反而学来了歪门东西。他把那些歪点子说与老寨主，老寨主本不是恶毒之人，只是爱女心切，沉吟半晌后也就点了头。两人决定先做下手脚，第二天再由中原红出面打擂。

不过老寨主和中原红并没有把这一切告诉英娘。英娘眼看期限到了，心里也着急呀！她思来想去，觉得大头侏儒虽然身材矮小，可总也是个男子汉呀，岂能没有怜悯之心？她想让大头侏儒动怜悯之心自动退出，那天她悄悄备下酒菜去了文庙。

文庙里，除了一顶破草席和一口破锅，什么也没有，英娘看着心里有些过意不去，她对大头侏儒说："真不知英雄如此景况，我和家父怠慢英雄了，实在惭愧……"

大头侏儒连连摆手："英娘休要这般说话，为了英娘，就是睡在冰窟窿里，俺也愿意。"

英娘一边把备下的酒菜拿出来，一边说："今天我来，一是向英雄表示歉意，英雄在这里也快住够一年了，我们甚是怠慢，请英雄见谅。二是……我也有一事相求。"

大头侏儒拍着胸脯说："英娘只管道来，不必客气。"

英娘满满斟了一杯酒，双手捧给大头侏儒，说："请英雄喝了这杯酒，不然英娘实在不好意思开口。"

大头侏儒听了英娘的话，就说："打俺落地，除了师傅就没人正眼看过俺，今天是平生头一遭，有英娘这么敬俺，俺谢英娘了。"说着，他一仰头就把杯里的酒喝净，眼睛红了。

英娘问："英雄对英娘真心否？""真。""何以为证？""命。""英娘不要英雄的命，英娘只要英雄顺了英娘的心。英雄愿意不愿意？""英娘吩咐，便是上刀山下火海又何妨？"

英娘心里一热：要不是英雄这般长相，可真是顶天立地的男子汉，自己不正是要嫁这样的郎君吗？唉，可惜了啊！她硬硬心肠，对大头侏儒说："英娘本不应说出口的，但见英雄豪爽，就直说了吧。英娘不是赖婚，只是英娘实在是怕见英雄，更不要说日后和英雄同床共枕了。这些日子，英娘一直如同生活在噩梦里一般，英雄若还怜惜英娘几分，能否退矣？"

大头侏儒半天不语，泪流满面。

"你走吧，"英娘狠着心说，"日后

如果咱们还有见面的时候，英娘一定把英雄当作亲哥哥待，英娘还会为英雄温酒做菜……"

这番话，说得大头侏儒真是伤心啊！这一年来他守在破庙里忍冻挨饿，为的就是能娶到英娘，这是他平生的梦。他爱慕英娘，可现在英娘却求他离开，他难哪：欲走，心有不甘；欲留，又不忍伤害英娘。

英娘见大头侏儒半晌不语，一咬牙，说："好！英娘再给英雄斟上一杯。既然英雄能为英娘拼着性命打擂，又在这破庙里厮守一年，对英娘也算是情深意厚了，那我英娘就是和英雄做上几日夫妻再死，也是无怨的。"

大头侏儒听英娘如此一说，想想英娘对自己师傅的恩情，一跺脚，接过英娘斟的酒就一饮而尽："俺听英娘的，明日便走。"随后，再也无话。英娘离开破庙没多远，就听见身后传来大头侏儒的号啕声，英娘心里也酸酸的：唉，怪只怪老天爷无眼，好端端一个英雄，却给了他这副身材。

原以为事情就这么了了，可谁知第二天大头侏儒却没有走成。原来第二天一大早，中原红就把擂台摆上了，而且摆得比以往热闹多了，一条红色的地毯把整个擂台都覆盖起来，中原红一身红衣红裤红腰带，威风凛凛地站在台上。

大头侏儒轻轻摇了摇头，红着眼睛走过去，对中原红说："俺把擂主让于你，只要日后你好生待英娘就是了。"中原红一听这话就不乐意了："你休言'让'字，俺今天非得把你比下去不可。"

主持打擂的老寨主拿出一件早已准备好了的崭新的红衣衫，叫大头侏儒穿上。大头侏儒一看这阵势，知道自己走不了了，便说"也罢，比就比，比完了俺再走。看俺不穿这红衣衫，照样赢得！"说完，两手一捋袖子，就站到了中原红的面前。

"慢慢慢！"老寨主把手里拿着的红衣衫塞给站在一边的英娘，附着她耳朵悄悄说："你叫他穿上吧，这擂台也是咱家的脸呢！"

英娘自然闹不清是怎么回事，既然爹说要换那就换呗！她走过去，把衣服递给大头侏儒，说："英雄，就权当是英娘的一片心吧，真刀真枪的比，英娘祈祷英雄不出闪失。"

英娘说的是真心话，她本来就是个善心女子嘛！大头侏儒顿时就觉得心里暖暖的，接了衣服就换上了，他感激地对英娘说："英娘放心，俺赢了擂便走。"

话音未落，那边中原红已经开始叫阵了："好你个小猢狲，大爷今天让你滚个够，别说十八滚，就是八十滚也不在话下！"两人立刻就交上了手。你来我往几个回合，大头侏儒仰面倒地准备开始滚的时候，突然就觉得脊背好像被什么东西粘住了，他心里一惊：不好，看对方这般气势汹汹的样子，莫非其中有诈？他赶紧拼着命想从地上跳将起来，身子却动弹不得。那中原红抓住机会连连出手，大头侏儒躲又躲不开，打又打不成，眼看就要大难临头。

英娘看出事情蹊跷，一把拉住老寨主就问："爹，今天是怎么回事？"老寨主叹了口气，说："闺女，不瞒你说，这红衣衫和红地毯上都涂过牛血，就地十八滚是驴功，沾上牛血就滚不动了。唉，今天只可惜了好一个英雄。"

英娘闻听此言急忙喊"停"，那中原红哪里肯住手，鬼头刀舞得"呼呼"作响。倒是大头侏儒，听声音回头望了英娘一眼，可就在这瞬间，中原红手起刀落，大头侏儒的脑袋立刻从颈上飞落下来，在地上滚了好几圈后，一双眼睛还直直地望着英娘。

刹那间英娘痛哭失声："英雄，是英娘害了你啊！"她的话刚出口，那大头侏儒的嘴巴里居然清清楚楚地吐出五个字来："英娘，俺去矣！"说得英娘的泪水"哗哗"地直往下流。

中原红也探过头来想看个究竟，谁知这时候大头侏儒的嘴巴里突然喷出一口血来，直射中原红的面门，把中原红击得倒退了好几步。中原红不知道，这其实是就地十八滚的最后一功，叫"出口伤人"，大头侏儒如果还活着，这口血就会要了中原红的命，可惜现在大头侏儒已经身首分家，没了元气，这才留下了中原红的一条命，不过他的眼珠已经迸裂，从此双目失明。

打那以后，英娘再不言"嫁"。她收留了中原红，以妹妹的名义；她厚葬了大头侏儒，墓碑的落款是：妻英娘立。

（本篇月月评短信代码：0608）

（题图、插图：黄全昌）

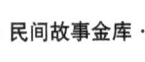

织雪

□ 王东生

那年朝廷大兴文字狱，济南府因为完不成朝廷规定的数额，就把一个叫柳玉林的书生也凑数抓了进去。柳玉林平时喜欢吟个诗赋个词，可与反朝廷的罪名根本不搭界呀，所以在牢狱里天天仰头长叹，时间一长，便有了想死的念头。

那夜三更时，窗外黑得伸手不见五指，柳玉林将身上的腰带解下来拴到梁上，自己往凳子上一站，把头伸进套结就要上吊。忽然，他听见一个姑娘的声音在喊他："先生使不得，先

生快快下来……"柳玉林猛一惊，回头看去，只见一个亭亭玉立的姑娘正站在牢门外朝他摇手，不由松了腰带，从凳子上跳了下来。

那姑娘柳腰般的身子一扭，从铁栅牢门里挤进来，轻轻叹了口气，对柳玉林说："世上冤屈的人何止先生一个，轻生总不是回事儿吧？我倒有一个法子，可以帮先生消解忧愁。"

柳玉林一听，急着问："什么法子？姑娘请讲。"

"先生无事就跟着我学编织鸟笼吧！"姑娘说罢，不知从什么地方转手抽出一些竹子来，都只有尺把来长，她手把手地开始教柳玉林编织鸟笼，编好了就拆掉，拆完了再重新编织，就这样往复不断。

天快亮时，姑娘说要走了，柳玉林这才想起来，作揖道："敢问姑娘，

你我素不相识，为何这大黑夜来陪伴我这狱中之人？"

姑娘又叹了一口气，说："我说过了，这世上的冤屈之人何止先生一个？"这才说起了自己的身世。原来姑娘生于书香之门，也是因为那文字狱，三年前父亲在狱中被逼死，随后母亲也含恨而亡，只留下她一人被抛在世上。她是不忍看天下的读书人都遭此厄运呀！

姑娘的一番肺腑陈述，让柳玉林着实感动。他心底一热，又道："那敢问姑娘怎么称呼呀？"

姑娘说："你就叫我织雪吧，只要你愿意，我以后夜里还会再来的。"说完，一眨眼就挤出铁栅门，不见了踪影。

从这一天起，柳玉林的日子就过得和以前不一样了，他每天索性白天睡觉，晚上就等着织雪来教他编织鸟笼，他把织雪给他留下的那一堆竹子摆在地上，一根一根地抽出来编，好不容易把个鸟笼编得像样一点了，就又拆开了重来。那织雪呢，也果真隔三差五就来指点他。不久以后，柳玉林就把编织鸟笼的技术练到了炉火纯青的地步，也正因为有了事做，他心中的郁闷排遣了不少。

这晚，织雪又来了，可她没有进牢房，只是站在牢门外招呼柳玉林："你出来吧，我有话跟你说哩。"

柳玉林觉得奇怪："我怎么出得来啊？"

织雪说："牢门本来就是人做的，为什么就不能拆了它？难道你白白学得这一手编织的手艺了？"

柳玉林一听，心中猛一亮，一双手十个手指突然就不由自主地动了起来，就像平时拆鸟笼一样，那拇指般粗细的铁栅牢门这会儿在他手里居然就被一根一根地拆卸下来，转眼间柳玉林就从牢门里走出来了。直到这时，柳玉林才明白织雪教他编织鸟笼的用意，原来她竟是把这一手遁迹的绝技传授给了他。

"织雪姑娘，谢谢你传我这么有用的功夫。"柳玉林情不自禁地一把握住织雪的手，可他发现织雪的手却是冰冰凉的，"你的手怎么……"

织雪就像没有听见似的，微笑着对他说："你学成了就好，以后的事就看你自己了。"说完，她身子一扭，就在黑暗中消失了，竟是拽也拽不住。

柳玉林不甘心，追出去转了一圈，仍然没有找到织雪，却被牢头发现了，捉住之后重又投入了牢里。第二天夜里，牢头特地叫人把他的牢门修复加固，还在牢门上加了一把大锁，这才放心地走开。谁料牢头前脚走，柳玉林拆开牢门后脚就跟了出来，而且一连数日天天如此。牢头吓坏了，几百年的大牢怎的竟拴不住一个书生？

牢头不敢怠慢，他吃不准这柳玉

林到底是何许人也，不敢轻易动他，便立刻把这奇诡之事上报府台。府台大人开始还不相信，后来悄悄过来一看，不觉也害怕了，他心想：朝廷的大狱难道就这般容易破了？还何谈江山根基的稳固！

府台大人越想越害怕，就准备将此事上报朝廷。这时，他身边的一个亲信随从轻声劝他说："大人，你如若将此事上报，我看朝廷十之八九会怪罪咱们济南府无能，不会办事，大人今后还怎么在朝廷露脸？这柳玉林如此神通，使的必是妖术，凡妖术就必有降妖的办法，我们何不去请个降妖的巫师先来试试？"

府台一听，这话有道理呀，便连连点头，让他速去操办。

这随从领命而去，第二天就从千佛山上请来一个道士。那道士悄悄潜入牢里，看过柳玉林如此这般的拆术，心里有了底，他对府台大人说："这姓柳的是用意念拆的牢门，他既然能拆，我就照样能用意念破了他。到时候你就看我的吧！"

第二天天黑尽了的时候，柳玉林开始"窸窸窣窣"地拆起牢门来，那道士此时就坐在与柳玉林一墙之隔的屋子里，盘腿闭目，潜心施法。不一会儿，眼见得柳玉林把个牢门拆得"嘎巴嘎巴"响，可就是不见拆下来。

柳玉林正奇怪今天是怎么回事，就看见久未见面的织雪姑娘突然又出现在眼前。织雪对柳玉林说："有个道士正在与你对着干哩，来，我们两个一起来，给他点厉害瞧瞧。"说完，她也盘腿闭目在柳玉林旁边坐了下来。

这时候，隔壁的道士以为已经把柳玉林斗败了，正得意着呢，忽觉双手发紧，气冲胸来，才知是自己的一时误断，可此时他内心的意念已经泻散，再要重新聚气又来不及，一口鲜血喷吐出来之后，就倒在了地上。待牢头和众狱监把他扶起，再到隔壁一看，哪里还有柳玉林的影子！

其实柳玉林跟着织雪这时刚与牢头和众狱监擦身而过，看着他们惊惶失措的样子，柳玉林简直要笑出声来。他方才知道，原来织雪还有隐身这一招！他们能看到牢头和狱监，而牢头和狱监却看不到他们。

织雪把柳玉林带出牢狱，这时候东方已经微微发白了。织雪对柳玉林说："以后的事就看你自己了。"而后立刻化作雾般地悄然消失了。

看来织雪是不会再轻易出现了，可柳玉林从此心里却有了不断的念想，每天天一黑下来，他就盼望织雪来到身边，就连睡梦中也喊着织雪的名字。有一天实在想疯了，竟突发奇想，自己又走回那牢狱里去，可是织雪再也没有出现。

（本篇月月评短信代码：0609）

（题图、插图：黄全昌）

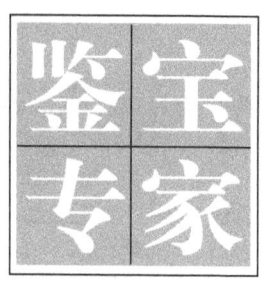

鉴宝专家

□ 张 洋

冯老在博物馆工作多年，任馆长后，为扩充展品资源，丰富馆藏文物，他别出心裁出了个点子，由博物馆与当地电视台合作举办有奖征集民间文物藏品活动，每周日晚黄金时段电视台现场直播，由专家为献宝者作藏品鉴定；凡参与者还可参加摇奖，有精美纪念品赠送。

征宝信息在电视台播出后，场面非常火爆，来献宝的人络绎不绝，但民间藏品虽然繁多，真正有价值的却寥寥无几。冯老不免有些失望。

这天下班时候，来了一位农民模样的人，也说是来献宝的，冯老把他迎进办公室。那农民从手里的蛇皮袋里取出一个小布包，解开后，露出一件锈迹斑斑的青铜器。这青铜器碗口

大小，形状奇特，一端是个椭圆形的筒，另一端连着一块小平板，上面均有精美的纹饰。冯老一见这东西眼睛就亮了起来。为啥？他向来对文物情有独钟，并有很高的鉴赏水平，此物若是真的，非同小可。冯老知道这种东西是商周时期的轮轴饰品，存世很少，而且更让他激动的是，自己博物馆的镇馆之宝，就是与这一模一样的一件，若是能够把它们成双配对，定会引起轰动。冯老兴奋得急忙从农民手中接过这件青铜器，迫不及待地鉴赏起来。

那农民在一旁问："这玩意儿值钱吗？"

冯老差点笑出声来：这价值连城的文物珍品，怎么到他嘴里竟成了玩

意儿？冯老客气地对那农民说："值钱不值钱，得等专家鉴定后才知道。你大老远地赶来，先住下吧，明天就是星期天，晚上你就可以去电视台让专家现场鉴定了。"

那农民想了想说："我待会儿还想去街上走走，这东西带来带去的不方便，能不能就放在你们博物馆里？""可以呀！"冯老巴不得农民把这东西留下呢，可以让自己好好欣赏欣赏，所以答应得非常爽快。

农民走后，冯老捧着这件青铜器在灯下反复观看起来。这轴饰品之所以珍贵，是因为它的造型和纹饰具有很高的艺术观赏价值，因此北宋以后就开始有人仿造。冯老用放大镜查看上面的每一个细节，但见纹饰图案线条清晰，对比强烈，断代特征非常明显，充分显示出商代晚期的独特风韵。

冯老知道，这类器件如果是赝品，由于不懂得古代青铜器的铸造方法和原理，很难在铸造拼合的地方不露蛛丝马迹，但此物不仅没有铸造缺陷，反而在细节上处处显露出传世精品的典型制作手法。冯老生怕自己看走眼，拿在手里掂量来掂量去，然后又用专门的金属敲击器轻轻敲击，每敲一下便要侧耳倾听半晌。

冯老断定这是真品无疑，他兴奋得当即跑到楼下博物馆的展览大厅，让保安把那件镇馆之宝取出来，拿到办公室与农民送来的藏品放在一起，一样的大小造型，一样的纹饰图案，他高兴得真想连夜把大家叫来一起欣赏。

冯老举起手里捏着的金属敲击器，一会儿敲敲自己博物馆的镇馆之宝，一会儿敲敲农民送来的那个藏品，突然他的脸色变得煞白，身子一歪，差点跌倒在地。原来就是这么三敲两敲，冯老听出来了，当初自己代表博物馆用重金买来的这件镇馆之宝，竟然是赝品。因为真品经历过地下几千年的氧化和腐蚀，铜质发生了矿化，器件表面略有膨胀，比重下降，敲出来的声音相对有些浑浊，而伪器敲上去的声音相对比较清脆。此外，伪器铸造的通病是器壁稍厚，重量与真品相比略有差异，这些破绽在单独看的时候是很难发现的。

真是不比不知道，一比吓一跳！

此刻，冯老真是心乱如麻，他担心这事情一旦泄露出去，不但自己的声誉大大掉价，博物馆也会遭受巨大损失。怎么办？现在要再找到当时卖出赝品的那个文物商人是不可能的了，情急之下，冯老心头一亮：何不趁机把这两件东西调换一下？反正那农民啥也不懂，就是指给他看，他也未必能看出其中的名堂。主意一定，冯老便把农民送来的轮轴饰品送回了展览大厅，而把博物馆原先收藏的那件留着，准备第二天让农民送去直播现场。

但让冯老没料到的是，由于博物馆的这件镇馆之宝平时名气太响，电视台出于为博物馆扩大影响考虑，坚持要冯老把这件藏品一起送去现场，所以到第二天的直播晚会上，农民送来的青铜器轴饰品和博物馆的镇馆之宝都摆在了显眼的展台上。

主持这台晚会的是一个年轻干练的小姐，她首先按惯例来了一番开场白，然后就把专家和农民都请上台，请专家对农民送来的轮轴饰品作现场鉴定。

这个专家是收藏家协会的，虽然对青铜器也颇有研究，但名声毕竟在冯老之下，所以鉴别了好一阵也不敢下结论，非得让主持小姐把冯老请上

台。为了自己和博物馆的利益，冯老只好装模作样地在台上鉴别了一番，然后十分有把握地对主持小姐说："很遗憾，这是件赝品。"他一一指出了其实原本由博物馆收藏的那件轮轴饰品造伪的细微痕迹。

那农民听冯老说得这么肯定，就对主持小姐说："既然是假的，那我就拿回去吧。"

冯老做下了亏心事，到底于心不忍，赶紧拦着他说："这虽然是件赝品，但它的造伪能力已经达到了乱真的程度，而且造伪的年代在北宋年间，到今天也有一定的收藏价值。"

谁知那农民却是个明白人，说："既然是假的，可就不能让后人去上当了，我还是拿回去的好。"

主持小姐见这农民有这么高的觉悟，立刻接过他的话头说："其实是真是假并不重要，重要的是积极参与。我代表征宝节目组向您表示衷心的感谢！接下来，就请您摇奖。"

农民不好意思地连连摆手说："这个奖我不能要。"

"为什么？"主持小姐非常惊讶。

农民说："我本来是想把这玩意儿献给国家的，没想到是假的，咋能参加摇奖？"

主持小姐追着问："那假如这是件真品，您也不要奖么？"

农民憨厚地笑了，说："那当然要！假如是真的，我就拿这笔奖金回去好好盖个养鸡场。"说着，他就从展台上拿起那件刚才被专家鉴定过、又被冯老讲解过了的轮轴饰品，转身要走。可刚要转身，就听他嘴里"咦"了一声，自言自语地嘀咕道："不对呀，会不会搞错了啊？"他把手里的轮轴饰品放下，换了另一件。

冯老急了，一把拉住他说："错了，错了，你拿错了。"

农民说："没错没错，这东西我和它打了几十年的交道，哪会认错？不信您掂掂，两个分量不一样。"

直播现场一片哗然。

主持小姐灵机一动，问农民"您说这件是您拿来的，您有证据吗？"

农民一时不知怎么回答，抓着头皮想了想，问主持小姐："我家的鸡能认，这算不算证据？"

"什么？"主持小姐饶有兴趣地问，"你家的鸡能识宝？"

农民说："这算什么能耐？这东西你们把它当宝贝，我在家里可是……"他话还没说完，就被主持小姐当机立断打断了。主持小姐觉得这是扩大直播影响千载难逢的好机会，立刻请示在场的台领导，然后当众宣布："电视机前的各位观众，咱们今天的征宝活动出现了戏剧性的场面。在归属难辨的情况下，节目组决定：明天上午十点整，'征宝节目'继续现场

直播，欢迎大家到时收看。"

直播暂时告一段落，两件青铜器轮轴饰品都由电视台专人保管，第二天再见分晓。

这一晚，冯老一夜都合不上眼，直觉已经让他开始后悔自己做下了糊涂事。

果然第二天上午十点整，只见电视屏幕上，主持小姐手持话筒出现在农家院里，一脸的兴奋和好奇："各位观众，各位观众，我们征宝节目小组现在来到了昨晚来献宝的农民家里，大家可能已经注意到了，两件轮轴饰品现在都已放在了阶沿上，现在我们就请这位农民大叔家里的鸡来作证，到底哪一件轮轴饰品是他送来的。"

这时，只见电视屏幕上，一群鲜蹦活跳的鸡争先恐后地从鸡舍里飞出，那农民用小木棍先在一件轮轴饰品上敲，清脆悦耳的声音好听极了，可那些鸡三三两两地伸了伸头，然后就像没听见似的，没有一点反应，在院子里走开了八字步。农民不动声色，拿起另一件轮轴饰品敲了起来，只见那"扑扑扑"的声音刚响起，那些走八字步的鸡们就像接到命令一样，飞也似地扑到鸡食盆里啄起食来。

结论不言自明！不过主持小姐还是想征求一下冯老的意见，可是找遍整个现场，哪里还有冯老的影子……

（题图、插图：王申生）

□赵松岩

非常手段

快捷运输公司的司机李达开着大货车行驶在滇川山间公路上，车上装的是川城物贸中心为属下一家子公司订购的一批电器用品，东西不怎么特别贵重，但却是急货件，对方等着要用，所以天亮前必须赶到川城。李达已经连续开了十个小时的车，此时也没敢松懈，依然高度紧张地集中着注意力。

李达身边的副驾驶座上，坐着一个搭车客，这个人是半个小时前在路边拦下李达的车上来的，他说他自己的车翻到沟里去了，他是好不容易才爬上来的。李达看着他脸上跌得青一块

紫一块的样子，也没多犹豫，就让他上了车。此刻，这个人已经睡着了，呼噜打得震天响，引得李达也一阵阵哈欠连天。实在熬不住了，李达只好把车停在路边歇一会儿，点支烟猛抽几口，给自己提提神，然后又开足马力加紧赶路。

到川城时天还没完全亮，李达把搭车客推醒，搭车客拿出一张百元大钞，表示要答谢李达。李达说："你是遇了难的人，我怎么能趁人之危收你的钱呢？你快把钱收回去。"

那人一愣："你是不是嫌我给得少呀？"

李达说："无论多少我都是不能收的。出门在外，谁没有个难处，你说是吧？"

那人这才释然，拍拍他的肩说："小伙子，但愿咱们后会有期！"说罢就下了车，很快便消失在茫茫晨色中。

其实对李达来说，这种事他平时做得多了，让人家搭个车算什么，自己又没少根毛发，所以根本就没把它当回事。他把车开到川城物贸中心，接车的人早在那里等着了，卸了货，清点结算完了，李达便在附近找了家停车场，把车停在那里，然后在早点铺里随便吃了点，就到隔壁旅店要了个铺位，倒头便睡。

一觉醒来，已近中午，李达匆匆结了账就去停车场，因为他还得到物贸中心去联系下一趟业务，干这一行，最怕返程时跑空车。李达在停车场找到自己的车，打开车门正要跳上去，突然一位小姐在背后叫住了他："大哥，这是你的车吧？"

"是呀！"李达说，"小姐有货要发？"

那小姐笑笑，说："这个，是我们老板的一点意思。"说着，就要把手里的一大包东西往李达手里塞。

李达惊讶地问："你老板是谁呀？"

小姐说："就是你昨夜搭救过的那个人呀！"一边回答，一边就硬要把东西塞到李达手里。

李达不肯接："这又何必呢，你们老板真是个费心的人。"

小姐说："你的车号我们老板都记下了，就是你，我不会搞错的。"她见李达真的不肯接，不由分说把东西往李达车上的副驾驶座上一放，随后朝李达呵呵一笑就走了，喊也喊不回来。

没办法，李达只好随它放在那里，自己赶紧发车，找物贸中心的老板要配货去了。

物贸中心的老板跟李达很熟，很快就给他介绍了一笔业务，这回是运一车大米，对方还指派了一个叫马一本的当押车员。车上了公路，马一本嫌刚才小姐给李达的那一大包东西占地方："什么好东西，还舍不得放后面车厢里去？"

李达说"人家送的，还不知道是什么呢！"

马一本说："那打开看看。"

李达说："行啊，我开着车不方便，你替我打开吧。"

打开包裹，里面是一大团棉花，马一本挺好奇："什么稀罕玩意儿呀，怕摔了还是怎么的？"一边说一边就扯开棉花，里面露出了一个红绸包。

李达见状，忙说："别动！""吱"把车停靠在了路边。他心里思忖：这么个包法，看来这就不是一个一般的东西了。

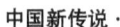

李达拿过红绸包，小心翼翼地打开，只见里面露出一只褐色的小鼎来，还有一张纸条，上面写着：多谢搭救之恩，这是一只青铜小鼎，送给你，以表谢意。

马一本是不是真识宝，李达不知道，一定是纸条上写着的"青铜小鼎"这几个字让马一本心里发了痒，他立刻朝李达喊起来："见者有份，这可是文物，谁知道你是从哪儿弄来的，你要是独吞了，我就举报你。"

李达说："看你那德性，你以为真要发大财了？我只不过是让他搭搭

车，不值他送我什么文物，你不要一看写着'青铜鼎'几个字就大惊小怪的。再说了，这东西如果是真家伙，这里就一定有名堂！"

马一本傻眼了："那怎么办？"

"报110，"李达说，"管它是真是假，咱听政府的。"说着，他拿出手机就拨起号来。

很快就来了几个警察，把李达和马一本连同那只青铜小鼎，都带回了公安局。经过专家鉴定，这只鼎不过是个做工精良的工艺品。不过公安局方面还是对李达的行为给予了充分肯定。

这么一来，运大米的行程就被耽误了不少，马一本把李达好一顿责怪，李达只是赔着笑，并不还口，因为他知道，客户可不能随便得罪啊！

两个人悻悻地走出公安局的大门，李达眼尖，看见门外不远处有个人正冲着他笑呢，不就是自己昨晚搭救过的那个人吗？李达立刻火气就上来了：谁知道这家伙葫芦里装的是什么药，明明是一个工艺品，竟然有介事地说它是什么"青铜小鼎"，卖什么关子？这种人交不得朋友的！李达不想理会他，从他身边走过时，把手里捧着的那个青铜小鼎朝他怀里一塞，什么话都没说。

可那个搭车客却伸手拦住了他："兄弟，'高培公'这个人你不会不知道吧？"

"高培公？"李达一愣。

"对，高培公。"搭车客朝李达微微一笑，"我想对你说的是，我就是高培公。我想请你到我的公司来，运输部正缺个经理。请你考虑。"

"你就是高培公？"要知道，高培公是远近闻名的运输大王，信远货运公司的大老板，干开车这一行的，哪有不知道他大名的，要进他的公司做事可不是那么容易的事。不过李达惊奇过后转念就想：他不会又是在要我吧？

这时，先前塞给他青铜小鼎的那个漂亮小姐，突然从停在高培公身旁的一辆加长林肯轿车里走出来，笑吟吟地对李达说："请跟我们走吧，难道你不相信我们哪？"

李达说："那你得先告诉我，你们到底在搞什么名堂？"

小姐先没说话，把手里一份日报递给李达。李达一看，第一版上正是高培公与外宾谈判签约的新闻报道，还附了大大的照片。这是昨天白天的事，所以照片上的高培公看上去风度翩翩，远比现在脸上青一块紫一块的样子要强不知多少倍。

小姐对李达解释说："我爸爸被你搭救，当时就有意请你来公司做事，他特别看重有爱心的人，而且公司运输部门也正好需要一个经理人选。我爸爸有意想用你，可不知道你人品到底怎么样，一动心思，就把自己办公室的这个仿制商鼎送给你，想看看你会有什么样的反应……"

李达听到这里赶紧摇头，说："能到大公司做事，当然求之不得，可我哪里能做什么经理，给高总开开车就不错了。"

高培公看李达松了口，高兴得连连说："我不会看错人，我说你行就一定能行。再说了，你还没做呢，怎么就知道自己不行呢？走吧！"

"那不行，"李达说，"我已经接了任务，得先把这车大米给人家送去，然后再去你公司报到。"

"好小伙子！"高培公赞许地连声赞道，"我就是要你这样既有爱心又有责任心的人。放心吧，运大米的事其实都是我故意安排的。"高培公说到这里，指指站在一边的马一本，"不瞒你说，这个押车员也是我故意安排来考考你的。"

"你们……"

"不好意思，"马一本朝李达扮了个鬼脸，"有时候选拔人才就得用这种非常手段啊！"

一切真相大白！于是暖暖的阳光下，一辆装满了大米的货车紧跟着一辆林肯轿车，向高培公的信远货运公司驻地驶去……

（题图、插图：杨宏富）

（欢迎来稿，本期责任编辑电子信箱：baofang@vip.sohu.net）

父女对话

父亲值夜班回家，看到女儿一大早就伏在桌上做功课，很高兴，就说："认真做，下午我带你去公园看荷花。"

"可是爸爸，天气预报说下午有雨啊！"读二年级的女儿已经懂得关心天气预报了。

"那正好啊！"父亲说，"雨过天晴，荷叶绿油油，荷花更好看，而且空气中到处都是荷花的香味。"

"可雨要是不停呢？"女儿还不放心。

父亲笑着说："那也没关系啊，我们就在细雨中看着雨滴在荷叶上滚来滚去，就像你平时玩的玻璃球，不也很有意思吗？"

"可万一要是下很大的雨呢？"女儿刨根究底。

父亲更乐了："我们就找个凉亭，你可以在凉亭里仔细地看青蛙是怎样躲在像小伞一样的荷叶下自得其乐的，你还可以看看那些美丽的荷花能不能扛得住大风的袭击。"

"那……"女儿想了想，又问，"那要是不下雨，就像现在这样阴天呢？"

父亲抚着女儿的小脑袋说："那我们就在湖边散步，好好放松放松，明天你就可以更加精神饱满地去上学呀！"

女儿的脸顿时笑成了一朵花，在

故事里有成长的力量，故事里有飞翔的翅膀。 ——武俊浩（陕西）

美好的期待中，她继续全神贯注地做功课了。

生活中的很多事情，其实只是你如何去看待的问题。相信这个小女孩还没有去公园，她心里的那朵荷花已经悄悄地绽开了!

（作者：周　玲；推荐者：金爱玲）

爱的启示

母亲六十岁生日那天，父亲特地赶了三十多里路，去街市给她买回一件新衣裳。母亲欢天喜地地接了去，唇边的皱纹花瓣一样舒展开来，孩子似的迫不及待地就把新衣裳换上了。可遗憾的是衣服不是很合身，穿在母亲身上让她显得更矮小，还有那颜色，是极其耀眼的米黄，衬得母亲的肤色越发的黑了。父亲不免有些沮丧，可母亲却喜滋滋地在镜子前面转个不停，还说："这样好，反而穿着才不拘束。"语气里荡漾着的竟都是欢喜。父亲起初还忐忑着，看到母亲如此心满意足，也就高兴起来，觉得自己做了一件很有意义的事，吃饭时还因此多喝了两杯酒。

从这以后，大凡母亲遇到她认为重要的场合，必会穿上这件衣服。一次，女儿实在忍不住了，背着父亲悄悄对母亲说："妈，换一件吧。"母亲直摇头，轻轻抚着衣角说"这是你爸给我买的呢!"

一件尺寸和颜色都不怎么样的衣服，如果没有爱意，也许俗不可耐，但因为有了爱，意义就都不一样了。一辈子没说过爱的母亲，能把爱诠释得如此简单明了，因为爱在她心里。

（推荐者：邓伟明）

（插图：箭　中）

孔子的叹息

孔子受困在陈蔡一带，整整七天没有尝到米饭的滋味。这天中午，他的弟子颜回好不容易讨到一些米，回来就煮了一锅饭。眼看着米饭快要熟的时候，孔子看见颜回居然用手抓锅里的饭吃。为怕学生尴尬，孔子当时故意装作没看见。

后来，颜回来请孔子吃饭，孔子站起来说"刚才梦见祖先告诉我，食物要先献给尊长而后才能自己进食。"聪明的颜回一听就知道是怎么回事了，连忙说："祖先说得极是，学生当牢记在心。不过老师刚才是误会了，学生是看到灰尘掉在锅里，所以先把被弄脏了的饭粒吃了。"

人可信的是眼睛，而眼睛也有不可靠的时候；可靠的是心，可心也有不足依靠的时候。知人真是一件非常不容易的事啊!

（推荐者：吕丽妮）

妹子是个爽快人

□
崔
陟

有个小伙子叫仇远铭，这天回家看妈妈，走在大街上看见路边有个卖水果的，摊主是个模样挺俊的姑娘，她身边的平板车上，一溜摆着十几个黄澄澄的黄金瓜，这是他妈最爱吃的水果，就问："多少钱一斤？"姑娘介绍说："大哥，这瓜特甜，而且不贵，才两块钱一斤。来几个？"

仇远铭笑了："瓜甜哪有你的嘴甜！好，来四个吧。""好嘞，"姑娘答应一声，就给称了四个，"八斤一两多，算八斤吧！"仇远铭摇摇头："才这么大点瓜就要二斤一个，你蒙谁呀？"

一个大盖帽正巧从这儿走过，问："怎么回事？"仇远铭如此这般一说，大盖帽朝姑娘吼起来："你没执照，还卖黑秤？"不由分说，连姑娘带车把她给带走了。

仇远铭没想事情收拾得这么利索，到家他正要和妈唠这事儿，只听院里"咣当"一声。他问"怎么啦？"妈说"西屋一直闲着没用，我给租出去了。这房客怎么今天回来得这么早？我看看去。"他妈出去了好一阵，一直没回屋，仇远铭跟过去一看，不得了，自己在院子里用砖头垒的一个三米多高的小屋顶上，有个姑娘正在那里收晾晒的棉被，"噌"的一下抱着被子就从上面跳下来，仇远铭一看，不就是刚才在街上卖黄金瓜的那个姑娘吗？难道妈说的新房客就是她？

姑娘一见仇远铭，"哇——"的一声就哭开了。他妈挺纳闷："你们……认识？"仇远铭就把刚才买瓜的事儿说了。他妈想了半天，对仇远铭说："姑娘刚才说，大盖帽罚了她二百块，她没那么多钱，车和身份证就被扣下了。要不，你……"仇远铭赶紧接着话茬说："那我先去帮她把钱垫上，替她把身份证和车要回来。"

仇远铭走了，姑娘抹着眼泪对仇妈妈说："我要知道他是您儿子，怎么也不能那样啊！"仇妈妈笑了："姑娘，跟谁也不能那样，以后记住啦？"说得姑娘不好意思地低下了头。

不多会儿，仇远铭回来了，把身份证还给姑娘时说："这回你不记恨我了吧？"从身份证上，仇远铭知道姑娘的名字叫胡春春。胡春春难为情地说："是我不对，我哪还敢记恨你？"仇妈妈在一旁提醒道："先别恨不恨的了，这么卖水果也不是长久的事，远铭，你是不是帮她找个工作？"仇远铭知道妈是个热心肠子，就点头说："我试试看吧！"

说罢，仇远铭又像想起了什么，关切地转头对胡春春说："你什么地方不能晒被子，非要弄到那么高的棚顶上去，摔坏了怎么办？"谁知胡春

春一听就得意地笑了："怕什么，我读书的时候老师就夸我弹跳力特别好。我是故意把被子放那儿晒的，跳上跳下多有意思！奥林匹克要有这个项目，我非拿奖牌不可。"说完，还朝仇远铭扮了个鬼脸。

过了没几天，仇远铭果真就给胡春春找到个工作，在一家茶楼里当服务员。这活儿挺适合姑娘的，就是时间不太好，每天下午上班，半夜才能下班。虽说茶楼离家不远，可仇妈妈说夜里容易出事，既然姑娘住在她家了，得对人家负责，于是就让仇远铭每天去接姑娘下班。这样一来，仇远铭和胡春春的关系就近乎了，每天回来的路上，仇远铭给胡春春讲自己以往的见闻，胡春春也给他讲茶楼里听来的故事。胡春春发现仇远铭母子俩都是打着灯笼也难找的好人，直庆幸老天给了自己好运。

可是有一天，胡春春开心不起来了，因为那天仇远铭带了一个和他年龄差不多的姑娘回来。他给胡春春介绍说："这是我的同事蓝月明。"又给蓝月明介绍说："这是我家的房客胡春春。"胡春春一听，差点儿哭出来，其实她早已经悄悄喜欢上了仇远铭，可在仇远铭的眼里，她不过是个房客啊！蓝月明很热情地和胡春春说话，胡春春只好强打笑脸把泪水往肚里咽。仇妈妈留蓝月明吃饭，让胡春春一起来，胡春春推说茶楼有事得早

去，知趣地走了。

这天晚上，仇远铭去接胡春春回家，一路上胡春春的话特别少，对仇远铭爱理不理的样子，仇远铭觉得奇怪："怎么啦，有人欺负你了？"胡春春噘着嘴巴说："咱一个房客，还有什么欺负不欺负的？"仇远铭一听，朗声大笑起来："你啊你，你还真是个小姑娘！"笑完了，还跟没事儿似的照样给她说笑话讲见闻。胡春春不禁为自己的失态懊悔起来：我这是干啥呢？我还真以为自己是谁啊，我不就是个房客嘛！能碰上这样的好人，我应该知足啦！胡春春是个爽快人，真这么一想，也就释然了，渐渐话又多了起来，而且还对仇远铭叫开了"哥"，一口一个"哥"，挺亲的。

分手的时候，仇远铭对胡春春说："我老听你说茶楼的事，可也一直没去过，明天我想带一个朋友去见识见识，怎么样？"胡春春说："太好啦，明天我一定好好招待你们。"仇远铭摇摇头："我可不想为难你，咱现在说好了，明天你得把我当不认识的普通客人对待，否则对我来说就是违反纪律的。""行！可是，哥……"胡春春奇怪地问，"你是做大官的吗？为什么带朋友喝杯茶也有什么纪律不纪律的？"仇远铭愣了一下，说："我……我给一家很大的单位看大门。"胡春春笑了，说："哥，你别蒙我了，还不好意思说！"

第二天，仇远铭果真去了茶楼。一进门，胡春春真就装作不认识的样子，迎上去问："先生，您好。您几位？""两位。"仇远铭很平静地回答。可是胡春春朝他身后望去，差点儿就拉下脸来，原来他身后跟着的竟是蓝月明。胡春春真不想看到这个女人，可是上门就是客呀，再说现在是上班时候，她只好笑脸相迎。

仇远铭领着蓝月明径直往一张靠窗的桌子走去，胡春春指指那桌上的小牌，对他们说："对不起，这儿已经预定了。""那我们就坐这儿好了。"仇远铭就招呼蓝月明在对面桌子坐了下来，随后点了两杯茶，又点了好多果品，慢慢地喝着聊着，显得非常舒心的样子。胡春春在一边冷眼看着，心里这个气呀！这时候又来客人了，胡春春只好过去招呼。

这回来的其实是茶楼里的常客，是个秃子，还带着个年轻漂亮的妞，原来靠窗口的那张桌子就是他们预定的。胡春春曾经在回家路上给仇远铭讲过不少关于这个秃子的笑话，所以今天秃子一来，就引得仇远铭多看了他两眼。

奇怪的是，平时话语挺多的秃子今天不怎么爱开口，只是默默地喝茶嗑瓜子儿。不一会儿，茶楼里又来个瘦子，径直走到秃子这张桌子边坐了下来，秃子朝那瘦子点了点头，叫胡春春再添一份茶具，那瘦子也不多言语，就闷头喝茶。秃子把一盒烟推到瘦子面前："抽吧！"瘦子不好意思，从身上摸出一盒烟，推到秃子面前："还是抽我的吧！"

想不到蓝月明也会抽烟，这时候突然招呼胡春春说："小姐，来包烟，三五的。"胡春春特生气，心说："你这是狠劲儿在宰我哥啊！"但客人开口了，你就得上，胡春春只好把烟给她送过来。蓝月明拿出自己的打火机，"喀吧喀吧"打了几下都没打着，她朝胡春春一瞥眼："你怎么这么没眼色？给我拿个打火机啊！"胡春春只好照办。蓝月明点着了烟，昂起脑袋吐开了烟圈儿，胡春春借着擦桌子的机会使劲儿瞪她："我哥真是瞎了眼，怎么就找了你这么个女人？"

烟雾一大，秃子身边的漂亮妞儿好像受不了的样子，站起来就走，秃子和瘦子相互点点头，收起放在自己面前的烟盒，也准备开步。这时候，仇远铭给胡春春使了个眼色，示意她赶快离开。胡春春想：干啥，你这是嫌我碍眼了？非不走！她抖开手上的抹布，不停地擦着桌子。仇远铭又给她使眼色，她装作没看见。

仇远铭没办法，只好咬咬牙，用右手的中指在桌面上使劲儿敲三下，只见蓝月明"呼"

地扔下手里的香烟，掏出一副锃亮的手铐，直奔瘦子而去，把瘦子的一只手铐在桌子腿上。几乎是与此同时，仇远铭猛地把胡春春推到一边，也掏出手铐直奔秃子而去，可是就因为多了一个推胡春春的动作，仇远铭就没有蓝月明利索了，秃子在这一刹那立刻明白是怎么回事，一下跳到身后的窗台上，掏出一把手枪来，对准胡春春和仇远铭说："你们过来试试？"

他这么一登高，还真把仇远铭给难住了，心里直埋怨胡春春：要不是你，会有这么烦吗？

可是谁也没有料到，这时候意想

不到的事情发生了：胡春春突然一个旱地拔葱猛地跃起，闪电一般跳到窗台上，而且两只手已经紧紧抓住了秃子的手腕。秃子猝不及防，立马失去重心往后倒去，胡春春跟着一起摔了下去。

仇远铭的心揪紧了：茶楼虽说不高，可也有二层楼啊！他一个箭步冲过去，趴在窗台上往下一看，胡春春和秃子已经昏倒在了地上，不过还好，秃子在下面，胡春春倒在他的身上。仇远铭和蓝月明立刻冲下楼，仇远铭俯身抱起胡春春，急切地叫着："妹子，妹子，你没事吧？"胡春春慢慢睁开了眼睛，看着仇远铭说："哥，我……我没误你的事吧？你看，我跳得多高……"仇远铭流着眼泪说："妹子，你真了不起，今天多亏了你呢！""哥……"胡春春嘴角露出了一丝微笑。

这时救护车来了，医务人员赶紧把胡春春抬上车，秃子当然也不能不管，不过这里就不细说了。至于秃子和瘦子在茶楼搞的是毒品交易，蓝月明的打火机其实是相机，她和仇远铭是在拿到了证据之后才下手擒贼之类的事情，后来胡春春也都一清二楚了。

还好，胡春春只是脚腕有外伤，没有弄折骨头，医生说休息几天就可以出院。仇远铭和蓝月明特地带了一个很大的花篮去看胡春春，三个人还没说上几句话，蓝月明就对仇远铭说："你先出去，我们姐俩说说话。"仇远铭出去了，蓝月明问胡春春："妹子，我看出来了，你很爱你的那个哥，是吗？"胡春春毫不犹豫地点点头。蓝月明笑了："妹子真是爽快人，我也不瞒你，我也有那么点儿喜欢他。不过现在他还没有表态，咱们俩来个公平竞争，怎么样？看看谁有本事，把他抢到手。""好……"胡春春高兴地伸出小手指，和蓝月明使劲儿拉钩。

这时，仇远铭在外面急着喊道："你们的悄悄话说完没有啊？"蓝月明和胡春春对望了一眼，开心地笑了起来。从医院出来，蓝月明把她和胡春春的话说给仇远铭听，仇远铭眼一瞪："你们把我当足球还是篮球了？"

可是第二天，医院就给仇远铭来电话，说胡春春没办手续就出院了。仇远铭和蓝月明赶去一看，病房里，胡春春留下一封信，是写给蓝月明的。信上说："姐：我忽然发现自己真是太可笑了，我在哥的心里其实就是个小妹妹啊，你才是他的最佳选择。我走了，我要回家乡去好好读书，然后考警校，和你们一样去看守那个特别大的大门。你们结婚的日子如果定下来，一定要告诉我，我会带着发自内心的微笑去祝福你们。永远爱你们的小妹妹。"

蓝月明把信递给仇远铭，小伙子看着看着，眼圈就红了……

（本篇月月评短信代码：0610）

（题图、插图：王申生）

一片梧桐叶

□ 冯雄力

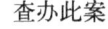

查办此案。

方史正接办案子后立刻派属下捕役四出侦查，日子一天天过去了，却毫无结果。

眼看就过了立秋。这天，方史正一大早就在院子里练开了拳脚，一套武当拳下来，热得汗流浃背，便坐在梧桐树下擦汗休息，心里想着：立秋都过了，怎么天气还这么热？正巧这时，一片梧桐叶从树上掉下来，正好掉在方史正的头上，旁边的书吏赶紧上前替他拿掉，方史正随口问了一句："南方的梧桐树这么早就开始落叶了吗？"

书吏摇摇头："回大人，南方的天气比北方冷得迟，按理这梧桐树的树叶不会这么早就掉落的，可据我所知，这棵梧桐树是今年春天才移过来的，可能是树根还没有扎稳，水分不够，所以才这么早就开始落叶了吧！"

书吏以为自己答得头头是道，旁

明朝永乐年间，处州府城里有户李姓人家，这天婆婆带着孙女春梅去风云山菩提寺烧香，回来已经后半夜了，刚踏进家门，突然就有两个蒙面人闯进来，把春梅的嘴塞住，抱了就走。婆婆年老体弱，哪里追赶得及，呼天抢地也没能把孙女抢回来。听说刚上任的按察使方史正正在处州巡视，婆婆当夜就去报官，请求

边一个捕役却反驳他道："你说的不全有道理，我前几天看到的一棵梧桐树，那树上的叶子已经掉落一半了。"

方史正一听，不觉来了兴趣，追问道："真有这样的事么？"

捕役说："大人，小的不敢乱说。小的前天到风云山菩提寺去办差，就见寺院里的一棵梧桐树叶子已经掉了一半了。"

方史正脑子一动，决定马上去菩提寺进香。

寺院里的当家和尚法元一看是按察使来进香了，自然小心翼翼地在一旁陪着。在院子里，方史正果然注意到了捕役说的那棵已经掉了一半叶子的梧桐树，不由叹息道："好一棵梧桐树啊，长得这么粗壮，怎么刚入秋叶子就掉了大半？"

法元和尚立即解释说："阿弥陀佛，回大人，这棵树每年一入秋就落叶，老僧也不明白其中的道理啊！"

方史正追着问："那会不会是因为地下水分不足的缘故呢？"

法元和尚点点头："大人高见，老僧想可能就是这个原因吧！"

"既然如此，"方史正一摆手，"那就让我来帮长老把这棵树移栽到水分充足的地方去，以后别让它每年这么早早地就开始落叶了。"

"阿弥陀佛，"法元和尚一听按察使这么说，连连摆手，"这种粗活哪敢惊动大人？改日老僧定当把它移走，现在还是请大人进去尝尝小寺的素斋吧！"

可方史正不依，坚持道："请长老不必客气，今日我就想干点粗活，也好炼炼筋骨。来人哪！"

方史正一声令下，事先就已经带好工具在寺院外等候的捕役们立刻应声而入，法元和尚一见这情势，脸色吓得灰白。果然，这棵梧桐树被挖倒之后，树下出现了春梅的尸体。

案子很快就破了，法元和尚指使他的弟子强掠春梅到菩提寺，随后又把春梅给杀了的丑事儿立刻就传开了。法元和尚自以为这件事做得天衣无缝，却不料梧桐树上的落叶暴露了他的罪迹。

（题图、插图：黄全昌）

（欢迎来稿，本期责任编辑电子信箱：baofang@vip.sohu.net）

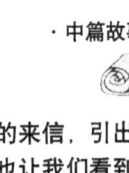

一封奇怪的来信，引出一段离奇的故事，也让我们看到：原来一个人是可以这么活着！

□ 王志明

谁是卧底

1. 空白信件

通城汽车制造总公司有个部门叫引擎部，部长闫震中是个复员军人，他工作勤奋，为人厚道，所以来了不到半年时间，公司上上下下的同事都对他很有好感。公司老总罗太维也非常信任他，两天前罗总到外地出差，因为要谈项目，总办主任老潘等人必须随同前往，罗总就把公司里的一揽子行政事务统统交给了闫震中代理。

这天早晨，闫震中提前一个小时就到了公司，他上上下下转了一圈，见一切正常，便来到公司大门口的传达室，翻看起平时员工进出的考勤记录来。正在这时候，由远而近响起一阵急促奔走的皮鞋声，闫震中探头一看，原来是公司调度室的张静，正急匆匆地朝公司方向奔走过来。闫震中抬腕一看，离上班时间还有足足二十分钟呢，不由奇怪地迎上去问道："时间不是还早嘛，怎么赶得这么急？有事啊？"

张静顾不上和他客套，神色紧张地递给他一张纸条，说："田友军向你请两天假。喏，这是他写的请假条。"

田友军是引擎部里的一名员工，

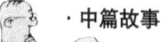

昨天下班时还约了闫震中说今天要向他汇报业务计划的，怎么突然要请假了呢？闫震中赶紧接过请假条，一看，上面的字迹十分潦草：闫部长，我因急事需要请假两天，请你批准。闫震中心想：人走也走了，还谈什么"批准"，这不明明是先斩后奏嘛！要是过去在部队，这可就是违反纪律的事了。他抬头问张静："田友军遇上什么事儿了，急成这样？"

"我……我也不知道啊！"张静大概是一路奔过来的，这个时候说话还喘着气儿哩。

闫震中追着问："那他是什么时候给你请假条的呢？"

张静的脸微微有些红，轻轻地说："他没有直接给我，这条子是我自己在他的房间里找到的。刚才我去叫他一起上班，叫不开门，我还以为他睡过头了，就开门进去了。他这请假条就放在桌子上，旁边还有一张是他给我留的条，让我替他把请假条交给你。我们天天一起上班，他一定是因为什么事走得急，知道我会去叫他，就把条子留在桌上了。你看，他给我的就是这张——"张静一边说着，一边把口袋里田友军给她的留条掏出来，递给了闫震中。

闫震中从张静的神态和话语中感觉出来，她和田友军是那种关系，想了想，说："他的假我准了。你还有什么事吗？"

张静迟疑着，好像下了很大决心似的，说"闫部长，我……我有预感，田友军可能是遇到什么麻烦事了。昨天下班后，我……我在他的房间里……他……他收到一封很奇怪的信，信封上只写了他收信人的地址姓名，而落款处什么都没有。田友军一收到信面孔就变了色，马上把它收了起来。我以为他有什么见不得人的事瞒着我，心里很不高兴，和他吵了一架之后我就离开了那儿。可是我刚才在拿走请假条的时候，突然发现那封信就扔在旁边，居然还没有拆开。我猜想，田友军突然请假，一定和那封奇怪的信有关。"

闫震中平时是个好奇心特别强的人，闲暇时就喜欢看侦探小说，琢磨小说里讲的那些奇奇怪怪的事情，此刻听张静这么一说，他顿时就有了一种亢奋，两眼瞪得溜圆，问张静道："信带来了没有？快拿出来给我看看。"

张静点点头，刚把信从口袋里掏出来，闫震中就赶紧接了过去，专心致志地研究起来。

信封上的确没有寄信人的地址姓名，好在邮戳上的字还看得清楚，是从离通城百来里外的楠堡镇寄来的。

"楠堡？"闫震中立刻想起田友军曾对他提起过，他有个姐姐就嫁在楠堡镇后面的大山里，日子过得很苦。"莫非他姐姐家出什么事儿了？"闫震中对着信封左看右看：可是这个田友军为什么接到信又不拆呢？闫震中陷入了沉思。

闫震中捏捏信封，里面薄得大概只有一张纸。会是什么事情呢？田友军不在，又不能随便拆封。闫震中于是把信封举过头顶，对着太阳光照看起来，这是小时候常玩的把戏嘛，老师和父母要交换什么纸条，再怎么封口，闫震中也能在太阳光或灯光下照出里面的秘密来。现在这个信封尽管是牛皮纸做的，可兴许也能照出几个字来。

闫震中正为自己这个举动得意着，突然他惊叫起来："空的，这是个空信封，里面根本没有信纸！"

张静一听是个空信封，也惊呆了。两人都感到事情很蹊跷，可一时又弄不明白。这时已经快到上班时间了，员工们正陆陆续续地走进公司大门，不断有人要向闫震中请示工作，闫震中只好匆匆给张静扔下一句："先上班

吧，这事儿我想想再说。"然后就回自己办公室去了。

整个上午，闫震中的脑子里总时不时地冒出那封奇怪的信来。事也凑巧，就在快吃午饭的时候，正好楠堡镇有家客户打电话来，说他们那里有辆车出了故障，怎么也整不好，要通城公司派师傅去看一下。闫震中决定自己亲自去，顺便挤时间到田友军姐姐家看一下，争取明天一早赶回来，也不影响公司工作。主意打定，他向有关部门几个带"长"字的交待了一下，又到人事部调出田友军的档案，记下他姐姐家的地址，然后打算去饭厅吃了饭就上路。

就在这时，张静找到了他，说："你走的时候叫我一声。"

"你也去？你怎么知道我要去楠

堡？"闫震中吃惊地瞪大了眼睛。

"你这是公差，又不是什么秘密！我请了半天假，请假总是可以的吧？"张静的脸上堆满了忧愁，"我真是觉得这事儿太奇怪了，姐姐怎么会给弟弟寄那样奇怪的信呢？我也要去看看。"

闫震中心想：也好，那地方自己还是第一次去，有个人做伴，真要有什么事也可以商量商量。于是就点了点头。

2. 凶宅惊魂

半小时后，闫震中和张静就坐上了开往楠堡镇的长途汽车。一路上，闫震中闲着无事，又把田友军的请假条和那封奇怪的信拿出来琢磨起来。突然他眼睛一亮，激动地推推坐在旁边的张静说："怪事呀，怎么这信封上的笔迹和请假条上的是一样的呢？"

"啊？你说是田友军自己寄给自己的？"张静急切地问，"那他为什么要这么做？"张静抓过信封，仔细比较起来，不容置疑，确是田友军的笔迹。可张静想不明白，对闫震中说："这事情说不通呀，你看邮戳，这信是三天前从楠堡镇寄出的，可那天他明明一直在公司上班，他在你的手下，你不会不记得吧，他难道有分身术？"

"是啊，"闫震中也觉得奇怪，"可

是你看这字，确实是他写的呀，我原先根本没有想到他会给自己写信，所以没往那方面去猜。如果这封信真的是他自己写给自己的，这事情就复杂了。"

张静皱着眉说："看来我们只有找到田友军，或者到他姐姐家，才能解开这个谜了。"

闫震中点点头，望着窗外公路两旁一闪而过的一排排树木，还嫌车子开得太慢，他恨不得立刻找到田友军，让他把事情说个明白。

到楠堡镇已经是下午二点了，客户是楠堡镇的一家乡镇企业，闫震中抓紧把他们的事情办完，就准备和张静直奔田友军姐姐家去。他们向这家乡镇企业的看门老头打听去后山的路，老头非常热情，不但详详细细地指点，还给他们画了一张草图，老头说："哎呀，要不是今天我还要值夜班，就给你们带路了，我就是后山的人哪！"

闫震中一听这老头就是后山人，忍不住问他："请问老伯，你们后山有没有一个叫田友琴的人？他弟弟田友军是我们的同事。"

"你问田友琴？她是胡癞子胡大的老婆，我怎么会不认识，几天前赶场，她还卖给我一只死野猪呢！"

闫震中和张静顿时喜上眉梢：这线索真正是"得来全不费工夫"啊！他们立即告别了老头，向后山出发。

刚开始，路还好走，可是离镇子越远，山势就越高，路也越难走。好在这条路是山里人到镇上的必经之路，所以他们时不时地还能遇上路人。

按着那个看门老头的指点，闫震中和张静翻上最后一个山头的时候，已经是黄昏时分了，月亮渐渐升了起来，举目望去，在前方不远处的一个小山坳里，有一座茅屋孤零零地坐落在那儿，这就是看门老头说的田友军姐姐田友琴的家。茅屋背靠嵯峨大山，山上森林密布，黑沉沉的显得十分阴森，四周静得可怕，这时候，不知从什么地方传来一声猫头鹰的叫声，令人毛骨悚然，张静不由得紧紧抓住了闫震中的手。

下到山坳里的路十分难走，一路上野草丛生，幸亏部队出身的闫震中有夜行军的经验，早作了准备，他从怀里摸出一只手电筒，一摁，路前方立刻变得如同白昼。他一手握着电筒，一手牵着张静，待一路磕磕绊绊地走到茅草房跟前时，两人都出了一身汗。

奇怪的是茅屋的门大开着，屋里却不见灯光，也听不到一点儿说话声。张静此时的害怕就甭提了，就连向来自认胆大的闫震中，也不由心跳加快，浑身汗毛耸立。月色中，他回头看了张静一眼，深吸了一口气，拉着她一起走到茅屋门口，向屋里轻声喊道："喂，有人吗？"

回答他们的是可怕的寂静，连猫头鹰这时候也停止了鸣叫。张静吓得都快要哭了，她把全身的力气都握在了闫震中的那只手上，她浑身的颤抖也随之传给了对方。不过张静的这种依赖，倒是突然给闫震中平添了不少勇气，他安慰她说："别怕，有我在，没什么。既然来了，我们总得进屋坐坐吧——也许他们打猎还没回来呢！山里人过日子俭省，没人的时候不点灯。"

"那这门，这门怎么开着？"张静说话的声音抖得比身体还厉害。

"这就是你少见多怪了，山里民风淳朴，夜不闭户啊，哈哈！"闫震中故意装出很轻松的样子，随后用手电筒照着大步跨进了屋。他四下里一照，发现屋里的陈设非常简陋，厅堂里就只有一张桌子两条木凳，他拉过一条木凳，对张静说："走累了吧？你坐下歇着，我到后面去看看。"

可张静不肯放他的手，拉他一块儿歇着，他知道她害怕，也就先坐了下来。无意中，他手里的电筒照到桌子底下，发现地上怎么有一支钢笔，那么眼熟，那不是公司发的吗？"看来我们这一趟没白跑。"他把笔从地上捡起来，交给张静，说，"你看，田友军的笔都在这儿，你替他收好了。我们就耐心等着吧，天这么晚了，他们也该回来了，只要一回来，就什么都知道了。"

张静这才舒了口气，把田友军的笔放进自己衣袋里，也不再抓着闫震中的手了，两个人的心情都放松了下来。这一放松，肚子也饿了，口也渴了，闫震中便晃动着手电筒，想到灶房去找水喝。他跨过里屋的门槛，忽然脚下一滑，差点摔跤，一照地面，猛地看到地上有一摊暗红色的血，顺着这个方向，倒卧着一具尸体。闫震中吓得不由自主地惊叫了一声，跳起来就退了出去，他赶紧移开手电筒，回来扶住了张静。

闫震中首先想到的是报警，可偏偏手机没电了，而张静带的"小灵通"又出了服务区。怎么办？张静再次死死抓住了闫震中的手："快走，我们快走！"

闫震中到底不愧是当过兵的，惊吓之后他倒是冷静下来了：刚才只是匆匆一瞥，死者又脸面朝下，会不会是田友军呢？他担心死者是田友军，又不便对张静明说，便鼓足勇气想自己再进去看看清楚，但张静说什么也不敢松开他的手，于是他只好拉着张静一块儿进去。两人战战兢兢地走到死者面前，发现死者的脑后被砸了一个洞，看来地上的血就是从这里流出来的。死者身旁不远处的地上扔着一把短柄铁斧，上面满是凝固了的血迹，显然这是杀人凶器。从死者的衣着和体形看，不像是田友军，但为了慎重起见，闫震中还是大着胆子将死者翻过身来。这是一张他们不认识的丑陋而又明显扭曲的面孔，斑斑点点的血迹布满了他那光亮亮的脑壳，令人不寒而栗。

张静两只手紧紧拉住闫震中的胳膊，颤声催促道："快走吧！"

此时，闫震中只觉得背后一阵阵冷气"飕飕"地吹来，两个人逃也似地离开了这座凶宅。

3. 同伴失踪

这时，月亮已经升得高高的了，

故事里的故事，可以一改再改；人生中的故事，永远无法重来。 ——余祥波（福建）

两人也顾不得一路丛生的野草，顺着来时的小路疾步狂走，累得上气不接下气。好不容易爬上山顶，张静再也迈不开步了，看看后面没什么动静，两人便坐下来喘口气。

闫震中一坐下就忍不住想起刚才的情景，对张静说："死者三四十岁，是个癫子，看来这是田友军的姐夫，看门老头不是说田友军姐姐是胡癫子胡大的老婆吗……"

"那这事儿会不会是田友军干的呢？"张静忽然问道。

"不至于吧？"闫震中沉思着说，"不管是谁，我们休息一会就赶紧下山，设法报案去。"

张静看着闫震中，说："你真行，居然还敢去看他，胆子真够大的！如果我是领导，一定推荐你到公安局去工作。"

闫震中呵呵一笑，休息一阵后，他们就开始下山。也许是刚才惊慌之中走错了方向，虽说到了山顶，可他们辨别了许久，来回摸索了半个多小时，仍然没有找到来时上山的那条路。正在焦急之际，忽然不远处的树丛中闪出了三点亮光，慢慢地在向这边移动过来。

闫震中屏住呼吸，一把拉过张静，示意她蹲伏在树丛里不要动。他自己脑子里紧张地思忖起来：是夜里狩猎的山民呢，还是田友军和他姐姐回来了，甚至是杀人的凶手又转回来毁尸灭迹？

他还没来得及作出任何判断，光亮已经越来越近了，那"窸窸窣窣"的脚步声也越来越响。当那三个人从他们面前走过时，他从树叶缝中借着月光一看，惊得目瞪口呆：走在最前面的那个人，竟然是公司总办主任老潘！

待那三人走远了，闫震中回头问张静："你看清楚刚才打头的那个是谁了吗？"

张静点点头。

"谁？"

"老潘。"

闫震中低声嘱咐张静："我去看看他深更半夜的带人到这里来干什么，你就蹲在这里等我，别出声，不会有事儿的。"

张静惊恐地拽住他的手臂，说："你别离开我，我害怕。我们现在还是知道得越少越安全啊！"

但闫震中主意已定，挣脱了她的手，一猫腰就钻出了树丛，悄悄地向那三个人尾随上去。

那三个人是奔茅屋而去的，闫震中发现他们进屋之后看见那具尸体就惊呼起来，老潘说："糟糕，我们来晚了一步。"

其中一人问他："要不要马上报告老大？"

老潘手一挥："先搜搜再说。"

于是三个人立即将茅草房里里外

外翻了个底朝天，其中一个兴奋地叫了起来："找到了，找到了！"

只见老潘一边低声骂着："蠢货，嚷什么嚷？"一边就快步走了过去。

那人递给老潘一只皮箱，老潘熟练地打开看了一眼，然后交回给那人提着，手一挥："走！"

闫震中屏息远远跟着，看他们迅速向屋后的山梁转去，才匆忙回到刚才张静藏身之处，不料找遍了那片小树丛，也没见张静的影子，他吓出了一身冷汗。正在这时候，忽然他脚下踩着一个软绵绵的东西，低头一照，竟是张静的一只鞋，他顺着鞋尖所指的方向向前狂奔了几十步，又发现了张静的另一只鞋……

4. 同遭劫持

肯定是张静出事儿了！闫震中心急如焚，来来回回发疯似的将这一片小树丛都搜索了一遍，可是没有任何结果。接下来该怎么办呢？

他抹了把脸上的汗水，提醒自己要冷静下来。正想着到底是在这儿等张静还是先下山去报案，就在这个时候，他整个人突然僵住了——月光下，不远处的山道上，张静双手被反绑着，正朝着自己这个方向走过来，她后面跟着一个握着手枪的蒙面人。

张静被劫持了！闫震中的心几乎要迸出胸膛，他迅速闪进路边的树丛，果断地借助树木的掩护一步步向他们靠过去。闫震中看那蒙面人身材高大，体格健壮，又有枪在手，他虽然救张静心切，也不敢轻易动手，只好耐心地等他们从自己面前走过去之后，远远地跟在后面。

就这样走了一段路，终于机会来了，在一个缓坡下，那持枪的蒙面人忽然脚下一滑，整个身子向前冲去，闫震中立刻趁这机会以百米冲刺的速度一个箭步蹿上去，向那蒙面人猛地一脚踢去，那家伙立刻"骨碌碌"滚下坡去。

走在前面的张静闻声回头，惊得张大了嘴巴，刚要喊出声来，闫震中一把捂住她的嘴，三下两下解了她身上的绑绳，小声说："快跑！"两个人一口气跑出两三里远，方才停下脚步。

张静百感交集，猛地扑进闫震中怀里痛哭起来。闫震中也激动异常，待她稍稍平静下来，轻声问道："快告诉我，到底是怎么回事？"

张静抽泣着说了事情的经过。原来闫震中走后不久，那个蒙面歹徒就突然出现在她面前，把她挟持了。为了给闫震中留下线索，她特地暗中甩掉了自己的鞋，她相信闫震中一定会想办法来救自己。

"那歹徒是什么人？"闫震中急切地问。

张静茫然地摇摇头。然后，她认真地看着闫震中，说："闫部长，你的本事真大，今天要不是你，我肯定就没命了。我猜，你说不定真就是警察，便衣警察，我没说错吧？"

闫震中看她这么认真的神情，不由觉得好笑，说："便衣警察都像我这么狼狈，犯罪分子还不笑掉大牙？你呀，不是看低了警察，就是把我抬举得太高啦！"

两人正说着话哩，旁边的树丛里突然发出一阵低沉的冷笑声，闫震中

心里一惊，抬头看，却意外地发现了田友军的身影，他惊讶地大喊起来："友军，田友军！"

"哼，"田友军毫不理会闫震中的热情，说话的口气里透着一股刺骨的冷漠，"你们真会找地方啊，居然到这深山野林里幽会来了，真是天才的安排哪！闫部长，真没想到你还是一个浪漫的情场高手！"田友军的嘴角闪过一丝嘲讽的笑，两只眼睛直射出两道愤怒的火光。在他的身后，站着一个面容憔悴、神情呆滞的女人，闫震中马上想到，这一定就是他的姐姐田友琴了。

"友军，你误会了，"闫震中对田友军解释说，"我和张静是特地上山来找你的。如果你信不过我的话，你总该信张静了吧？你可以问她。"

张静看到田友军本想扑上去拥抱他，可被他刚才这几句话激怒了，故意抿着嘴唇不吭声。

田友军恶狠狠地瞪了她一眼，脸上一阵抽搐，突然歇斯底里地大吼一声，猛地从身上抽出一把弹簧刀来，龇着牙冷笑道："你们来找我干什么？难道就是让我来欣赏你们谈情说爱的吗？"

闫震中从田友军的神情举止上，猜想他可能受到过什么强烈的刺激，情绪有点失控，如果自己贸然冲上去，说不定会被他捅上一刀，于是站在原地没动，把自己和张静到这里

·中篇故事·

来的经过大致给田友军说了一下。田友军将信将疑，一双眼睛骨碌碌乱转。

为了缓和气氛，闫震中十分诚恳地问他："友军，你知道我这个人很好奇，你能告诉我关于那封信的秘密吗？"

田友军得意地笑了，眯缝起眼睛，看着闫震中反问道："我为什么要告诉你？我为什么一定要满足你的好奇心？不过，有个好消息我现在就可以告诉你。"他指着张静说，"从现在起，这个女人属于你了，你们爱怎么样就怎么样……"

"友军，"闫震中听田友军的话说

得这么难听，不由喉咙响了起来，"我们之间真的没有什么……"

"有什么没什么与我无关！"田友军打断他的话说，"你知道吗，我现在是杀人凶手，畏罪潜逃的杀人凶手，我已经没有资格再去爱别人了，哈哈哈哈……呜——"田友军又笑又哭，神情几近疯狂。

闫震中和张静吃惊地相视了一眼，闫震中焦急地扳着田友军的肩大声说："友军，你冷静点儿，你怎么成了杀人凶手？你杀了谁？"

"看样子你要问得明明白白，好去报案领赏，对不对？好，今天我田友军成全你。你们不是去过我姐姐那个茅草房吗，有没有看见一个男人的尸体？告诉你们吧，他就是我姐夫胡癞子，是我亲手杀死的。嘿嘿，嘿嘿！"

"什么，友军，你杀人了？果真是你杀的？你为什么要杀了他？有什么话不能好好说？"闫震中实在难以相信，一个平时说话都会脸红的腼腆小伙子，居然会干出这种事来。

可是，田友军似乎依然沉浸在他自己那个世界里，狂笑着说："我为什么要全告诉你，你问得明明白白，是不是好去报案领赏啊？呵呵，我就是不告诉你我为什么要这么做，你可以继续用你的好奇心去猜啊，等你猜对了，你就去报案让警察来抓我吧，大爷我就在这山上等着！"说完，他扶起田友琴就走。

"请稍等片刻，勇敢的田先生。"在他们的背后，忽然又传来一个熟悉的声音。是谁？闫震中和田友军都怔住了，循声望去，树丛后面转出一个人来，赫然是绑架张静的那个蒙面歹徒，手指上一支手枪飞快地旋转着，田友军脸色大变，他姐姐更是吓得站都站不住。

闫震中感到不妙，悄悄扯了一下张静的衣角，准备寻机脱逃。不料正在此时，老潘和两个大汉不知从哪里钻了出来，老潘乐呵呵地问："闫部长，你们二位要到哪儿去呀？"

话音刚落，两个大汉立即上来把他们两个人绑了起来。几乎是与此同时，老潘也夺下了田友军手里的弹簧刀，一把扔进了路边的草丛里，还让两个大汉把田友军和他的姐姐也绑了起来。

直到这时候，那个蒙面歹徒才慢慢踱到这几个人面前，缓缓摘下了面罩。

闫震中和田友军不禁失声喊了起来："罗总！"

5. 我是卧底

罗总阴沉着脸，将四人逐一打量，尤其盯着闫震中和田友军好一会儿。然后，他点上一支烟，深深地吸了一口，才慢条斯理地说："本公司的

许多高层机密本来你们是没有资格知道的。但既然你们当中有人千方百计地想知道，那好啊，我今天就告诉你们。"

罗总罗太维实际上长期从事走私贩毒活动，通城汽车制造总公司只不过是他用来掩人耳目的一个幌子。但是最近半年来，公安机关加强了严打力度，罗太维的几笔大买卖都没做成不说，还差点露了老底。罗太维认定公司内甚至团伙内有公安机关的卧底，为了拔掉这个眼中钉肉中刺，他一直在寻找突破口。此刻，他看着眼前这四个人，心里顿时有了主意。

"谁是警方的卧底，我早已了如指掌。他就在你们中间。"他盯着这四个人，逐一地看着他们说，"我罗太维是爱惜人才的，也懂得给人面子，我希望这个人能主动站出来弃暗投明，为我所用，如果他执迷不悟，那就别怪我不客气。这么说吧，如果你们四个人中没有一个人站出来自首的话，那么你们统统活不过今天。"

一席话让闫震中听得目瞪口呆，不过倒也引起了他浓厚的兴趣：我们中间居然有警方的卧底，会是谁呢？田友军？不可能，他刚才说他杀了人，警察是绝对不可能杀人的。田友琴？也不可能，既是卧底，就一定是平时在公司里工作的人，否则还卧什么底呀？那除了自己，剩下的也只有张静了，可是她像吗？怎么看怎么不

像呀！

闫震中正在胡思乱想，忽然听见罗太维点名了，朝着田友军说："田友军，你对这件事怎么看？

"我、我可不是什么卧底。"

罗太维冷冷地回了他一句："没有谁在强迫你承认。"

田友军吓得浑身发抖，声嘶力竭地向罗太维哭喊道："我真的不是卧底呀，罗总，我从来没有和警察打过交道呀……"

"可是，谁能为你证明呢？"罗太维冷冷地说，"你知道楠堡镇上的这座后山对我的重要性吗？这里地形复杂，后山悬崖上还有一条小路可以直通邻省。早在三年前，我就在这里设立了中转站，负责人就是你姐夫胡大，可是他今天却被你打死了。你说，你为什么要打死他？你是受警方的指使吗？你怎么解释这一切？"

田友军一听罗总原来是为这个怀疑自己，顿时神情轻松了许多，说话也不结巴了，把杀胡大前前后后的缘由一股脑儿地给罗太维说了。

原来，田友军父母早逝，只有姐姐田友琴一个亲人，田友琴比他大五岁，从小对他呵护备至，姐弟感情十分深厚。四年前，田友琴嫁给了猎人胡大，这胡大本来就是个懒散成性、脾气暴躁的人，再加上田友琴未能生育，所以动不动就对她拳打脚踢，生

性软弱的田友琴总是忍气吞声。田友军开始不懂，更不注意，工作后有时回来看望姐姐，发现她总是浑身是伤，这才知道姐姐一直过着非人的生活，顿时气炸了肺，就要找胡大拼命。好几次田友琴都是以死相劝，他才作罢。那天田友军临回城时，看到自己手提包里有一些信封邮票，灵机一动，便写上着自己的地址姓名，让不识字的姐姐收藏起来，如果以后受到胡大的虐待，就趁赶场的机会到镇上邮政所的邮箱里投进一个信封，田友军收到信后就来把她接走。

十几天前，田友军就收到一封这样的信，可那时恰好因为手头工作走不开，心里十分痛苦。没想昨天又收到一封，他心里清楚，忍受力极强的姐姐如果不是危在旦夕，是绝不会这样连续来信的，于是便十万火急地赶了来。到姐姐家里时，恰好看见胡大喝了酒又在毒打姐姐，他强压火气，劝住了胡大，但当说要接走姐姐时，胡大却蛮横地拦住不放，还抓起板凳向他砸来。久积的怒火猛地在田友军胸中燃烧起来，他激愤之下趁胡大转身之时，顺手抓过一把铁爷就拼命向胡大头上砍去，胡大没来得及哼一声就血溅满壁脑浆涂地了。吓傻了的姐弟俩抱头痛哭一场，然后就逃出了家门，决定先在山上找地方藏一阵再说……

"听起来像是一回事儿。"罗太维

对田友军说，"你现在是杀人犯，落到警方手里必死无疑，以后不如就跟着我干吧，我保证你平安无事，怎么样？"

田友军目光游移不定，没吱声，田友琴却"扑通"一声朝罗太维跪了下来，哭着求情说："罗总，你就饶了他吧，我们田家人老实本分，干不了你们那些事情……"

罗太维愣了一下，继而仰天大笑起来："你他妈不识抬举，真是活得不耐烦了。也好，老潘，送这两个丧门星上路！"

眼看田家姐弟俩性命难保，闫震中心里一紧，不由大喝一声："慢，罗总，我说了吧，我就是警方的卧底，与他们无关！"

罗太维和老潘交换了一下眼色，仰天狂笑起来。闫震中被他们笑得心里发毛，心想难道他们知道自己不是卧底么？

只见罗太维一脸奸笑地拍了拍闫震中的肩膀，说："我们等你这句话很久了，这下我们放心了。好啊，不愧是人民警察，

危急关头见本色，佩服，佩服啊！"

闫震中说："那你就放了他们三个吧！"

"三个？"罗太维和老潘又是一阵狂笑，突然张静也跟着笑起来了，把闫震中着实吓了一大跳"张静，你这是怎么啦？"

这时候，罗太维突然伸手一把把张静拉到身边，张静冲着他妩媚一笑，随后就撒娇地把头靠上了他的肩膀。罗太维得意地对闫震中点点头，说："瞧瞧，她也是卧底呢，只不过是我派在你身边的卧底。怎么样，不比你表现差吧？"

闫震中呆若木鸡，他终于明白：自己其实早就落进了罗太维设下的陷阱。他瞪了张静一眼，对罗太维说："大男人说话算话，你放了田家姐弟

吧!"

"你太天真了!"罗太维一面举起了手里的枪,一面对闫震中说,"卧底先生,你救人太心切,才会犯这样低级的错误。你以为我揪出了内奸,就会放走两个知情人吗?诺言对我来说就是谎言。其实你们应该知道,当我告诉你们一切的时候,就注定明年的今日就是你们的忌日了。"罗太维说完,举枪瞄准了闫震中。

说时迟那时快,就在这时候,罗太维身后一棵树上从天而降飞下一条人影,飞起一脚就将罗太维踢倒在地,枪口顶在了他的后背心上。与此同时,四下里不知从什么地方突然冒出四五条人影,对着老潘等人喝道:"不许动,举起手来,我们是警察!"

不消半分钟,一伙人全被铐了起来。

警察里打头的那位亲手替闫震中松绑,笑道:"我还不知道有你这么一个卧底警官呢!哈哈,自我介绍一下,我是市刑警队的副队长洪顺祺。"

原来,警方早就注意到了罗太维一伙的犯罪行踪,已悄悄布控跟踪,洪队长率领的这支小分队,已经在山上守株待兔了一个星期,现在终于将这个贩毒团伙一网打尽了。

垂头丧气的罗太维听洪队长的口气,好像闫震中不是真正的卧底,吃惊地忍不住连声问:"怎么,怎么,他不是你们的卧底?天啊,谁才是真正的卧底呢?"

洪队长冷笑一声,嘲讽地说:"对你们这些做坏事还疑心生暗鬼的人来说,你们身边的任何人,都有可能是正义派来的卧底!"

(题图、插图:杨宏富)

(欢迎来稿,本期责任编辑电子信箱:baofang@vip.sohu.net)

0—6岁 **影响一生**——幼儿教养锦囊
(超级爸妈养育秘笈)

这是一本以学龄前儿童家长为主要读者对象的自助性儿童教养读物,全书分为"快乐"、"勇气"、"爱心"、"自信"和"宽容"等五个部分,具有很强的知识性、可读性、操作性和指导性。

本书由长期从事儿童心理教育的儿科医院医生主编,作者针对幼儿家教中普遍存在的问题,通过对大量中外儿童教育成功或失误事例的系统分析和阐述,向年轻的家长们传授行之有效的家教方法,读来颇有启发。

美德故事

　　本书汇集的是《故事会》相关故事之精品，所选45则作品分类为"见义勇为、扶危济困、真诚待人、洁身自律、亲情似金、夫妇同心、师生谊重、知过悔改"等八大类，生动形象地讴歌了中华民族传统美德。

生意经故事

　　故事形象地描述了生意人的思维方式和经商才能。他们或巧做广告而振兴企业，或施展其经营绝招而"妙笔生金"，或审时度势掌握顾客心理而销售产品，或运用《孙子兵法》中的战术而出奇制胜。

16岁故事

　　在人生漫长的旅途中，16岁是一个最展辉煌、最富朝气、最显青春的花季。本集收入的36则故事，是为16岁少年编织的一支支动人的歌谣，一个个扑朔迷离的美梦，一首首催人泪下的诗篇。

口才故事

　　口才即说话的才能，当今社会人们演讲、论辩、访谈、讲解、教学以至主持节目、说相声、讲故事等等，都十分讲究口才，口才好与不好，其效果大相径庭。此书收入103则故事，集中表现了千百年来中华民族一些帝王贤臣、文人名士和民间机智人物的智慧、幽默以及其思维的敏捷和即兴论辩的才能。

家庭故事

　　家庭是一个舞台，千千万万个家庭演绎着万万千千的故事。这本故事书里的51则作品，艺术地再现了家庭中的矛盾纠葛、悲欢离合和儿女情长，内容亦庄亦谐，或耐人寻味，或令人捧腹，有较强的可读性和可传性。

情爱故事

　　集中所收38则故事，几乎覆盖人们情爱生活的各个环节，社会众生相在作品中得到了不同程度的映照和折射。这些故事不仅在情节设计上精于构思、巧于安排，而且在艺术风格上也各有所长。对看惯小说电影戏剧的诸位来说，浏览此书是一种全新的享受。

聪明人故事

　　本书犹如一叶风帆，引您在智慧之海遨游。故事中的主人公活跃在各自的人生舞台，凭着自己的聪明才智，斗强蛮，蔑权贵，助弱小，解万难，演绎着一出出绝妙无比的连台活剧，内容既有情节性又有趣味性。

傻子故事

　　傻子故事在民间流传极广。本书共收72则傻子故事，内容生动风趣，人物栩栩如生，一群言行可笑、可悲而又憨厚可爱的艺术形象，如一幅幅色彩奇特而又耐人寻味的漫画，让你目不暇接。

下水道堵了

□九斗

楼组长老郑发火了：这个月下水道已经是第三次堵塞了，自己又得挨家挨户去敲门，在抱怨声中收疏通下水道的钱，就好像是自己把下水道堵了似的。老郑在心里暗暗发誓：这次一定要查个水落石出，看到底是谁家不讲公德。上次排堵掏出来的是一团烂鱼头，再上次掏出来的是一条小毛巾，看这次掏出来的到底又是什么东西！

老郑喊来了通管道的师傅，自己站在旁边两眼死盯着看，结果掏出来的东西果真让老郑看傻了眼——那是一条女式黑色绣花内裤。老郑从口袋里掏出早已准备好的透明塑料袋，将这东西收了进去，他决定马上就开始查。

堵的这一根管道在楼的西侧，牵涉到楼上楼下五户人家。顶楼一家出去旅游有些天了，应该和他们无关；四楼那家女主人是个大块头，这么个小东西她怕是穿不进去的；自己住三楼，当然能保证；而二楼的女主人整天打扮得妖媚吓人，一楼的女主人是便利店的老板娘，看来这两家是最有可能了。

老郑打定主意从一楼查起。他敲开了一楼的门，老板娘一看是楼组长老郑来了，讨好地说："怎么，查出来了？谁家这么缺德，查出来就狠狠地罚！"老郑心里暗自冷笑：别看你这会儿说得挺在理，大多都是做了贼先

喊捉贼的。他把手里的塑料袋朝她面前一扬，说"一个月堵三次实在太过分了，这回非得查明白不可。这就是刚才从管道里抽出来的东西，你先认一下。"

老板娘开始还以为是什么东西，一看是这个，气得双目圆睁，扭身冲进里屋，不到两分钟就回转来，把一堆花花绿绿的女式内裤捧在老郑面前，嚷着："我们家虽说不上是大款，可我也从来不穿那几元钱的地摊货。你看好了，我这都是'黛安芬'。"老郑可架不住老板娘这么闹，气得脸都红了。那通管道的师傅刚走到楼门口，听到老板娘的话，就回头瞅着老郑吃吃地笑，慌得老郑连忙收腿上楼。

老郑不愿善罢甘休，鼓起勇气又去敲二楼的门。二楼这户是有钱人家，男的据说做生意发了财，他老婆成了阔太太，平时进进出出气儿挺粗，此刻开门一看是老郑，她开口就说："怎么，钱不够？是啊，现在什么都涨价，通个管子也得加钱了呀！加多少？"一边问，一边就要回身去拿钱。

老郑急忙朝她摆手："你别光钱钱钱的，我给你看个东西，堵管道的东西人家师傅给掏出来了，现在想让各家认一下……"老郑边说边就又拎起了手里的塑料袋。

阔太太眼睛一扫，鼻子里就"哼"

了一声，说："这种东西我穿了就扔，还洗什么，以后你别来找我。"说着，就要关门。老郑一时没了辙，只好悻悻地回了自己的家。

老郑原本以为只要把东西抓在手里，还怕查不出主？可看似挺简单的事现在他倒不知道怎么查下去了，老伴笑他说："这种事情本来就是无头案，就算是谁家的，你问到了人家还会承认？"

老郑想想确实是这么回事啊，可难道老是让这种事成无头案？他赌气地朝床上一躺，翻来覆去地折腾了大半天，终于有了主意。

第二天，老郑在楼道里上上下下溜了不知多少趟，终于遇到了他要找的每一家的女主人，分别对她们说的其实都是同样一句话："那东西找到主儿了，是男人来领的。男人说，老婆做事不地道，自己偷着领回去算了。"

当晚，老郑美滋滋地在阳台上乘凉，老伴不明就理，问他到底唱的是哪出戏，老郑"嘿嘿"笑了："你就等着看戏吧，这两天家里吵起来的，八成就是那家干下的好事。你们女人都是小心眼，听到男人领回东西还要在背后讲她的坏话，不吵翻了天？"

老伴一听愣住了："你个死老头子，一把年纪了，居然想得出这种办法！"

老郑长叹一声："没办法呀，现在

管什么都不容易，谁不讲公德，我就得想法子治治她。"

老郑累了一天，当晚早早就上了床，正迷迷糊糊地睡着呢，一阵砸门声吓得他的心"怦怦怦"狂跳起来，原来是四楼的胖女人找上门来了。

胖女人气呼呼地问老郑："那东西是不是我老公给拿走的？"

老郑一时转不过脑子来，看着胖女人的身材怎么也想不明白那个小东西她能穿得进去？胖女人见老郑不答话，信以为真了，一屁股砸到老郑家的地板上就号啕大哭起来："我就知道他和那个狐狸精没断，我不活了……"

老郑和老伴吓得手足无措，说尽好话，最后还是老伴悄悄把那个塑料袋拿出来给胖女人看，说明东西并没有让人拿走，只是老郑要想法子让人家承认，这才把她哄上楼去。

这一来老郑全然没了睡意，心里闷得慌，就想出去转一下。刚下到二楼，就让阔太太给抓了个正着。阔太太把老郑请进门，说："你开个价吧，我知道那东西一定是我丈夫拿走的。只要你肯作证，钱我不会少给的。"阔太太说话的声音就如她的面孔一样冰冷。

"你说什么？"老郑表面上装糊涂，心里却已经在叫苦不迭了：糟糕，我怎么把事情越办越复杂了，这还怎么收场？

阔太太以为老郑是在思想斗争到底要不要为她作证，就进一步劝道："你不用替他遮掩了，一定是他。他那点事我都知道，我正在搜集他有外遇的证据，你就帮帮我吧，我一定不会亏待了你。"

老郑吓得哪里还敢听下去，两步三步就逃了出来，他哪儿也不敢再去了，赶紧回家。他老伴正苦着一张脸呆坐在那里，见他回来了，直把他好一阵数落："你逞什么能？你不就是个楼组长，我看你还能怎么办！"

老郑懒得搭理老伴，独自朝床上

一躺，蒙头不说话。他一夜没睡好，第二天一早还迷迷糊糊着呢，就听一楼传来便利店老板娘嘶哑的哭闹声："你说啊，你这一晚上都去哪儿了？啊，你给我老实说！"

老郑心里一惊，只听便利店老板的声音更加理直气壮："我就是去她那儿了！你不是说只要我不把她带回来就行，你还闹什么？我哪个月没少给你钱？"

"你敢说你没带她回来？"又是老板娘的声音，"我就知道那东西是你偷着去拿的，你还不承认？你敢跟我找老郑去？"

老郑听到这里，两条腿顿时软得站都站不住了：这下坏事儿了！

老伴气得直骂他："你这是何苦啊！"

"住口！"老郑大喝一声，"你再敢提一个字，我就和你急！"

……

半个月之后，五楼那家度假的回来了，上下邻居相见就互相寒暄：

"都好啊？"

"都好啊！"

"有什么新鲜事？"

"没什么新鲜事。噢，对了，三楼老郑和他老伴不知为什么事吵起来了，一个去了儿子家，一个去了女儿家……"

哲学先生评曰：世界上的事，怕就怕"认真"二字，或者说"认真"二字最为可怕。为什么？以上述故事为例：故事中老郑"认真"的态度及行为，不但惹恼了他人，且也祸及自身，此一怕也；有了老郑的"认真"劲儿，我们看到了不太正常的社会时弊，此二怕也；社会现实被作者很认真地用哈哈镜放大、夸张，此三怕也。然而，社会的进步、风气的好转，全在于咬住"认真"不放松。有了"认真"的精神，"大乱"都可以得到"大治"，那家长里短的小事，又何惧哉！

（题图、插图：王申生）

搜狐文化频道
http://culture.sohu.com

文化是大自然最后的目的

看《故事会》电子版，到搜狐文化频道 http://culture.sohu.com

女儿的糖葫芦

□ 王喜成

方雪贞和叶明春离婚了，女儿佳佳随方雪贞生活，叶明春每月给女儿支付100元抚养费。

说起来，其实他们夫妻俩并没有多大的矛盾：叶明春埋怨方雪贞当时明明有机会调入行政机关却轻易放弃，还自以为是厂里的技术骨干，受领导器重，现在倒好，照样下岗；而方雪贞呢，则埋怨叶明春不该自说自话开酒店，干这一行没有一点关系背景哪行，可叶明春硬是充好汉，结果几年下来把家里辛辛苦苦积蓄的十几万元钱赔进去不说，还欠下数万元的外债。夫妻俩由埋怨争吵升级到拳脚相加，最后终于闹到死活要分手的地步。佳佳哭着求他们不要离婚，她要妈妈也要爸爸，可他们两个人就像没

听见。

可是离婚没多久，方雪贞就后悔了。为啥？叶明春过去对她的体贴在厂子里是出了名的，多少小姐妹羡慕过她呀！唉，现在想想叶明春开酒店还不是为了赚钱养这个家，让自己和女儿过上富裕的日子？所以方雪贞就一直没有再婚。后来，方雪贞打听到叶明春也一直一个人过，就趁他每次来给女儿送抚养费的时候，留他在家吃饭，饭桌上，方雪贞几次想提出跟叶明春复婚，可就是开不了这个口，怕万一叶明春拒绝，太难堪。

这天中午，方雪贞去街上买菜，经过弄堂口的彩票投注站时，看到那里围着一堆人，原来是投注站贴出了一张大红喜报，说有彩民在这个投注

·16 岁故事·

站买彩票，中了一个 500 万元的大奖，中奖号码是：7262874917。方雪贞一下子就愣住了：怎么世界上竟有这么巧的事？72628 是叶明春的生日，72 年 6 月 28 日；74917 是方雪贞的生日，74 年 9 月 17 日。方雪贞再想想：这事情决不会偶然，一定是叶明春买的彩票。看来叶明春对她旧情难忘，复婚有希望了啊！

可方雪贞只高兴了一半就高兴不起来了：如果真是叶明春买的彩票，如今他有了 500 万元巨款之后，还会对她旧情难忘吗？这年头，500 万元干什么事不成？所以第二天叶明春来给佳佳送抚养费的时候，方雪贞就没有留他吃饭，方雪贞不是那种见钱眼开的女人。

叶明春见方雪贞特别冷淡的样子，也不知道什么原因，只好失落地走了。佳佳也觉得妈妈今天的样子有点奇怪，便问："妈，怎么今天不留爸吃饭了啊？"方雪贞说："你爸以后成富豪了，妈不想沾他的光。"佳佳一听，赶紧追出门去，叫住叶明春："爸，妈不留你吃饭我留你。"说着，硬是把叶明春拖回了屋里。

方雪贞无奈之下只好进厨房做了几个菜，于是这一家三口总算又围在了一张桌子上。佳佳一面像个大人似的往叶明春碗里夹菜，一面恳求说："爸，你就跟妈复婚吧。"

叶明春望一眼佳佳小大人似的样子，心里不免酸酸的：唉，都怪自己，

让女儿这么个年龄居然还要操这份心。他瞥了一眼方雪贞，轻轻说："就怕……就怕你妈不同意。"

叶明春的回答让方雪贞很感意外，还没待她做出反应，只见佳佳就转过头来问她："妈，你同意跟爸复婚吗？"

方雪贞积蓄多日的感情一下子涌了上来："妈……妈就怕你爸再也不认咱娘俩了。"

叶明春一听，可生气了："你这是什么话，我一直没有再婚，就是等着你呢！"

佳佳听到这里，高兴得跳了起来，兴高采烈地叫道："啊，太好啦，太好啦！爸爸妈妈，明天就请你们一起陪我去省城领奖吧！"

"你说什么？"叶明春和方雪贞异口同声地问，"领什么奖？"

佳佳打开书包，掏出铅笔盒，从里面取出一张彩票，上面的号码正是 7262874917。

"这是我用你们给我买糖葫芦的零花钱买的。"佳佳骄傲地对方雪贞和叶明春说，"我每次都选这个号码，已经买了整整一个学期啦！"

"佳佳——"叶明春和方雪贞又羞又愧，三个人紧紧相拥在一起，哭成了一团，又笑成了一团。

（题图：季 平）

（欢迎来稿，本期责任编辑电子信箱：baofang@vip.sohu.net）

证 据

□ 武 浩

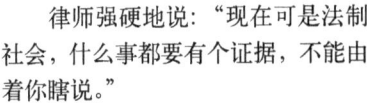

有个渔夫在河边钓鱼，来了一个穿西服的人，看到渔夫钓的鱼很多，便也要在这里下米，做窝引鱼。

渔夫说："先生，这个地方的水里我已经做了窝了，请你换个地方吧。"

穿西服的人说："不行，你说你已经下了窝，有什么证据吗？告诉你，我可是个律师。"

渔夫说："我已经在这里钓了很长时间了，这鱼篓里的鱼就是证据。"

律师说："这算啥证据？谁知道你这鱼是不是在这里钓的呢，你拿不出人证物证，我是不会换地方的。"

渔夫急了："这河边就我一个人，哪来的人证？米撒到河里就看不见了，我哪去拿物证？"

律师强硬地说："现在可是法制社会，什么事都要有个证据，不能由着你瞎说。"

渔夫很生气，但又没法说过律师，只好求他："你钓鱼是消遣，我钓鱼是为了养家糊口，就请你帮帮我的忙，换个地方，我谢谢你啦！"

可那律师依然一副蛮横无理的样子，讥讽渔夫说："这条河又不是你的，凭什么你能在这里钓我就不能？法律面前人人平等，你不懂法律，又无知又愚蠢，是要受到惩罚的。"

渔夫气极了，伸出右手扇了律师一个耳光，律师的左脸立刻就肿了起来。律师捂着左脸叫了起来："你这个野蛮家伙，怎么可以打人，我要到法院去告你！"

渔夫说："现在是法制社会，告状是要有证据的。"

律师说："怎么没有证据，人的脸两边都是一样的，你看我这脸，左边高，右边低，这就是最好的证据。"

渔夫一听，立即伸出左手，照着律师的右脸重重地打了上去："这下两边一样了，看你再拿什么去做证据！"

经济头脑惹的祸

□ 田俊豪

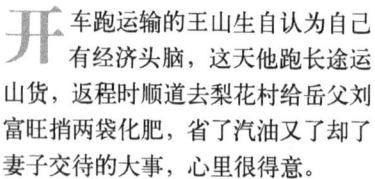
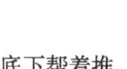

开车跑运输的王山生自认为自己有经济头脑，这天他跑长途运山货，返程时顺道去梨花村给岳父刘富旺捎两袋化肥，省了汽油又了却了妻子交待的大事，心里很得意。

没想返回时车刚开出梨花村，雨后初晴的乡间土路上积水就成了洼，车轮胎在洼里"刷刷"打滑，不但出不来，而且越陷越深。没辙，王山生只好下车向附近干活的老乡求援。

老乡们一看，不就是要推一把嘛，热心地互相吆喝着就一起过来了。

王山生于是便重新跳上车，把住方向盘，使劲轰油门，乡亲们纷纷脱了鞋，打起赤脚踏进泥水洼中，就在

底下帮着推。

"嗨哟——嗨哟——"十几个人手推肩顶，齐声呐喊，王山生趁势一轰油门，"呜"的一声，车子终于驶出了泥水洼。

王山生本想停车给乡亲们散支烟，道声谢，但脑筋一个急转弯，心想：现在大家都有经济头脑了，万一这些人提出要报酬怎么办？王山生眉眼一转，"笛笛"两声算是向这些人表示感谢，车子一刻没停直直地向前冲去，一口气驶出了十几里。

到家时天已不早了，王山生把车

好故事给穷人以财富，给病人以健康，给年轻人以阳光和理想。 ——李有培（江苏）

往院里一停，进屋时发现妻子正站在屋门口等他，就讨好地说："化肥我给咱爸捎去啦！"

没料妻子黑着脸，气呼呼地说："还咱爸呢！"

王山生如坠五里雾中："我是给咱爸捎去了呀，不信你打电话问问。"

妻子恶声恶气地说："还问什么，咱爸的脸都被你丢尽啦！"

王山生一摸后脑勺，想起推车的事，猜想一定是岳父知道了，而且和妻子通了电话，可他心里挺不服气：不就是推一把吗，就一定得给钱？

王山生头一扭，对妻子强辩说：

"现在的人，哪个没一点经济头脑？我……我能停车吗？"

妻子一听他还有理了，气得都快要哭出来了："你看看后车厢里，你拉回来啥啦？你当别人都和你一样，良心钻进钱眼里了？还什么经济头脑哩！"

王山生犹犹疑疑地走到车后面，一看就傻了眼，猛捶自己的后脑勺："我怎么做下这等事了？"

后车厢里，排着十几双各种各样的旧鞋子，都是梨花村那些乡亲们帮他推车时脱下的。

· 本刊信息传真 ·

欢迎投稿：为了我们的故事更精彩

您手中有没有得意之作？新的，奇的，巧的，趣的，险的，情感的，悬念的，智慧的……欢迎您投寄本刊。本刊辟有二十多个原创性栏目，如中国新传说、中篇故事、悬念故事、我的故事、幽默世界、16岁故事、海外故事等，可谓丰富多彩，必有一个栏目适合您。

读到或听到什么有趣事可以和大家一起分享吗？3分钟典藏故事、情节聚焦、外国文学故事鉴赏、快乐辞典等，是本刊的推荐性栏目，一旦采用，您将获得相应的"推荐费"。如果您有何心得体会或建议，也不妨写下来寄给本刊，我们将择优选登。

来稿可从邮局寄发，也可从网上传递，但必须注明您的真实姓名、固定地址及一般联系方式（如电话、手机等）。若没有采用，恕不奉还。

邮寄地址：上海绍兴路74号《故事会》杂志社，邮编：200020；请在信封上注明"××"栏目收。

本期责任编辑电子信箱：baofang@vip.sohu.net。

·幽默世界·

年轻20岁

□ 阿 辞

老冯一个人在酒馆里一口气喝了五瓶二锅头，心里还是堵得慌。为什么？昨天老同学聚会，人家老婆个个年轻漂亮，相比之下自己的老婆又老又丑，实在上不得场面。

老冯心里闷闷不乐，这时候，突然从他喝过得空酒瓶里跳出一个两寸高的小矮人来，把老冯吓了一大跳。

老冯结结巴巴地问："你……你是什么东西？"

小矮人笑着摇了摇头，说"我不是什么东西，我是小酒神，因为喝酒误了事，玉帝罚我三天不准喝酒，可我酒瘾犯了实在难受，所以刚才在你这里偷喝了一点，要不然你早就醉了。不过，我不会白喝你的酒，说吧，我可以满足你一个愿望。"

"真的？"老冯来精神了，趁机开口说，"那……你能不能把我老婆变漂亮一点？"

"没问题。"小酒神"叽叽咕咕"念了一番咒语，朝老冯扮了个鬼脸"你赶紧回家去看看吧！"说完，就钻进酒瓶里不见了。

老冯将信将疑地回家，一看，老婆果然变得艳若桃花，他心里后悔得要死：如

红黄蓝，调和大自然最绚丽的色彩；真善美，编织人世间最感人的故事。——陈启华（江苏）

送女友回家 （文: 罗 强; 图: 包丰一)

1. 深夜，约翰送女友回家。在门前难舍难分，深深拥吻。

2. 这时候，女友的老爸突然开门喝道："混蛋，放开我女儿!"

3. 约翰鼓起勇气分辩道:"伯父，我们是真心相爱的。"

4. 女友的老爸怒气冲冲地说:"你亲她就亲吧，干吗压在门铃上?"

果和同学聚会前就变成这样，那该多好!

过了一些时日，老同学又要聚会了，老冯嫌老婆脸蛋是比以前漂亮多了，可还是老了点，他脑子一动，又去了上回那家酒馆，一口气要了十瓶二锅头，瓶瓶开着盖子，等小酒神来喝。

大概是他的诚意感动了小酒神，小酒神终于来了，而且好像猜透了老冯的心思，对他说:"我现在不缺酒喝，所以以后也不会再来了，这是最后一次，你想清楚，你希望你老婆比你年轻几岁?"

老冯心里琢磨开了: 老婆和自己同年，今年已经40整了。到底年轻几岁好呢? 5岁? 太少了; 10岁? 还是少; 20岁差不多吧? 不能再小了，再小老婆就成孩子了，于是开口说:"就20岁吧!"

小酒神于是就"叽叽咕咕"地又念了一番咒语，然后和老冯告别了。

老冯兴冲冲走出酒馆就去理发店，准备好好把自己也打扮一下，明天夫妻双双要给老同学们一个全新的印象。谁知他踏进理发店，往镜子前一坐，差点晕了过去: 镜子里，自己成了一个满脸皱纹的60岁老头。

大实话

□ 徐 岚 编译

一名男子到保险公司去购买生命保险，在叙述了家庭成员的基本情况后，公司经理问他："您能不能告诉我，您父母去世时多大年纪？"

男子回答："我母亲心脏不好，她30岁那年就离开了我们；父亲是因为癌症去世的，那年他才35岁。"

"十分抱歉，"公司经理面露难色地对男子说，"由于你父母健康状况的原因，我们不能让您买生命保险。"

男子心里郁闷得要命，无奈之下只好离开经理办公室。

这时，有个人从后面紧走几步跟上来，附着他耳朵说："你怎么那么老实，你们刚才的话我在门外都听到了，你怎么能实话实说呢？"那个人给他指点迷津，"都像你这样满嘴大实话，没有哪个公司会把生命保险卖给你。"

"你是谁？"男子警惕地问。

"我就是这个公司的业务员呀！"

男子受此点拨，豁然开朗，感激地朝他点点头。紧接着，他就来到另一家保险公司。

"呃，年轻人，你父母是在多大年纪时去世的？"

"我母亲93岁那年骑自行车时不小心摔下来，去世了；我父亲是在他98岁那年踢足球时去世的！"

（本栏题图、插图：李 加 史 琦）

（本栏目欢迎来稿。来稿可从邮局寄发，也可从网上传递。如为电子邮件，请发以下信箱：baofang@vip.sohu.net）

340 2005 SEMIMONTHLY 上半月刊 4月 STORIES

故事会
2005 年 4 月
上半月刊·红版
主 编：何承伟
副主编：吴 伦
社务委员会
何承伟 吴 伦 姚自豪
夏一鸣 冯 杰 张 凯
本期责任编辑：姚自豪
美术编辑：李宝强
发稿编辑：
鲍 放 夏一鸣
蔓 石 梁宁宁
马 峡 潇 白
主管：上海市新闻出版局
主办：上海文艺出版总社
（上海市绍兴路 74 号）
邮政编码：200020
电话：021-64375030

督印 发行：张 凯
（上海市建国西路 384 弄 11 号甲）
邮政编码：200031
电话：021-64313938

广告总代理：上海文艺广告传播中心
上海市绍兴路 74 号（邮编：200020）
广告总监：张 淮
广告业务：021-34010383
广告投诉：021-64333738
广告经营许可证
沪工商广字 3101034000029 号
国外发行：中国图书贸易总公司
印刷：上海商务印刷厂
发行：上海市报刊发行局
江苏省报刊发行局
浙江省报刊发行局

搜狐文化 CULTURE
本刊与搜狐文化
合作推出电子版

本刊各栏目欢迎来稿。来稿寄上海市绍兴路 74 号《故事会》杂志社，邮编：200020，请在信封上注明
"××栏目"收；本期责任编辑 E-mail 地址：yaotongzhi@vip.sohu.net

·笑话·

光 棍 日

一个光棍高兴地对朋友说："你知道今天是什么日子吗？"

那朋友疑惑地说："不知道。"

光棍自豪地说"今天11月11日，我们的光棍日！"　　（杨　帆）

（本栏插图：李　加　史　琦）

天才儿子

儿子麦克今年三岁，已懂得从一数到十，也知道五比一大，父亲也随时找机会教他。有一次，父亲左手拿一块巧克力，右手拿两块巧克力，问他："哪一边比较多？"

麦克不回答，父亲耐心地继续启发，麦克突然放声大哭，说："两边都很少啊！"　　（米　康）

迎接新生

新学期开学了，大学校园里又将迎来一批新生。

按常规，老生是要去接新生的。这天，小琴早早地就起了床，敲开了一间间宿舍的门，劈头就对里面的同学说："准备好了没有？我们去接生！"

（李红玉）

原来是你

老刘在加班的时候丢了钱包，也不知是谁偷的，心里不痛快，上班时就和几个同事在楼道里发牢骚，一位同事劝道："不就几十块钱吗？"

老刘一听就急了，说："有五六百元呢！"这时，从旁边经过的清洁工生气地说："胡说八道，翻了个底朝天也就十元钱！"

老刘和同事转过脸异口同声地喊道："原来是你！"

（刘　玉）

4　故事是孩子成长的摇篮，是青年奋斗的风帆，是老人回味往事的椅子。——雨萍（湖南）

订报纸

猴子被丛林大王老虎安排负责今年的《丛林都市报》的征订工作，为了顺利完成100万份的征订任务，他找到了蚂蚁主任，说："你们蚂蚁王国人口众多，实在应该每个蚂蚁订份报纸，提高一下文化素质。"

蚂蚁主任想了想，说："订报纸也不难，只是你得把报纸做得能放入我们每个蚂蚁的口袋里才行。"

（史国新）

初试身手

有位妇产科医生自办的诊所开业了，门诊第一天，医生回家后妻子问他："今天成绩如何？"

医生答道："不算太坏，虽然产妇和婴儿都没保住，但总算把婴儿的父亲救活了。"

（毕 喏）

人到哪里去了

一位刚出道的外科医生巡视病房时，发现一个病人不在床位上，于是就问护士："七号病床的人到哪里去了？"

护士答道："他刚刚去四楼。"

医生听了大吃一惊"什么，我只是替他割了扁桃腺，他就去世喽？"

（王佳佳）

周 记

小新在人民广场跳街舞，一群鸽子正好从广场上空经过，一泡鸽屎落了下来，不偏不倚，刚好落在他的头上，小新向同伴抱怨道："我敢打赌，上帝也找不出比一泡鸽屎落在你头顶上更倒霉的事情了！"不料话音刚落，又一泡鸽屎从天而降，落在小新的头顶上！

所以，那个星期，小新的周记是这样写的："上帝用不争的事实告诉我，比一泡鸽屎落到你头顶更倒霉的事情是两泡鸽屎落到你的头顶上！"

（曾庆洋）

导游的警示

一批游客参观古堡，他们没有请导游，结果迷了路，后来好不容易找到了一个导游，在导游的带领下，他们参观了很深的地道，在那里看见了几具骷髅。

游客问："这些骷髅是怎么回事呢？他们原来都是些什么人？"

导游说："我认为，他们一定是些舍不得花钱请导游的人。"

（戚　凤）

不可得罪

苏教授幽默睿智，这天，他在毕业典礼上谆谆告诫即将毕业的学生们："大家记住，走上社会后，有两种人千万不可得罪！"

学生很感兴趣，问道："哪两种人？"

苏教授答道："一种是小人，一种是君子。"

一个学生又问："得罪了小人会怎样？"

苏教授说："你会惹上一身麻烦！"

又一个学生紧接着问："那么，得罪了君子呢？"

苏教授说："那你就得反省自己是不是小人！"　　　（莫　中）

亲戚关系

大象和一条蛇狭路相逢，大象没好气地对蛇说："让开！像根破绳子，想绊我是不是？"

蛇也反唇相讥道："你好看？腿像烂木头，身子像破墙。"

一只松鼠过来劝架："别吵了，你俩还有亲戚关系呢！"

大象和蛇齐声说："我跟他有什么关系？"

松鼠说："怎么没有？一个脸上长一根棍子，一个棍子上长个脸。"

（乔　锋）

斗 争

在药店里，一位顾客不满地对经理说："上星期，你们卖给我的药我不要了，快把钱退给我吧。"

"为什么？"

顾客说："你说，它是与脱发作斗争的，可是不顶用。"

经理不紧不慢地说："我是说过这种药可以与脱发作斗争，但并未说它一定能取得胜利。"（孙 颖）

取 名

易教授七十多岁才抱上孙子，全家对这小东西异常疼爱，越是这样，取名就越难，所以直到周岁还没取上名字。

易教授是个文学家，他认为孩子应成为一个诗人，所以应该叫易东坡；孩子的父亲是个京剧演员，自然认为孩子应叫易兰芳；小姨是个歌迷，希望孩子将来成为歌星，应叫易学友。

大家各抒己见，互不相让。易教授发话了："这样吧，在地上放上苏东坡文集、梅兰芳剧照、张学友唱片，让孩子自己来选，选什么叫什么。"

放好东西之后，又把孩子放在地上。只见孩子瞧瞧这个，摸摸那个，但都没拿，只见他爬向墙角，抱起那里的一个空健力宝罐子哈哈大笑，大家惊呼："莫非这孩子想叫易拉罐！"

（高位鹏）

什么时候

一个病人去医院看病：

"医生，我的腰今年不知为何疼得特别厉害。"

"哦，是吗？那请问你今年几岁了？""我今年89岁了。"

医生接着问病人29岁的时候腰疼不疼，39岁的时候疼不疼，49岁、59岁、69岁的时候疼不疼，病人都说"不疼"。

医生又问道："79岁的时候呢？"

"不疼。"

"那你现在不疼，还要等到什么时候才疼呢？"（艾 兴）

· 我的故事 ·

狂风暴雨

□ 江　薛

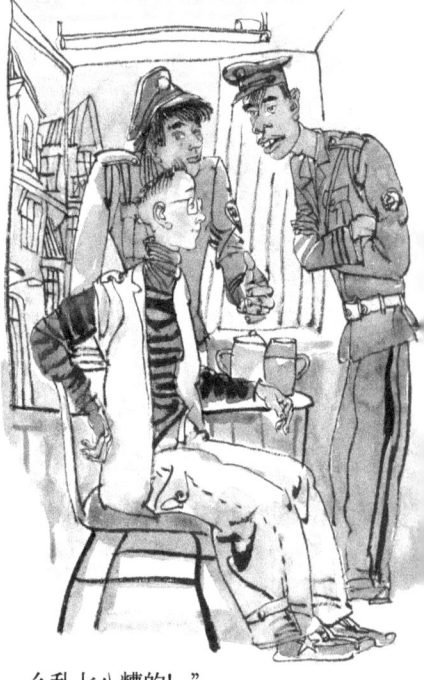

嗨，这人一倒霉呀，喝凉水还会塞牙缝！这天晚上，我应"狂风"之约……喔，我忘了说啦，这"狂风"是我网上的一个哥们，我们两个，一个"暴雨"，一个"狂风"，关系很铁。今天晚上，"狂风"对我说："咱们网下见个面吧，你在林荫小区门口的花坛边等着，马上！"我一看时间，乖乖，十一点半，正想问个明白，"狂风"已经吹走了，他下线了。我硬着头皮过去，在花坛边等。蹲下不到十分钟，忽然听到一阵叫喊，几个保安就围了上来，说我是犯罪嫌疑人，把我带到了他们的办公室……

到了办公室，他们让我在一个凳子上坐下，然后就盘问起来："名字？"

"暴雨。"

一个保安火了，拍起了桌子："什

么乱七八糟的！"

我这才想起这是在保安的办公室，不是在网吧，不应该说网名，于是我就说了自己的姓名。

"蹲在花坛边干吗？"

"等人！"我的回答惹起了他们的不满，其中一个脸上长着黑痣的保安喷了口烟，说："等谁呀？深更半夜的可真会选时间！"

深更半夜的在花坛边等人，说出来可真难以让人相信，唉，"狂风"啊"狂风"，你可把我害惨了！

这时，"黑痣"冷笑着问："你觉得我们应该相信你吗？"

"什么应不应该，这是事实！"

　品味百姓酸甜苦辣事，阅尽众生喜怒哀乐情。　——陈东明（山东）

黑痣洋洋得意地说了起来："事实？事实恐怕是这样的吧——孙老头的鹦鹉说话一流，还会唱歌背唐诗，你很清楚吧？你也一定清楚那只鹦鹉价值不菲，所以才会起贼心。今天的日子选得不错，孙老头不在家，就剩一个聋儿子，你怎么撬他也不知道，可你忘了隔墙有耳，看来你是个新手。你这一撬，邻居听哪有不叫的理儿？你慌了，夺路便逃，见咱们追得急，就蹲在花坛边装着等人，是不是这么回事？"

原来保安把我逮起来是为的这档子事，鹦鹉我倒是非常喜欢，家里养了三只，比起他说的这只，有差距，但是我不会去偷，用钱买不是更好？

"怎么样，我分析得一点不差吧？"黑痣像在演福尔摩斯，"深更半夜会网友，骗鬼去吧你！"

我懒得理他们几个保安，决定离开这儿，于是我就说要打电话给我爸，他们答应了，我和老爸通了电话，讲了这事，然后把电话递给黑痣"过来，我爸找你。"

"你爸是哪根葱？"黑痣鼻子里"哼"了一声，懒洋洋地接过了话筒，响亮地"喂"了两声，突然，他变了个人，弯了腰，柔声细气地说："哎呀，是王局长啊，您有事……是贵公子……哎哟，您看这事办得……实在抱歉，实在抱歉！"

我在一旁听着忍不住想笑，一会儿，几个保安都点头哈腰的，黑痣还专程送我回家。

我到家后马上打开电脑找"狂风"，"暴雨"找"狂风"，难度是挺大的，直到第二天才找到，"狂风"说他骑摩托车快，不小心撞在树上，受了伤，嗨，是这么回事，难怪他昨晚来不了！

过了两天，"狂风"又约我见面："林荫小区门口花坛，十一点半。"又是十一点半，这次我抓紧时间问起了原因："哥们，你这么深更半夜地约我见面到底为的啥事呀？"

"狂风"说："上次我俩没见面，这次补回来，你怕了？怕我黑了你？"

什么话？堂堂公安局局长的公子，不会写"怕"字！于是我又准时赴约，蹲在昏暗的花坛边等，心中确实有些发毛。过了一会儿，听到一阵叫喊声，我好奇地回过头去看，只见黑痣押着一个十七八岁的瘦小个儿过来了。黑痣也看见了我，笑呵呵地问："王公子，你有事？"

"没事，等网友。"

黑痣想起了上次我也在这儿等的情景，于是嘀咕着："那狂风也真怪，约你这时候见面！"这时，被押着的瘦小个儿听了这话，抬起头，问我："你是'暴雨'？"

我惊诧万分："你是'狂风'？"我见他点了点头，就不满地责问黑痣："他怎么了，你抓他干吗？"

黑痣说："他是贼，他是偷孙老头家鹦鹉的贼！"

我随着黑痣进了保安办公室，"狂风"一直低着头不敢看我，一会儿，他突然对我说"对不起"，他说："我利用了你，我约你到这儿是别有用心的，我想如果被人发现就拼命跑开躲起来，你在门口的花坛边，追我的人一定会看到你而且怀疑你，那样我就可以趁乱逃走。"

我听了大吃一惊，想不到这个网友还真工于心计。这时，黑痣又摆出了一副侦探的模样"说，为什么偷孙老头的鹦鹉？"

"我想救我父亲。"

黑痣不相信："偷鹦鹉是为了救你父亲？"

"对，我父亲是一名司机，不知道什么事被抓进了公安局。"

黑痣板着脸严肃地说："这和鹦鹉无关！"

"有关系，当然有关系，听说公安局长的儿子特别喜欢鹦鹉。"

"那又怎么样？"黑痣瞧了我一眼，我心里也"咯噔"了一下。

"狂风"吞吞吐吐地说："我听说孙老头的鹦鹉非常讨人喜欢，我想如果把它弄到手，当礼物送给局长的儿子，局长一定很高兴，只要局长一高兴，说不定我爸就没事了！""狂风"说着低下了头。

我做梦也没有想到这么件偷鸡摸狗的事，最后居然和我联系上了！唉，这个"狂风"……

（本篇月月评短信代码：0701）

（题图、插图：安玉民）

（本刊可推荐的栏目有：笑话、快乐辞典、点击网络故事、情节聚焦、3分钟典藏故事，读者可把看到的、听到的适合以上栏目刊用的各类作品推荐给我们；其他栏目均刊发原创作品，热忱欢迎作者提供有浓郁的时代气息和新奇情节的故事作品。来稿可从邮局寄发，也可发电子邮件，本期责任编辑的电子信箱为：yaotongzhi@vip.sohu.net）

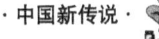

□ 江大洪

开锁的喜剧

老胡在街头摆了个小摊，修鞋补胎开门锁。说起老胡开锁，嘿，那真是绝啦，不论是国外进口的，还是国内上榜的，只要市面上有，他老胡就能给你捣鼓开，时间一般控制在30秒内。十里八街的人都知道，只要老胡的摊子往哪一摆，附近三巷四胡同的同行们都作鸟兽散，因为老胡名声在外，同行和他呆一块准得喝西北风！

这天，一个中年妇女步履匆忙地来到了老胡的摊前，焦急地问道："您是胡师傅吧？"老胡答应了一声，那妇女便火烧火燎地说："我的房门钥匙反锁在屋里，孩子在住院，您快跟我去吧！"老胡一听也急了，拎着一大包工具，跟着中年妇女一路小跑，

走大街，穿小巷，大约一刻钟的样子，来到了富苑公寓。这时，中年妇女告诉他，上E幢五楼，老胡对这里再熟悉不过了，他怔了一下，马上回过神，跟在中年妇女身后上了五楼。中年妇女家的防盗门上安装的是刚刚上市的智能防盗锁，有15项技术都是领先世界的，可这难不到老胡，他昨天还对这锁研究了半天呢。

老胡摆开工具，开始开锁了。绝，他仅仅用20秒钟就打开了这刚上市的智能防盗锁。中年妇女喜出望外，抽了一张老人头递给了他。

中年妇女一进门就满屋子转，好像在寻找什么东西。老胡正在门口收工具，他有意无意地瞅着中年妇女，中年妇女一把扯开厅堂角落里那架钢琴

上的罩布，轻声嘀咕了一句，这时，老胡一脚跟了进来："你想干什么？"

中年妇女一时间倒忘了门口的老胡，她怔了怔说"我的家，我的钢琴，你管得着么？"

老胡笑了："那自然，你自己的家，当然是你的权利。"

那妇女的眼圈红了，伤心地说："胡师傅，不瞒您说，儿子住院动手术急需一大笔钱，只好把家里的钢琴贱卖了。"

"贱卖？多少钱？"

中年妇女稍稍思索后斩钉截铁地说："5000！"

老胡忍不住惊叫起来："5000？这钢琴可值两万多啊！"

"一看您就识货，唉，没办法，儿子动手术要紧啊！"

老胡很真诚地说："大姐，既然你有难，我也不趁人之危，如果你真想卖，我出6000元，正好这段时间我儿子像催魂似的逼着我买钢琴。"

中年妇女转悲为喜："真的？"

"这怎么能开玩笑？但你必须请人帮我送到东条大街光明大厦七楼，那里有家钢琴店，我得请懂行的人帮我看看，然后我们一手交钱，一手交货。"

"好，好，我马上请人给您送，保证皮毛不损。"中年妇女忙不迭地掏出手机拨了个电话。

不一会儿，进来了四个身强力壮的男人，中年妇女让四个男人抬着那钢琴，自己也帮着，晃晃悠悠地下了楼。这钢琴很沉，抬三步，歇两步，一千多米的路，他们五人抬了近一个小时，费尽九牛二虎之力，才进了光明大厦，可这还不行，那一家钢琴专卖店在七楼，他们还得做苦力，五个人把钢琴抬到七楼，早就瘫在地上站不起来了。这时，老胡从后面匆匆赶来，他说就放在这里让师傅看吧，并热情地招呼中年妇女他们到商场的休息室歇一会儿，他说这里的老板是他铁哥们，早就准备好了6000元。

中年妇女他们喘着粗气走进休息室，一看，里面站着几个"110"警察！

其实老胡一到富苑公寓五楼就知道那中年妇女是让他来开锁的窃贼，他十分冷静，断定小偷不止中年妇女一人，所以将计就计，并在下楼时神不知鬼不觉地打了"110"，最后将这个团伙一网打尽。

什么？你问老胡怎么一到富苑公寓五楼就知道那中年妇女是小偷？嘿，那妇女让开锁的那户就是老胡的家呀！而且这架新买的钢琴上个星期就坏了，他原本就想送到那家专卖店修，可一直没请到愿意下五楼、上七楼的搬运工，今天正好，请到了这么几个不用花钱的搬运工！

（本篇月月评短信代码：0702）

（题图：安玉民）

在一个南方沿海城市发生了一起案件，罪犯极为狡诈，但最终还是难逃法网。案件要从一个来这个城市打工的男人说起……

死亡替身

□ 李元奎

戴立诚是到这座城市打工来的，这天下午，他正蹲在打工者聚集的西四路的人行道边等活干，一辆藏青色的微型面包车停在了路边，司机是个青年妇女，几个打工者立即迎上去，青年妇女没有搭理他们，却对着戴立诚招了招手，戴立诚走了过去，她说："抹抹卫生间水泥地面，100块钱干不干？"

戴立诚连忙说："干、干！"于是那妇女就让戴立诚上车，她开着车，一路上，他们随便聊了聊，互通了姓名，妇女自称叫魏华。一刻多钟，车子来到市郊一座小宅院前，停了下来。

下了车，魏华用手机打了个电话，向对方问了问，然后对戴立诚说："我订了些水泥和沙子，他们还没送过来呢，咱们先进屋等等吧。"戴立诚随魏华进了屋子，在客厅沙发上落座，魏华给他泡茶拿烟，戴立诚说不会抽烟，只是端起茶杯就喝……

魏华笑吟吟地望着戴立诚，越瞅越满意，她这么看着，窘得戴立诚脸都红了。这时，魏华又打手机，追问水泥沙子啥时送到。

一会儿，外面传来一阵脚踏三轮车的铃铛声，同时有人吆喝："有人吗？送水泥和沙子的来了！"

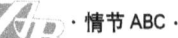

戴立诚跟着魏华出去，见送货的是个男子。他们一起把两袋沙子、水泥抬进客厅。魏华瞧了瞧送货人，又瞅了瞅戴立诚，笑道："看你俩长的，多像亲哥俩啊！"戴立诚一瞅送货人，也笑了。他和那人的高矮胖瘦，甚至脸型，都有几分相像，一眼看去，还真容易认错呢。

也就在这时，戴立诚忽然说"我怎么头晕？"说着，身子就有些晃晃的，好像就要倒下的样子，送货人立即搀住了他，把他轻轻放倒在沙发上，紧接着，戴立诚便打起了呼噜。

送货人问："他能睡多久？"

魏华答道："放心吧，三五个钟头醒不过来！"

送货人问："现在就干？"

魏华一咬牙："干！"

送货人上前弯腰正要抱戴立诚，却不料戴立诚突然张开眼来，霍地跳起，双手掐住了对方的脖子，一用力，送货人就昏厥了过去，软软地倒在地上。魏华见此情景，吓得一声尖叫，撒腿要跑，戴立诚伸腿一勾，把她绊倒在地。

戴立诚在沙发上坐舒服了，从兜里掏出烟来点上，恶狠狠地对坐在地上的魏华说："往茶水里下药……老子多少年前就玩剩下的，还拿来耍老子？说吧，麻翻了我，打算干什么？"

"抢你点钱……"

"住口！"戴立诚喝道，"想踩点抢钱的应该是我！我可没那么多闲工夫，再不老实讲，我可要杀人了！我手下的冤魂已经有十几条了，我可不在乎添上两条！"说罢，他掏出了藏在腰间的匕首……

魏华哭了，抹着眼泪说道："大哥，我跟你讲实话吧，要杀要剐随你！我们是做买卖的，房子是租来的，这是我丈夫，我们弄你来，是因为你和我男人长得像，准备把你放在厨房里，打开液化气，再把炉子弄成20分钟后自动点火，爆炸后弄成火灾的样子，好向保险公司索赔。"

"如果你丈夫意外死亡，能索赔

到多少钱？""78万吧！"

"糊涂！"戴立诚训斥道，"你以为保险公司这么好骗？这么一大笔赔偿，他们肯定要尸检，一尸检，我的胃里有麻醉剂成分，血型、DNA全对不上，你们两口子就等着以故意杀人罪和诈骗罪挨毒针吧！"

魏华一听哭了："大哥，我们哪懂这些啊……"

戴立诚连连摇头叹息：唉，就这种智商的人，也敢犯罪！

一会儿，地上魏华的丈夫轻轻呻吟起来，快要醒了，突然，戴立诚站起了身，凶狠地一脚踢去，只听见"咔吧"一声，那是后脖梗骨头断裂的声音，魏华丈夫的脖子断了！

戴立诚狞笑着对魏华说："你们这个计划完全可以继续实施下去。现在你看，你男人的后脖骨断了，活下来也是个高位截瘫，成了废人，如果你家厨房液化气爆炸炸死的是他，那保险公司的赔偿金不就到手了？"

魏华目光冷冷地瞪着戴立诚，说："他可是我丈夫呀……如果我不答应呢？"

戴立诚马上斩钉截铁地说："那我就杀死你！"

本期有奖竞猜的题目是：故事最后的结局是——
A.魏华和戴立诚合谋谋杀了丈夫（短信代码GA）；B.魏华因反抗而被戴立诚杀死（短信代码GB）；C.魏华乘戴立诚不备击昏了他，逃出屋后报警（短信代码GC）

（题图、插图：安玉民）

猜情节，赢大奖

开动脑筋，猜想正确的情节！请选择你认为正确的情节发展，将其短信代码发送到200056（中国移动）或900056（中国联通）。我们将在本月下半月的刊物上刊登这个故事的结尾，并从竞猜正确的读者中抽取优胜奖300名，赠送价值50元的纪念品。

参加全年情节ABC竞猜活动，并猜对全部情节的3名读者更将获得特等奖彩信手机一部！本期活动截止日期为2005年4月5日。

得奖读者在评选结果揭晓后将得到短信通知。本活动每条短信收取0.50元。

 **阿P故事**

阿P是一个社会群体的缩影,他独特的对事对人的处理方式,使这些故事充满了情趣。不过洋相百出的阿P,他的内心世界又是复杂的,他的所作所为留给读者的思索是多层次多元化的。阿P故事不仅仅是消遣作品,还有着揭示社会矛盾、启迪人生和思考未来的认识和教育作用。

 **滑稽故事**

滑稽是一门引人发笑的艺术,被称之为生活和艺术中一种特殊的"调味品"。本书所选故事均取材于社会生活,作者想象力丰富,倾向性鲜明,作品内容极具口传性,诙谐色彩浓郁,是人们茶余饭后上佳的精神伴侣。

 **芝麻官故事**

芝麻官故事旨在全方位地展示这一特定社会角色的思想境界和人格境界。他们或两袖清风,为民请命;或贪赃枉法,假公济私;或昏庸糊涂,装腔作势;或廉洁奉公,兢兢业业。由于他们同老百姓的距离最为接近,因此他们的故事就更具现实意义。

 **打赌故事**

古今中外73则打赌吹牛故事,按内容分为"逗趣、斗智、惹祸、戏丑"等四大类,多为表现人们的诙谐与机智,有的立意鲜明,寓有讽刺味,而较多的则是娱乐与逗笑。

说大事、小事,普通人的身边事
讲闲话、实话,老百姓的心里话

老同学相会故事多

在生活中,如果遇见了分别几年、几十年的老同学,你会怎么样?脸上也有笑容了,心情也好了,精神也来了,话也多了,天空也开阔了,阳光也明媚了,然后找一个地方,或是喝茶聊天,或是喝酒叙旧……要我说呀,遇见老同学,还真算得上是人生的一大快事!

今天,我就来说几个"老同学相会"的故事:

一个刻骨铭心的动人故事

风雪中走来的老同学

张老板开了一家建筑公司,那年冬天,他去邻省洽谈一个项目,同时也想顺道看望一下初中时的同学老哈。

老哈读书时是班上成绩最差的一个,家里又穷,人也窝囊,所以同学们都不愿和他打交道。初二那年,他的女同桌在一次竞赛中获得了一支很不错的钢笔,可是没过几天,钢笔不见了,大家都怀疑是他偷的,可他死活不承认,硬说冤枉了他,班长就动

手搜他的书包，结果真的搜出了那支钢笔，同学们说他，笑他，骂他，他咬着牙没吱声，第二天，老哈就不来上学了。

老哈退学后，在村里干了不少偷鸡摸狗的勾当，而且只偷班上一些同学的家，他的名声越来越臭，最后呆不下去了，只好在外流浪，几年后在外省一个叫流沙村的穷山沟里做了上门女婿。

张老板去看望老哈那天，天不作美，动身不久就下起了大雪。他驾着新车，一路打听，估摸快到流沙村时，前方出现了一个岔道，张老板停下车，不知该往哪条路上走。那会儿雪下得正猛，路上不见行人，附近也没人家，没处打听，他只好坐在车内，等候着过往行人。

没过多久，山间小道上来了个人，那人戴着一顶护耳绒帽，背着个牛仔包，冒着风雪，吃力地向这边走来，一看就知道是打工回家的民工。那人渐渐走近了，张老板打开车窗，风雪扑面而来，冷得他直打哆嗦，就在这时，他看清了来人的脸，正是老哈！张老板喜出望外，大叫了一声。

老哈一惊，看了看张老板，没认出来，张老板只好报出自己的名字，老哈很诧异："原来是你，这么冷的天，怎么跑这儿来了？"

张老板把老哈拽进车内，说"来这办件事，顺道来看看你。"老哈不大相信："看我？怎么想起要看我？"张老板说："不管你相信不相信，这些年我经常想起你，只是难得有今天这个机会。"老哈没吱声，突然别过脸去，偷偷地抹了一把眼泪。

一路上，老哈一直很少说话，总

是张老板问一句他答一句。快进村时，路口有一个小卖部，老哈下车买了一瓶好酒和几包好烟。

可能山村里很少来小车，车一进村，就引来不少人探头张望。车子开到了两间破房子前，老哈让停下，说这就是他家。这时，很多人围了上来，和老哈打招呼："回来了？"老哈笑着点头，不停地给来人敬烟。他老婆和两个孩子也迎了出来，老婆脸上还挂着两行泪，那是开心啊！

在老哈家吃过饭，张老板要走了，他拿出准备好的2000块钱，塞在老哈的儿子手里，说是作学费。老哈握紧了张老板的手，结巴了老半天，才说："谢谢你来看我，今天是一个让我永生难忘的日子……"

过了几年后意外的事发生了：张老板在公司经营上接连犯错，一次盲目投资搞开发，亏了好几百万，一夜之间，他成了一个四处躲债的流浪汉，朋友反目为仇，就连老婆也背叛了他。在一个月黑风高的夜里，他潜回家里，将那个和他老婆苟合的男人砍伤，结果锒铛入狱。

入狱几个月后，有一天，管教干警通知张老板，说是有一个朋友来看他，张老板觉得奇怪，到接待室一看，竟是老哈，不过他已经不是以前的样子了，西装革履，人也精神了许多，而且肯说话了。老哈告诉张老板，他承包了几座荒山，弄成了一座休闲山

庄，日子过得好了。

以后每隔一段时间，老哈就会来看张老板，给他带来一些生活必需品。老哈成了张老板生命低谷中唯一的亲人和朋友，可张老板不明白的是：老哈为什么对自己这么好？就因为自己曾不远千里、在一个大雪纷飞的冬天里看望过他吗？

知道这个答案是在两年后的一天，这天是张老板刑满获释的日子，他背着包裹走出高墙，不知道该走向何方，也就在这时，突然发现老哈向他走来，老哈接过张老板的包，指着停在不远处的一辆小车说："走，上车吧。"张老板上了车后就问老哈："去哪里呢？你知道我已经无家可归了。"老哈说："去我庄园吧，也是你的庄园。"张老板不解地望着老哈，可老哈却说："你现在的心情我非常清楚，因为六年前，我也是从这里走出来的。"

这倒有些意外，张老板心里不由一颤，想说什么，却让老哈打断了："那天，大雪纷飞，我刑满释放，走在回家的路上，可是我没勇气走进村子，也不知道那个家还接不接纳我，就在这时，你突然出现在我身边，你大老远赶来看我，用小车把我送回了家，为我争足了面子。那时，我就暗自发誓，一定要活出个人样来……是你，让我重新找回了做人的尊严，你是我永生难忘的好兄弟！"

听着听着，张老板已经泪流满

面，突然，他哭了："不，你看错人了，我不配做你的兄弟，你知道那年我为什么要去看你吗？是我害苦了你……"

老哈突然停住车，一把握紧张老板的手，说："兄弟，别说了，我知道，不就是一支钢笔吗？你把那支钢笔塞进了我的书包里，小时候谁没调皮捣蛋过？过去的事就让它过去吧……"

一个不该发生的故事

李老板和他的小保姆

大丰公司的老板李子丰新买了一幢别墅，迁入新居后，他和妻子就想在新居里宴请几个老同学，于是，夫妻俩用了几个晚上，给凡是能想得起来的、能请得到的老同学都发了请柬。

几天后，宴会在装修一新的别墅里如期举行了。这天晚上，李子丰陪着喝酒喝多了，客人走了，妻子也睡了，俗话说酒后无德，在酒精的作用下，李子丰把正在厨房烧水的小保姆阿芳强行抱进了保姆房……由于阿芳奋力反抗，再加上李子丰喝了太多的酒，这才没出事。小保姆冲出房门后，李子丰就昏昏沉沉地睡在保姆房里了……

第二天早上，李子丰醒来之后，竟然发现自己躺在医院的抢救室里，妻子也进了高压氧仓，原来昨晚上

他和妻子都煤气中毒了，幸亏发现及时，不然后果不堪设想。医生说："是小区的保安把你们送来的，你可得好好谢谢人家，这可是救命之恩啊！"

大脑清醒之后，李子丰又想起了昨晚酒后发生的事，他害怕起来：万一阿芳报警了，事情就不好办了！他急急忙忙赶回家中，可是阿芳已经不知去向，问小区的保安，保安说："我只是接到一个报警电话，说你家煤气灶上还烧着水，才急急忙忙赶到你家的……这个打电话的人，才是你们的救命恩人！"

李子丰连忙问："是谁打的电话？"

保安说："一个男人，听声音好像是个中年人……"

事情越发扑朔迷离，一个中年男人，他会是谁呢？这时的李子丰只想赶快找到阿芳，把昨天晚上的事平息下去，于是他通过家政公司，很快找到了阿芳的住处，到那里一看，见阿芳和父亲住在一间不足十个平方的出租屋里，她父亲还是个年过半百的残疾人。面对这对苦命的父女，李子丰更加感到内疚，他深深地给阿芳鞠了一躬说："对不起，昨天晚上我喝多了……请你原谅！"

阿芳生气地把身子扭向一旁，仍然不肯原谅李子丰，倒是阿芳的父亲非常大度地说："阿芳昨天晚上气冲冲地跑回来，把一切都告诉我了……

当时，孩子非常生气，她一定要报告派出所，我是了解你的，你不是那样的人，很可能是酒后无德，一时做错了事，要是报告派出所，你的后半生就毁了……"

李子丰越发不解了，他问："老哥，你说你了解我，我们过去认识？"

这时，阿芳的父亲用一种惊诧的眼光看着李子丰，说："子丰，你真的不认识我了？我叫何为，我们是老同学呀！"

李子丰仍然想不起他的老同学中还有一个叫何为的，他苦苦思索着说："你叫何为？是我的老同学？我怎么记不起来了？"

阿芳的父亲说："我小名叫二柱子，这回想起来了吧？"

阿芳的父亲说出自己的小名，李子丰猛然想起了小时候一段刻骨铭心的往事……

那是上小学的时候，李子丰跟下放农村的父母生活在一个偏远的小山村里，小山村没有学校，李子丰每天都要趟过一条水流很急的小河，到五里外的镇上去上学。李子丰从小在城市里长大，还有"晕水"的毛病，一踏进河里就两腿打战，寸步难行，每当这时，土生土长的二柱子就主动蹲下，说："来，我背你过河……"李子丰在小山村生活了三年，二柱子就背了他三年，不管春夏秋冬，从来没间断过，要知道，这个二柱子患有小儿

麻痹症呀！

李子丰面对这个质朴、善良的老同学，羞愧啊，一句话也说不出来。二柱子好像没注意到李子丰表情的变化，他仍然慢条斯理地接着说"阿芳安静下来之后，她突然想起你家的煤气灶上还烧着水，我就给你们小区的保安打了个电话……"

李子丰听到这里，他恨不得找个地洞一头钻进去，昨天请老同学聚会，请了这个，请了那个，怎么就唯独把这个二柱子给忘得一干二净啊？第二天，李子丰派人给阿芳父女俩送

去了十万块钱，可他们硬是把这钱原封不动地退回了……

一个正义和邪恶较量的故事

老同学的"免死牌"

冯阳初中毕业后，就随父母迁离故乡冯集镇了，如今他是博士了，在北京一个研究所工作。这次母校发来邀请函，请冯阳回故乡参加校庆典礼，虽阔别十多年了，但旧情难忘，他欣然接受邀请回到了故乡。

校庆典礼举行的前一天，冯阳来到了故乡，他乘出租车到商场购物，出租车在一个免费停车场停稳后，冯阳正要付费下车，却见停在一旁的一辆豪华卧车内探出一个戴墨镜的"光头"来，那人冲出租车司机骂道："你他妈的瞎了狗眼！没看到老子的车已经停在这里了？"

冯阳心想：世上哪有这样霸道的人？你的车停在这里，就不许别人停了？冯阳走下车正准备和光头理论，不料还没等冯阳开口，光头却先下了卧车，一把握住了他的手："哎呀，这不是老同学冯阳嘛！"

冯阳打量了半天，终于认出了光头：这家伙是初中时的同学黄二丙！上初中时，黄二丙是校园一霸，他谁都敢欺负，就不欺负同桌冯阳，原因是黄二丙连加减乘除运算都吃力，

不论是每天做作业还是大小考试，都要求助于冯阳，不是冯阳，他连初中毕业文凭都混不到手呢！

久别重逢，两人寒暄一阵后，黄二丙死拉活缠，非要为冯阳接风不可，冯阳难以脱身，只好随他来到了当地最豪华的酒店。黄二丙一踏进酒店，上到老板下到服务员，一个个毕恭毕敬，黄二丙则昂首阔步，爱理不理，冯阳越发不明白了：黄二丙这家伙为什么如此八面威风？落座后，冯阳问黄二丙现在干什么工作，他说："没有工作，比起你在北京搞科研的大博士，老同学我羞愧呀！秦琼卖马杨志卖刀啊！"

冯阳问："那你靠什么收入维持生活？"

黄二丙笑道："比如，个体煤矿的工人闹事，老板请我去管教，我带一帮兄弟过去，把闹事工人打得服服帖帖，老板少说要孝敬七八千；哪个大款有了仇家，请我去剁仇家两根指头或把脚筋给他挑了，万儿八千就又到手了……"

冯阳听得身上直起鸡皮疙瘩："这么说，你是……"

"你以为我是走黑道的？"黄二丙变戏法似的掏出几个红牌牌和红袖箍，有"市容执法队"的，有"治安联防队"的，还有什么"违章建筑巡检队"的，"在冯集镇这块地盘上，黑道白道，都少不了我黄二丙！"

这时，服务小姐进来，请黄二丙点菜，黄二丙却说用不着点，选最好的菜上，菜价不得低于5000元，酒要法国"人头马"，冯阳脱口说道："你这太破费了！"黄二丙一听就嚷道："笑话！在冯集镇，哪个饭馆敢收我的饭钱？我来吃饭是瞧得起他们！"

一会儿酒菜上来了，酒过三巡，冯阳终于忍不住问："你剐人家指头也好，挑人家脚筋也好，难道不怕有麻烦？"黄二丙一口灌下二两酒，粗着喉咙喝道："谁敢找我麻烦？我有'免死牌'，连杀人都不偿命的！"

什么"免死牌"？冯阳正在诧异，黄二丙已经从手包里掏出一份"精神病鉴定证明"，冯阳问："同学多年，我怎么不知道你有精神病？"

这时候，黄二丙喝下肚的酒已经超过半斤，说话越发无所顾忌了，他带着七分醉意道出了自己的秘密：十年前，冯集镇上的头号大款雇黄二丙杀人，后来东窗事发，黄二丙进了号子。大款怕拔出萝卜带出泥，就重金买通了一个在精神病鉴定机构工作的人，出具了一份"精神病鉴定证明"，黄二丙因此逃脱了法律制裁。从这以后，黄二丙为非作歹就更肆无忌

惮了，比《水浒传》里的牛二还"牛"！

了解了黄二丙"免死牌"的来历后，冯阳用嘲讽的口气说："这样看来，你的日子过得可真够滋润哪！"

"其实，我也有我的烦恼！"黄二丙没"品"出冯阳的嘲讽，他叹了口气，说，"要说嘛，世上女人多的是，而真正让我喜欢的只有一个，可是，那娘儿们躲着拖着，就是不跟我处朋友！"

黄二丙说的"那娘儿们"，竟然也是初中时的同班同学，叫肖艳，在母

校任教。黄二丙要冯阳帮着撮合，可肖艳才貌双全，如同水灵灵的一朵鲜花，怎么能插到这个地痞无赖的牛粪上？冯阳当然不会撮合这件事，他便推说见到肖艳后，可以先问问情况。

第二天，母校的校庆典礼在礼堂举行，冯阳被安排在主席台上，没料到典礼开始不久，就有一帮人戴着"违章建筑巡检队"的红袖箍，冲进了会场，有的砸玻璃，有的掀凳子。学校领导上前制止，为首的家伙骂骂咧咧，说礼堂是危房，禁止使用，这家伙不是别人，正是黄二丙！黄二丙觉得自己是当地"名人"，没被邀请参加典礼是不给面子，因此找碴儿，打上门来。

冯阳忍无可忍，大步跨到黄二丙面前，厉声质问："你想干什么？"黄二丙看了看冯阳，翻了翻白眼，最后还是带着一帮打手，气呼呼地离开了会场。

典礼结束后，冯阳见到了老同学肖艳，便问起她和黄二丙的事，肖艳一听鼻子都气歪了："谁瞧得上他这种人？我早就拒绝了，可他还是纠缠个没完，再说，我已经有了男朋友。"

肖艳悄悄告诉冯阳：她的男朋友是市公安局的警察，据男朋友说，有群众多次向市委举报，说黄二丙自以为"免死牌"在手，横行霸道、无恶不作，警方早就有意铲除这个社会毒瘤，但至今没有获得有力证据。

肖艳这么一说，冯阳才明白她和黄二丙是怎么回事，他当天晚上约见了黄二丙，说："你和肖艳的事，我倒是很想帮忙，只是她父母认为你有精神病……"

黄二丙一听急了："我的精神病是真是假，你心里有数，你帮我把真实情况告诉她父母好不好？"

"我说话恐怕也不管用，空口无凭！"冯阳显出很为难的样子，"除非你直接给肖艳写封信，把'免死牌'的来龙去脉写清楚，肖艳的父母知道了实情，误会也就消除了。"

黄二丙乐得直拍大腿："好主意！毕竟是大博士，有两下子！"说完，他就当场找来了纸和笔，写了一封字迹像狗爬一样的信。

黄二丙的信到了肖艳手里，自然也就到了市公安局的警察手里，这回，"免死牌"怕救不了黄二丙啦！

一个令人啼笑皆非的故事

到监狱去看老同学

有个警察叫阿伟，在监狱搞宣传工作。有一次，局机关组织阿伟他们去承德避暑山庄开会，会后有两天的自由活动，许多同事都去看望当地的亲朋好友，阿伟想到自己也有一个同学在这个地方工作，已经好多年没见面了，于是决定去看看。

阿伟那同学住的地方离这里有五十里地，要坐火车去。他买了票，在候车大厅等候。这时，一个中年人走到阿伟跟前，很有礼貌地打听买去"新生监狱"的车票在哪个窗口，阿伟一听他去的地方和自己是一样的，便顺手指了一个窗口，那人笑着解释说头一次来这个城市，还连声道谢。

火车来了，阿伟匆匆过了检票口，上了车刚坐下来，刚才问路的那个人挤了过来，坐在阿伟身边，微笑着对他说："我愿意跟你走，你是警察，在你身边有安全感。"那人很健谈，他说自己是一个小县城的教师，还说"百年修得同船渡"，今天同坐火车，也是前世修来的缘分，说着还把他旅行包里的山梨、苹果拿出来给阿伟吃，阿伟客气地谢绝了。

阿伟估摸着那人一定有事要求他帮忙，果然，两人下火车出了站台后，那人对阿伟说："有个事想求你给办办，虽然咱们认识的时间这么短暂，但我觉得你这人实在，心眼好。"

阿伟问那人："什么事呀？"

那人说："你得答应我。"阿伟觉得那人挺有意思的，连说话都有特点，就说："你先说给我听听。"

那人说："我有个小学同学，分别有十年了，后来他考上大学，毕业后留在这里工作，去年他出事了，就在这里的监狱服刑……我想托你给说说情，让他干点轻活，减刑时给说说话，早点出来。"

阿伟说："我不是这个城市的，不在这里当警察。"

那人失望地问："这么说，你不帮我了？"

阿伟忽然想起他要去看的这个同学正是在这里的监狱工作，于是就说："这样吧，我自己不能办，我可以给你找个人，这个人也是警察，你找他就行，他是我同学……"

那人一听十分感激，连忙掏出小本，要记下阿伟那同学的姓名、电话号码，以备以后联系，阿伟说出了那同学的名字，还没说电话号码，那人忽然不记录了，发呆似的看着阿伟。

阿伟说："你怎么不记了？不相信我给你找的这个人？"

那人说："太巧了，你给我找的这个人，就是我今天要去看望的那个同学，我俩说的是同一个人呀，他是因为收受贿赂给一个犯人办减刑才被判刑的……"

"风雪中走来的老同学"作者：王国玫；"李老板和他的小保姆"作者：辛珊；"老同学的'免死牌'"作者：尹全生；"到监狱去看老同学"作者：王宝伦。

下期话题：老外在中国　　　　　　　　　　（题图、插图：刘斌昆）

人最难走的是崎岖不平的爱情之路,你需要一根拐杖,而这根拐杖有时会从天而降……

一路同行

□ 许申高

孟凡是个大学生,毕业后当上了一名老师,后来又自愿来到偏远山区,结果连婚事也耽误了,三十岁的人,还没找上女朋友。教师节那天,他应邀参加了电视台的一档直播节目,讲述了自己的故事。录完节目后,他顺便到一个小县城办了点事,第二天才起程回家。

县城火车站不大,管理也不够规范,离火车进站时间还早,可大家早已耐不住性子,都拥到了站台上,伸长了脖子张望着,这时,唯独有个长发披肩的姑娘,旁若无人地坐在那儿,手捧一本书,读得非常入迷。那姑娘引起了孟凡的注意,姑娘并不是非常漂亮,穿着也很随意,但她身上的那种气质却叫人忍不住想多看几眼。孟凡正偷偷看她时,冷不丁她突然抬起头来,先是随意地打量了一下周围,当她一眼发现人群中的孟凡时,便直直地盯着他,眼光里露出一种惊异。孟凡头一回被姑娘这样盯着,有些不好意思,正不知所措时,来了一个卖报的,为掩饰尴尬,他赶紧掏钱买一份,装模作样地看了起来。

不久,从站外跑来一个挺帅的小伙子,他捧着一份西北人最爱吃的酿皮,快步走到姑娘面前,塞在了她手中，姑娘美美地吃了起来。这时，那小伙子的手机突然响了，接过电话后，他一下焦灼起来，和姑娘说了几句什么，然后匆匆忙忙地走了，看来他原是准备送她的，临时有急事，不得不先走了。看着他俩依依惜别的样子，孟凡心里竟莫名其妙地生出一种嫉妒来。

过了十来分钟，列车进站了，孟凡一口气跑到车厢门口，往兜里掏票时，这才发现车票不在了，心想可能是刚才掏钱买报时弄丢的，赶紧转身去找，结果什么也没找着，看来只有上车后再补一张。孟凡正这么想着，突然看见那个姑娘正吃力地提着两个箱子走着，走不多远，不得不停下来歇一下，抹一把额头上的汗珠，然后又往前走。孟凡决定帮她一把，他走过去，说："来，让我帮你提吧。"姑娘一见是他，喜出望外，喘了一口气，笑道："不好意思了，其实早想请你帮忙，可一转眼你就不见了。"于是她就将右手的一个箱子交给孟凡，孟凡说："两个都给我。"说着，他就从姑娘的手中接过了另一个箱子。孟凡手提两个箱子，感觉特别沉，也不知道这里面装的是些什么。

到了车厢门口，孟凡已是满头大汗，正要上车，列车员一把拦住他，敲敲他提的那箱子，问："啥？看样子挺沉的，打开看看。"姑娘急忙走上前，说："要看吗？都是书。"

· 大千世界 众生百相 ·

列车员打量了姑娘一眼，还是要求打开看看，看过后，手一挥，说："肯定超重，但看在书的份上，给你们开个绿灯，上吧。"

车上太挤，孟凡背着自己的包，提着姑娘的两个箱子，穿过三个车厢后，好不容易才找到座位，两人刚坐下，查票的乘务员来了，查到孟凡时，乘务员问："你的票呢？"

孟凡的脸微微红了一下，说："我的票不小心丢了，正要去补。"

"哼！撒谎也不高明点，没票就没票，扯什么蛋？"

"我真没扯蛋，是真的丢了，我愿补还不行吗？"孟凡说着就往兜里掏钱，这时，旁边的姑娘插话了："没丢没丢，他的票在我手上哩！"她说着果真就从口袋里掏出两张票来，乘务员看了，把票还她，转过头瞪了孟凡一眼："我看你是故意捣蛋！"孟凡觉得挺冤，但他没吱声，丢失的票能突然出现，他高兴都来不及！

等查票的走后，孟凡问那姑娘："真有那么巧，票让你捡上了？"

姑娘笑道："就是呀，我也觉得巧哩，车站里这么多的人，你丢的票偏偏让我捡到了，你说，这叫什么？"

"这叫缘分！"可话到嘴边孟凡又咽住了，他想到了那个在站台上为姑娘送别的小伙子，心里不由有些沮丧，他认为自己和她不过是萍水相逢，以后不可能会有太多的故事，但他还

是愚蠢地试探道："你说呢？"

姑娘只是笑，不肯回答，孟凡又问："我该怎样称呼你？"

"我叫叶玲玲，你就叫我玲玲好了。"

"你在哪下车？"

"不告诉你。"姑娘神秘而又带点调皮地说，"到时你就知道了。"

孟凡心想：对呀，她拾到了我的票，自然知道我要下车的地方，她说"到时你就知道了"，听这口气，她要比我先下车。这时，孟凡突然想到了一个问题：趁现在还没忘记，应该从她手中把票拿过来，要不等她下了车，找谁要票去？可一想这种事还是

人家主动给的好，自己开口要总觉得不好意思。罢了，到时再说吧。

这时，姑娘已经削了一个梨子，她递给了孟凡："孟凡，吃梨。"

孟凡接过梨子，同时一惊"你刚才叫我什么来着？"

"孟凡，怎么，一定要叫孟老师吗？"

孟凡一笑："不是，我是不明白，你怎么知道我的名字的？"

"你不是装傻吧？你忘了昨天你上电视了？"姑娘笑道，"没想到今天会在这儿碰到你。"听她这么一说，孟凡这才想起站台上的那一幕，怪不得她第一眼看到自己时显得很惊异。

姑娘继续说道："昨天看了你的节目，我都流泪了，你的故事感动了不少人，你作为一个大学生，放弃城里的优越条件，来到偏僻的山村小学，而且一干就是整整五年，真的很不容易。"

听了姑娘的这席话，孟凡一下子觉得和她之间的距离近了许多，接下来，两人聊得很开心，不知不觉，就快到孟凡要下车的地方了，他突然想起了什么，便问姑娘："你没坐过站吧？"

姑娘笑道："你盼我早下车是不是？跟你说实话，你在哪下车我就在哪下车，要不然，谁给我提那两个大箱子？"

孟凡一听高兴了，不由耍起了贫

嘴："小民愿意为你效劳。"这时，列车已经停站了，姑娘见他起身去取行李，就说："急啥？还早吧？应该还有一站。"

孟凡告诉姑娘："再过一站就到沙河了。"

姑娘一惊："难道你不是在沙河下车吗？"听她这么一说，孟凡一下就明白了：她根本没有仔细看他的车票，只是从电视上知道，孟凡所在的山村属沙河管辖，就以为他和她一样要在沙河下车，但她并不清楚，如果孟凡从沙河下车就得多走一百多里山路，他有些为难了，想到她那两个沉重的箱子，实在不忍心撒下不管。

姑娘见孟凡愣在那里一时拿不定主意，不由着急地问："你究竟在哪下车？我不是跟你说过吗？你在哪下我就在哪下，别替我考虑，要下就下吧，不然来不及了。"她一边说一边把孟凡的包背在肩上，领头要走。这时，孟凡真有点弄不懂她了，下车哪有这样随便的，但此刻必须做出决定，于是他就说："那就下吧。"

两人到了出站口，姑娘拿出票来，检票的站员扫了一眼，觉得有点不对劲，不由仔细看起来，确信票没问题后，才好心地提醒道："这不是沙河站，你俩没下错吧？"说着就把票还给了那姑娘，孟凡无意中看了一眼，这一看就看出了问题：两张票都是到沙河的，也就是说，这里面根本

没有他孟凡的那张票！

孟凡觉得这一路上碰到的事怪怪的，不由有些疑惑，他放下行李，从姑娘手中拿过票，看了看，不解地问她："这是怎么回事？"姑娘这才说了实话："其实我根本没捡到你的票，这票是我弟弟的，他本来要陪我一道来的，可单位突然出了事，来不了啦……"

孟凡一听高兴坏了："原来是你弟弟呀，我还以为是你男朋友哩！"

姑娘假装生气地说道："看你这高兴样，人家没男朋友值得你这样高兴吗？"

孟凡再傻也能听出这话里包含的意思，他越发高兴了："你真的还没男朋友？"

"谁说我没男朋友，我正要去看男朋友哩！"

孟凡的心顿时凉了，他觉得眼前这个姑娘是那样地不可捉摸。此时，天色已晚，孟凡知道自己应该从刚才的梦中醒来了，他提上她的行李，说"好吧，你告诉我，你要去哪？我送你。"

姑娘望着孟凡，神秘地笑道"我要去一所山村小学，把这两箱子书捐献给那里的孩子。"

孟凡一听，这突如其来的幸福差点没让他晕过去……

（本篇月月评短信代码：0703）

（题图、插图：魏忠善）

民谚：生养不分男女，孝顺就好。

一幅古画

□ 王润胜

艾柏柳是玉雕厂的工人，人到中年，却下岗了，日子过得艰难，可屋漏偏遇连夜雨，乡下的大娘去世，大伯让艾柏柳回乡下一趟。这"大娘""大伯"其实是艾柏柳以前村里的邻居，艾柏柳从小父母双亡，是邻居大伯大娘将他养育成人的。艾柏柳正准备动身，老婆在一旁嘀咕开了："呆子，这不明摆着让你给大娘拿安葬费么，弄不好大伯还要交给你养哩！两个亲儿子都不管，你打肿脸充啥胖子？"

艾柏柳平时有点"妻管严"，这回他没有怕老婆，他在接到电话的当天下午就乘上县城开往乡下的汽车回了老家。

三天后，艾柏柳背着一个用床单系成的大包裹，带着大伯回到了城里的家。晚上上床时，老婆扭着艾柏柳的耳朵，气不打一处来："艾柏柳，你这个'二百六'还不如'二百五'呢，你真行，花了钱不算，还弄回家一个爹。咱现在女儿上重点中学的学费还差一半；再说，咱这40平米的房子本来就又小又挤，现在又多了一口人……"

半夜三更了，艾柏柳两口子翻来覆去睡不着，还打着口水仗。"咚咚咚"，随着门响，黑暗中走过来一个人影，两口子惊慌地打开灯，一看，是

星星在皎洁的月光里醉了，孩子在外婆的故事里笑了。 ——薄艳艳（江苏）

大伯，艾柏柳忙说："大伯，你这是——"

大伯手里拿着一个油布卷，脸上挂着两行老泪，说："拿去给孩子交学费吧。"

艾柏柳打开油布卷，里面是用蜡封好口的一截茶杯粗的竹筒子，大伯打开竹筒，是一层层油纸；打开层层油纸，又是一层层宣纸；打开宣纸，是一幅古画！夫妇两人小心翼翼地展开鎏金的景泰蓝画轴，一幅两米多长、半米宽的画卷呈现在面前，画上是一位孝子孝敬父母的画面：背着老人赏月，人物、动物、山水画得栩栩如生、惟妙惟肖！

大伯说："这幅画是祖上传下来的，不知是谁画的，也不知画的是啥，我和你大娘也从来没有打开竹筒子看过，这画就交给你了。"

艾柏柳在玉雕厂工作十几年，对书画也算是半个专家，他仔细端详此画的落款，不由惊讶地大叫一声："这是唐代大画家云阳真人的传世佳作'孝子图'，以前光听说，没见过。大伯，这怎么能行？如果是真迹，价值连城呀！"

大伯说："画传到我这儿，我说了算，那两个不孝的王八蛋不配保存它，以后，这画就属于你了，随你咋处置都行，这也是你大娘的意思。"

艾柏柳自从得到这幅画后，就经常拿出来欣赏、临摹，爱不释手，妻子看着他痴迷的样子，就随口说了句话："如果这幅'孝子图'是假的，你不是空欢喜一场？"这句话吓了他一身冷汗，于是在一天中午，夫妻两人乘上出租车，来到市博物馆，见到了德高望重的古画鉴定专家诸葛砚教授，拿出"孝子图"，请他鉴定。

教授对着画看了一眼，吃惊地问："这画是哪儿来的？"艾柏柳将此画的来历说了一遍，教授说："这是唐朝大画家云阳真人'九孝图'中的第九幅，他九年画了九幅'孝子图'，后人称'九孝图'。九幅画中，越往后的几幅，画技就越娴熟、精湛，所以就更难得了，如果是真迹，目前至少值200万美元。"

艾柏柳夫妇差点叫出声来，心想200万美元，就是1600多万元人民币呀！两人正在发呆，教授又开了口："是真是假，现在还不好说……"说着他又拿起放大镜，一直仔细研究了两个多小时，还查阅了不少资料，最后摇摇头，轻轻吐出两个字："赝品。"

回到家后，艾柏柳还是不相信"孝子图"是假的，大伯也说不可能是假的，让他再找高人瞧瞧。听说省电视台有一个专门鉴定古董的栏目叫《鉴赏古董》，艾柏柳就又带着"孝子图"去省城。经专家鉴定团几位专家鉴定，最后一致确认这幅画是清代一位画家仿的，虽是赝品，按目前市场

价，此画也值10万元左右。

大伯的两个亲生儿子，听说父亲将家传的一幅古画给了艾柏柳，这天一大早，两人就找上门来，对父亲说这不公平，家产他们也有份，何况他们是亲生的。哪怕是假画，听说也值10万块，他们有该得的一份。大伯本来就因为"孝子图"是假画，觉得丢了老脸，再加上两个不孝的亲生儿子这么一闹，心脏病又犯了，送进医院后，医生经过检查，说："老人必须手术，先交5万元押金。"

一听要交5万元钱，两个亲生儿子傻了眼，他们让艾柏柳卖了"孝子图"给爹看病，又说家里正在农忙，当天晚上两人就悄悄走了。他们走后，

艾柏柳拿出了家里的所有积蓄，又东挪西借，凑齐了4万多元钱，虽然艰难，艾柏柳始终也没有卖掉那幅"孝子图"，后来，医院在艾柏柳和妻子的哀求下，勉强同意给大伯做手术。

大伯在医院住院治疗中，艾柏柳两口子轮流照顾大伯，虽然妻子经常将"阴天"挂在脸上，可她刀子嘴豆腐心，心里还是热乎乎的，尽到了媳妇的义务。大伯苍白、消瘦的脸上渐渐有了肉，也红润起来了。

大伯出院后就让艾柏柳将画卖掉，老人知道艾柏柳手头不宽裕，孩子又要上学，为他看病还欠了别人不少钱，可艾柏柳说："大伯，你和大娘对我的养育之恩，我一辈子也报答不了，这'孝子图'别管真假，也是祖上传下来的，就留给两个哥哥让他们传下去吧。"

这天，大伯的两个亲生儿子又来到艾柏柳家，老大说"艾柏柳，有人说你将真画已经卖了，弄了一幅假画来骗人。"老二也说："就是假画，也值10万块嘛，也有我们兄弟的份，去掉爹看病的钱，剩下的钱也应该分。"

艾柏柳蹲在地上，气得一句话也说不出来，妻子实在是看不下去了，指着他们说"自己在屎盆子里洗澡，还说人家身上臭，人要是不要脸，啥事都能干出来！既然撕开了脸，咱就上法

庭！"

老二瞪着眼直嚷嚷："画是属于俺家的，打官司就打官司，谁怕谁呀！"

艾柏柳的妻子说："哼，你们对亲爹都不孝敬，瞎活一辈子！要'孝子图'，行，今天就把你们的亲爹接回家孝敬去！"

大伯要离开艾柏柳家，可艾柏柳夫妻俩不同意老爷子走，妻子说："老人留下，画也要留下！"而老大老二光想要画，不愿收留老人，于是就只有打官司了。

法庭请专家鉴定"孝子图"，最后的结论是：此画的确是从竹筒子里取出来的那幅"孝子图"，并没有调换，但它是赝品，清朝画家仿的。法官说："这幅'孝子图'，顾名思义是让子女孝敬老人的，按理说你们三个都有赡养老人的责任和义务，亲生儿子更应赡养……谁赡养老人，'孝子图'这幅画就归谁。"

艾柏柳听到这儿大吼一声："法官，大伯由我来赡养！"艾柏柳本来就不愿上法庭的，此刻听到法官说了这样的话，更觉得脸上火辣辣，越想越对不起抚养自己的两老，"我愿意为他养老送终，但这幅画，我不要，请求法官将'孝子图'判给两个哥哥吧，他们家中也不富裕。我虽然下了岗，但凭手艺养活一家三口和大伯，应当没有问题……"他正这么说着，一旁的妻子扯着他的衣襟小声说："艾柏柳，你真是个'二百六'！"

大伯手里攥着画，看了看低头不语的两个亲生儿子，浑身颤抖，他老泪纵横地说："柏柳，我和你大娘没白养活你，你不要画，他们也别想要！"老人一边说一边撕画，撕呀撕，撕得只剩下了鎏金的画轴，这时，老爷子又抓起画轴，使劲将它扔在法庭的水泥地上，只听"啪嗒"一声，鎏金的景泰蓝画轴断成了几截，这时，一个奇异的情景出现了：画轴里竟然还藏着一个油布筒，打开油布筒，里面还包着一幅古色古香的画！

经专家鉴定，这幅画才是唐代大画家云阳真人的传世真迹"孝子图"！好事多磨，石破天惊，嗨，看来这官司还得打下去了……

（题图、插图：王申生）

 ·点击网络故事·

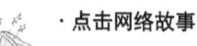

九月薄荷

莫朴树和倪小麦第一次见面是在进大学后的开学典礼上，那是九月，上海的九月常常是阳光灿烂的。那一天，他们代表男女新生上台发言，那时，校长正在讲话，莫朴树转过头去看了看身边的倪小麦，她梳着马尾，正在吃着薄荷糖，这个时候还吃糖，真有些说不过去。轮到莫朴树发言的时候他腿肚子差点转了筋，他是照着稿子念的，而倪小麦是空着手上去的，侃侃而谈，赢得了一阵阵掌声。

那次发言之后，两人同时进了学生会，莫朴树每次见到倪小麦，见她总是吃着薄荷糖，她笑着说："小时候得过蛀牙，所以，要想口气清新，就得吃薄荷糖。"说着，她像小孩一样龇开牙，"你看看，我的牙长得多难看，

一口龅牙，我妈说将来没有男孩子会喜欢我这种牙的。"莫朴树笑了，说："从前有个漂亮的演员也是一口龅牙，后来，她成了国际影星，不要灰心，总会有人爱你的。"本来他还想说一句"比如我"，后来想了想没有说。

其实莫朴树是在开学典礼的一瞬间爱上倪小麦的，而倪小麦也是在那次发言时喜欢上这个羞涩的男生的，可让她失望的是，有一次，她告诉莫朴树班里有个男生追求自己，莫朴树居然无动于衷，她想也许是自己太自作多情了，于是她就下意识地又把手伸向口袋里掏薄荷糖，无聊的时候，高兴的时候，倪小麦习惯性的动作就是吃一块薄荷糖，因为清爽得像风一

34 人生路上岁月长，《故事会》里乾坤大。 ——李德英（山东）

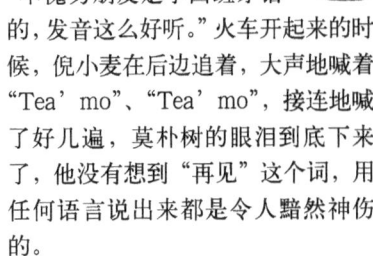

样，对了，如同初恋，有点凉，有点心动。

大三的时候倪小麦终于有了男友，是外文系的男生，学西班牙语，将来是要出国的。那天晚上，倪小麦从图书馆出来，在路上遇到了莫朴树，她说："我有男朋友了！"那样子，有点张扬，其实她是想激怒莫朴树，莫朴树觉得那是一种挑衅，于是笑着说："也祝贺我啊，我也有女朋友了！"然后他又说了一个很好听的名字，其实那都是假的。莫朴树想，自己是配不上倪小麦的，倪小麦的父母都是北京的教授，他自己的父母是小城中的工人，这样的女孩子，是应该做大使夫人的，何况倪小麦的男友正是大使的儿子，选择这样的一条道路，可以让倪小麦过上优裕而舒服的生活，而他又能给她什么呢？

那年的七月他们毕业了，莫朴树送给倪小麦一整盒价格不菲的薄荷糖，是荷氏牌的。倪小麦伤感地说："再多的薄荷糖总有吃完的时候……"莫朴树心里一动，他沉吟了片刻，笑笑说："等你长大了，大概就不会吃糖了。"那天，莫朴树要回家乡了，倪小麦送他，上火车的时候，莫朴树问："倪小麦，西班牙语的'再见'怎么说？用西班牙语说吧，否则我怕自己会流泪的。"倪小麦轻轻地说了"Tea' mo"，一连说了很多遍，虽然莫朴树没有学西班牙语，但他还是一下子记

住了它的发音，他笑着说："不愧男朋友是学西班牙语的，发音这么好听。"火车开起来的时候，倪小麦在后边追着，大声地喊着"Tea' mo"、"Tea' mo"，接连地喊了好几遍，莫朴树的眼泪到底下来了，他没有想到"再见"这个词，用任何语言说出来都是令人黯然神伤的。

莫朴树回家乡后就当了一名中学老师，这是个小城镇，世外桃源一样，往日在上海读大学时的风花雪月像一场梦一样过去了，眼下，也有女孩子追求他，但他一再地拒绝着。三年之后，他依然一个人，但多了一个习惯，总是喜欢买薄荷糖，尽管他并不吃，可他喜欢薄荷那淡淡的气味，苦涩冰凉，像他的暗恋一样。有时，他甚至也怀疑自己是不是真的爱过那个爱吃薄荷糖的女子，是的，是爱过，不然，他屋子里怎么会有薄荷香呢？

小城里因为旅游渐渐地热闹了起来，到最后，依着小桥流水开辟了"洋人一条街"，莫朴树偶尔也去那里坐坐，这些洋人，把小城的奇山秀水当做宝物一样。记得在上海时莫朴树有一次曾对倪小麦说过要带她来这里看看，没想到竟然成了一句空话，倪小麦大概早就去欧洲旅行了，哪里会看上这样的小城？

洋人街上居然还有一家西班牙的酒吧，圣诞节的时候莫朴树去了那家

酒吧。酒吧里人不多，有几个西班牙人在喝着酒，莫朴树也要了一杯红葡萄酒，大家互祝着圣诞节快乐。

莫朴树走出酒吧的时候，他回头向那帮西班牙人说了声"Tea'mo"，就是那天他将要离开上海时倪小麦在火车站对他说的那声"再见"，但莫朴树说完后那帮人顿时哄堂大笑起来，有一个懂中文的青年走过来，对莫朴树说："你同性恋啊？"

莫朴树酒喝多了，人却清醒着，便冲那人吼道："你胡说什么？"

那人说"你才胡说，你干吗和我

们一群男人说'我爱你'？"

莫朴树一下就呆了，脑袋里的血全冲到眼里，然后变成眼泪直淌下来，他大声地问："'Tea'mo'是'我爱你'？"

"是啊，西班牙人全知道，很多人也知道，就是这个意思！"

莫朴树神情呆滞地问："……那'再见'怎么说？"

酒吧里一个西班牙人说了一句什么，那完全是和"我爱你"不相同的发音，莫朴树忽然想起那天倪小麦在火车站送他，一边哭一边追赶火车，然后喊着"Tea'mo"，说的就是"我爱你"呀！莫朴树一下子觉得整个天都要塌下来了，面对爱情，他是多傻的一个傻子啊，如果是今天，他宁肯当着倪小麦的面说出"我爱你"而被她拒绝，也不愿意像现在这样让岁月慢慢地把思念变成一壶苦酒，苦苦地饮着……

莫朴树向学校递了辞职书，没有人理解他，他笑着说"我要去找一个人，即使找不到，也要去上海。"他买了很多薄荷糖，只是，那个爱吃薄荷糖的女孩子，她在哪里？

其实，这个时候倪小麦正在北京一家外企做白领，她没有去西班牙，因为没有爱情的西班牙对于她来说没有任何意义，而当初她答应那个男孩的追求不过是想让莫朴树嫉妒而已，既然目的没有达到，那场戏也没有演下去的必要了。那一天，她追着火车这么喊着，她是想也踏上火车和他一起走的，不管什么北京户口，不管他到底爱不爱自己，但是，最终还是舍不下自己的自尊，倪小麦想，他要是爱自己早就说了，怕是嫌自己那一口龅牙吧？老妈总让她相亲，今天是部长的儿子，明天是要出国的同事的公子，她都笑着拒绝了，然后说自己的牙不好看，什么时候治好了牙再说吧。过一段日子后果真去治了，几经矫正，真的好看了，她照镜子时想：不知莫朴树看到了能不能认出自己，大概他也结婚了吧？于是她千方百计把电话打到他们小镇去，人家说，一年前他辞职走了，然后挂了电话，从此，再无半点他的消息。倪小麦想，这大概就是没有缘分吧？

又是九月，上海的一个同学要出国，打电话给倪小麦让她过去聚聚，她答应了，因为想去看看母校的校园，很多年前的九月，她嚼着薄荷糖，然后把一块薄荷糖递给了一个穿着白衬衣的干净男生，那个男生羞涩的笑好像在眼前一样。

那天，在那个同学的家里，分别多年的同窗好友又都相逢了。同学里大部分都结婚了，莫朴树进来时，倪小麦的手上抱着一个孩子。

仿佛过了一个世纪那么长，倪小麦抱着孩子走过去，声音在颤抖："来，叫舅舅。"她让孩子叫着，莫朴树笑着接过孩子，说："时光真快，转眼孩子都几岁了……"倪小麦笑了，他就看到了她的牙，他诧异了："怎么？变得这么漂亮了？从前那些小龅牙也挺好看啊，我很怀念它们。"

倪小麦说："真的吗？早知这样就不做了。"这时孩子哭了起来，孩子的母亲过来抱孩子，孩子叫着妈妈，莫朴树吃惊地看着倪小麦："不是你的？"

倪小麦苦笑一下："我没有男友哪来的孩子？你以为都和你一样早婚？"

"谁早婚？"莫朴树狂喜地反驳着，"我从来没有恋爱过哪来的早婚？"一会儿两人就哭得稀里哗啦了，片刻后，他俩又平静地拉着手到了阳台。

莫朴树说："你是个傻姑娘。"

倪小麦说："你是个傻小子。"

"你傻！""你傻！"两个人说着，倪小麦把手伸到莫朴树暖暖的口袋里，摸到了一把薄荷糖，她惊奇地问："怎么，你也爱吃薄荷糖了？"

莫朴树说："你从来不知道吧，我不吃任何糖，因为我一吃糖就牙疼，但有一个女孩子爱吃薄荷糖，我想早晚有一天我会再见到她，这些糖都是给她的，而且，我要给她吃一辈子！"

(作者：雪小禅；**推荐者**：刘智豪)

(题图、插图：魏忠善)

警官的交换

□ 老 三

江洋大盗乔治终于落网了，警局上下一片欢腾，但不久审讯便陷入了僵局，乔治死也不肯交代那些巨额赃款的藏匿处，警局竭尽所能进行搜索，依然一无所获。根据法律，不能再超期羁押，不久就必须进入庭审程序了，大家都很焦急。

这天早晨，罗杰警官一上班，就被局长叫到了办公室，局长向他布置了一项秘密任务。

罗杰今年35岁，是警局最杰出的警官之一，曾经侦破过多起大案要案，局长很是赏识。说巧也真是巧，谁也想不到罗杰的相貌竟然酷似乔治，以至于乔治落网时，局长一眼望去还

吓了一跳，以为乔治就是自己最心爱的手下罗杰呢！

罗杰听了局长所说的计划后，"啪"一个立正："请局长放心，我无论如何也要找出乔治的赃款！"

不久，罗杰就以副所长的身份来到了市看守所，看守们一见他都不由想笑，他跟那个江洋大盗乔治长得实在太像了，但他们都不知道，罗杰是来执行一项秘密任务的，局长早已告诉了这里的所长，要他们坚决执行罗杰的一切命令。

罗杰到任不久，就在审讯室里审讯了乔治。

乔治被带进屋来时就是一愣，嘴

唇颤动了一下，什么也没说。罗杰看了看他，冷冷地下了一道命令："把他的手铐脚镣打开！"看守一听急了："长官，这是不允许的！"看守还想说什么，突然记起了所长的指示，于是不再多言，痛快地把乔治的手铐脚镣打开了。罗杰又叫看守出去，看守就乖乖走了出去，掩上门，守候在门口。

罗杰走到乔治跟前，说："你摸摸我身上，是不是又发展了？"

乔治伸手在罗杰脖梗、腋窝等处的淋巴部位上摸了摸，脸色有些变了，说："警官……现在应该称您'副所长'了，刚才路上看守说的……副所长，恕我直言，现在您的淋巴癌已经开始往全身扩散了，弄不好的话，最多还能活五年。"

乔治被捕前，是一家大医院肿瘤科的主任医师，有身份、有地位，但谁又能想到他平日在医院治病救人、假期里却翻墙越壁、是赫赫有名的梁上君子呢？唉，人呐！

大概五个月前，罗杰去医院看脖子上长的一粒小疙瘩，乔治接诊。两人对视着，都发呆了：你看我，我看你，简直像是在照镜子！检查结果，那粒小疙瘩竟然是淋巴癌。当时警局一位副局长快到退休年龄了，罗杰一心想升任这一职务，如果患癌症的事传扬出去，事情肯定得泡汤，他就要求乔治为他保密，并说这事关提拔。

这时，乔治有点讨好地说："我一直为您保着密呢，这不，您果真提副所长了。"

"唉，还有什么用？只剩五年好活了！"罗杰重重地叹了口气，然后他沉吟了良久，像是终于下定了决心，说，"乔治，如果你相信我的话，你给我一笔能让我满意的钱，我就帮你越狱。你瞧，你和我换了服装，然后再把门外那个看守叫进来，我可以不吭声，被看守当成你押回牢，你就可以拿着我的车钥匙，大摇大摆地出去，开车走人……逃到海外，去当你的阔寓公。"罗杰掏出自己的佩枪，轻轻搁在桌子上，诱惑地这么说着。

乔治"咯咯咯"地笑了起来，讥嘲道："副所长，您是不是侦探小说读多了？就您这点小把戏能玩得了我？鬼才会信您呢！"

罗杰没理乔治的茬，接着说道："乔治，人会变的，尤其是当他只能活五年的时候。我必须为老婆、孩子贮存一笔钱，否则我死后，他们怎么办？"罗杰递给乔治一支烟，为他点燃了，说，"你回去考虑考虑，过了这个村，可就没这个店了。"其实罗杰还是单身，哪来的老婆孩子！

第二天上午，罗杰再次提审乔治，这次乔治改口了，他说："首先我要声明，我不是你们要找的那个江洋大盗。我和我们医院一个叫莱丽的护士相好，为了表示诚意，我把多年治病救人积攒下来的钱全存在渣打银行

地下室的一个保险箱里，这算是我的一个怪癖吧，我愿意存现金。我掌握地下室大门的密码，莱丽掌握保险箱的密码。银行是只认密码不认人，现在你得了不治之症，我准备尽我所能帮助你，做点善事。我把地下室大门的密码告诉你，是……"乔治说的竟是一个超过20位数的密码，但罗杰只花半分钟就牢牢记住了。

罗杰疑惑地问："可是，莱丽怎么能相信我呢？"

乔治乐了，说："还有一个密码，一个一句话的密码。"说着，乔治就低声把这句话告诉了罗杰。

当晚，罗杰敲开了护士小姐莱丽

的公寓房门，亮明了身份。莱丽一开始还真以为来者是乔治，差点扑到罗杰怀里去，待搞清楚是警察，她冷了脸，不耐烦地说："对不起，我不清楚乔治的事。"

罗杰说"可是乔治告诉我，只要告诉你一句密码，你就会相信我。"

"什么密码？"

"密码是：我非常想念你左屁股上的那只小燕子。"

莱丽的面孔刹那间一片绯红，她的左臀部纹有一只燕子，是乔治亲手为她纹上去的。

罗杰接着说道："乔治让你把那10个保险箱的密码告诉我，里面的钱财作为对我的酬谢，然后我就有办法救他出来，你们就可以一起远走高飞了。"莱丽愣了，脱口而出："哪有10个保险箱？只有4个！"

罗杰佯装糊涂："4个？也许我听错了，当时他怕隔墙有耳，不敢大声。"罗杰暗中为自己小计谋的成功而得意，乔治只说一个保险箱，刚才罗杰虚晃一枪，现在终于弄明白是4个了！

罗杰按照莱丽提供的密码，连夜从渣打银行地下室取出了4个保险箱中的钱财，又存进了另一家国际银行的秘密金库，记熟了密码。天亮后，罗杰又一次提审乔治，审讯时罗杰偷偷告诉乔治：自己本来想利用两人相貌相似帮他越狱，但最近监狱方面加强了警卫，这样做恐有不测，好在马上就要进入庭审程序了，只要咬住牙不说，他们就没辙，接着，罗杰故意愤怒地一拍桌子，吼道："你这个狗东西，你还是打死也不说吗？"乔治心领神会，也大吵大嚷："让我说什么？你们这是污蔑好人，我根本不是你们要找的江洋大盗！"说着，他就朝罗杰扑上去。看守听到动静早闯进屋来，把乔治制伏，重新又给他戴上了手铐脚镣。

之后，罗杰表示身体不舒服，叫人送他到警察医院，跟大夫说，他脖子上长了粒小疙瘩，请他们给检查一下。大夫检查完，深感震惊，立即通知了局长。局长亲自开车把罗杰接回了警局，到了办公室，罗杰汇报说："局长，我按照您的计划，以模样酷似可以帮助乔治逃跑为诱饵，想叫他给我一笔钱，以便找出赃物藏匿地，但是，这家伙太狡猾了，不肯上当，我准备……"

局长打断了罗杰的话，说："罗杰，不要再想着工作了，先把病治好要紧。"

"我得的什么病？医生好像遮遮掩掩的。"

"是淋巴癌。"局长竭力掩饰着沉重的心情，说，"你放心，大夫说，手术后，如果五年内不发作，就没有事了。"

罗杰瞪大了眼珠，晃了几晃，就昏倒在局长的办公室里，他确实是累坏了。

因为找不到赃物，加上乔治又聘请了出色的律师辩护，后来只根据抓获乔治时的那桩罪判了4年有期徒刑。莱丽心想：虽然那个警官没能马上帮乔治越狱，但只轻判了4年，肯定是那警官帮了忙，她这么一想，当然就不会多嘴说那保险箱的事了；再说，乔治也是这么想的，只损失了一个保险箱的钱财换来轻判，也值了，等出来后，还是富翁。他不知道被罗杰拿走的是4个保险箱里的钱，当然，罗杰也不知道他乔治其实存了10个保险箱的钱，这，连莱丽也不知道。

罗杰在不久的一次出国治疗中神秘失踪，从此杳无音信。局长一直难过地认为罗杰是想不开，寻了短见。是啊，才35岁，马上就要提副局长了，前程远大，却得了绝症，谁能受得了？

又过去半年，在美丽的巴西度假海滩上，整过容的罗杰坐在沙滩椅上，左手举着盛满葡萄美酒的杯子，右手搂着身穿比基尼的美人，正在逍遥快活。他如今的身份是委内瑞拉一位石油大亨的小儿子，名叫辛威思，没错，他的癌症已到了晚期，活不了多久啦，但他现在的日子过得满不错的，你瞧，他一仰脖子，又灌下了一杯红酒……

（本篇月月评短信代码：0704）

（题图、插图：箭 中）

假如飞机的普及率和公交车一样

假如有这么一天，飞机的普及率和公交车一样，那会出现怎样的情景呢？

◇ **售票处**　广播里传出这样的声音——"1000航班，目的地北京，票价5元，不设找零，月票请出示；已买票的乘客请往里走，2号大厅候机……"

◇ **安检**　人声嘈杂，有人扛着蛇皮袋，有人拎着活鸡活鸭，安检人员满头大汗："你这可得补票，超重了！""凭什么啊，上次背了两麻袋土豆都让我过去了……来，朋友，抽支烟，我这批活物不麻烦您，机舱摆不下，您帮我绑飞机翅膀上得了，反正空着也是空着……"

◇ **登机**　空姐带着红袖箍，拿着扩音筒："都别挤，排好队，里面的，说你呀，别在那发愣啊，往里挤啊……你，你票呢？没买票就上来了，罚10块！什么，你是王机长的大舅公？行了行了，进去吧……"

◇ **飞行中**　一位乘客要求给茶杯添点水，空姐说："没看我连个落脚的地都没有吗？正烧着哪，等一会儿，先看一会VCD。"一个小朋友要求小解，空姐说："厕所都让土豆摆满了，我把舱门打开，你就将就一下吧，对了，系好安全带啊！"

机长对空姐说："后面都吵吵什么哪，吵死了，你把门给我带上，大热天空调又坏了，你看我遭的这份罪啊……"

空姐："机长，刚才有个小朋友小解时掉下去了！"

机长："背降落伞了吗？"

空姐："背了，不过他的书包在飞机上。"

机长："嗨，你瞧你们这点事给办的，把书包也绑个降落伞给空投下去，小孩子，没书包怎么上学啊！"

◇ **降落后**　空姐："机长，晚上哪吃去？"机长："你们啊，一天到晚光想着吃，这个月任务又完不成，没了奖金我看你们都喝西北风去！你赶紧再到售票处去一趟，跟小张说一声，来了乘客先给我们装上，我们抓紧再飞一趟！"

（推荐者：如　心）

"掌上灵通杯优秀作品月月评" 2005年2月（上）评选结果揭晓

2005年2月（上）获得选票前三名的作品分别为：《一张百元钞票》、《和绑匪过招》、《楼上楼下》。

人说人话，鸟有鸟语，有人却偏偏会说鸟语，会说鸟语有多好，养鸟、驯鸟、护鸟，这世上可做的好事多着呢，可人一旦动了歪心思，一技之长就会害死人哪……

会说鸟语的

□ 崔新三

这条小街上有个叫娄子高的，在一家公司做事。娄子高有个怪癖，他经常偷偷到城郊的树林里捉鸟。这家伙非常残忍，凡是被他逮住的鸟，叫得好听的就拿到鸟市上卖掉，叫得不好听的就当场摔死，带回家吃肉。为了诱捕小鸟，娄子高经常"叽叽喳喳"地学各种鸟叫，公司的同事们就送了他一个不雅的绰号——"鸟人"。

一天，娄子高在树林里捕鸟，也许是累了，他竟然躺在草地上睡着了。蒙眬中，娄子高听到两个男孩在说什么，一个说："我看到了，悬崖上有一棵灵芝。"另一个说："我们去把这棵灵芝采回来……"娄子高知道，这一片山林是长白山余脉，这里生长的野生灵芝，跟长白山的老山参一样，是非常名贵的补品，值钱得很！这种好事，可不能让这两个小东西抢了先，于是，娄子高一下子站起来就向悬崖跑去，突然，一个跟头摔倒在地上，脑袋上立刻鼓起一个大疙瘩……原来他迷迷糊糊做了一个梦！

娄子高摸着自己的脑袋，想着这个梦，越想越奇怪，他抬头一看，哪有什么男孩呀，只有两只小鸟在对面的一棵大树上"叽叽喳喳"叫着。娄子高仔细一听，他竟然能听懂鸟语了，原来是两只小鸟正在商量如何到悬崖

上采一棵灵芝呢！娄子高立刻来到山林深处的悬崖边上，他果然采到了一棵天然灵芝。眼见着娄子高把灵芝采走了，两只小鸟便气愤地用鸟语骂他："坏蛋！坏蛋！"

娄子高意外地学会了鸟语，这事不知怎的被公司的王经理知道了，这天，王经理把娄子高叫到了办公室，说了这么一档子事：王经理家里有一只云雀是花好几百块钱买来的，可养了半个多月，始终没开口唱过。王经理就想让娄子高给这云雀调教调教，教它开口唱歌。

娄子高有心想巴结王经理，他来到了王经理家，对着那只关在笼子里的云雀，用鸟语问道："小东西，你为什么不说话呢？"

云雀发现面前这个其貌不扬的家伙居然会说鸟语，感到十分惊讶，忍不住脱口问道："你会说鸟语？"

云雀终于开口了，王经理兴奋得手舞足蹈："娄子高，你真有两下子，今后你下了班就到我家来，陪着这只云雀练声……"以后的日子里，娄子高每天下班后，就到王经理家陪着那只云雀练声……

其实，王经理这家伙很不地道：他表面上做的是正当生意，背地里却跟一家药厂的厂长勾结，生产一种劣质杀虫剂牟取暴利。这种劣质杀虫剂的加工点非常秘密，公司上下除

了王经理和药厂厂长之外，谁也不知道在哪儿。谁知有一天，娄子高就像一个幽灵似的，突然来到了这个秘密加工点，王经理面对一脸冷笑的娄子高，胆战心惊地问道："你……你……是怎么找到这个地方的？"

娄子高得意地说："你不要忘了，我懂鸟语，是你那只宝贝云雀告诉我的……"原来，那天王经理在家里跟药厂厂长密谈时，都被这只云雀一字不漏地记了下来，云雀又一五一十全告诉了娄子高。

王经理毕竟见过世面，冷静下来之后，立刻眼珠一转问道："那……你想怎么办？"

娄子高真是个"鸟人"，他掌握了王经理的罪证后，并不想到司法机关举报，而是以此要挟王经理，他说："只要你对得起我，我可以做到守口如瓶，否则就……"

王经理是只老狐狸，他立刻就从娄子高贪婪的目光里明白了一切，笑嘻嘻地说："娄老弟，从今天开始，我们就是一家人了，以后，我可以从杀虫剂的货款中给你提成……"

娄子高就这样被王经理收买了，从此摇身一变成了这个假药加工点的负责人。这个加工点生产的杀虫剂有一部分是供给园林部门防治病虫害的，谁知这些假药在城郊的大片树林喷洒之后，害虫没杀死多少，相反毒死了不少益鸟，连同王经理家里那只

云雀的儿女们也不幸遇难了，那只云雀悲愤难已，有一天，它哄娄子高开了鸟笼的门，乘机飞走了……

再说王经理有个小蜜名叫阿菊，一天，娄子高跟王经理在城郊的树林里野餐，阿菊也来了。娄子高早就对阿菊垂涎三尺，只因为她是王经理的小蜜，才不敢轻举妄动。酒至三巡，醉意蒙眬的王经理去一边方便，突然，娄子高听到阿菊用鸟语在说："我喜欢你，我喜欢你……"

阿菊也会说鸟语？娄子高顿时喜出望外，他立刻用鸟语回答说："我也喜欢你，我也喜欢你！"娄子高一边说着，一边就上前抱住了阿菊："宝贝儿，你也懂鸟语？缘分，缘分啊！"

谁知阿菊扬手就给了娄子高一个大嘴巴，紧接着就高呼："来人啊！抓流氓……"王经理闻声赶来，上去就给了娄子高一记耳光，娄子高捂着脸不服气地说："是阿菊勾引我……"

阿菊哭着说："谁勾引你了？我根本就不会鸟语，这是我的手机铃响了……"

原来王经理为了讨好阿菊，就跟娄子高学了一句鸟语"我喜欢你"，并把这话教给了那只云雀，于是那云雀一见到阿菊就反复地用鸟语说："我喜欢你，我喜欢你……"阿菊觉得这一句鸟语很好听，就录下来作为手机的铃声，娄子高听到阿菊的手机铃声，就自作多情了……

明白了真相后，娄子高百般道歉，阿菊却仍然不依不饶，一怒之下就开着王经理的小汽车跑了。王经理和娄子高急忙追了上去，追着追着，突然迷失了方向，就在两人走投无路的时候，忽然，远处传来了一阵阵美妙的歌声，王经理和娄子高顺着歌声走去，只见阿菊正带着一群天真活泼的孩子载歌载舞，玩得十分开心，王经理惊喜地问道："阿菊……你没走呀？"

阿菊似乎已经忘记了刚才的事情，她灿烂地一笑说："二位既然来了，过来一起玩吧！"

王经理和娄子高这才看到草地上

摆满了各种各样的水果和饮料，还有啤酒，两人立刻高高兴兴地坐在阿菊和孩子们中间，阿菊笑吟吟地对孩子们说："大家盼望已久的客人来了，赶快行动起来，招待我们的客人啊！"

在阿菊的指挥下，这群孩子一下子把王经理和娄子高团团围住，这个送来一个水果，那个递上一杯饮料，阿菊还趁孩子们不注意，偷偷跟王经理喝了三杯"亲亲酒"，也就是阿菊先把酒喝进嘴里，却不咽下去，而是嘴对嘴地把酒吐进王经理的嘴里……不大一会儿，王经理和娄子高的肚子里就装满了阿菊和孩子们递上来的各种水果、饮料、啤酒……

阿菊看到王经理和娄子高酒足饭饱，突然面色凝重地说："孩子们，时候到了，大家给这两位特殊的客人表演个节目好不好呀？"

孩子们齐声回答："好！"

接着，阿菊指挥着孩子们手拉手，把王经理和娄子高围在中间，齐声唱起一首凄凉的歌，他们越唱越伤心，一个个脸上都布满了泪水，王经理听得浑身直起鸡皮疙瘩，他哆哆嗦嗦地问娄子高："他们唱的什么歌，我怎么一句也听不懂？"

娄子高仔细一听，顿时吓得面如死灰，说："不好！他们在用鸟语唱'善有善报、恶有恶报'……"

就在这时，指挥孩子们唱歌的"阿菊"突然间竟变成一只鸟，"噌"的一声飞上了天空，娄子高一下子就认出来了，这鸟就是王经理养过的那只云雀！云雀飞到树上，还在用鸟语唱着："血债要用血来还！血债要用血来还！"

几乎同时，那些刚刚还在唱歌的孩子们全都变成了一只只死鸟，"噼里啪啦"倒在草地上，那些"水果"和"饮料"什么的，眨眼间变成了王经理他们公司生产的劣质杀虫剂……娄子高意识到不妙，拉着王经理就想逃，谁知两人刚站起来，就觉得肚子一阵剧烈的疼痛，眼前一黑，双双倒在地上……

巡逻的森林警察发现了倒在死鸟堆里的王经理和娄子高，就把两人送到了医院。王经理因为喝了"亲亲酒"，中毒太深，没抢救过来，终于见了阎王；娄子高虽然保住了一条小命，可是从此却失去了语言功能，只会"叽叽喳喳"跟小鸟似的叫个不停，这回可真变成一个"鸟人"了！

医生把王经理跟那些死鸟进行了解剖，发现王经理和死鸟的胃里都含有大量的劣质杀虫剂，紧接着，那个生产假药的黑加工厂就被有关部门取缔；至于那个阿菊，听到消息后，早就席卷了王经理的细软财物，跑了……

（本篇月月评短信代码：0705）

（题图、插图：安玉民）

绝 钓

□桂忠阳

麻三是远近闻名的钓鱼高手，那天，他正在水塘大堤上晒太阳，只见村里的姑娘四丫急匆匆走过来，说："麻三，求你帮个忙好吗？"麻三懒洋洋地说："什么事？说吧。"四丫说："求你把'保长塘'里的老鲇儿逮住。"麻三笑了，自己的钓鱼本事在方圆数百里内是没说的，只有他能逮住老鲇儿。麻三瞟了一眼漂亮的四丫，说："干吗非要逮'保长塘'里的老鲇儿？"四丫说："保长死了后，他的魂就附在那条老鲇儿身上，成了精呢。"

说起"保长塘"，麻三知道那来历：

村口有个大水塘，村里的人洗衣淘米都到这里来。三年前，保长看上了四丫的姐姐二丫，二丫长得如出水芙蓉，杨柳腰卧蚕眉，人见人爱，保长见着她就流口水，早想把二丫占为己有，只是没有机会。后来国民党25军要在皖南扩军，保长就乘机把二丫的丈夫抓了壮丁。从那以后，保长就经常在二丫家里出出进进了。

夏天的一个晚上，保长硬要二丫陪着来到水塘边钓鱼，二丫热得很，就脱了衣服下到水塘里洗澡。保长一见，哪里还有心思钓鱼，也脱了衣服下到水里，硬是把二丫给污辱了。

保长完事后走上岸，感到很疲劳，便把钓鱼线拴到脚腕上，闭上眼睛躺在堤上休息。二丫也走了上来，心头辛酸，哭哭啼啼的。也不知过了

多长时间，二丫突然听见了保长的惊叫声，跳起来一看，只见保长已被那根钓鱼线拖下了水，正在水中拼命挣扎。二丫吓呆了，眼睁睁地看着保长消失在水塘里。二丫清醒过来后便朝村里奔去，大喊"救命"，村上人闻讯赶来，把保长从水塘中打捞出来，这才发现保长已经被老鲇儿咬得血肉模糊，已经断了气!

保长死了后，二丫受了惊吓，疯了，那口塘也被村里人叫作了"保长塘"。说来也怪，那口塘里的老鲇儿真像是附上了保长的灵魂，只要有女人到水塘边洗菜、洗衣服，它就要游过来调戏，不是舔脚就是舔手，色迷迷的，村上人都恨死了那条老鲇儿。四丫被那老鲇儿舔了几次后，联想到姐姐的悲惨遭遇，发誓要除掉它，所以她就来找麻三了。

麻三想了想，说："我要是逮着了，你怎么报答我呢?"四丫果断地说："我就嫁给你。"四丫离婚两年了，早就知道光棍汉麻三的心事，所以才这么说。麻三听四丫说愿意以身相许，乐坏了："好，一言为定，你可不能反悔!"四丫说："一言为定，小狗才反悔!"

麻三虽然答应了四丫，但他心里清楚，要逮住那条老鲇儿谈何容易，保长生前是鬼精灵，死后不就更是精灵鬼了?他哪肯轻易上钩呢!为此，麻三做了充分的准备，他买来了最粗的麻线和五只大钩，又买来几斤牛肉，用酒泡过后放在太阳下晒，在苍蝇的围攻下很快变成了臭肉，然后他又把臭肉分成小块，挂在五只大钩上，再抛入水塘中，可是从早上一直到晚上，麻线上的浮标不见一点动静。麻三想，这真是怪了，狗日的保长成神了，它真的不上钩了?

第二天还是如此，麻三急了，怎么样才能让保长上钩呢?他猛然想起保长那一双好色的眼睛，顿时有了主意，于是麻三进城来到一家妓院，找到了一个小姐，说："我想用你一天，要多少钱？"小姐说："最少要三块大洋。"麻三一狠心，说："行！"麻三就这样把小姐带回了村，又把她带到了水塘边，说："你坐在塘上，只要把脚放在水里就行了。"小姐莫名其妙了，问道"这是干什么呢？"麻三说"你不用管，到时付你钱就是了。"

于是小姐就不再吱声了，她按麻三说的把脚放到水中后，麻三再把五只大钩抛入水塘里。他想，狗日的保长，这下该上钩了吧，老子还为你花钱请了女人呢！可是麻三低估了保长，只见麻线上的浮标轻轻地动了一下，然后就停了。如此三番五次，等麻三把钩拉上来时，只见上面挂的臭肉全被吃得干干净净了！

麻三气了个半死，他重新挂好臭肉，把钩抛入水里，然后对小姐说："委屈你一下，你站到水里，再向前走几步，我加你一块大洋！"小姐说她怕，麻三说："我在你腰里拴一根绳子，万一有什么就把你拉上来，不用怕。"小姐为了四块大洋，只好按麻三说的做了。麻三在心里说："保长，我这下总算对得起你了，快点上钩吧！"但是，保长毕竟是保长，他怎么会轻易上钩呢？眼看天快黑了，小姐在水中说："大哥，我可没得罪你啊，你让我在水里泡了老半天，这算啥事呀！"麻三没了主意，只好让小姐上来，掏出四块大洋给她。小姐说："你要是想做那事，我

还是愿意的。"麻三摇了摇头，手一挥说："你走吧。"

保长不上钩，四丫就成不了他麻三的媳妇，这可咋办？这狗日的保长，活着的时候那么好色，变成老鲇儿还要舔女人的手脚，怎么这会儿就不上钩呢？他到底心里在想什么呢？麻三琢磨了老半天，突然有了主意，他匆匆找到四丫，说："四丫，我没福分娶你，这老鲇儿逮不着了。"四丫急了，说："你麻三都逮不着，谁能逮着呢？"麻三告诉四丫：保长太狡猾，除非有一样东西，四丫忙问是什么东西，麻三便附在她耳边嘀咕了一阵，四丫脸一红，说"能行么？"麻三说"只有这个办法了。"四丫便进了屋，拿了件东西递给麻三，麻三接过来就走了。

第二天，麻三胸有成竹地来到水塘边，把四丫给他的东西和另外的诱饵一同挂在大钩上，然后把大钩抛入水中。一会儿，只见浮标猛地往下沉，麻三心中大喜，知道保长上钩了，但是保长并不听话，在水下暗暗地和麻三较劲，把他拉得东倒西歪的，麻三火了，便脱下背心绞在麻线上，双手一使劲，终于把那条老鲇儿拉出了水面，只见那条老鲇儿嘴里紧紧咬着的是老母猪的奶头和一条大红的裤衩……

（本篇月月评短信代码：0706）

（题图、插图：黄全昌）

□ 虹 澄

地下室里的秘密

泰波特是一家大公司的股东，一天，他有事提前回到家里，可是眼前的一幕却令他几乎不敢相信自己的眼睛：他那年轻美丽的妻子瑟娜和他的合伙人克利夫正在床上纠缠成一团……

泰波特呆立了半晌，居然不声不响，慢慢地关上了门，退了出去。这对男女吓慌了，瑟娜知道丈夫是个自私心很强而又很阴险的人，接下来很难保证他不会做出什么事情。

但出乎意料的是，泰波特好像忘了这事一样，只是他和瑟娜之间很少说话。不久，一年一度的股东大会就要召开了，泰波特非参加不可，而且一去就是三个星期，瑟娜很快也知道了这个消息，她又高兴又担心，高兴的是终于可以有三星期的时间不看泰波特那阴沉沉的脸色了，担心的是她的情人克利夫也得去参加这个会议，她一个人难免会很寂寞。瑟娜想这想那，可她根本没有注意到泰波特的脸这几天开始变得高兴起来，而且他带着工人在地下室忙忙碌碌的。

明天泰波特就要出发去开会了，这天晚上，他走到瑟娜身边，居然给了她一个多日不见的笑容，瑟娜惊奇地看着他，还没回过神来，泰波特突然给了她一拳，瑟娜只觉得脑子里"嗡"的一响，就失去了知觉。等瑟娜醒来时，她惊恐地发现自己被关在一个洞穴里，这个洞穴就在自家的地下室，洞是在墙上挖的，工人们拆走了墙上的石头，在门口安上了铁条，里面还栽了一根粗木桩，她就这样被粗粗的铁链锁在这根木桩上！

泰波特冷酷地看着瑟娜惊恐万状的样子，冷笑着说："左边的墙角放着足够你三个星期吃的干面包和水，虽然我不想这么做，但我没办法，你喜欢背着我偷偷摸摸，我不能不这样。你就放乖一点吧，三星期后我就回来放你！"说着，他拿起一块木板，挡住了洞口，洞内立时漆黑一团。

泰波特这次去参加股东大会，还带上了娇艳如花的秘书丽芙小姐，他们早已是一对情人，泰波特这次决定借这个机会旅行一下，好好享受属于他的生活。

出事的时候是在深夜：泰波特一时高兴，多喝了几杯，出来时非要自己驾车。他看着靠在自己身边的美女丽芙，不知怎

的，却想起了地下室里的瑟娜，他在这里有佳人作伴，而那个背叛他的女人此刻却在地下室里和老鼠臭虫为伍，一想到这里，他不由得兴奋起来。

面前突然出现了一段陡坡，醉意蒙眬的泰波特来不及刹车，随即一阵天翻地覆，他便失去了知觉。在这场车祸中，丽芙小姐当场毙命，泰波特命大，足足昏迷了两个月，才被医生们从死亡线上救了回来。

泰波特知道这一切后痛苦地闭上了眼睛：不仅仅是为丽芙，也为瑟娜，虽然瑟娜背叛了他，但他没有杀害她的意思，可是这场车祸却使他成了杀人凶手——地下室里的食品只够吃三星期呀！

这天晚上，泰波特做了个梦：在那间恐怖的地下室里，曾经美丽动人

的瑟娜变成了一具枯骨，上面布着蜘蛛网和灰尘，骷髅头上那对黑洞洞的眼睛，阴森森地逼视着他……

终于到了出院的那天，医生再三嘱咐泰波特要好好休息，不能受刺激。泰波特回到家里，先来到了地下室，用发抖的手打开了电灯，没有铁链子的声音，只有他自己粗重的呼吸和脚步声，他紧张得要命，突然间，一阵轻微的呻吟声传入他的耳朵，虽然很轻，但他听得很清楚，是瑟娜！

"瑟娜，是你吗？你还好吧？"

呻吟声突然大了起来，夹杂着铁链的声音，与此同时，响起了瑟娜的声音："是你吗？泰波特？你终于回来了？"

泰波特怔了怔，突然疯狂地大喊起来："瑟娜，你忍耐一下，我马上放你出来！"说着，他不顾一切地跑到木板前，用力把木板移开，他的呼吸急促，身体发软，他不得不跪下来，手拉着铁栅支撑着自己。

木板终于拉开了，在黯淡的灯光下，他看见了黑暗中有个人蹲伏在角落里，"瑟娜！"泰波特大喊着，就在这时，蹲着的那人慢慢站了起来，向灯光这边移动过来……

突然，泰波特发出了恐怖异常的尖叫声，他看到了灯光下瑟娜的脸：她的眼眶里没有了眼球，长着一蓬青苔，嘴唇烂掉了半边，一头秀发几乎掉光，露出了白森森的骷髅头；她那被铁链绑住的右手还抓着一只死老鼠，另一只左手早已成了枯骨，正在向他抓来……"我知道你是不会忘记我的，我好想你，亲爱的泰波特，吻我！"

泰波特惊恐万状，突然感到胸口一阵剧痛，踉踉跄跄地后退着，最后靠在了墙上，闭上眼睛大口地喘息着，他想起了医生的嘱咐，是的，他今天确实是太累了。就在这时，泰波特的耳边又响起了"窸窸窣窣"的声响，抬头一看，不知什么时候，瑟娜竟然解开了铁链，走出了铁栅，正向他缓缓走来……泰波特突然觉得胸口像被烈火狠狠地灼了一下，他痛得倒在了地上，扭动了几下，再也没有站起来……

瑟娜走到泰波特的面前，蹲下身子，探了探他的呼吸，确认他已死后，她伸手拉下了骷髅头套，一张美丽的脸庞出现了，可惜的是泰波特永远也看不到了。

瑟娜对着泰波特的尸体嘲讽着："你真蠢，你应该知道克利夫有这里的钥匙，你也应该知道我以前从事过舞台工作，没想到我最精彩的化妆和表演竟然不是在舞台上，不过，我得到的报酬将是继承你的一切！"瑟娜得意地大笑了起来，她的笑声回荡在地下室里……

（题图、插图：箭　中）

母亲的故事是疲惫时甘美的清泉，是失意时温柔的春风。——何海丹（广东）

周全的火车

□ 封宇平

城北火车站是个货运站，经常有满载的火车在这里编组拆散，也常有空车调来调去。在这些车的车梯或是车尾，常常会吊着一些穿着油腻腻工作服的调车员，他们的本事都赛得过当年打日本鬼子的铁道游击队，最牛皮的一个就是楞头青周全，他一脚蹬梯，一手吊车把，一手还舞着信号旗，嘴里不是吹调车哨就是在嚼槟榔，再快的车也能轻易飞上去。

周全这小子据说是当年巡道工老马从枕木边捡到的弃婴，从小吃着铁道家属区的百家奶，听着轰隆隆的火车声，七八岁就能跳车、爬车，比猴都灵巧。老马改扳道以后，这小子就学着放拦车杆、打信号旗，俨然是个小司令。周全后来上了学，可读到初中再也没心思了，死活闹着干铁路，后来总算如了愿，当了一名调车员。

有一天，周全走铁道去北站，走在夹山的弯道时，遇到一对时髦的小情侣，两人在铁道上嘻嘻哈哈的，还捡小石子互相扔着玩。周全脸一黑，站在安全线外吃喝道："现在是北京时间14点，马上有车要经过，请离开轨道，站到线外，别拿生命开玩笑！"

女青年一听，像受惊的小鹿，一下就跳到了路边，男青年却挑衅似的冲着周全说："你管什么闲事，你几百瓦的灯泡啊？"

周全严肃地指着山的另一头，那边果然在鸣通车信号了，拦车杆下放

时伴着的警钟声是附近人都熟悉的，可那男青年偏就歪着头站着，和周全赌气："我就在这站着，能把我怎么样！"重车将到，轨道在震动，周全指着轨道厉声说："你是不是这附近的？轨道这么跳就是来重车了，别说我没警告你！"

男青年反而坐了下来，耍赖地说："叫火车停停，平时'打的'乘的都是汽车，今天打个'火车的'。"其实他那满不在乎的模样是装出来的。说话间，火车头已经进了山口，一转弯，司机就看见了路边的周全，那男青年已经被"轰轰隆隆"的火车头吓住了，不由得连滚带爬离开了铁道，而周全却潇洒地趁车头转弯的慢速，一吊一跳，人已经上了驾驶室，女青年很佩服地朝着周全翘了翘大拇指，气得坐在草皮上的男青年冲他直挥拳头。周全打"火车的"到了北站，忙完了事又搭车回家，在经过刚才的路边时，已经不见那两人了。

突然，开车的司机冲窗外指了一下，周全隐约看见树丛里有什么人在滚动，他不明白地问司机："是在打架？"豪爽的司机"哈哈"一笑："一男一女跑山上打架？"周全明白了是怎么回事，红了脸，再没吭声。

周全到道口跳车回到家，老马正喝着小酒，吃着卤菜。周全没答理老马，一头冲进屋，拧开水龙头，"哗哗"地冲澡。不知怎么的，今天周全的眼前总晃动着那一对男女的影子，他觉得那么胆小、又那么撒野的不算男人，那种女人也不是好女人，一男一女在树丛里滚来滚去的简直不成体统，呸！

周全冲完澡，他光着脊梁，虎着脸，抄起锤子，扭头出门，可脚还没跨出门，老天突然下起大雨，黑云堆积，如同入夜，周全从墙钩上摘下雨衣，冲出了扳道房。他一步两枕木地跑着，他也不知道自己要去干什么，是打人？还是要去看看那一对男女现在怎么了……

周全正跑着，迎面撞上一个落汤鸡似的男青年，一看，正是那个胆小如鼠的家伙，却没见后面跟着女青年。那家伙见是周全，立即跳下路基，狼狈不堪地跑掉了。周全没来得及细想，道口来车的警钟又响了，他急忙向弯道那边跑去，远远地看见白花花的一团东西横在铁轨上！枕木和铁轨都在震动，火车逼近了，周全发疯似的跑上前，一看，那团白花花的东西竟然就是那个女青年，披头散发，全身裸露，横卧在转弯处，那是火车司机的视觉死角，等到看见了人，车头早就碾上去了！

那女青年昏迷着，手脚被她自己的衣裤缠着捆着，那是存心杀人啊！周全飞奔过去，一把抱起女青年，顺势滚下路基，自己先掉进排水沟，却把女青年托在上面，他还用脚一勾，把雨衣勾过来遮掩住女青年的身体……

正当周全手忙脚乱地为女青年穿衣套裤的时候，身后突然炸雷似的响起了一声喝："你小子干得好！毛硬了呀，真是个狗杂种！"

周全回头一看，见是老马，他热泪涌出，默默地帮女青年整理好衣裤，向老马半跪着，一头乱麻也找不上词辩解。老马痛苦地说："你小子还没到娶老婆的年龄啊，你怎么能够下这种手？你知道不知道这是犯法？你是要我锤死你啊！"

周全缓过气来，吃力地说："她、她是被别人强奸的，我来救她，却发现她被摆在铁轨上——"老马一愣，他想了想，相信了周全的话。他默默地和周全拉起女青年，再叫周全背上。两人冒着大雨，把女青年背回扳道房，也不敢惊动女青年，只把大铁炉加满煤，让女青年和衣烤了阵火，用被子裹了，放在床上。

围着烧红的火炉，一老一少喝开了白酒，周全一边喝一边问老马接下来怎么办，老马要他耐心等，出了这么大的

事，要看女青年能不能挺住，再不能刺激到她。

夜里，女青年从昏迷中醒来，听到老马正在对周全说："我这就告诉你一件事，你今天救人的地方，就是你娘卧轨自杀的地方，我巡道才发现的。那个时候火车头是烧煤的，火车到转弯时要放气鸣笛，雾罩子一样，天又黑，司机没有看见有人冲出来，可我第二天一早看见你娘身边放着你，你那个小啊，猫似的，营养不良，可能还是早产。没人来认你娘的尸体，就草草埋了。我收养了你，没少被人戳背脊梁，老光棍带嫩崽，好多难听的话满天飞，没想到你这家伙生来就是吃铁道饭的，你今天救下她，也是缘分啊……"

老马和周全见女青年醒来，就嘘寒问暖的。女青年定了定神，抽泣着说了事情的缘故：她叫陆小风，是一个读师范的学生，家在外地，学校的寄宿生活很单调。她爱上网，相信网络恋爱，相信网友，被那男青年骗上山后被强奸了，还差一点被谋杀，说到这里，小风不禁悲痛地哭了起来。

老马和周全知道这些后就向派出所报了案，没过几天，那家伙就被逮住了。那家伙利用网络，用不同的名字上网聊天，用约会、强奸的手段祸害了好几个女学生，没想到这次骗小风上山后，怎么也弄不到手，只好原形毕露动起了粗，最后把小风打晕才成的事。为怕事情败露，他起了恶胆，企图借马上要经过的火车杀人灭口，便制造了卧轨现场。

小风进医院短暂治疗后就恢复了学业，她再也不上网聊天了，有空就到扳道房来，给老马和周全洗衣烧菜，她还跟周全打"火车的"、调车、巡道，甚至和周全一起站在火车顶上，感觉火车的风驰电掣，模仿《泰坦尼克号》电影里的镜头，轰轰烈烈的爱情之火燃烧起来了……小风还打算假期和周全回自己娘家，把他当男朋友介绍给家里人。火车是他们的媒人，是爱的见证。

这天，周全和往常一样乘着火车去北站调车，他远远地看见小风穿着火红的风衣从出租车里钻出来，不禁在火车头上站直了身，扬起信号旗，向她高喊"等我调完车——"火车司机知道女孩又来会男朋友了，笑着鸣响了长笛。

小风也兴高采烈地朝着周全举起了在超级市场买好的一大兜东西，示意会有一顿丰富的晚饭犒劳他，可就是这时，她看到了惊心动魄的一幕：火车奔驰着，周全直直地站在火车头顶，手中拽着信号旗，突然，前方出现了一根临时架起来的偷电的电线，细细的，数米之外无法看到，就是这根电线，在列车的飞快行进中，勒断了车顶上的周全的脖子，他的头"哗"地飞了起来，他黑黑的脸上还挂着灿烂的笑容，无声无息坠落到地，像旧电影默片的慢镜头……

老马也看到了这一幕，他跑了几步，腿一软，跌倒在地，他老泪纵横，拼命地爬啊爬，终于爬上前去，捧起了那张黑黑的脸，抹下了眼皮，死死地抱在怀里，哭喊道："我苦命的孩子啊……"道口被拦着的行人都为之感叹，火车司机没有停车也不能停车，眼看周全的身子风筝一样掉落在弯道边的草丛里，他悲痛地拉响了汽笛。

轰轰隆隆的火车告别了周全——那个和火车息息相通的善良孩子，他这天刚满十八岁呢……

（本篇月月评短信代码：0707）

（题图、插图：季 平）

血染的
木匣子

□ 张国心

在一条通往深山老林的官道旁，有一家客栈，开店的是一个四十多岁的女人，这女人叫马大娘，她心地善良，只是满脑袋没有头发，很丑，大家都叫她秃老婆。

一个叫姜三炮的大商贩，经常在这条官道上来来去去，马大娘为人厚道，他十分敬重，所以每次都住她的店。一个深秋的晚上，姜三炮押着一挂大马车又从山里出来，为了下榻马大娘的店，他多赶了五十里路，到马大娘店时，已经是深更半夜了。第二天天还没亮，姜三炮就起来了，店伙计顺子帮他套上了马车，他就匆匆上路了。姜三炮刚走，顺子的家人就来报丧，说是顺子的老父亲故世了，顺子悲痛欲绝，接过马大娘给他的几块银元，哭哭咧咧地离开了店。

伙计顺子走了，店里的杂活只能由马大娘自己操持。马大娘走进姜三炮昨夜住过的房间，在整理被褥时，突然发现了一个小木匣，用铁钉钉得严严的，沉沉甸甸，她一见就知道是姜三炮匆忙中落下的。她想，姜三炮是个腰缠万贯的主，他千里迢迢贩运的东西没有一件是平常之物，可千万不能给人家弄丢了。这么一想，她便把小木匣拿到了自己的屋里，等着姜三炮再来的时候还给他。这种事，在小客栈里是经常有的，每当客人在店里落下什么东西，无论是大是小，值不值钱，马大娘都要小心翼翼地保管好，客人回头再来时，丝毫无损地物归原主，可她没有想到，左等姜三炮不来，右等姜三炮不来，一直等了两年，姜三炮还是没来。

俗话说，没有不透风的墙，没过多少时候，流言在江湖上传得沸沸扬扬，有的说是姜三炮把一匣子财宝遗落在马大娘店里，有的说匣子里装的是一棵千年人参，有的说匣子里装的是从金矿收购来的十斤砂金，越传越离奇，越传越神秘，于是就有不少不速之客找上门来，想从中插上一脚，得一笔不义之财。小小的一个木匣子，搅得马大娘日夜不宁。

这天，一个满脸大麻子的住客找

到了马大娘，神秘兮兮地说："老板娘，姜三炮那个木匣里装着什么呀？"马大娘说："我也没有打开，我怎么知道里面装着的是什么？"大麻子说："老板娘，咱们做一笔买卖好不好？""什么买卖？""你把姜三炮的那个木匣子卖给我，不管里面装的是牛屎还是马粪，我给你一百两银子。"马大娘说："那是客人落下的东西，我怎么能给卖了呢？日后客人来了，我拿什么还给人家？"

大麻子不高兴了，嘴一撇，说："老板娘，你想过没有，姜三炮已两年没来了，这有两种可能，一种可能是姜三炮财大气粗，根本没把这点小财放在眼里，他不要了；另一种可能是姜三炮死了，这兵荒马乱的年月，什么事情都会发生。一百两银子，你唾手可得，你开多少年店能挣来这么多银子？"

听了这些话，马大娘非常生气，愤愤地说："人活一世，讲的是信用，不讲信用，还叫人吗？"大麻子听了悻悻而去。

为了安全，马大娘把那个小木匣藏在了地窖里，可这些天连续下雨，地窖里很

潮，她怕木匣里的东西受潮变质，就又把它搬了出来，放在自己的炕头上，也就在这天夜晚，马大娘被一阵砍杀声惊醒，她知道大事不好，一定是土匪来了。这个时候，她首先想到的不是自己的钱箱财柜，而是姜三炮落在店里的那个小木匣，她抱着小木匣就往地窖里藏，但是，还没等她跑到地窖，土匪就闯了进来，土匪见马大娘抱着一个木匣正想躲藏，就知道匣子里装着的准是值钱的东西，二话没说，上前就抢。马大娘抱着木匣死活不松手，土匪急了，举起马刀就往马大娘的手上砍去，只听"喀嚓"一声，马大娘的一只手被砍断了，血流如注，马大娘又用另一只手紧紧地抱住了小木匣，大声喊叫着，就是不肯松手。土匪兽性大发，恶狠狠地连砍十几刀，马大娘倒在血泊之中，可她还是把小木匣死死地压在身子底下，幸好这时村里的民团闻讯赶来，土匪才仓皇逃进了山里。

人们把昏迷不醒的马大娘抬到了炕上，找来郎中给她包扎好伤口。马大娘的伤势太重了，大家看着她，心里很难过，知道她活不多久了。第二天，马大娘从昏迷中醒了过来，一睁眼，就断断续续地问："木匣子……姜三炮的木匣子……还在吗？那……那是人家落在这里的，可千万不能给弄丢了……"有人急着把染着鲜血的小木匣抱到了她跟前，她见小木匣还好好的，这才放心地松了一口气。

马大娘的伤势一天天恶化，人已气息奄奄了，可她就是不咽气，这口气一直憋到了第五天，这天，姜三炮风尘仆仆地赶来了，他是在道上听说秃老婆店出了事，日夜兼程看望来了。

马大娘看见姜三炮来了，顿时眼睛一亮，挣扎着用手指了指身边的小木匣，嘴唇动了几下，想要说什么，可什么也没有说出来，她慢慢地闭上了眼睛，咽下了最后一口气……

姜三炮抚摸着被鲜血染红的小木匣，禁不住大哭起来："老板娘啊老板娘，你是好人啊，可你知道这匣子里装着的是什么吗？"说着，姜三炮找来一把斧头撬开了那个小木匣，谁都没有想到，这匣子里装的竟是一种叫作"乌木根"的普通中药！

其实，姜三炮一直在为马大娘寻找着治疗秃发的药物，他听说乌木根活血生发，就特地从大山里买回了这满满的一匣子。那天早晨，由于过于匆忙，他没有叫醒马大娘，只是委托顺子把木匣子转交给她，但是，顺子因为突然得知父亲故世的噩耗，悲伤过度，竟忘记了这事，而顺子回家后也不知怎的，就再也没有回来，这才出了这样的事……

（本篇月月评短信代码：0708）

（**题图**、**插图**：黄全昌）

让老鹰改道

□ 古京雨

你听说过"生态移民"的新鲜事吗？今年春天，政府为了让那些祖辈居住在深山老林的老百姓过上好日子，就让他们搬出山旮旯，安顿到山外的驿道村，还无偿提供给每户200只小鸡。石头家就是这些移民户中的一家，石头就要上初中了，他很开心，因为那些拳头大的小鸡一转眼就长成了半斤多的半大鸡，一过立秋，这些鸡就能下蛋了，算起来，200只鸡，光卖鸡蛋就能够交学费了。

石头一家在新地方落户后，日子过得比原先好多了。这天，艳阳高照，草木葱翠，石头一大早就把鸡赶到苜蓿地里，让它们吃蚂蚱。小鸡正吃得欢，忽然天空中飞过一只大鹰，小鸡一见鹰，一只只全吓昏了，有的吓瘫在地上，有的吓得四处乱跑。以后接连几天，那只老鹰天天从苜蓿地的上空飞过，那群小鸡天天吓个半死，个儿也不长了，蔫头耷脑的，石头急了，哭了，照这样，这200只鸡都会死，他

的学费就打水漂了！他正在着急，村里有个小孩告诉他，那是雨生家的鹰，石头顺着小孩指的方向去找，，远远看见一个十四五岁的男孩坐在墙头上。

石头问："鹰是你家的？"

写故事是用一个灵魂去打开另一个灵魂的大门。 ——武俊浩（陕西）

"怎么了？"

石头立刻瞪大了眼："你家的鹰你怎么不管管，它总想吃我家的鸡，我家的鸡都快吓死了！"

雨生从墙头上"扑"地跳下来，他告诉石头："我爷爷在十四年前就把这鹰放飞了，鹰一旦放飞，就不受主人管了，不过，这鹰老了，它从你家的苜蓿地上飞过，是想找一处悬崖'换装'，它得先把老化的嘴在崖石上磕掉，等新的嘴长出来，再用嘴把老化的脚趾一个一个拔掉，等新爪子长好，再用这副利爪把浑身羽毛一根一根拔下来，等新的羽毛长出来，它就成了一只新的鹰，能飞上蓝天一千米的鹰，就再也不会从你家的苜蓿地上过了……"

石头听傻了：哟，是这么回事，这雨生懂得可真多呀，抵得上一个生物课的老师了！

两个小伙伴商量了起来：这鹰不是存心要惊扰苜蓿地上的鸡娃，它是因为老了，飞不高了，只要找一个东西吓吓它，让它改改道，从别处走，别惊扰了鸡娃，这事就妥了，可是，鹰是天空中的猛禽，什么东西能让它害怕呢？

雨生的大眼睛忽闪忽闪的，突然，他叫了起来："对呀，我们这地方有一种鸟能管得住老鹰！"接着，雨生就讲了这么一个故事：远古时候，上帝召集百鸟集会，老鹰和一种叫

"青燕子"的鸟都很小，只有拳头大，天庭太远了，飞到那里也累死了，于是，这两只鸟就想出了一个办法：互相背着分段飞行，你背我飞一段，我背你飞一段，一只鸟飞行时另一只鸟就蹲在对方背上休息，保存体力。办法想好后，两只鸟上路了。一开始，两只鸟是按商量的办法互相背着飞的，飞呀，飞呀，快到九重天时，老鹰看到无数鸟儿都往天庭飞，就冒出了一个歪心思，突然一翻身，把蹲在背上的青燕子摔下去了，背上没了负担，老鹰很快飞到了上帝面前。上帝奖励老鹰，用手一点，拳头大的鹰就变成了现在这样的大鸟，青燕子不服，看见老鹰就追，它要问问老鹰："你为什么要把我摔下来？"老鹰心中有愧，所以一见青燕子的影子就跑，直到现在还是这样……

石头听完后明白了：雨生说的能吓唬老鹰的就是这种叫"青燕子"的小鸟，可是，青燕子在哪里呢？

这一天，石头在野外捉虫子，准备给鸡娃补身子，突然，那只鹰又慢吞吞地飞了过来，就在这时，从一棵杨树梢上"嗖"地弹出了两颗"石子"，仔细瞅，才看清那"石子"在扇动着翅膀，原来是两只鸟，这鸟飞的速度极快，直向老鹰"射"去，老鹰看见这鸟非常惊恐，它拼命地逃，好不容易才逃走了……石头心中一阵狂喜，

根据雨生描述的样子，这两只"石子"一般的鸟就是青燕子！

于是，石头就紧紧地追了上去，追着追着，翻过了一道梁，那里有一片野苜蓿地，青燕子飞进野苜蓿地后就不见了，石头正要去找，忽听背后有人在喊："怎么，孤军作战，不要援军啦？"石头回头一看，是雨生也来了，两个小伙伴都笑了，接着，两人就在地里找青燕子，很快就发现了一幕奇妙的情景：有几只青燕子从草根下叼出一种小东西，嗨，那是蜗牛，青燕子把蜗牛放到田埂上便飞走了，一会儿，青燕子叼来了石子，用嘴里叼着的石子砸蜗牛背上的壳，这一砸，蜗牛就不动了，然后青燕子就用脚抱住蜗牛的身子，用嘴叼住蜗牛的壳，轻轻一拧，壳就掉了，青燕子再叼起石子把壳砸得更碎，一块一块吞进肚子里，没了壳的蜗牛垂头丧气地爬走了……

看到这里，雨生对石头说："你知道吗，青燕子这是在补钙呀，青燕子非常聪明，知道吃了蜗牛的壳翅膀会硬，就像小孩吃钙片后骨头长得好一样。你家地里是新种的苜蓿，长不了蜗牛，多少年的野苜蓿地里才会有蜗牛，只要让你家地里有了蜗牛，青燕子就会来补钙，有了青燕子，老鹰就怕了，它就不得不改道，你家苜蓿地里的那群鸡娃就不会受惊了，它们就会好好地生蛋，你的学费也就有了！"

这简直就是一个拯救鸡娃的系统工程呀，石头拍手叫好。两人找来了一辆手推车，把野地里的草皮连蜗牛全运到了石头家的苜蓿地里……

蜗牛们在新的苜蓿地里安家落户了，没几天，忙着在夏天里补钙的青燕子也找过来了。一天早上，老鹰刚飞到石头家的苜蓿地上头，青燕子看见，便"嗖"地腾空飞起，像飞起的石子一般"射"向老鹰，老鹰惊叫一声，折回身子，改了个方

"掌上灵通杯"《故事会》优秀作品月月评

1. 本期初评委推荐以下10篇故事为候选作品,读者可挑选出你最喜欢的一篇,将其月月评短信代码(如0708,没有短信代码的作品不参加评选)发送到200056(移动用户)或900056(联通用户)。每次限选一篇,可多次投票。

篇名与短信代码

代码	篇名	代码	篇名
0701	狂风暴雨 (P8)	0706	绝钓 (P47)
0702	开锁的喜剧 (P11)	0707	周全的火车 (P53)
0703	一路同行 (P26)	0708	血染的木匣子 (P57)
0704	警官的交换 (P38)	0709	第二张石椅子 (P83)
0705	会说鸟语的人 (P43)	0710	两个酒鬼 (P88)

2. 作者奖:每期设"最受欢迎的故事"三篇,由得票最高的前三名作品获得。这三篇作品均将列入本刊今年举办的《中国最有影响力的故事》征文大赛候选名单(该征文活动详见本期第80页)。第一名的作者还将获赠上海文艺出版总社出版的大型历史图书《话说中国》一套(价值1000元)。

3. 读者奖:参加评选并选对当期"最受欢迎的故事"的读者均有机会获得现金奖,每期20人,各获现金500元;所有参加评选的读者均有机会获得参与奖,每期200人,各获价值30元的礼品一份;参加全年24期评选的读者更有机会获得年终大奖,共12人,各获价值5000元的数码摄像机一台。

4. 本期活动截止期为:4月5日。得奖读者在评选结果揭晓后将得到短信通知,用户接收每条短信收费0.50元。

向飞走了,"老鹰改道"成功了!

从此,青燕子就长驻在石头家的苜蓿地里,老鹰也改道了,再也不从这里经过了,鸡娃们过起了安安宁宁的日子,石头和雨生也成了一对好朋友,秋天开学后,他俩还将在一个学校读书呢!

可是,两个小伙伴总觉得把老鹰赶走了,逼着人家改道有点"霸权主义",你想,老鹰改了道,就得绕道飞往崖上,就得多消耗体力,所以两个小伙伴总想给老鹰一点补偿,于是,他们就常常去捉一些蜗牛,用塑料袋装着,爬到崖顶上,用绳子顺着崖壁放下来,但老鹰到底吃了没有,两个少年都不知道,因为从崖顶上无法看到。

转眼秋天到了,天开始一点点凉了,眼看蜗牛就要没有了。这天,石头和雨生把苜蓿地里搜寻到的最后一点蜗牛从崖上放下来时,突然,"哗啦啦"一声响,在夕阳的照耀下,崖顶上金灿灿的,像是腾起了一轮太阳,那只曾经又老又丑的鹰终于脱胎换骨,成了一只年轻的鹰,它腾空而起,那些鸦呀莺呀雀呀,一时间全闭了嘴,缩着脖子躲了起来,老鹰飞进了云霄,千米之上的高空只看得见一个小黑点……

(题图、插图:季 平)

根据前苏联巴利斯·利比亚的小说《军人的妻子》改编

□
杨
阳

改
编

没有被抛弃的伤员

这是前苏联卫国战争中的一个早晨，在一条普通街道里有一个普通的居民，她叫维拉，这天，她接到了邮差送来的一封信，信中说她的丈夫阿列克依在战争中受了重伤，但正在康复中，就住在市中心医院，医院请她马上去商谈阿列克依出院的事。维拉见到信后很激动，想不到一别三年的丈夫竟回到了这个城市，虽然是受了伤，但那毕竟是自己的丈夫啊！她迅速把家里收拾得干干净净，然后急匆匆地向中心医院走去。

维拉到了医院，找到了接待室，一位主治医生把阿列克依送来医院时的情景说了一遍，说是他伤势很重，叫她要有思想准备，维拉听了焦急地问："我丈夫究竟怎么样了？我想立刻见到他！"

医生沉默了片刻，说"你丈夫踩响了地雷，由于长时间躺在雪地里，身子冻坏了，他的双腿已被截去……"

维拉顿时觉得心中一阵剧痛，她颤抖着声音问道："什么，他没有了双腿？"

医生忍着心头的悲痛继续说："他还被严重地炸伤，烧伤了双目……"

维拉顿时脸色苍白，接着问道："你是说他的双目也失明了？"医生不敢看她，只是点了点头。维拉刹那间觉得天昏地暗，她不敢相信这样的现实，呆呆地坐在沙发上，幸福来得如此之快，又消失得如此突然！

医生安慰维拉说："对你说这些，我心里也非常沉痛……我们要和你商量，你得决定是否能把他带回家，国家办了残疾人护理院，他如果不回家，可以住到那里去。"

维拉咬着嘴唇，站了起来，噙着眼泪说："别说了，我要把他带回家，现在你带我去见他。"

医生带维拉走进病房，里面有两张床，一张空着，另一张靠在墙边。床上的伤员盖着被单，只有后脑壳露在外面。维拉快步奔过去，轻轻地呼唤："阿列克依、阿列克依……"伤员一动不动，她突然感到一种莫名的恐惧，她希望看到床上的

人把枯瘦的双手伸出来，她就会投向他的怀抱，可是他没有动。她凑近他的身旁温存地说："阿列克依，我是维拉呀！"伤员微微动了一下，似乎要挣脱出来，瞬息之间，维拉猛然惊呆了：手呢？医生没有对她说，原来自己的丈夫竟然连双手都没有了！床上那人的头在枕头上慢慢转了过来，又抬了起来，维拉看到了一张破了相并带有大面积深红色伤疤的脸，她惊叫一声，便失去了知觉……

也不知过了多少时候，维拉醒了过来，一看，还是那个主治医生，他坐在病床旁守候着她。见维拉醒来，医生又向她介绍了阿列克依的其他一些情况：他身上没有证件，胸前内衣口袋里仅藏着一封给妻子的信，根据这封信才知道他是阿列克依。

维拉谢绝了医生要她把丈夫送入残疾人护理院的提议，倔强地把丈夫带回了家。战争毁了维拉的幸福，但没有使她屈服。她也不知度过了多少个不眠之夜，坐在阿列克依的床头，把手搁在他身上，抚摸皮层下跳动的脉搏，那细像线一样的脉络连结着他的生命和维拉的心。现实要比想象可怕得多，但是她决不屈服！

九月的一天，维拉坐在家中织毛衣，突然听到有人敲门，她打开门一看，顿时惊讶得说不出话来：一个男人站在门口，活生生的，他竟然是阿列克依呀！天哪，这不是在做梦吧？维拉清醒过来后，发疯一般地扑到丈夫胸前哭了又哭。阿列克依抚摸着妻子的头发，说："别哭了，亲爱的，我已经回来了，还哭什么？"走进屋后，阿列克依看到一件军大衣挂在门边，他的脸色突然变了，一种可怕的猜测堵在心头，他颤着声音问维拉："这是谁的军大衣？怎么放在这儿？"

维拉慌了，脸也红了，她忙说："你听我解释……"

阿列克依说："我不想妨碍你们！"说完，他转身想走，维拉死命地挡着他："你总应该听我说完吧？"

阿列克依听妻子把事情经过一说，一声不吭，默默地走进了房间，默默地看着躺在床上的伤员。

维拉走上前去，俯下身子，说：

"我丈夫阿列克依回来了，但是你别难过，你将和我们一起生活。"

伤员听了这话，身子动了一下，头又慢慢地转了过去。阿列克依突然想起了什么，说："维拉，你不是说他身上有一封信吗？快拿给我看！"

维拉拿出了信，阿列克依看完后兴奋地对维拉说："你知道他是谁吗？他就是我的战友阿廖沙中士。当时我和他一起去执行任务，为了预防万一，我们互相交换了写给家里的信，这样，如果一个牺牲了，另一个就可以把信转给他的亲人。"说到这里，阿列克依抹了抹眼窝里的泪水，开心得像个孩子一样，大声对伤员说："阿廖沙中士，我是阿列克依少尉，我们曾在一起战斗，你还记得吗？"

伤员微微点了点头，阿列克依兴奋地接着说："很好，你听到了……我们约好战后再相见，现在真的见到了！你就在我家里，我们将在一起生活，你听懂了吗？"

床上的伤员动了一下，似乎想坐起来，苍白的嘴唇颤抖着，传出了含糊不清的声音。阿列克依把他扶了起来，维拉在他背后垫了一个枕头，说："阿廖沙，有什么话你就说吧……"

阿廖沙艰难地吐出了一句话："谢谢你们，请转告我母亲，我没有被抛弃……"

（题图、插图：箭　中）

演绎聚散，是生活不变的旋律；揭示善恶，是故事永恒的主题。 ——李锡明（江西）

贪婪的欲望是一柄双刃剑，
伤了别人，也害了自己……

梅花红痣

□ 叶雪松

1. 这次押的是一趟十分奇异的镖

民国初年，世道很不太平，因此，保镖这一行业十分红火，在当时的辽河两岸，最著名的镖局当数广宁的凤鸣镖局。凤鸣镖局的总镖头叫李凤鸣，提起他，在当时的辽河两岸镖行中，那可是首屈一指的人物。由于李凤鸣老谋深算、交友广泛，因此在江湖上行走半生，从来没有失手丢过一次镖，深得雇主的信赖。

这天，李凤鸣正在屋内品着香茗，伙计黑七进来禀报说，门外有位先生要见他，说是有桩生意上的事想找他商谈。李凤鸣摆了摆手，黑七会意。工夫不大，黑七领进一位老者，他头戴黑呢礼帽，身穿绸面长衫，脚蹬千层底的燕尾布鞋，年龄在六十开外，长着花白胡须。

李凤鸣起身相迎，老者说："镖头，我今日前来，是有桩买卖想交给贵局去做。我有个要求，您尽管开口要价，不过，这件镖很特殊，非得您亲自出马才行。"

李凤鸣问道："不知老先生要凤鸣押送的是一宗什么样的镖。"

老者没有回答李凤鸣，从口袋内掏出一张银票轻轻放在案几上，站起

身来缓缓说:"镖头,三天后您自然就知道了。"

老者说完走了,李凤鸣吩咐黑七送客,随手拿起案儿上的银票一看,不由得暗自称奇:这是张面额一万现大洋的银票,老者一出手就留下了这么多定金,而且非要自己亲自出马!再说,这老者行踪似乎有些诡秘,他李凤鸣在广宁生活了半生,三教九流的人认识不少,可这个老者却从来没有见过,这人究竟是干什么的呢?

三天后的早晨,李凤鸣刚刚吃完早饭,黑七进来禀报说老者来了,李凤鸣迎了出去,令人不解的是老者的身后竟然跟着一辆华丽的轿车,李凤

鸣仔细一看,只见从轿车里走下一位十八九岁的漂亮姑娘,只见她一身素服,一头黑发束在脑后,更让他惊讶的是:姑娘的印堂之上竟然有一颗形如梅花的朱砂红痣。

李凤鸣正在发愣的时候,姑娘已轻盈地走到李凤鸣身边款下拜:"小女子梅花见过镖头。"

姑娘说罢,望着李凤鸣嫣然一笑,就站到老者身边去了。

李凤鸣满腹狐疑地望了望老者,老者捋着花白胡须一笑:"镖头看好了,这就是我让您押的镖呀!"

李凤鸣押了半辈子镖,却从没听说过有人出钱让他走"人镖"的,而且还是个如花似玉的妙龄少女!

老者接着说:"此女是我一个朋友的女儿,家住天津卫杨柳青,被人贩卖到此,我费尽周折才将她从窑子里赎出来。我想让您在半个月之内将此女安全送到家,事成之后,您可到马市来找我,小老儿叫马得泰,那儿新开张的泰来当铺就是我在广宁的一个分号,到时候当付镖银三万现大洋;如果镖头不慎将镖丢了,或者说超过了约定时间,那就得按民间约定俗成的规矩来办。镖头,您还有什么要问的吗?"

李凤鸣听了心头不觉暗暗一惊:谁不知道马市新开张的"泰来当铺"是京城一位富商在这里开的一个分号?没想到掌柜的竟然是这位老者。

李凤鸣这时开了口："老先生侠肝义胆让凤鸣佩服，您只管放心，凤鸣就是肝脑涂地，也不负老先生所托！"

老者又来到梅花面前交待几句，然后就坐上轿车匆匆走了。

那年间交通非常落后，通往京津地区的铁路正在修建当中，李凤鸣决定亲自带上十几名精干的伙计将梅花护送到天津。上路以后，一路之上倒也顺当，十天之后，李凤鸣护送梅花到了天津，按照梅花提供的地址，李凤鸣找到了梅花的老家杨柳青，可李凤鸣万万也没想到，梅花的父母由于过度思念女儿，早已双双离开了人世。院落依旧，人事全非，梅花哭得悲悲切切，肝肠寸断。李凤鸣见此情景，就说："梅花，既然家中发生如此变故，还不如随我回广宁找马得泰马掌柜的，俗话说得好，哪儿的黄土不埋人？姑娘正值青春妙龄，如花的容貌，大好的时光还在后头哩！"

梅花含着眼泪答应了。半月后，一行人又赶回了广宁，李凤鸣带着梅花来到了马市的泰来当铺，没想到当铺里死气沉沉，伙计里里外外出出进进，脸上都凝上了一层霜，看样子当铺像是发生了什么事情，一打听，李凤鸣不觉大吃一惊……

2. 一个重情重义的好姑娘

伙计们告诉李凤鸣：前天晚上来了一伙土匪，将当铺掌柜的给绑了票，至今生死不明。雪上加霜，梅花痛不欲生，李凤鸣只好将梅花请回镖局，并答应她等马掌柜的有了消息，就将她送回泰来当铺，梅花只得含泪答应。

李凤鸣一回到镖局，黑七便向他讲述了泰来当铺马得泰掌柜被胡子绑票的事儿，李凤鸣嘱咐黑七明儿个拿着他的帖子进山，看看哪个"绺子"的人绑了马掌柜的票。这"绺子"指的就是土匪的山头，李凤鸣和这些"绺子"的"当家"都是江湖上的朋友。两天后，黑七回来禀报说，广宁、盘山地区大小绺子都说没有绑马掌柜的票，马掌柜是被新成立的绺子"九头鸟"给绑了肉票，三天内索要30万飞龙子（大洋），三天过后，当铺没凑足这么多钱，九头鸟一怒之下撕了票，马得泰被砍得面目全非，被人给扔在当铺的门前！

李凤鸣对九头鸟了解得不是很多，只听说九头鸟是个来无影、去无踪的胡子头，手下有百十条枪，和辽河两岸的绺子都不通气，喜欢独来独往。李凤鸣无奈，只得叹了口气，将马得泰遇难的事儿告诉了梅花。

梅花一听就哭开了，李凤鸣安慰了好半天，梅花这才止住了哭。李凤鸣说："梅花，你要是信得着我李凤鸣，要是不嫌弃我这儿是人来人往的嘈杂之地，就在这儿住下吧！你这么年轻漂亮，等有了机会，我再给你找

个好女婿，好好过日子吧！"

梅花悲中得喜，自然求之不得。第二天晚上，李凤鸣就领着梅花住进了刚刚收拾一新的后跨院。

这以后李凤鸣闲暇之余，就经常去后跨院和梅花聊天，李凤鸣怎么也没有想到，梅花不仅识文断字，而且还画得一手好丹青，作一手好诗词。

这天，李凤鸣又来了，梅花从被子底下摸出一个红布包，她打开红布包，李凤鸣一看，包里包着的是一双崭新的千层底的剪口布鞋。梅花将布鞋递到李凤鸣面前，说："老爷，梅花能有今日，全靠您的大恩大德，梅花无以为报，这双布鞋是我亲手做的，活计不是很好，不知老爷喜不喜欢？"

李凤鸣接过梅花手中的布鞋看了看，只见针脚密密匀匀，显然是下了一番工夫的。李凤鸣妻妾三个，却没有一个人给他做过一双鞋，他穿的鞋都是到市面上买的。李凤鸣感动了，心里涌着暖流，他望着梅花，说："梅花，我李凤鸣这辈子没穿过别人亲手给我做的一双像样的布鞋，你说我喜欢不喜欢？梅花，要是哪个男人娶了你，那该是三辈子修来的福分呀！"

梅花低头轻声说道："老爷真会拿我寻开心，梅花现在无父无母，只要服侍在老爷身边就知足了，梅花这辈子不嫁，老爷您就是我的亲人

了！"

李凤鸣想，梅花真是个重情重义的好姑娘。打那以后，他哪天不见梅花，就觉得生活中似乎缺少了点什么，去后跨院的次数也就越来越多了。

这天午后，李凤鸣闲着没事，手持水烟壶又来到了后跨院找梅花聊天。那是盛夏，梅花的房门开着，李凤鸣推开纱门就走了进去。要是以往，李凤鸣都会轻轻咳嗽一声，可今天不知怎么的，他没有咳嗽。他过了走廊，隔着珠帘往里边一望，不由得呆住了：梅花正在仰面午睡，瀑布般的长发倾泄在枕边，两只白里露红的玉足春葱一般，更让李凤鸣心惊肉跳的是梅花姑娘竟然是半裸而眠，上身只穿一个红肚兜儿……

李凤鸣不由瞪大了双眼，呆愣在那儿。这时，只见梅花伸了伸懒腰，一翻身坐了起来，李凤鸣刚想往外走，却被梅花给叫住了："老爷，您来了？""啊，是我……"李凤鸣答应着，一时竟不知说什么才好，他本来想出去的，可听到了梅花的声音，连他自己都弄不明白这双腿是怎样迈进屋子里的。

梅花麻利地将衣服穿好，然后将一碗早就熬好的莲子羹放在李凤鸣面前的茶几上，红着脸儿娇羞地说："老爷，您有好些日子没来看梅花了吧？您今儿个要是不来，我也会让丫头春

兰去前院叫您。老爷，今天是我十八岁的生日呀！今天晚上，我想请老爷您一个人过来喝杯水酒，吃顿我亲手做的饭菜。"

李凤鸣一下子来了兴致："好呀，我已经有好多日子没有胃口了。梅花，今儿晚上我一准来。"

到了晚上，李凤鸣哼着小曲果然来了，一进后跨院，就闻到了一股沁人心脾的诱人香气。梅花换上了一件白色的绸面旗袍，更显得婀娜多姿，清丽可人，她一见李凤鸣进来，忙笑吟吟地掀起珠帘迎了出来。李凤鸣一边坐上太师椅，一边笑着问："梅花，我可是个馋嘴的油耗子，都做了哪些好吃的招待我？"

梅花冲着门外喊了一声："春兰，上菜！"说话间就见外边人影一闪，春兰端着托盘走了进来，梅花挨着个儿给介绍：这是东坡肉，这是佛跳墙，这是马蹄鳖，这是牛尾狸……李凤鸣看得眼花缭乱，心说这哪儿是什么美味佳肴，简直就是一桌子完美无缺的艺术品，使人不忍下筷子呀！

梅花介绍完了，又将一坛新买的"竹叶青"打开，给李凤鸣的酒盅满上，然后也给自己倒了一盅，望着李凤鸣一笑："老爷，梅花十八年来没有今儿晚上这么高兴，老爷，咱们干了这盅酒。"说着，梅花就一口将酒盅里的酒喝了个精光。此刻的梅花双颊现出了两朵桃红，更加娇艳可人，李凤鸣望着眼前这位如花似玉的美人儿，忍不住有些心猿意马，他颤抖着声音说："梅花，你是我一生中见过的最美的女人！"

"老爷，您又拿梅花取笑了。"

梅花站起身来给李凤鸣倒酒，娇喘吁吁地说："老爷，您也是我一生之中遇到的最好的男人。"李凤鸣听梅花这么一说，不由得意乱神迷，他一把抓住梅花的手，猛地将她揽在怀

里……

就这样，两人好上了。李凤鸣觉得自己不能这么不明不白地跟梅花好，得给她个名分儿，于是他就选了个吉日，光明正大地将梅花娶进了门。

李凤鸣自打娶了梅花为三姨太后，整个人像换了个样儿似的，好像年轻了许多，有事没事就爱往梅花房中跑，生意上的事儿就放手交给手下人去做了，弄得大太太和其余两房姨太太整日沉着个儿脸，尤其是大太太，每次远远地看见梅花在李凤鸣身边笑逐颜开的样儿，就朝地下狠狠地唾一口浓痰，骂道："呸！这个狐狸精哪儿好？不就有一盘大屁股和一对勾魂眼儿吗？"骂完了梅花，接着又骂李凤鸣，"四十多岁了也不知道啥叫个臊，整天和狐狸精搞在一块，不淘空了身子才怪哩！这个家非毁在这个狐狸精手里不可！"

妻妾们这么看他，李凤鸣非但没收敛，去梅花那儿的次数反而更勤了。这天晚上，李凤鸣又来到了梅花的住处，刚想上床，忽听外边有人敲门，开门一看，伙计黑七喘着粗气慌慌张张地跑进来说："老爷，大事不好了……"

3．镖局来了位拔刀相助的侠义之士

黑七禀报李凤鸣：押送关内的一批镖在锦州城外的大凌河边上被人给劫了，镖师被人当场打死，伙计们也被打得四散奔逃，回来的伙计说领头劫镖的仍然是那个双手持枪的蒙面人！

李凤鸣脑袋"嗡"地一声，差点儿晕倒。最近一段时间以来，他已经有好几趟镖被一伙来路不明的人给劫了，领头劫镖的都是一个双手持枪的蒙面人，损失了差不多十万块现大洋，这次押送的是一批昂贵的中药材，少说也得赔雇主三万块现洋。以他李凤鸣的威望，在辽西这块地盘上敢和他作对的人可谓是寥寥无几，这个人究竟是谁呢？凭直觉，这个来路不明的人显然是冲着他李凤鸣来的，要是以往，每次走一趟价值贵重一点的镖，他都要亲自出马，可自打有了梅花之后，李凤鸣就不想出门了，生意上的事就交给手下人去做了，可他怎么也没想到这几桩买卖都砸了，这不光是损失一些现洋的事，更重要的是他李凤鸣几十年来苦心经营的凤鸣镖局的牌子就要砸了，还有，照这样子再劫几次镖，他差不多也就要倾家荡产了！

这天早上，梅花陪着李凤鸣正吃着早饭，黑七进来禀报说："老爷，您请的那个人从奉天赶回来了。"

李凤鸣说："让他进来。"

李凤鸣请的这个人，其实也只是

前天认识的。

前天在黑风口，李凤鸣亲自和伙计们为北京琉璃厂文宝斋押送一批古董进京，这批古董是刚刚从广宁马市的汉代古墓中出土的，十分贵重，文宝斋的王老板花了10万大洋才从掘墓者手中将它们弄到手。现在是兵荒马乱的年月，世道极不太平，王老板不放心手下这些伙计，特意赶到凤鸣镖局花了一万大洋的镖银请李凤鸣亲自走这趟镖。李凤鸣满口答应，第二天就从镖局里挑了几个得力的镖师，踏上了进京的大道。为了谨慎小心，李凤鸣特意嘱咐伙计们不打镖旗，做到不显山不露水。没想到走到黑风口的时候还是遇上了麻烦，一伙马胡子拦住了他们的去路，为首的背着毛瑟大枪，手里拿着两支盒子炮，蒙着脸儿，嗨，还是前几次碰到的那个蒙面人！李凤鸣催马过去对脉子(搭话)：“达摩老祖威武！”哪知对方根本不理会，带领众匪向镖车冲来，李凤鸣知道今天要是不拼个鱼死网破就甭想活着离开这儿，于是吩咐手下的伙计们各亮家伙，和胡匪们干了起来。胡匪都经过严格训练，个个英勇善战，工夫不大，李凤鸣手下就死了七八个，就在这紧要关头，打对面风风火火走来一位红脸小伙子，小伙子见状，二话没说，一扬手，就见一道寒光，领头的胡子头捂着胳膊大叫一声，险些从马上掉下来，另外两个小崽儿(小

土匪)刚想持枪射击，小伙子又是一抖手，两个小崽儿立刻应声落马，胡子们见情势不好，扔下两具尸体落荒而逃。李凤鸣见那小伙子身手不凡，不觉拍手叫绝，原来，小伙子刚才使的是百步穿杨的杀手神镖，李凤鸣是行家，自然知道。李凤鸣上前一问，才知道小伙子姓金名飚，听说张作霖正在奉天招兵买马，想去吃粮当兵，混碗饭吃。李凤鸣一听，就生了收留之意，他对金飚说：“在下李凤鸣，在广宁开了一家镖局，如今正是乱世之秋，如不嫌弃，不如到镖局来共图大业。”金飚想了想，说：“李老板，我还得去奉天找我的一个姨表亲，等我将事情安顿好后，再来广宁找李老板谋事如何？”李凤鸣见他这么说了，不便再讲，只好和他告辞，没想到金飚言而有信，竟风风火火地专程从奉天赶回来了。

工夫不大，黑七就把金飚领了进来，梅花站在李凤鸣身后打量了金飚几眼，发现他不但长得英俊潇洒，更让她感到惊讶的是，这个人似乎有一种似曾相识之感，尤其是那双眼睛，更让人感到熟悉而亲切。这时，金飚抢先一步走到李凤鸣和梅花面前躬身施礼“金飚给老爷、夫人请安了。”这天，李凤鸣设下酒宴盛情款待了金飚，就这样，金飚在凤鸣镖局住了下来。

时间过得很快，一晃金飚来镖局

已经一个多月了，李凤鸣让他单独走了几趟镖都安全返回，给凤鸣镖局挣下了大把的镖银，因此，他格外得到了李凤鸣的赏识，李凤鸣还提拔他当了镖局的镖头，可以自由进出镖局，但金飚在镖局也总是规规矩矩的，每次见了梅花，总是彬彬有礼地叫一声"夫人"，然后就转身离去。

这天晚上，梅花坐在床上想着心事，大太太的父亲去世了，老爷带着大太太去守灵，今晚不会来陪她了。就在这时，只见窗下有个人影一晃，紧接着从窗口跳进一个人来，梅花正

要喊人，那人却手脚麻利地用手将梅花的嘴堵住了："夫人，是我……"

梅花一看，来人竟是老爷请来的金飚！梅花惊骇地问道："金飚，深更半夜的，你来干什么？"

金飚说话轻轻的，也很和善"想来和你说说话。"

梅花见金飚的目光正在注视着自己，不由得低下头去，心里有些不自在，她鼓了鼓勇气，抬起头来，有些羞涩地问："干吗这么瞅我？"

金飚这回没称呼梅花为"太太"，而是直呼其名了："梅花，你真是太美了！"

梅花长了十八岁，还没有和一个年轻的男人同处一室，更没有一个年轻的男人用火辣辣的眼神这么上上下下、仔仔细细地打量她，她脸一红，轻轻地低下头来。

金飚看出了梅花的心思，他走到她跟前，压低声音说："梅花，我不但知道你的名字，而且还知道你的另外一些事情，比如，你印堂之上这颗梅花红痣的来历……"

梅花惊呆了：关于这颗梅花红痣的来历，只有她的家人才知道，这颗红痣，是从娘胎里带来的，在她刚刚出生的时候，家人见她印堂上的这颗红痣酷似一朵梅花，就将这颗痣叫做梅花红痣，可金飚竟然对她的身世知道得一清二楚，他到底是谁呢？

金飚见梅花问得紧，就叹息着说

出一番话来……

4. 花20万大洋换夫人的平安

金飚和梅花的这次私会李凤鸣自然是不知道的，那天，他和大太太奔丧回来，又来到了梅花的住处，刚想上床和梅花亲热，却被梅花一把给推开了，只见梅花羞涩地说："老爷，我已经有两个月了……"

李凤鸣开始还没听明白，后来回过神来，乐得差点儿蹦起来。结婚多年，娶了多房妻妾，硬是没见一男半女，李凤鸣为此十分烦恼：自己这么大个儿家业留给谁？如今一听说梅花有了，开心得搂着梅花亲了又亲。

梅花望着李凤鸣嫣然一笑："老爷，明天是送子娘娘的生日，我请您陪我去望海寺进香，请娘娘保佑，赐我们一个大胖儿子!"

李凤鸣盼儿子都快盼疯了，这次听梅花说要去进香，自然满口答应。第二天一早，李凤鸣正要陪同梅花去望海寺，黑七跑进来说："老爷，大事不好了，金飚押着镖车在三叉河口遇上了一伙胡子，领头的还是那个神秘的蒙面人。这回胡子人多枪好，金飚他们寡不敌众失了镖，他自己身上也受了重伤。"

李凤鸣想，金飚自打来到镖局从未失过手，没想到今天又遇上了那个蒙面人，正要开口问金飚现在哪里，

却见金飚胳臂上包着纱布，满脸惶恐地走了进来，他跪在台阶上说："金飚无能，让老爷失望了。"

这趟镖是桩大买卖，失了镖得赔雇主三万现洋，可事已至此，责备金飚也没有用，想到这儿，李凤鸣就安抚了金飚几句，让他下去歇息。李凤鸣失了镖，得马上去见雇主相商如何处理赔偿之事，进香他是去不了啦，只好吩咐黑七带着几名保镖、丫环陪着梅花去望海寺。梅花撅着小嘴满心的不乐意，李凤鸣左哄右哄，梅花的气这才消了。

主仆数人雇了马车上了路，梅花一路上想起死去的爹娘，禁不住泪水涟涟。她此去望海寺，就是要了却一个积压在心中多年的夙愿，她要暗中布施给寺里银两，请寺里德高望重的法师们为她死去的爹娘做个道场，也好让他们脱离苦海；她还要告诉爹娘，用不了多久，他们就可以含笑在九泉之下了!

梅花正在伤感，忽听黑七喊道："不好了，前面有胡子!"梅花一掀轿帘，可不是吗，前面的山坡上涌出一股子骑着马、背着"汉阳造"的胡匪，领头的又是那个蒙着脸儿的胡子头，只见胡子头手一挥："勾道关子! "

这"勾道关子"是土匪的黑话，意思是"合伙出击"，于是胡子们发出一声声尖利的口哨声，向梅花他们扑

来。保镖们正待持枪还击，其中一个早被"砰"的一枪打中了手腕，其余几个见胡子势大，哪里还敢还击，都被胡子缴了械。一个小土匪用枪管挑开车帘，嬉皮笑脸地朝胡子头喊"当家的，是一个盘亮（脸蛋漂亮）、条顺（身材好）的观音菩萨（女人）呀！这回，当家的可该开开荤了！"只见"当家的"把脸一板，说："少他妈的废话！谁要是打这尊观音菩萨的主意，看我不抹了他的椰头（割下他的脑袋)!"正说着话儿，梅花和黑七等人已被蒙上了眼睛，捆绑着押走了。"当家的"唤过"花舌子"（绺子里专给肉票家送信的胡匪），将一封信递给了他，叮嘱他无论如何也要将这信送到李家。"花舌子"将信揣在怀里，骑上一匹快马领命而去……

再说李凤鸣自打梅花进香走后，就觉得右眼跳得慌，俗话说：左眼跳财，右眼跳灾，梅花已经走了一整天了，还没见回来，莫非出事儿了？他真有些后悔自己没有陪同梅花前去。

晚上掌灯时分，李凤鸣正在屋内不安地踱着步，金飚慌里慌张走了进来，手里拿着一封信，说："老爷，我刚才看见有人从门缝儿里塞进了一封信。"

李凤鸣接过一看，差点儿吓死：梅花和黑七在进香途中被九头鸟的人给绑了票，土匪说，要想赎回梅花，三日后午时将二十万大洋放在三叉河口，过期不交就撕票。金飚在一旁见李凤鸣一副失魂落魄的样子，忙问信上写的是什么，李凤鸣就将信中的内容说了一遍，金飚一听火冒三丈"青天白日的无法无天了，咱们去县里报告保安队，让他们来解救夫人。"李凤鸣叹了口气，说："从来官匪是一家，弄不好人财两空，况且梅花怀有身孕，万一有个三长两短，我都没法向祖宗交待呀！可这二十万大洋……"

是呀，这二十万大洋，差不多就掏空了李凤鸣的家底了！可是，想到自己心爱的梅花在匪窟里危在旦夕，李凤鸣一咬牙，决定舍财救人！三日后的午时，李凤鸣将二十万现洋放在了三叉河口，半晌，才见从河对岸划过几条船来，船上的人个个荷枪实弹，领头的一个胡匪说："李老板，将现洋放在那儿，后退三百步，等我们将现洋装上船，定将夫人还给你。"

李凤鸣提出让他看一眼梅花，胡匪头目说："李老板，你要是信不过就请回吧！反正我们当家的正缺个压寨夫人呢！"

李凤鸣知道这伙土匪说到做到，只好点头答应了。金飚让他提防土匪的诡计，李凤鸣苦笑了一下，说："事到如今也顾不得那么多了，为了夫人，就是倾家荡产也得赌上一把。"于是他领头后退三百步，眼睁睁地看着土匪将现洋搬到船上。土匪果然没有食言，搬完现洋后从船上抬下一男一女两个人来，然后就扬帆远去了。

李凤鸣慌忙赶到跟前一看，男的是黑七，嘴里边堵着块毛巾，被人五花大绑捆得像粽子一般，活的，昏迷着；女的被砍得面目全非，死了，从身材和衣着上看的确是梅花，李凤鸣见此惨景，当时就昏过去了，醒来后黑七告诉他，夫人和丫环早被土匪给糟蹋了，夫人反抗，被土匪们用刀子给毁了容……

李凤鸣听到这里，想到梅花平时对自己的种种好处，只觉得心头被一块巨大的石头压着，堵着，气都喘不过来，越憋越慌，突然，他大叫一声"啊——"一口鲜血喷了出来，眼前一黑，什么都不知道了……

受了这次打击，李凤鸣的精神低落到了极点。这些年来苦苦创下的家业眼看就要败光了，他已经没有力量再开镖局了，而就在这时，一桩大买卖又来了：广宁县长金鼎臣亲自登门让他将一批宝物送给在北京当总统的曹锟，事成之后付给镖银三万现洋。李凤鸣心想，有了这三万现洋做资本，镖局还可维持下去，心一横，将镖接了。

这天中午，李凤鸣和金飚领着伙计押着镖车，到了山海关外的一个山谷里，这里树木参天，山路陡峭，李凤鸣让伙计加快了赶车的速度。就在这当口儿，从树林里冲出一队人马，

从穿着打扮上看李凤鸣知道又遇上了胡匪，忙吩咐伙计们持枪相迎……

5. 说一段往事泪涟涟、恨绵绵

领头的是一位六十开外的老者，他骑在马上，头戴黑呢礼帽，身穿绸面长衫，脚蹬千层底的燕尾布鞋，长着花白胡须；一旁是一个手持双枪的汉子，就是以往屡屡遇见的那个蒙面人，另一旁是一位骑马的姑娘，她蒙着面纱，身着红衣。李凤鸣一看，不由大吃一惊：这老者竟是当年托他护送梅花姑娘的马得泰，更让李凤鸣惊讶的是一旁那姑娘的眉宇间竟然也长着一颗梅花红痣！难道这世上竟有如此神似之人？

李凤鸣正在惊诧，只见马得泰抱拳拱手说："李镖头，别来无恙？"

李凤鸣赶忙还礼："您不是被九头鸟给撕了票吗？"

马得泰微微一笑："多谢李镖头牵挂，小老儿命大，在阎王殿上转了一圈又回来了，这不，今天也在这里拉杆子混碗饭吃了。今天知道镖头打此路过，特来等候。"

李凤鸣心中一愣：马得泰怎么知道他打这里路过！不过，他尽管惊慌，但脸面上还装作若无其事的样子，和马得泰寒暄了一番。马得泰说"李镖头，小老儿今天在此等候，就是

有一件事儿想向您来讨教一二，不知您介不介意。"

李凤鸣笑着说："马掌柜的，有什么话您尽管说，只要是我李某人能回答得上来的，决不推诿。"

马得泰捋着花白胡须说："既然这样，那小老儿可就说了。古人云 有仇不报非君子，您对这句话是怎样看的?"

李凤鸣想了想，说："马掌柜的，在李某人看来，大丈夫理应知恩图报，有仇必报，不是不报，时候未到，不知马掌柜因何出此言哪?"

马得泰微微一笑，说："李镖头，有这样一个故事，说的是三个同甘共苦的异姓兄弟，老二为了独吞三人共同积下的百万家财，设下巧计，将另外两个弟兄悄悄地杀害，您说，这样的人可恨不可恨? 该不该千刀万剐?"

李凤鸣听了这话，顿时如五雷轰顶，脸一下红到了耳根，埋藏在内心深处的一段往事重现在眼前: 当年，自己不名一文，穷困潦倒的时候结识了两个人，一个叫白玉清，一个叫金凤龙，三人结拜为异姓兄弟，一起到内蒙贩马，吃尽了千般苦，受尽了万般罪，十年的苦心经营，哥仨积攒下了百万家产，也都先后有了自己的家室和宅院。为了独吞财产，李凤鸣设计将两个弟兄和他们的家人杀害，自己来到广宁开设了镖局，这是一个神

不知、鬼不觉的天大秘密，他马得泰是如何知道的呢? 这老家伙到底是什么来路?

李凤鸣大声喝问："马掌柜的，你究竟是何人?"

马得泰不慌不忙地说："话说到这个份儿上，我也只得以实言相告了。李镖头可还记得白玉清吗? 小老儿就是他的岳父九头鸟柳南风，你怎么也没有想到吧，他的岳父还活在这个世界上呢! "

李凤鸣大惊失色: 想不到九头鸟、马得泰竟然就是白玉清的岳父柳南风! 什么被土匪绑架，什么被砍得面目全非，其实都是柳南风做给他李凤鸣看的一幕幕假戏!

这时，马得泰朗声大笑，说道: "为了给女婿一家报仇，我煞费苦心，隐姓埋名，用女婿留给我的一百条黄鱼建了九头鸟大绺子和泰来当铺，还设下巧计让你收下梅花，让你沉湎女色，让她通风报信，把你的财产一笔一笔劫持过来! 梅花，让他看看，你还活在这个世界上呢! "

一旁那位骑马的红衣姑娘听了这话便扯下了面纱，李凤鸣一看顿时目瞪口呆: 这姑娘竟然就是他日思夜想的梅花!

李凤鸣颤抖着声音问："梅花，真的是你吗?"

"当然是我! 那天你看到的被毁了容的梅花，只不过是一个替身罢

了。" 梅花冷冷地说, "不过, 你还不知道, 我还是白玉清的女儿, 你是我的杀父仇人!" 李凤鸣见以前千娇百媚、柔情似水的梅花此刻正怒气冲冲地看着自己, 不觉吓出了一身冷汗, 这回他才明白为什么每次走镖都会和九头鸟不期而遇, 这都是梅花送信儿告的密呀! 他沉默片刻, 突然举起枪来, 正要动手, 只听 "砰" 的一声, 手腕一麻, 手中的枪掉到了地上, 回头一看, 却见金飚手里拿着短枪, 黑洞洞的枪口正对着他!

李凤鸣此刻吓得魂儿都飞了: "金飚, 你、你这是干什么?"

柳南风 "哈哈" 大笑, 朗声说道: "李镖头, 你还记得你的三弟金凤龙吗? 这位就是金凤龙的公子金飚呀!"

其实, 当年李凤鸣设计杀死了金凤龙, 可他没有想到, 金凤龙的一个贴身伙计将这个不幸的消息告诉了在北平读书的金飚。为了给父亲报仇, 金飚苦练武功、枪法, 伺机找李凤鸣报仇。几个月前, 马得泰为了增强绺子的实力, 想多弄几条快枪几匹好马, 他领着手下人去一个大户人家掐灯花 (黄昏时候打劫), 没想到中了埋伏, 身负重伤, 恰巧金飚打此路过, 他冒着枪林弹雨将马得泰救了出来, 两人结成了忘年交。后来, 金飚知道了马得泰的真实身份, 马得泰也知道了金飚就是金凤龙的大公子, 而且他还

和梅花订过娃娃亲呢, 两个人自小在一块长大, 金飚这次来广宁是找李凤鸣复仇的, 嘿, 天底下就有这么巧的事儿, 这真是不谋而合呀! 于是两人又周密地商议了一番, 考虑到梅花势单力薄, 又是个女的, 恐有意外, 所以就设计让金飚 "投靠" 了李凤鸣, 和梅花里应外合, 将李凤鸣逼向死路!

李凤鸣到了这时才知道自己已一步步陷入了复仇者精心设计的陷阱里, 他意识到目前的处境极为险恶, 得先稳住这伙人才好, 想到这儿, 李凤鸣看了看梅花, 眼泪一把鼻涕一把地说: "梅花, 一日夫妻百日恩, 何况

我们在一起相处了那么长时间，你不看我们夫妻一场的情分，也得想想你腹中的孩子，那可是我俩的命根子呀！"

梅花冷笑着说："李凤鸣，我来到你家，为的就是摸你的底，分你的心，乱你的神，败你的财，我会给你生儿子？休想！我谎称怀孕了，那是因为我们的计划完成得差不多了，我该脱身了！实话告诉你，我压根儿就没怀上你的种！"

李凤鸣叹了口气，他知道今天寡不敌众，末日到了，绝望之际，他弯下腰去，伸手去拔暗藏在靴子里的那把匕首，想当年，他在内蒙贩马，屡屡遇上凶险，每次都是靠这把暗藏的匕首化险为夷的，这可是他的杀手锏哪！李凤鸣刚弯下腰，梅花和金飚手中的钢刀几乎是同时脱手而出，李凤鸣只觉得眼前闪过两道寒光，脖子一凉，就什么也不知道了……

多年过后，广宁有人去天津做买卖，在一条街上看见过一个漂亮女人，她正和一个英俊、潇洒的男子有说有笑地走在街上呢，据说，那个男子很像当年的金飚，而那个女人的印堂上也长着一颗梅花红痣……

（题图、插图：杨宏富）

青春读本 1、2

——感动中学生的100个故事

这是我国第一种由中学生全选、推选和评选而成的作品集。它来自全国各地的中学生之手，是从数万件推荐作品中大浪淘沙，筛选出一千来份，然后又特邀上海市的几所重点中学的同学们组成"读书会"，依其多数同学的公认，最后才集镌了这二册共200个故事。

据先睹为快的同学们坦言，读了这些作品，才知道什么叫轻松阅读，体会到愉快教育的真正魅力；因为它不但使人学会了感动，而且还让人在感动中留下生命的暗记；用不着逐字逐句地诵读，这些故事已完全潜入了意识领地，在需要的时候喷薄而出。

当然对于其他读者来说，看这些作品，一方面，可以了解我们中学生到底喜欢什么样的作品，另一方面，也可以从中探究他们的心理世界和价值取向。

哲理故事

生活中处处有哲学,57则作品无不通过曲折生动的故事情节与矛盾冲突,揭示丰富和深刻的哲理内涵,让你从中看到智慧的闪光与思想的火花,并由感情的激荡而升华为哲理的思索,从中悟出事物深层的蕴含与人生命运的真谛。

打官司故事

"打官司"这个词具有强烈的民间语言色彩,官司一打起来,各种矛盾冲突就无可回避,无法隐藏。本书共收集涉及法制的故事30则,分6大类,它们是:精彩个案,愚昧法盲,弄权枉法,道德法庭,回头是岸,法永道恒。

校园故事

一生最好是少年,一年最好是青春。

这是一本充满活力的书,学生的时代,校园的生活,如花盛开般奔放,如火焰般热烈,全书34则故事,也许能唤起您少年时代最美好的回忆。

愿这本书能成为学生和老师的朋友!

打工故事

随着改革的不断深化,打工的观念将会成为社会普遍认同的一个观念。本书收编的24则故事,就是生活中打工仔、打工妹们打工生活的真实写照与缩影,它们是同类故事中的精品,相信能引起您的阅读兴趣。我们祝愿打工者们:明天会更好!

悲剧故事

　　本书所收10则故事是从《故事会》刊登的数千同类作品中精选出来的，主人公的遭遇构成了凄怆感人的故事情节，主人公的命运牵动人心，主人公悲惨的结局更令人心颤。

喜剧故事

　　从《故事会》"幽默世界"栏目中精心挑选成集，按内容分为：谐趣篇、巧计篇、戏谑篇、讽刺篇、荒诞篇、沉思篇。本书的特点是：(1)现代感强。作品均是反映当代生活的各类题材；(2)短小精悍。作品长不过千余字，短只有三四百字，言简意赅，内容丰富。

恩仇故事

　　构成恩仇的因素是多方面的：由爱变恨，由恨成仇；以怨报德，恩将仇报；忘恩负义，寻仇报复；亲人之间，恩怨仇杀……本书这9则中篇恩仇故事矛盾冲突尖锐复杂，有很强的可读性。

怨女故事

　　这是一本关于悲怨女人的故事书，54则作品分为"大祸从天降、魂系狼窝口、扭曲的灵魂、水火当有情、红颜怨恨天、情谊伴君行、三女抗争记、情歌绝唱对、亡灵的哭泣、山村血泪情"等10个篇章。

第二张
石椅子

□ 何德伟

有个女孩叫小倩，是一家沐足中心的按摩师，年轻漂亮，嘴又会说，按摩手艺也不错，来这里洗脚的客人都挺喜欢她，经常请她出去吃夜宵，去唱歌，去舞厅。小倩很贪玩，通常都乐意去。这里的8号按摩师，也是个女孩，是小倩的好朋友，两人合租一个房住着。8号常劝小倩少跟客人外出，小倩却不大听。

这天凌晨时分，又有个挺斯文帅气的客人请小倩去丽晶大酒店吃夜宵，小倩答应了。她和那个帅哥来到马路上，帅哥扬手招了一辆刚好驶过来的"面的"，两人坐了进去，帅哥对司机说："丽晶大酒店。"

司机从后视镜里扫了这两人一眼，点点头，开起了车。

小倩一面欣赏着窗外的街景，一面跟帅哥聊天、说笑。突然，小倩发现车子调了个头，拐上了一条偏僻的小道，小倩叫道："司机，走错了吧，丽晶大酒店不走这条路啊！"

这时帅哥露出了狰狞的面孔，一把将小倩摁倒在椅子上，一只手抓住小倩的双手，一只手照准她脑门就是一拳，小倩一下子晕了过去。

当小倩晕晕乎乎地醒来时，发现自己已到了一间空屋子里，手脚被捆了个结实，动弹不得。帅哥和司机两个绑匪见她醒来，便撕开了封住她嘴的胶布。

小倩惊恐地说："你们想干什么？"

帅哥一边耍弄着一把匕首，一边狞笑着说："不想干什么，只想借点钱花花。不多，四万，一分不少，否则……"帅哥一面说一面把匕首在小倩眼前比划着，小倩颤抖着哀求道："好好，我给你们，求你们放了我。"帅哥一听，便从小倩身上掏出手机，说："够爽快！现在，你马上打电话，叫你的朋友把钱筹齐了，今晚九点整把钱放到江滨公园七孔桥旁第二张石板椅下，收到钱，我们就会放了你！"

小倩没有多想，立刻拨了8号的

电话，电话一接通，小倩就哭了起来："呜呜呜，姐啊，我不该不听你的话，我出事了，快救救我……"

8号刚从梦中惊醒，忙问小倩怎么回事，小倩哭着说："我被绑架了，绑匪要四万，你快到我们店里去开我的工衣柜，工衣柜里有一件青色西装，里面藏着三张存折，总共四万，你千万别报警，不然我就没命了……"接着，小倩便说了工衣柜和存折的密码。8号一边答应着，一边哭哭啼啼地说："天哪天哪，怎么会这样？我这就去办，太可怕了！"

小倩交待完交钱的事后，一旁的绑匪就把电话挂断了。

接下来是漫长而又令人焦虑的等待，晚上十点，两个绑匪回来了，笑眯眯地摸了摸小倩的脸，说："还算识相，这回就放过你。"说完，两人就把小倩的眼睛蒙起来，塞进车子里，仍旧开到那条偏僻小道上，把她推下车后扬长而去。

小倩把蒙着眼睛的布条解下来，撒腿就跑，四周又黑又静，看不到一个人影，她不知跑了多久，才遇上一辆大货车，好心的司机让小倩上了车，送她回到住地，并帮她报了警。

警察很快来了，一边问话一边做笔录，问完小倩又问8号。

8号说："天亮后，我用小倩的存折，按她说的密码在银行提出了钱，当晚九点准时来到江滨公园，把钱放

弄巧成拙 (文: 常忠喜; 图: 包丰一)

1. 妈妈怕八岁的女儿看了电视里男女接吻的镜头会有不健康的影响，每次都支走她。

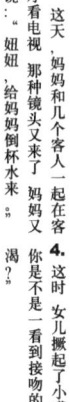

2. 这天，妈妈和几个客人一起在客厅看电视，那种镜头又来了，妈妈又说："妞妞，给妈妈倒杯水来。"

3. 电视里连续出现了三次接吻的镜头，妈妈让女儿倒了三次水。

4. 这时女儿撅起了小嘴："妈妈，你是不是一看到接吻的镜头就会口渴？"

到了七孔桥旁第二张石椅下面。"

警察说："你确定是放在第二张石椅下面了吗？"

8号说"是的，我仔细看过了，是第二张。"

两个警察对视一眼，其中一个说："现在请你跟我们走一趟，我们怀疑你涉嫌这桩绑架案。"小倩和8号全都目瞪口呆，异口同声地说："为什么？"

一个警察对8号说："不巧得很，江滨公园的石椅因为年久损坏，已于昨天晚上八点前全部搬走，新的椅子还要过几个小时后才运到呢，哪有第二张石椅给你放钱？昨晚九点你和你

的同伙根本没到公园里去！"

小倩惊骇不已，不敢相信地望着8号："是真的吗？为什么？"

8号含着泪说："你太红了，风头太盛，我怎么也做不过你。我以前是这里的红牌，可是现在，我的老客人都被你抢光了，只要被你按摩过一次，以后就都不找我了，我咽不下这口气，所以就叫我男朋友和我弟弟收拾你一顿。我并不想害你，只是想要你破点财，出点血……"

警察把8号带走了，小倩还愣在原地，像木头人一样，不知所措……

(本篇月月评短信代码：0709)

(题图、插图: 安玉民)

修车人的通知

小巷口有一个修自行车的摊子，是一对夫妻摆的。过往行人大都行色匆匆，谁都没有真正仔细地看过他们。

大年三十，人们匆匆下班回家，看见空荡荡的小巷口不见了那一对夫妻摆的摊子，只有墙上歪歪扭扭地写着一行粉笔字："修车人28日上班，谢谢合作。"

这一瞬间，那写在冰冷墙上的几个字，像箭一样洞穿了那些人的心，他们中的大多数，平时不会用"上班"这样的词汇来形容那些形形色色的摆摊人，他们认为只有自己的职业才可

以谓之"上班"，其实，没有什么劳动是应该被卑视的。

（作者：金　阳　推荐者：李玉琢）

两个指头的声音

有个高中生，是个残疾人，小时候因顽皮触碰到高压线，从此失去了左臂和右手的三个手指。开始的时候他绝望了，后来在父母及老师的开导下才渐渐平复如初。

有一次，一个伤残人报告团来市里作报告，他想去听，可又有点犹豫，他问父母："他们作报告的时候我怎样为他们鼓掌呢？"

父亲深情地看着他的眼睛，说："两个指头也可以鼓掌呀！"为了能为作报告的伤残人鼓掌，那几天里，他学会了打响指，听报告的时候，他就以打响指代替鼓掌。

有一次，班里的同学们讨论理想，大家都激动地谈论着如何用自己的双手在未来的世界里拼搏，他听了这些话沮丧了，因为他不能像别人那样用双手去拼搏。回家

后他一直闷闷不乐，父母知道了这事后当时也没说什么，片刻后发生了这样一件事：一枚硬币从母亲手中落到地上，他连忙跑过去捡起来交给母亲，母亲举着那枚硬币说："孩子，你看，拾起钱两个手指就足够了！"他听了一下就愣住了，心中的震撼是无法形容的。

没过多少时间，人们就看到他能用两个手指头熟练地操作电脑了，当心情特别好的时候他仍然会打一个响指。是啊，即使上天只给你两个手指，你也可以用它扼住命运的咽喉而做一个主宰者！

（推荐者：潘玉明）

借 鞋

那是入夏以来最热的一天，所以街角的那间冰淇淋店成了最受欢迎的地方。

这天，一个衣衫褴褛、赤着脚的小女孩走进店中，她手中攥着硬币，她只想买一份最便宜的甜筒，可是还没来得及走近柜台就被侍者拦住了，侍者示意她看一看门上挂着的告示牌，小女孩一看，那块牌子上写着"赤足免进"，她的脸一下子红了，于是她转过身，想赶快离去……

就在这时，店堂里有位先生悄悄起身，跟在小姑娘的后面走出店门，他叫住了正要离去的女孩，脱下了自己脚上的那双大皮鞋，放到她面前，轻松地说："哦，孩子，我知道你不喜欢它，它的确又大又笨，可是，它却能带你去吃美味的冰淇淋。我就坐在这里等你，你走路一定要小心。"

那位先生弯下腰帮小女孩穿上大皮鞋，小女孩感激得说不出话来，她穿着那双特大号的皮鞋，摇摇晃晃地走向冰淇淋柜台，店堂里突然安静了下来……

（编译：王流丽）
（本栏题图：箭 中）

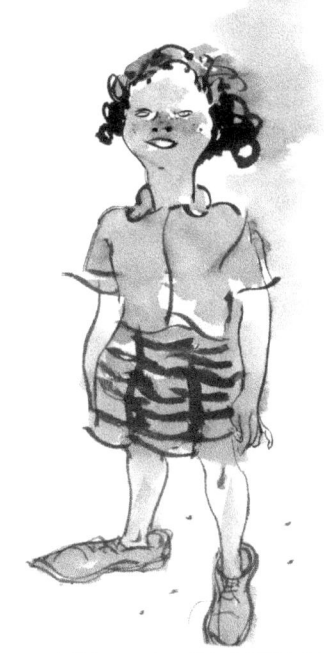

两个酒鬼

□ 李萌溪

杰克是个酒类推销员，也是个酒鬼。这天晚上，他又喝了不少，酒后开着那辆老掉牙的黄色轿车来到4号大街，这时，从一座黄色交通岗亭里走下一个腆着啤酒肚的胖交警，摆摆手拦下了他的车。

胖交警瞟一眼杰克通红的醉脸，说："看你的车满大街扭屁股，就知道你喝醉了，把驾照交出来，再准备50美元罚款。"

杰克红着眼睛说："先生，您搞错了，我没喝酒，一点没喝。"

胖交警低下了头，用通红的酒糟鼻子闻闻杰克的嘴，"嘿嘿"一笑说："胡说！你喝的是杜松子酒，蓝斯丽牌的，最少喝了半公斤以上！"杰克一惊：他猜得一点没错，不用问他也是个大酒包！可杰克不愿掏钱，就说："警官先生，哪条法律允许您用鼻子一闻就罚款啦？"

胖交警想想也对，就让杰克下了

车，抬起一只脚，做"金鸡独立"的姿势，他说："这可是州里最新实行的一种检测醉酒的新方法，只要你不能保持30秒，就是喝醉了，我就有权罚你。"

杰克站着都打晃儿，更甭说"金鸡独立"了，"立"了几次都险些摔倒。胖交警一笑说："没话说了吧，交钱吧。"杰克真心疼50美元，眼珠一转说："我不服！这种测试不合理，难度太大，我不会做，换你也做不来，不信你试试？"

胖交警生气地说："我试它干什么？"

杰克笑着从车里拿出一瓶10年陈酿的白兰地说："老兄，咱俩打个赌，你不用立30秒，只要能立上3秒，我就认输，不但交罚款，还把这瓶美酒送你。"

胖交警一见这陈年的美酒，就难以自持了，他见四周无人，迅速抬起一只脚，飞快地数完3个数，放下脚说："我完成了，你输了，把酒给我吧。"

杰克笑笑，换了一瓶20年的白兰地，说："别急，如果你能举起双臂，学鸡的样子扇两下翅膀，我就把这瓶20年的美酒送你！"这瓶酒比前一瓶更好，于是胖交警又按着杰克的要求做了。

胖交警做完后，杰克又拿出了一瓶50年的白兰地，说如果胖交警能"立"在他车的后备箱上，学一声鸡叫，就给他这瓶酒。胖交警心里乐开了花，二话不说，蹬着后保险杠就站到后备箱上，单腿独立，正要学鸡叫，谁料杰克此时突然发动了车子，胖交警被闪了一下，酒桶似的身子"咕咚"滚下车来，摔了个嘴啃泥，杰克的车

飞快地跑了。

这天晚上杰克喝得太多，第二天醒来后就把昨晚的事给忘了。当他开车又来到4号街那座黄色岗亭时，那胖交警怒冲冲地扑上来，他的嘴上缠着纱布，没法说话，但那表情恨不得一口咬死杰克！

胖交警押着杰克来到交警队，队长沉着脸问怎么回事，杰克只好坦白说，他一不小心，把胖交警摔下了汽车，可队长一听，狠狠瞪了那胖交警一眼，随后非常客气地跟杰克道歉，说他没事了，可以走了。

杰克懵了，他不明白是怎么回事，但一出门就听队长对胖交警吼上了："我说约翰，你是不是又在值班时间喝酒啦？上次你就是喝醉了酒，把一辆停着的黄色轿车误当成岗亭爬了上去，结果人家车子一启动，你就摔了个'狗啃屎'，丢尽了我们警察的脸，没想到这一幕笑话又重演了……"

(本篇月月评短信代码：0710)

跟你学个样

□ 李　芳

古时候，有一个叫张三的人在郊外闲逛时，发现草丛中有一具白骨，也不知道经历了多少风吹雨淋，早已腐朽不堪了。张三从小孤苦伶仃的，见到这情景，觉得很可怜，于是就动手将骸骨给掩埋了。

这天晚上睡到半夜，忽然有人敲门。张三很奇怪，这三更半夜的，是谁？他问了一声，门外有人答道："妃。"

张三更是摸不着头脑，壮着胆子开了门，只见一个美女羞答答地闪了进来，看见张三，低头施礼小声说道："小女子是杨贵妃，在马嵬坡自尽后，成了孤魂野鬼，落得遗骨也没人收。感谢您把我的尸骨掩埋，所以今晚特来报答您的大恩大德。" 张三是个穷汉，娶不起老婆，当夜两人恩恩爱爱的，直到半夜，杨贵妃方才告辞而去。

第二天醒来，张三心里乐坏了，逢人就讲，很快，张三的艳遇就传到了村里的恶霸严五那里，于是严五也想去碰碰运气。

说来也巧，严五转悠了一天，可真找着了一具白骨，他高兴得又蹦又跳，随便挖了个坑就给埋了，然后乐滋滋地跑回家里，躺在床上，焦急地等着天黑。到了半夜，果然有人敲门。

严五的心都快跳出来了，忙问："门外何人？"

"飞……"

严五把"飞"听成了"妃"，心想，那贵妃娘娘果然来了！他慌忙跳下了床，谁知门一打开，只见一个黑脸大汉铁塔一般站在门外，严五吓傻了："你……你是……"

门外那人嗡声嗡气地答道："俺乃是张飞，自从在阆中被奸人害死后，一直没人收尸，今晚前来报你大恩！"

陪朋友吃饭

□ 邱德军

阿海爱交际，朋友也多，所以陪朋友吃饭就成了家常便饭。

昨天一个朋友请吃饭，阿海去了。几个人都喝多了，可阿海感觉意犹未尽，再说老让朋友做东，心中过意不去，所以他决定今天请他们再去喝一顿，去的还是昨天的那家饭店，店面不大，但菜比较实惠。

刚入座，朋友小李说："昨天喝多了，菜也没大动，回到家就吐了，到现在还感觉肚中不舒服。"

小吴说："俺更惨，俺刚镶的金牙磕碰掉了，让俺老婆找了一晚上，也没找到，今天俺可不敢多喝了。"

阿海说："少喝酒，多吃菜，总可以吧？昨天上的甲鱼汤，咱们根本没动，今天我又点了这个菜，得好好品尝品尝啊！"

朋友们都表示赞同，一会儿菜端了上来，几个人就津津有味地品了起来。

席间，谈到吃喝的话题，小吴感叹道："现在有些人太不懂得节约，要了一大堆菜，却吃不动，白白浪费掉了。"说着，朋友们纷纷拿起筷子，争先恐后地吃起来。

阿海笑呵呵地请朋友们喝甲鱼汤，说那汤最有营养，可不能再像昨天那样白白浪费掉了，他给几个朋友每人盛了一小碗，催促他们快尝尝鲜。大伙也不客气，很快就把碗中的汤喝了个精光，阿海连忙再给他们盛汤，这时，他突然感觉汤中像有个金属样的东西，忙用汤勺捞出来，一看，他纳闷了："这是啥呀？"

大家都凑上来看，小吴突然大叫一声："天啊，这不是俺昨天丢的假牙嘛，咋跑到这里来了！"

大家一听，"呼啦"一下全跑向了洗手间，"哇哇"地大吐起来……

这是优惠的

□ 张照宏

黄二宝的精打细算是出了名的，在公司，同事们都愿意和他一起逛街，因为他每次总能靠着自己伶俐的嘴巴把商家说动，以最优惠的价格买到物超所值的商品。

这天是星期天，同事相约去郊区游玩。到公园门口买票时，黄二宝又费尽口舌说服工作人员把经理儿子的票给免了，把经理给高兴坏了！进大门后，大家东逛逛西瞧瞧，倒也玩得开心。路过空中飞车时，经理的儿子吵着要进去玩，一问票价，玩一次十块钱。黄二宝来劲了，回头悄悄对大伙说："难得来一次，要不大伙一块进去玩玩吧？我同他们讲价。"

大家一听，心想也是，再说有黄二宝在，也不会多花钱，就都答应了。不一会儿，黄二宝乐颠颠地回来了，逐个把票发给大家："一会儿进去好好玩，我同他们说好了，绝对优惠！"

大家兴致勃勃地坐上了空中飞车，把安全带系好后，空中飞车开动了，只见飞车一会儿过山涧，一会儿穿峡谷，一会儿如闪电般飞速疾驰，一会儿车子倒立朝下快行，刚才一百八十度俯冲，瞬间又变成三百六十度的旋转。别人倒还好，只是苦了经理，他是个胖子，120公斤的分量，心脏也不是最好，玩了好一阵后，车子停了下来，大家一个个抚胸揉头，大呼够刺激，但是绝对不会再坐了，可胖胖的经理一次下来，只见他满头大汗，满脸通红，气喘眼直，冷汗直淌，整个身子都瘫在座位上，就在经理颤抖着手准备解保险带的时候，这"空中飞车"又转了起来，工作人员在场外高声喊道："不要解安全带，第二次开始，这是优惠的！"

（本栏题图：李加史琦）

341　2005 SEMIMONTHLY 下半月刊　4月　STORIES

故事会
2005 年 4 月
下半月刊·绿版

主编：何承伟
副主编：吴 伦
社务委员会
何承伟 吴 伦 姚自豪
夏一鸣 冯 杰 张 凯
本期责任编辑：梁宁宁
美术编辑：李宝强
发稿编辑：
姚自豪　鲍 放
夏一鸣　蔓 石
马 峡
主管：上海市新闻出版局
主办：上海文艺出版总社
（上海市绍兴路 74 号）
邮政编码：200020
电话：021-64375030

督印发行：张 凯
（上海市建国西路 384 弄 11 号甲）
邮政编码：200031
电话：021-64313938
广告总代理：上海文艺广告传播中心
上海市绍兴路 74 号（邮编：200020）
广告总监：张 淮
广告业务：021-34010383
广告投诉：021-64333738
广告经营许可证
沪工商广字 3101034000029 号
发行：中国图书进出口上海公司

搜狐文化
CULTURE.SOHU.COM
本刊与搜狐文化
合作推出电子版

本刊各栏目欢迎来稿。来稿寄上海市绍兴路 74 号《故事会》杂志社，邮编：200020；请在信封上注明"×
×栏目"收；本期责任编辑电子邮箱:liangningning@vip.sohu.net

两个坏习惯

甲：我有两个坏习惯，令我感到很困扰。第一个坏习惯是裸睡。

乙：这也没什么呀！第二个坏习惯呢？

甲：梦游。　　　（陆　坚）

特　长

约翰看了游泳池招聘救生员的广告后前去报名。

游泳池的老板问约翰："你有救生经验吗？"约翰摇摇头。

老板追问道："那你有什么特长？"

约翰回答说："我人特别长，游泳池水深2.1米，我身高2.17米。"

（张　韵）

（本栏插图：李　加）

男人不好做

两个男人在聊天，甲向乙抱怨道"做男人真不容易，要是穿得西装笔挺，再打上领带，会被当成卖保险的，可要是穿着圆领衫，拖着拖鞋，会被当成不求上进的小混混。"

乙深有同感地说："可不是嘛，要是穿上工装裤，背着双肩包，再蹬上旅游鞋，又会被认为是还没发育好！"

（小　叶）

有何不同

法律系期末考试有这样一道问答题："试举例说明法律一词中'法'与'律'有何不同？"

某女生答"当然不同，如果我告诉妈妈我的男朋友是'律师'，她会很高兴；如果我说男朋友是'法师'，她一定会把我打死的！"

（李　萍）

美丽的妈妈

张太太生了一个女儿,取名"美丽"。

一天,同事问张太太:"你为什么给你女儿起这么俗气的名字呢?"

张太太答道:"这样,别人就会叫我'美丽的妈妈'呀!"

(小 颖)

杀鸡取卵

语文课上,老师讲完"缘木求鱼"这个成语后,请同学们再想一个意思相近的成语。

一男生答:"杀鸡取卵。"

老师更正道:"错了,'缘木求鱼'指的是做没有结果的事情!"

男生坦然对答:"老师,我杀的是公鸡!"

(张小波)

牛会抽烟吗

两个农家的孩子在聊天,一个突然问:"你家的牛会抽烟吗?"

另一个说"你疯啦,牛怎么会抽烟?"

"哦,那么,应该是你家的牛棚着火了。"

(都 磊)

小心眼

丈夫和妻子在剧院里看歌剧。妻子见丈夫非常不高兴,于是问道:"你不喜欢吗?"

"我非常不喜欢那个男高音。"丈夫回答。

"那我们别看了,现在就回家吧。"妻子建议道。

"不!我一定要等着看他在歌剧剧终时被打死,这样才满意。"

(叶 丹)

小冬瓜

　　一个又矮又胖的男生，别人都叫他"冬瓜"。

　　有一天，他和新认识的女朋友聊天，女朋友问："你小时候别人也叫你'冬瓜'吗？"

　　男生立刻回答道："当然不是，小时候他们都叫我'小冬瓜'。"

　　　　　　　　　　　　（海　亮）

害羞的牛

　　顾客问："老板，这是什么牛皮鞋，才穿几天就破了？"

　　老板说："先生，这说明您恰好碰到了一头害羞的牛。您想想，它没见过世面，脸皮薄，见了生人当然挂不住啦！"

　　　　　　　　　　　（潘金宗）

十分满意

　　一天，汤姆的爸爸问汤姆："宝贝儿子，你在学校表现怎么样，老师对你满意吗？"

　　汤姆说："当然，她对我十分满意。"

　　爸爸说："你怎么知道？是老师亲口对你说的？"

　　"是啊，"汤姆一本正经地说，"昨天她对我说：'要是所有的学生都像你这样，我马上就离开学校！'这说明，我已经全学会了。"

　　　　　　　　　　　（映　月）

约会时间

　　甲：你怎么总是在晚上九点后才和女朋友约会，难道真像作家们所说的"爱情需要黑暗"？

　　乙：那倒不是，关键是九点钟以后街上的商店都关门了呀。

　　　　　　　　　　　（何永广）

一 张 纸

一个拳击手在台上被对手打得毫无还手之力。

休息时，他的小儿子从看台上跑过来，递给他一张纸，他看了之后，似乎突然来了精神。

比赛再次开始，拳击手发了疯似的还击，没几拳就把对手打倒在地。

在众人的欢呼声中，拳击手的大儿子在看台上问弟弟："真棒！你刚刚给爸爸看的那张纸上到底写了什么？"

弟弟说："那是你的成绩单，就是全都不及格的那张。"

（宋 亮）

懒 鬼

这天夜里，一个蒙面歹徒拿着刀闯进了迈克的家。

他对迈克叫道："把你所有的钱和信用卡都交出来，不然我就杀了你。"

迈克看着歹徒，很无奈地说"对不起，我已经失业半年了，我没有钱给你。"

歹徒听了大怒："你这个懒鬼！我上个月才失业，这个月就已经出来抢劫了！"

（房 为）

初 恋

老师对一个早恋的学生说"初恋是幼稚的，是痛苦的，是没有结果的，更糟糕的是它会影响你的学习成绩。现在，你有没有认识到自己的错误？"

学生争辩说："可是，老师，这不是我的初恋。"

（王 巧）

（本栏欢迎来稿，来稿一经采用，最高稿费为1则100元。本期责任编辑电子信箱：liangningning@vip.sohu.net）

邪门的

小红帽

□ 华登喜

大岛是个贼，这天深夜，他开着车子得意洋洋地疾驰在高速公路上。半小时前，他刚刚神不知鬼不觉地从一家银行的保险柜里偷得了几百万的巨款，被他动过手脚的报警系统起码要在三个小时后才能发现他的杰作，而那时，大岛应该已经搭着凌晨的航班到欧洲度假去了。

这次作案，他事前谋划了三个月，从作案的工具、时间到银行先进的保安系统，他都反复研究过，当然，这条逃跑路线也是他精心选择的。

大岛之所以看中了这条路，一是因为它很偏僻，几乎没有什么关卡，二是因为它是出城最快的一条路。不过，很多混在道上的人传说这条路有邪气，因为有几个兄弟都是莫名其妙栽在这条路上的，甚至有人把这路称为"邪路"，说如果加油时站里的人戴着小红帽，那么十有八九就会有凶兆；如果加油站的人戴着小蓝帽，那么行动就会一帆风顺。

大岛当然不会信这些个说法，这里路面虽然不宽，但路况却很优良，更何况，这一带的警署都在离公路很远的地方。

当车子的油表显示油已经不多了的时候，大岛看到不远处路边有亮光，应该就是道上朋友提到过的那家小加油站。

大岛把车子径直开了过去，加油站很破旧，连塑料广告牌也都是七零八落的，大岛突然感觉到一股冷飕飕的风从背后吹来，他莫其名妙地觉得有点紧张，手心开始出汗，好像真的有股邪气笼罩了过来。大岛虽说不信邪，可有这样的感觉总不是好兆头，他下意识地把随身带着的手枪打开了保险，藏在座位下面，一旦发现加油站里的人有什么不对劲就一枪崩了他，反正荒郊野外也没有什么过路的人。

车子徐徐开进了加油站，一个少年跑了过来，等到大岛一踩刹车，小男孩立刻问道："先生，您是要加油还是住宿休息？"大岛看见小男孩的头上戴着一顶蓝色的帽子，心里长长地吁了一口气，回答道："加油，快点，我还要赶路呢！"小男孩一边往加油站里的办公室走，一边喊道："姐姐，加油。"

坐在车里的大岛一下子紧张起来，他看见一个女人从加油站的房子里走了出来，她的头上戴着一顶鲜艳的小红帽。大岛的手紧紧按在座位下面的枪上，一动不动。那女人很有几分姿色，一个漂亮妞儿大半夜的出现在这么个破加油站，真让人觉得不协

· 意料之外 情理之中 ·

调，不过话说回来，不少司机原本只想加油的，看到她恐怕也会改主意在这儿住上一夜了吧。

大岛正想着，那女人手里端着两大杯热气腾腾的咖啡走了过来，笑眯眯递了一杯给大岛，道："晚上还要赶路，喝杯咖啡提提神吧，我马上替你把油加好。"

大岛警惕地接过那杯咖啡，并不喝，冲那女人点了点头道："太好了，谢谢，我还要赶路，你快点给我把油加上吧。"女人嫣然一笑，说："好，三分钟就可以搞定！"说罢，把手中的咖啡杯放到了车顶上，然后戴上手套，开始了工作。她利索地拿起加油机上的输油管，拧开大岛车子的油阀，把油管插了进去。

女人拍了拍手，看着车内的大岛问道："先生，你还需要其他服务吗？吃饭住宿或者……"大岛果断地摇了摇头："不用啦，我还要赶路。"女人点点头，转过身去看看油阀，就趁这个时候，大岛把杯子里的咖啡从另外一个车窗给倒掉了，他警惕着呢，这种山野小店，半夜有这么个漂亮女人出来招呼，咖啡里指不定放了些什么。

正想着，只听女人朝房子里叫道："快出来收钱，三十九块，把收据带出来。"说完，女人朝大岛妩媚一笑，然后取下手套，端着咖啡杯回办

公室去了。

大岛看见刚才那个小男孩摆弄着一根棒球棍懒洋洋地从屋子里出来了，他的手又忍不住按住了手枪，可小男孩收了大岛的钱，棍子却一直没动，临走时还很客气地说："先生，祝您一路顺风。"

大岛把车开上了公路，想起同伙说的什么小红帽的凶兆就觉得好笑，看来那些不争气的兄弟八成是栽在了女人手里，喝了那不知道放了什么的咖啡，再多看两眼女人凹凸有致的腰

臀，魂恐怕都要飞了，被讹了钱是小事，露了马脚，可不就栽到大牢里去了？

大岛这么想着，很快到了城外，半小时后他就可以飞到郊外的机场了，一切这么顺利，大岛忍不住吹起了口哨，车子飞快地往前方奔去。

可是二十分钟后，大岛的口哨声被一阵越来越响的轰鸣声打断，只见车前冒出阵阵的浓烟，还有难听的"哧啦哧啦"的声音也从发动机里传了出来。

他的脸顿时变了颜色。是不是真有邪气呢？虽然已经快到凌晨，天要亮了，可是在空无一人的路上，大岛还是止不住起了一身鸡皮疙瘩。

他的车子被迫停了下来，大岛从车里走出来，打开车盖检查了一会儿，车子的发动机什么毛病都没有。这时候大岛再想起那些道上的传言，开始害怕了，路两边的树木都仿佛怪物似的要朝大岛扑过来，他吓得赶紧钻进了车里。

等了好久，浓雾中终于透出两团灯光，越来越近，有车！他大喜过望地跳下车，跑到路中间去拦，可当他看清楚那辆车的时候，却彻底崩溃了，那是辆警车。当警官掏出手铐时，满面憔悴的大岛已经不想再挣扎了，绝望地垂下了头，心里千后悔万后悔不该不听劝告，选上了这条邪路。

扭脖子 （文：叶丹；图：包丰一）

1. 小可陪太太上街，左边走来一位长发披肩的纯情美女，小可情不自禁扭过头去，看得眼发直。

2. 小可太太不高兴地问道："怎么了你？"小可忙解释："……睡觉时脖子扭着了。"

3. 不一会，右边又走过来一位妖艳的辣妹，小可又忙把头扭向了右边。

4. 太太更加不满了："你又怎么了？""脖子扭着了，现在活动一下也不行吗？"

警官把大岛押回警署后，又来到了加油站。

在加油站的办公室里，他朝戴着小红帽的女人笑着问道："这是第十二个了，你可真邪乎啊，用的什么办法？到现在还保密吗？"

女人一边喝着咖啡，一边妩媚地笑道："其实，要怪都怪那些笨蛋自己，深更半夜地到这么个偏僻的路上加油，看见我这样的漂亮女人也不动心，只想早点离开，要么是正人君子，要么就是心怀鬼胎。再说这么晚了，谁不想喝杯热咖啡啊，只有心里有鬼的人才会背地里把咖啡偷偷地倒掉，这次这个更明显了，一只手始终按在

那里不动，说实话我还有些紧张呢，应该是把枪吧？"

警官又饶有兴趣地问道："那为什么他们的车子从你这里开出去，最后都会停在路上等我们去'接'呢？输油管什么的都给堵塞了，是不是你们的油有问题啊？"

女人笑着说："我是那种贪图小利的人吗？油肯定没问题，而且保证是给他们加足了量的，就是……"

"就是什么啊？"

"我除了加油，还顺手往他们的油箱里加了一大杯浓浓的热咖啡！"女人调皮地笑了起来。

（题图、插图：安玉民）

古怪的乘客

□林 子

晚上九点半，巴士女司机周梅驾驶最后一班公共汽车返回终点站，在闹市区的商业大厦车站，陆续上了几名乘客，投币后分散坐在汽车前排的几个位子上。最后上来的是一个胖乎乎的中年男子，腋下夹着个不大的包，投币以后径直走向巴士最后一排光线最暗的座位。

还差四五站到终点的时候，车上的乘客就只剩下坐在最后一排的那个胖子了。周梅从后视镜里向后看看，问道："先生在哪一站下车？"胖子含糊地回答："再过几站。"车到了清源住宅小区站，胖子下了车。周梅似乎觉得他比上车时身上少了点什么，不

过一天的疲劳让她也没再多想。

第二天一早周梅上班后，把装有午饭的饭盒放在座位旁边，启动巴士。一开车门，第一个上来的就是昨天晚上的胖子，他径直走到最后一排他昨天晚上坐过的座位，因为是早晨上班高峰，车从起点站开出以后乘客越来越多，一直到终点站还是满满的一车人。

这趟巴士从起点到终点一共需要一个小时五十分钟，到达终点后周梅在驾驶员的座位上伸个懒腰活动一下自己的腰腿，这时她才注意到胖子正在汽车外边活动筋骨。这下周梅纳闷了：哪有乘客下车后不赶路的，这胖

子倒像是售票员似的，周梅胡乱想着，下了车，去休息室休息了。大约过了半小时，轮到周梅这趟车返回了，车门刚打开，第一个上车的竟然还是那个胖子，他看也不看周梅一眼，直奔后排座位。

接下来的事儿就更让周梅奇怪了，整整一天，胖子就重复这一件事，坐在同一个座位上往返于起点和终点之间，别人的车他不坐，连午饭都没顾得上吃。胖子也注意到了周梅疑惑的目光，每次上下车都装作不去看周梅的样子，一声也不吭，坐在座位上眼睛也很少朝窗外看，就这么低着头专心致志地坐车。

晚上九点半，周梅驾驶的末班车又往终点站驶去，车上又只剩下了那个胖子，静静地坐在最后一排。周梅的好奇心慢慢变成了恐慌，她时不时偷偷从后视镜里打量胖子的身影，越想越觉得胖子可能在打自己的主意，想开口说说话打破车厢里的沉默，又不知说些什么好，况且他要真是坏人，和他搭话不正中了他的花招？

周梅正在胡思乱想的时候，一辆国产面包车猛然间从巴士后面急速追上来，超过巴士以后在巴士的前方又猛地刹了一下车，周梅眼看着两辆车要撞在一起，一边刹车一边快速转动方向盘，可还是晚了一点，巴士的保险杠与面包车的尾部刮了一下，两辆车先后停了下来。

"哪有这样开车的！"周梅抱怨着，生气地打开车门下了车，面包车上也下来一高一矮两个男子，三人一同察看了车辆受损的情况，好在巴士的保险杠伤得不重，两名男子又不住地道歉，表示自己要负全部责任，等协商好赔偿办法后，面包车开走了，周梅转身回到巴士上打算继续开车回终点站，这时候，她吃惊地发现车上的胖子不见了，她想也许胖子是嫌停车时间过长，自己从敞开的车门下车了，周梅悬着的一颗心总算放了下来，看样子自己是多虑了。

车到终点站后，周梅突然发现自己带午饭的饭盒不见了，她明明记得饭盒是放在驾驶台上的，撞车以前好像还看到了，莫非是被那个胖子拿去了？可那个破烂铝饭盒只值二三块钱，要是那胖子足足坐了一天车就是为了偷这东西，他八成就是从精神病院跑出来的了。

第二天早晨，周梅一上车就开始注意上车的人，可她并没有见到胖子。上午十点钟巴士停靠在站台上，上来一个衣衫不整的黑瘦年轻人，右手提着一个又脏又旧的塑料袋，里面好像放了一只饭盒，周梅因为刚丢了饭盒，条件反射似的多看了两眼。又过了一站，上来一高一矮两个男人，周梅突然发现他们就是昨天晚上开国产面包车的两个人，高个没理睬她走进车厢，矮个向投币箱里投硬币的时候眼睛直

盯着周梅轻轻摇摇头，示意她装作不认识，不要说话。

周梅小心地启动巴士向前开，不时地瞄着后视镜，打量一高一矮两个男子，只见两个男子若无其事地向后挤，到了先前上车的瘦子身边，一左一右把瘦子夹在中间。瘦子似乎意识到了什么，局促地扭着身体，向后面的车门走去。矮个男子俯下身来系鞋带，突然在瘦子的旧塑料袋上猛地一扯，随着"咣当"一声，一个旧的铝制饭盒掉在地上。周梅猛地踩了一脚刹车，巴士停了下来，她看见掉在地板上的饭盒正是她昨天晚上不见了的

那个。高个男子右手搂住瘦子的脖子，把他牢牢地压在身下，左手从后腰中抽出手铐，铐在瘦子的手腕上，矮个男子从地上捡起饭盒打开，饭盒里面是满满的白色药片。

车上的乘客被突如其来的情况吓了一跳，七嘴八舌地猜测是怎么回事。高个男子拿出手机，只轻轻说了句："好了，马上过来接我们。"大约一两分钟后，一辆警车拉着警报迅速驶来，停在巴士前面。警察从警车里拉下一个人，周梅仔细一看，竟是昨天坐了一整天车的胖子，胖子手上同样戴着手铐，沮丧的脸低低地垂在胸前。高矮两个警察押着瘦子来到胖子跟前，高个警察问胖子："抬起头！看看是不是他！"胖子偷眼瞅了瞅，点点头。"带走！"一声令下，胖子和瘦子被塞进警车，警灯闪烁疾驰而去。

后来，高个警察到周梅的车上调查取证时，周梅才把事情的来龙去脉搞清楚。原来市里破获了一起大规模贩卖摇头丸的案件，这块地盘上的大买主就是胖子，摇头丸经胖子的手再转卖给各个零售点的毒犯。警方为了一举根除贩毒网络，发现胖子后并没有立即抓捕他，而是利用他抓获他的下线。

前天晚上，胖子准备和下线接头，他狡猾地把接头地点选在繁华的商业中心，可还没到接头时间，警惕的胖子就感觉到了周围有警方的监

视，立刻放弃接头，乘坐周梅驾驶的末班巴士离开接头地点。为了安全，胖子在巴士的后排座位悄悄撬开塑料座椅，把摇头丸藏在夹层里，又把座椅复原成原样，自己空手下了车。

胖子当然不甘心丢掉整整几百粒摇头丸，于是打算第二天铤而走险取回毒品。因为巴士后排的塑料座椅被自己撬得松动，只要有乘客坐上去肯定能感觉得到，毒品也就随时有被发现的危险，没办法，他只有从早晨开始一直坐在这个座位上。车上乘客始终很多，他不可能在众目睽睽之下打开座椅夹层取出毒品，只有整整一天坐在上面，而警察也就在周梅的巴士后面跟了一天。

"到了末班车的时候，车厢里最后只有他自己了，他为什么不取出毒品呢？"周梅还有些不明白。高个警察笑了："是你的警觉帮了倒忙，我们

也希望他快点取出毒品和下线交易，可胖子交待说，他发现你总在后视镜里瞄着他，就始终不敢动手，要知道做贼心虚嘛。我们猜胖子一直没机会拿出毒品，就想出制造个小车祸的办法，只有这样你才能离开车厢，给胖子拿毒品的机会，胖子拿到毒品后为了不引人注意，就把摇头丸装进你的饭盒里，装作下班回家的样子下了车。"

"这回，胖子和瘦子还是选择了在车站交易，这是他地盘上最热闹的地方。瘦子拿到东西后立刻上了车，碰巧上的还是你的车，看来是主动来给你送还饭盒了。"高个警察打趣地说。

周梅笑着回答："那饭盒我可不要了，谁还敢再用它吃饭！"

（本篇月月评短信代码：0801）

（题图、插图：箭中）

0—6岁 决定一生——幼儿身体宝典

这是一本以学龄前儿童家长为主要读者对象的自助性儿童教养读物，全书分为"健康从娃娃抓起"、"四季健康宝宝"、"孩子的护身符"、"容易忽视的现象"、"家有马大哈妈妈"和"爸妈的小招术"等六个部分，具有很强的知识性、可读性、操作性和指导性。

本书由长期从事儿童心理教育的儿科医院医生主编，作者针对幼儿家教中普遍存在的问题，通过对大量中外儿童教育成功或失误事例的系统分析和阐述，向年轻的家长们传授行之有效的家教方法，读来颇有启发。

《解读〈故事会〉》
一本揭示 故事会 40年发展历程的传记
欢迎评说

　　亲爱的读者，为体现与时俱进、求实创新的办刊思想，本刊在《故事会》创刊40年之际，特推出《解读〈故事会〉：一本中国期刊的神话》一书。关于《故事会》这本杂志，你可能有过这样那样的疑问：为什么《故事会》能几十年长盛不衰？高考满分作文与读《故事会》有什么关系？为什么卖《故事会》杂志就能赚钱？……看完这本书，相信你会揭开所有的谜底。

私人侦探第一案

　　本书系《故事会》金栏目"中篇故事"精选，共收9则作品，都是与歹徒、罪犯作斗争的故事。公安人员追捕逃犯，历尽艰险，血洒战场；罪犯遥控杀妻，扑塑迷离；村霸设置黑洞，为非作歹；小偷擒获白色恶魔，仗义可嘉偷盗贪官财物，枪杀情敌后代……作品内容曲折惊险，具有震撼人心的艺术魅力。

妻子要跳交谊舞

　　本书系《故事会》金栏目"中篇故事"精选，共收9则作品，皆系情爱故事。虽属情爱，却非都是甜甜蜜蜜，卿卿我我，而是充满了喜怒哀乐，恩怨情仇。看这些年轻的男女主人公，既有历经悲欢离合终成眷属，也有历经磨难依然遗恨终生；既有由爱变恨，愤而断情，也有化恨为爱，喜结良缘……

□夏启萍

爱的缺憾

听就动了心。

经过一番努力，我如愿以偿来到青溪中学。梁枫说得不错，皖南清丽的山水风光，激发了我的诗情，可现实就是现实，我自视精品的诗歌，没有一篇被诗歌杂志看中，理想中的浪漫爱情，更是迟迟不见影子。

惟一值得安慰的是，在学生眼里，我是个神秘的诗人，他们都很崇拜我，每次我这个班主任去做家访，学生和家长都有些受宠若惊的样子。

春暖花开的三月，一天下课后，女生莫菲突然歪着脑袋，黑葡萄似的眼珠盯住我，嘟起小嘴问："咦，夏老师，你怎么老是不到我家来家访？这样可不公平！"莫菲是个性格活泼的漂亮女孩，成绩一直是班上前三名。

现在我是个成功的商人，可上世纪八十年代，我是个狂热得发烧的诗人，正是一段不平常的经历，让我离开了诗歌，走上了现在的人生路，但直到今天我也不能确定，这是幸还是不幸。

那时候，我师大刚毕业，正为去向犹豫不决，志愿去西藏创业的同学梁枫建议说，他的家乡皖南不错，白墙黑瓦，青山碧水，是个盛产诗歌和爱情的"伊甸园"，尤其是他们镇上的青溪中学，依山傍水，风景如画，特别适合我这样的未来诗人生活。我一

我笑着解释道："是这样的，我时间有限，只能挑成绩差的同学做家访，享受这个待遇可不是什么好事！你要是成绩真不好了，你爸爸第一个就不会放过我吧。"莫菲爸爸是镇里的书记，对莫菲的学习特别关注，据说能力很强，为人耿直，因为得罪了县里的一个大人物，一直没升迁。

莫菲听我这么说，笑嘻嘻地点了点头。

这事很快就被我忘了，不料几天后的考试，莫菲成绩一落千丈，竟然滑到中下等的行列！这怎么可能呢？我怀疑这小姑娘是故意的，但无论如何，我决定立即去家访，否则再滑下去，真没法向莫书记交代了。

星期五的傍晚，我对莫菲说"明天上午，我去你家家访，你跟家里大人说一声。"我想，只有周末，莫书记才可能有时间在家，我要跟他谈谈。莫菲听后，不但不紧张，反而诡秘地一笑，说："好啊，欢迎！"

莫菲的家不远，在学校对面的山坡上，那幢古旧的木楼就是，中间只隔着一条清溪河。第二天上午，我来到了莫菲的家，家里冷清清的，也不见大人出来相迎。

我在门口叫了起来："莫菲，莫菲，在家吗？""来了，来了！"木楼上响起了"咚、咚、咚"的脚步声，莫菲兴高采烈地跑下楼来。我有些失望地问："你家大人呢，都不在家？"

"爸妈都有事出去了，可我姐姐莫雅在楼上哩，她也是大人嘛！"莫菲凑到我耳门边，嘀咕道，"夏老师，你不用访我爸妈，访我姐就行了，实话告诉你，我成绩下降，是因为姐姐最近越来越不开心，看她这样我哪能集中精力学习，只要你常来我家，做做我姐的工作，我保证成绩不下前三名！我姐最爱写诗，你上楼指导指导她吧，我烧点茶水就来！"

我不知道莫菲到底在想些啥，可看着她哀求的眼神，实在不忍心拒绝，再说，有个诗友交流，也是件快事，于是我点点头，往楼上走去。

可是，我怎么也没料到，那黄褐色的木楼梯，我是不该上的！

木楼上，光线灰暗，只有临窗的写字台前，斜斜地泻进一片春晖，一个长发的女子背对着我坐在窗前的光亮里。我想，她应该就是莫菲的姐姐莫雅，可当我走上前去的时候，突然发现莫雅坐的是轮椅——她是残疾人！就在她闻声转过轮椅的刹那间，我又吃了一惊，她太美了，我从她白皙美丽的脸庞看到她严严遮盖了腿脚的红色长裙，这一番打量之后，一句"诗"不由自主地从我脑海里蹦出来："啊／生命／僵硬和脆弱／燃烧起希望之火／以及爱的美丽……"

我承认，我的这句"诗"，可以荣登中国当代蹩脚诗榜首，但是，我的直觉不会错：在莫雅的心中，生命的火焰烧得还很旺。

莫雅打量我许久，轻轻说道："你是夏老师吧，莫菲说你要来看我，没想到你真的来了。"

我现在明白了，这一切都是莫菲导演的，她对我和莫雅都讲了谎话。可在这种情况下，我不忍心说破，只得顺水推舟："早就想来同你聊聊了，听莫菲说，你也挺喜爱诗歌的，是吗？"

"是的，"莫雅幽幽地说，"本来我的生活应该像诗一样美好，可是半年前，我外出旅游时遇上了车祸，等爸爸把我和轮椅一起接回来时，我的生活就变了……好了，不说这些，夏老师，能帮忙看看我写的诗吗？"我赶紧点头说："好啊，我就是来学习的嘛！"

翻开莫雅的一叠诗稿，写的大多是人生和爱情，读着读着，我的心里越发觉得不是滋味，在这破旧的木楼里，竟禁锢着如此美好的生命。

正在这时，莫菲端着一杯茶上来了，笑嘻嘻地说："夏老师，你和我姐挺谈得来嘛！喝杯茶吧，不过，我有言在先，这茶的味道不一定合你的口，你可要想好了，真的愿意喝再喝，喝了可别后悔哦！"

怪了，喝杯茶有什么可后悔的？我想都没想，接过茶杯，打趣道："莫菲，难道你下砒霜了？下了也不怕，我喝！"

我和莫雅说了半天话，早口渴了，于是"咕咚、咕咚"喝了起来。咦，还是放了红糖的茶水呢，甜滋滋的，不烫不凉正好，眨眼间，一杯糖茶被我喝了个精光。等我擦擦嘴巴抬起头时，诧异地发现，莫雅竟羞涩地垂下了眼睛，白皙的脸颊上，已是绯红一片。

和莫雅约好每个周末来谈诗歌后，我就起身告辞了，莫菲坚持要送我。出门不远，莫菲忽然低下头，忐忑不安地问我"夏老师，你知道在我们这里，喝了糖茶，是什么意思吗？"

"不知道,是不是表示对贵客的欢迎?"我随口猜道。

"按我们的风俗,你在我姐面前喝了糖茶,"莫菲结结巴巴地说,"你现在就、就是我姐的男朋友了!你已经表示了很喜欢我姐姐,愿意和她交往下去。"

听了这话,我真恨不得把肚子里的东西全倒出来:"莫菲,你这不是在害老师嘛!这不光是欺骗我,也是欺骗你姐姐!"

莫菲的眼睛红了,嗫嚅着说"对不起,老师,我是故意不跟你说的,考试也是故意考砸的。前不久,我把你跟同学的合影照给我姐看了,还跟她撒了谎,说你早就想见她,我姐听了很开心。你不知道,她好久都没像今天这么高兴了。"

"怎么会有这样的荒唐事?"我有些愤怒了,这才明白,自己已经一步步钻进了莫菲的圈套。

莫菲流着眼泪哀求道:"夏老师,这件事是我们三人的秘密,不会传出去的,你不用当真,只要装糊涂和我姐处处就行了,有一天,她发现你不是真心的,会主动放弃,决不会纠缠你的!"

我的心软了下来,再想想美丽的莫雅和她那些动人的诗,一切似乎都不容我拒绝:"好吧,我试试看,但愿不会给你姐带来更大的伤害!"

莫菲听我这么一说,破涕为笑:"绝对不会的!谢谢你啦!"

那天深夜,我坐在灯下,心乱如麻。说实话,我答应下来,并非全是因为同情,我很喜欢莫雅,她简直就是我的梦中情人!可是,想到她的双腿,我胆怯了。我是个很不安分、喜欢漂泊的人,就在最近,一位"下海"的同学约我南下,我也很想去南方看看,说不定到那边能写出切合时代主题的诗歌。

之后的每个星期,我都如约前去看莫雅一次,渐渐地,我发现自己真的有点爱上她了。

转眼到了冬天,一个周末的傍晚,天气很冷,莫菲悄悄带信给我,说莫雅让我马上去见她,说是有大事要跟我说,我隐约感到也许莫雅要和我确定些什么,我决定要在她开口之前,把自己打算明年春天就南下的想法告诉她,也许这段不可能的感情是到了要结束的时候了。

天擦黑的时候,我推开莫雅家虚掩的门,叫了声"莫雅",莫雅在楼上喊道:"我爸妈去城里了,莫菲也去了姥姥家,他们今晚都不回来,你把门关好上来吧!"面对这样的暗示,我的心越发沉重起来。上了木楼,我发现莫雅的房间漆黑一片,正要找电灯开关,她却让我先别把灯打开。

我知道再不说就来不及了,等莫雅真的表白了,我也许就没了拒绝的勇气。

"莫雅，先听我说，"我的声音有些发抖，"我过几天就要离开这里，到南方城市开始新的生活，我想，我想……我们是不可能了！"一口气把这些话说完，我虽然很难过，倒也有了如释重负的感觉。

房间里静得让人觉得不自在，窗外青溪河的流水声格外清晰。过了好半天，我听到莫雅平静地说："我明白了，那请你把灯打开吧。"

我走过去，打开灯，房间里顿时亮堂了起来，我抬头向莫雅望去，顿时惊得目瞪口呆！明亮的灯光下，莫雅泪流满面地站在那里，修长的双腿无可挑剔。

"莫雅！你，你的腿好了？"

莫雅平静地说"不是好了，是本来就没有问题，我的腿一直好好的，根本没残，今天叫你来就是想告诉你这个真相。"

莫雅在考验我？我脑子里刚冒出这个念头，立刻觉得既后悔又愤怒，后悔的是如果自己刚才不说，就算是通过了考验，结果可能是抱得美人归，愤怒的是也许本来很美满的恋情，就被她这样疑虑重重的试探搞砸了。

莫雅好像看出了我的心思，冷冷地说："你听说了吗，今天上午，县委李书记和他的儿子坐的车出事了，两个人都死了。"

·敞开心扉 诉说真情·

我莫名其妙地问："这跟我们有什么关系？"

莫雅的眼泪又涌了出来："李书记儿子看上了我，让李书记出面提亲，对我爸施加压力，我实在没办法，才装成腿残了，他们见我腿'残'了，就再不提亲。本来我打算等事情平息下来，偷偷地离开这个地方，可你出现了，我不想离开你，宁愿在这个木楼里一直装下去！"

我刚想说什么，被莫雅打断了："我以为你不一样，没想到和那个梁枫是一样的！"

"梁枫？哪个梁枫？"我打了个激灵。

死亡替身 (结尾部分)

(4月号上半月刊说到戴立诚威胁魏华:如果不和他联手杀死她丈夫,那么,将先置她于死地……)

魏华听戴立诚这么一说,低下了头,压抑着抽泣了几声,接着就沉默了,好久好久,她才像是下定了决心,开口说道:"老头子,你反正活着也是个废人了,你就当做做好事吧,以后每年的今天,我会多给你烧些纸钱的。"

戴立诚问了那家保险公司的名字,掏出内衣兜里的一只袖珍录音机,抠出里面的磁带,向魏华摇了摇,说:"一般情况,那家公司的赔款一个月能下来,一个月后,第一个周五的中午12点,我会到火车站广场的那个百事可乐广告牌下等你,你把赔偿金的一半给我,我把这盒录有你口供的磁带给你,咱们从此以后谁也不认识谁。如果你拿了赔偿金后不声不响地溜了,这盒磁带就会直接寄到那家保险公司的经理手中,你一辈子都将在被追捕中度日!"

魏华听了一下泄了气,她只好老老实实地答应了下来,接着,两人合力把魏华的丈夫拖进厨房,关好窗子。厨房里有两罐液化气,魏华拧开没接气管线的那罐的开关,液化气立即"嘶嘶"地往外冒,他紧接着又拧开了接到炉子上的那罐的开关,再把电打火的炉子定到20分钟后自动点火,随后两人马上离开了。

两人出门后戴立诚往东,魏华往西,她还挎着个篮子,因为西边有个菜市场……

所以,答案是A:魏华和戴立诚合谋谋杀了丈夫。

"梁枫是我第一个男朋友,我很爱他,当时他在师大读书,听到我腿残了的传闻,没等我给他解释,连回来看我的勇气都没有,就给我写了绝交信,说自己要去西藏,不想让我去受苦。"莫雅摇着头接着说:"我本无意试探任何人,却总是这样的结局。"

我这时才有点明白为什么梁枫当初要极力鼓动我来这里,也许他是希望我的诗能和莫雅撞击出爱情火花,也算为莫雅做了一点事情。

这就是如诗的生活吗?我的心像被谁捅了一刀。我又问自己的心灵真的纯洁到可以写诗的程度吗?如果我一开始就知道莫雅的腿是好的,还会这么轻易放弃她吗?

我再也说不出话来,跌跌撞撞地下了木楼。第二天我就辞了职,放弃了爱情,也放弃了诗歌,我要到温暖的南方,重新开始认识生活! 走的那天雪下得很大,我深一脚浅一脚,走出了那年的冬天。

(本篇月月评短信代码:0802)

(题图、插图:安玉民)

别伤了
亲人的心

□ 白　驰

市机关有个小伙子，叫高见，前段时间被下派到大山里的石洼村当书记。

腊月底的这天，他回到市里过周末，一大早，石洼村村长打来电话说，昨夜暴风雪后，几户村民的房子都出现了险情，催他今天务必赶过去想办法。

说实话，石洼村那个穷山沟，条件实在太差，这大冷天的他真不想出门，可想想就在前几天，他的事迹和照片还上了市报，自己是刚树起来的下派干部典型，于情于理都是该去的。

高见裹紧衣服出了门，坐上中巴车后，北风夹着雪花越刮越紧，路滑车慢，一路惊险，磨蹭到下午一点多，

才开进离石洼村还有四十多里的一个小镇。司机舒了一口气，"嘎"地把车停下，说是前面山高路险，再开就是玩命，不进山了，让大伙自己想办法。别的乘客听了这话都骚动起来，可高见却心里暗乐：大雪封山，车子开不进去，这下不能怪我了，只好打道回府！

高见站在路边等回城的车，边等边用手机给村长打电话，把情况和村长说明了，说这雪也不可能说化就化，年底这几天的工作，就由村长放手干。

阵阵寒风刺骨，高见缩着脑壳直哆嗦。为了赶车，他连早饭都没顾上吃，这会儿早已饥肠辘辘。向人一打听，半小时后，才有去市里的车路过，又见不远处正好有家小饭店，于是拎

着公文包，"喀嚓、喀嚓"地踩着冰雪走过去。

小饭店是两间平房，里面收拾得挺干净。一字排开的炭炉上放着几只铁锅，烧好的牛肉、羊肉炖在里面，热气腾腾。大概因为吃饭的高峰已过，屋里一个客人也没有。高见一屁股坐在方桌边的凳子上，冲里屋叫道："老板，吃饭！"

老板应声而出，是个黑脸大汉，四十多岁，胡子拉碴的，相貌凶悍，他拄着拐杖走近招呼道："吃饭？想吃点什么？"

这店老板的长相，让高见想起了一件事。那天，高见从市里搭车去山里，上车前，跟车主说好了直达石洼村，可到了这里，车主却很霸道地将他赶下车，让他转车。车主也是个大块头，剽悍嚣张，一脸蛮相。当时高见苦笑着问："老板，假如我不下车，恐怕就要吃皮肉之苦了？"车主晃晃拳头："不错，小子你还挺有见识呀！"瞧，这地方人什么德行！

高见虽不是研究人性的专家，但他爱琢磨人，自信眼力不错，看人一看一个准，这会儿高见越瞅店老板，越觉得他不对劲，自己得多几分警惕，想到这里，他忙笑着答道："一碗牛肉，五块白干，一盘青菜。对了，有半斤装的酒吗，来一瓶。这鬼天气，冷死人！"

店老板动作挺利索，点着酒精炉子，放上小铝锅，将高见点的菜放进锅里。一会儿，锅烧开了，高见狼吞虎咽地吃起来，几杯酒下肚，身上渐渐热乎起来。别看这山野小店，菜烧得特有味道，高见吃得一头大汗，边吃边夸道："嗬，老板，你的手艺不错啊，这牛肉的味道还真地道！"

"哪里，哪里，你有所不知，不是我的手艺好，你吃的可是本地的黄牛肉，价格贵得要死呢，味道自然好！"店老板站在一旁搓着手答道。高见抬头，猛地瞧见店老板那双眼睛，死死地盯着自己放在桌上的皮包，好像包里有一堆金子似的！

坏了，麻烦来了！店老板的话犹如一块骨头，卡在高见的喉咙里。高见恨不得把吃下的东西全给吐出来，心想：我今天真是饿糊涂了，怎么吃之前不问价格呢？这里的人自己也见识过了，店老板真要是宰自己一刀，肯定纠缠不清。瞧瞧店老板盯着自己皮包两眼放光的样子，绝不是省油的灯，刚才他说什么本地黄牛价格贵，不就是为宰客埋伏笔嘛！多花几个钱倒是小事，可这做冤大头的气，真让人受不了！

这么想着，鲜嫩的牛肉顿时没了滋味，高见正埋头思忖对策，店老板忽然凑过来问道："请问，您是工商干部？"

高见一愣，不置可否地应道："咦，我又没穿制服，你是怎么看出来的？"

"原来您真是工商干部啊！"店老板似乎来了精神，嘿嘿一笑，"您那皮包上不是写着嘛！"

高见恍然大悟，自己的皮包上赫然印着"市工商会议纪念"几个字，原来这店老板一直在看它，想必是对工商干部心存畏惧，想打探清楚他的身份，免得宰错了客，日后麻烦。高见不由得心中窃喜：有了，这朋友送的皮包，帮上大忙啦！

高见借坡下驴，挺直腰杆，很有派头地说："哈，看不出来，老板还是个有心人！不错，我是市工商局的，是个小科长，姓胡，来你们县工商局办点事，顺道下基层搞点暗访，你对工商干部有什么意见，可以……"

话没说完，店老板拐杖"笃笃"响了起来，迅速跛到碗橱前，剜了半铁瓢猪油，倒进高见的菜锅里，赔上笑脸说："胡科长，我叫黄大柱，你叫我老黄好了。这大冷天，你们还下来跑，太辛苦啦！加点油，加点油，没油不好吃，这油不算钱的。"

"不行，不行，你们做点小生意也不容易啊……"高见一本正经地推辞着，黄大柱却不接他的话，小心翼翼地问："哎，胡科长

是下来搞暗访？那……我们镇的工商所长张爱民，你认得不？"

见来了效果，高见决定把戏接着唱下去，好好治治这些势利小人，出口气。他晃晃油亮亮的筷子，神秘地说："嘿嘿，老黄呀，我也不瞒你，你们所长张爱民，我不但认识，而且关系还不寻常哩！"高见一眼看穿，这老黄是在套近乎。俗话说，县官不如现管，他能跟当地的所长扯上关系，老黄不但不敢宰他，恐怕巴结都来不及呢。

果然，老黄兴奋得满脸放光"哎呀，贵客，贵客，小店真有福气！胡科长，您慢吃，我去叫张所长来陪陪您！"

"不用了，我上午打他手机一直关机，我再打打看！"高见怕露馅，急忙摇摇手，掏出手机，装模作样地按了一串号码，贴在耳朵边等了一会儿，说道："哎，这次通了！对，你还能听出我的声音啊，我以为你把我给忘了呢。张大所长，你还挺忙的嘛，上午跑哪去了，怎么现在才开机？我在哪？在你的地盘上，车站小饭店吃闷酒！别来吧，我马上就得走，好，下次去市里，我们好好聚聚！"

这个电话，威力更是非同小可。高见派头十足地收起手机，满满一瓢牛肉已经添进了锅，老黄不住地说："吃，吃，多吃点，胡科长，牛肉不是什么好东西，可它作暖呢……"

高见心里有数，这瓢香喷喷的牛肉又是白送的。这里的人啊，怎么不是凶悍就是势利，治治他们，活该！

虽然很解气，高见却没了胃口。看样子，自己的麻烦是不会有的了，但是他一点也不轻松，他不想贪小便宜多吃几口牛肉，倒是看到朴实的山里人也失去了正直，心里觉得挺不舒服。

高见正想着，老黄在一旁又讨好地说："哎呀，我听出来了，胡科长，你跟我们张所长关系真不一般啊！"

"那当然！"高见不屑地说，"这么跟你说吧，你们张所长跟我一个铺睡了三年，你说我们感情怎么样？"

"哦！"老黄眼珠瞪得老大，抓了抓乱糟糟的头发，"那后来呢，你们怎么不在一起了呢？"

高见故作惋惜地说："唉，我们都身不由己啊，后来我分在市里工作，可惜他分到下面来工作了！"

高见演得有板有眼，老黄的脸却突然黑下来，红着眼逼问道："你们分开的原因，就这？"

"就这，"高见诧异地点点头，不知道哪里出了问题，赶紧补充道，"不过，我们现在还常来往，他到市里，我还陪他在宾馆里吃住呢。他这人的确很不错的，一段时间没见，我就怪想他的……"

不知道为什么，话没落音，只见老黄的脸涨得通红，额上青筋鼓得老粗，他伸手关了火炉，气咻咻地说："你说的瞎话，鬼才信！要是再敢胡说八道，小心我磕了你的牙！小店要关门了，胡大科长，对不起，你给我出去吧！"老黄边说边动手收拾碗筷。

高见傻了眼：自己没说错话啊，怎么老黄忽然就翻脸了呢？莫非他还要宰我？可我现在是"工商干部"，我怕他什么？想到这里，高见也板起了脸，盛气凌人地说："老黄同志，有你这样做生意的吗？我这顿饭还没吃完，你就强行赶客人走，不文明经商不说，这饭钱怎么算啊？"

"去你的，少来这一套！"老黄一

拍桌子，指着高见鼻子，"我一分钱都不收，你总找不到我的碴了吧？可我就不想让你再呆这了，就你，也能搞'暗访'？自己道德就有问题！"

一分钱也不收？这倒是高见没想到的，高见觉得老黄不收钱正说明他心里发虚，不依不饶地高声叫道："怎么啦？老黄同志，我哪里得罪你了？你这样赶我走，得有个说法，否则传出去，说不定还会闹出什么误会！"

屋里的气氛紧张起来。就在这时，一个二十五六岁的女人匆匆进了门，穿着一身工商制服，挺漂亮的，她进门就质问老黄："怎么回事？怎么能和客人吵？什么态度嘛！"

老黄一脸委屈地说："张所长，我不是没心没肺的人，要不是你帮我拿贷款、盖房、办执照，开起了小饭店，家里日子没法过不说，老婆怕也早病死了，我打心眼里感激你啊，所以工商干部来我这小店，我一向很尊敬的，只收个成本，为这事，你还批评过我多次。今天这位市工商局的胡科长，我晓得是你的熟人，刚才他还给你打了电话，我怎么会怠慢他？可他……"老黄欲言又止。

天哪，眼前的女人竟然是张爱民，那个张所长？一个文静的女人，怎么起了个男人的名字！高见惊讶得半天合不拢嘴，想起刚才吹的那些话，脸"刷"地红成了猪肝，低下头，恨不得找条地缝钻进去。精明的高见

也立刻预感到：这回丢脸不说，弄不好还要惹大麻烦的。

张爱民听老黄这么一说，看了看高见，似乎明白了大概，不料她不但没发火，还"噗哧"笑了起来，对老黄说道："是的，胡科长不仅是我的……熟人，还是我的亲戚呢，我就是接到他的电话才赶来的，可现在，他怎么惹恼了你？"

老黄瞪了张爱民一眼："笑，笑什么笑！人家坏你的名声，你还笑得出来？"

"咦，坏我名声？不会吧，他能坏我什么名声？"张爱民歪着脑袋奇怪地看着老黄。老黄抓着脑袋，愤愤地

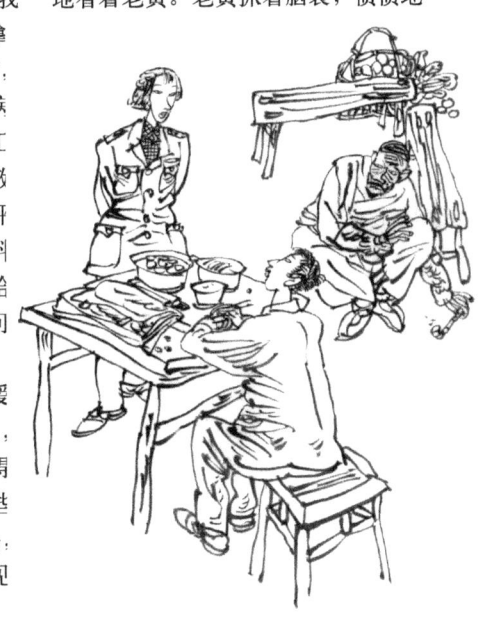

网络痴呆症 10 大症状

◇ 早上起床后第一件事和晚上睡觉前最后一件事，就是上网聊天。

◇ 半夜三点上厕所，出来总要收一下 E-mail。

◇ 看到别人衣服上的文字有下划线，就会用手指去点击。

◇ 只要用英文打字时，都会习惯性地加上.com。

◇ 打车回家，你会告诉司机你的地址是：www.***.com。

◇ 去买东西，你会问售货员："有没有免费的可以下载？"

◇ 朋友一大堆，可需要人帮忙时，发现没一个见过面。

◇ 不管谁让你找样东西，你都会毫不犹豫地对他说："去 google 搜搜。"

◇ 发现市面上所有的通讯录都不能用，因为不能自动分类。

◇ 一想找谁就去上 QQ，永远不会想到这世上还有种通讯工具叫电话。

说："他说跟你……睡过三年，你到了乡下，他才甩了你！现在，他还和你……纠缠不清！张所长，你还没嫁人呢，这话传出去，怎么得了？"

高见最担心的话，该死的老黄还是说出来了。张爱民愣住了，白皙的脸蛋绯红一片，她转转眼珠，大笑起来："哈哈！他说的不假，可那是我们七八岁的时候啊，有什么奇怪的？我们是表亲，现在怎么就不能来往呢？"

高见长嘘一口气。黄大柱听了这话，乐了，一拍大腿，不好意思地说："该死，瞧我想哪去了，得罪了，胡科长，我就说嘛，张所长不是那样的人！"

从黄大柱的饭店出来后，高见的脸火辣辣的，尴尬地对张爱民说："谢谢你……"张爱民盯着他的眼睛说：

"谢我什么？高见先生？"高见一惊："你、你怎么会认得我？""市报上认识的呀，我对你的照片印象很深啊，年轻有为，又肯吃苦，我很敬佩你呢！刚才我碰巧路过，听见争吵声才进来的，"张爱民若有所思地说，"其实，我们只要为老百姓做一件小事，老百姓一生都会感激我们的，就会把我们当自己的亲人护着！你不该小看他们，我这样做，不是为你，是不想伤了他们的心！"

冰凉的雪花，无声地飘落着，白茫茫的山野，格外静寂。高见心里亮堂堂的，不觉间涌来阵阵暖意。告别张爱民时，一辆去市里的客车正好开过来了，高见没有上车，而是踩着积雪，急切地朝大山里走去……

（本篇月月评短信代码：0803）

（题图、插图：魏忠善）

生活充满了美，而《故事会》是发现美的眼睛。 ——张树杰（辽宁）

□ 镓 鑫

想活精神点

肖遥是一家房地产公司的总经理，家里的经济条件自然不在话下，可他爸退休后不在家享福，继续在厂里当什么技术指导，这也就算了，最近又听说他和厂里食堂的一个女人交往过密，甚至按月给人家送钱，这下肖遥沉不住气了。老爸不仅出去打工，还要给自己找个后妈，要是传出去，自己堂堂一个总经理，脸往哪搁呀！

这天，肖遥悄悄来到老爸厂里的食堂，正是上班时间，到处静悄悄的，肖遥趴在厨房的门上往里张望，本想看看那个女的长啥样，却没想到老爸竟也在里面。

肖遥看到一个四十来岁的女人正在抹眼泪，长得倒挺干净利落，老爸拉着那个女人的手说："你放心，我不会不管的！上次给你的三千块钱你先用着，下月我儿子给我钱了，我再给你。"

老爸这话差点没把肖遥给气死！他立刻开车去了老爸家，路上就打电话让老爸快回家，说有急事。老爸接了电话，果然匆匆忙忙地赶回来了，等他一进屋，肖遥不由分说地就问："老爸，那个女人是怎么回事？你真的要娶她回来给我做后妈？人家的底细你了解吗？"老爸一听这话大发雷霆："这是哪个混蛋造的谣？人家是有丈夫的人，这么说人家，叫她一个女人家以后怎么活？"

肖遥一听说那女的还有老公，更着急了："老爸你怎么糊涂了啊，你给她钱的事，外面早就传得沸沸扬扬的了！"

老爸扯着嗓子喊道："你少听那些人胡说八道！我每月给她钱是不假，那是我不愿意一个人做饭，让她给我做饭的饭钱。"

肖遥原本不想说出扒门缝偷看的事，一看老爸死不认账，只好讲了自己亲眼看到的事实。

老爸"啪"地一掌拍在桌子上："你还跟踪上我了？我就是拉了她的手，我们也是清白的！我给她那三千块钱，是给她丈夫治病的。她丈夫腿摔断了没钱治，我不能见死不救，你要是我儿子，就别信那些人的鬼话！你要是相信那些王八蛋，以后就别到我这来！"

肖遥委屈地说："你有没有替自己的儿子想过？这么不管不顾，会影响我在外面的形象！"

老爸愣在那里，眼睛直直的，半天才说了句："好，听你的，厂里我不去了。"

老爸倒是说话算话，好一段时间在家里呆着养花弄草，肖遥慢慢放心了下来。

这天，肖遥打电话给老爸，谁知电话刚接通，自己的手机响了，肖遥叫老爸稍等一会，电话别放。等处理完公务，肖遥又拿起话筒，却隐隐约约地听见里面有说话声："小雪啊，你别害羞啊，以后这就是你的家了，咱俩都不想寂寞，有人说说话就行了，你放心，我会好好待你的，你不是觉得自己不好看吗，我出钱，给你拉双眼皮，再整整鼻子……"肖遥暗吃一惊，可又怕电话里讲不清楚，就忍住了没当场提此事。

肖遥真是担心死了，老爸怎么这么没眼光啊，刚认识就让男方出钱做美容，这种女人，准不是什么好人，就光说"小雪"这个名字，听起来年龄就不大，愿意嫁给老爸，不图钱图什么？要真是冲着家里的钱来的，老爸哪里玩得过人家，被人骗了钱还好说，要是受了伤害，老头子真要受不住了。

第二天一早，肖遥没去公司，直接赶到老爸家，快到家门口时，他突然想到，还是先给老爸一个电话比较好，让他有所准备，免得遇到什么尴尬的场面。

电话一通，肖遥先是听到一句："别急啊小雪，我说句话就回来啊！"然后才听老爸问："谁呀？"肖遥心里真难受啊，不过幸亏没直接开门，要不听老爸刚才气喘吁吁的声音，闯进去肯定是冒失的。几分钟后，肖遥到了家，见老爸开门时还在喘个不停，心里的火直往上拱：这小雪胆子也太大了，连我回来了也不懂得收敛，骗得了老爸，可骗不了我，这回非得好好收拾她一顿不可！一生气，肖遥也就不管那么多了，推开门就往屋里闯，见客厅里没人，他又去了卧室、厨房、厕所，最后连床底下都看遍了，也没见到半个人影。难道她从窗户跑了？一想到这，肖遥不禁在心里惊呼：对呀，怎么忘了，老爸住的可是一楼啊！

老爸跟着肖遥从这屋转到那屋，问他在找什么？肖遥犹豫了一下，说："没啥，看看老爸把家收拾得怎么样，用不用请个保姆。"老爸连说不用，说自己身体结结实实的，啥都能做。

肖遥坐了一会，忍不住问老爸刚才在干什么，怎么累得直喘？老爸"嘿嘿"一笑，说呆着没意思，在跟小雪逗着玩，跟着就叫了起来："小雪，你怎么躲起来了？别害羞啊！快出来认识认识。"肖遥刚消了的火气又蹿上来了：小雪还在家里没走？老爸也太不顾及了吧。

老爸挨个屋找了一圈，最后走到肖遥身边，他俯下身子，一伸手，竟然从沙发底下掏出一只京叭狗来。

"这就是小雪？"肖遥太意外了。"是啊！我捡它那天，天上下着小雪，它卧在树下冻得直发抖。它是一只老狗，腿又受伤了，估计是被主人抛弃的，我看它可怜巴巴的，就把它抱了回来，给它起了个名字叫小雪，"老爸美滋滋地看着怀里的小雪说，"你别

看它是条狗，可有灵性了。"老爸把小雪放到地上，说了句："来，小雪，咱们做个游戏给哥哥看看。"小雪真的就四爪伸直趴在了地上，它用嘴咬住老爸的裤脚，任老爸拖着它跑来跑去。一会儿，老爸就又气喘吁吁了。

"你说要做美容，就是给她？"肖遥还是满腹狐疑。"你怎么知道的？"老爸摸着小狗的耳朵说，"它是条公狗，可我总觉得它软绵绵的不像个男人，我想让它眼睛有神点，鼻子挺一

"掌上灵通杯"《故事会》优秀作品月月评

1. 本期由初评委推荐以下10篇故事为候选作品，读者可挑选出你最喜欢的一篇，将其月月评短信代码（如0608，没有短信代码的作品不参加评选）发送到200056（移动用户）或900056（联通用户）。每次限选一篇，可多次投票。

2. 作者奖：每期设"最受欢迎的故事"三篇，由得票最高的前三名作品获得。这三篇作品均将列入本刊今年举办的《中国最有影响力的故事》征文大赛候选名单（该征文活动详见本期第37页）。第一名的作者还将获赠上海文艺出版总社出版的大型历史图书《话说中国》一套（价值1000元）。

篇名与短信代码

代码	篇名	代码	篇名
0801	古怪的乘客 (P12)	0806	投资吸引力 (P38)
0802	爱的缺憾 (P17)	0807	生死声响 (P42)
0803	别伤了亲人的心 (P23)	0808	恼人的短信 (P46)
0804	想活精神点 (P29)	0809	心中有个梦 (P49)
0805	制造罪恶 (P33)	0810	少玩这把戏 (P83)

3. 读者奖：参加评选并选对当期"最受欢迎的故事"的读者均有机会获得现金奖，每期20人，各获现金500元；所有参加评选的读者均有机会获得参与奖，每期200人，各获价值30元的礼品一份；参加全年24期评选的读者更有机会获得年终大奖，共12人，各获价值5000元的数码摄像机一台。

4. 本期活动截止期为：4月20日。得奖读者在评选结果揭晓后将得到短信通知，用户接收每条短信收费0.50元。

"掌上灵通杯优秀作品月月评" 2005年2月下评选揭晓

2005年2月下获得选票前三名的作品分别为：《安徒生童话》（0409）、《只想握握你的手》（0403）、《为了丈夫的嘱托》（0405）。

点，那多威风啊！"老爸说到这，停下来看了肖遥一眼，看儿子的表情似乎并不反感，就又接着说："反正你给我的那些钱我也没处花，你看看，现在它是不是精神多了？美容院的人说它老了，一开始还不想给它做，可我说了，再老也得活得精神点吧。"忽然，老爸像是明白了什么，盯着肖遥问："听你刚才的意思，不是又怀疑我有了什么女人吧？"面对老爸的目光，肖遥无言以对。

老爸神色黯然起来："你放心吧，我不会找什么女人让你难堪的。我想让这条狗跟我做个伴，陪陪我，这该不会影响到你的形象吧？"

听老爸这么说，肖遥鼻子一酸，眼泪"呼"地一下就涌满了眼窝，是啊，人老了也想活得精神点啊。

（本篇月月评短信代码：0804）

（题图、插图：黄全昌）

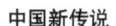

制造罪恶

□ 华 凯

能做什么事情，不能做什么事情，人心里该有个标准，否则就会一步步滑进罪恶的深渊。古人说的"勿以恶小而为之"，正是这个意思。

李大勇靠蹬三轮车挣钱度日，虽不富裕，但也过得心安理得。

这天，他正在送货的路上，腰上的手机响了，他边蹬车边接手机。对方也不说自己是谁，上来就问："你想不想发财？"李大勇听了对方没头没尾的话，也冲着手机喊了一句："我天天都想发财。"对方立刻说："那好，如果你弄死赵广明的那对鸽子，我给你一万元。"

李大勇不高兴了，这人不是开自己玩笑，就是脑子坏掉了。电话里说的这个赵广明他也知道，是个有钱人，据说有上亿元资产，李大勇蹬车常常路过他家住的那幢别墅，赵家确实有一对鸽子飞来飞去，杀死两只鸽子不

难，可谁会为了两只鸽子，给一万元钱呢？这么想着，李大勇也懒得再答理对方，把电话给挂了。不料，此后那个人天天打来电话，李大勇实在忍无可忍，最终没好气地说："别天天吵我了，先寄两千元来。"没想到那家伙还真问李大勇要银行账号，李大勇就给了他一个，反正账上只有两块钱，不怕被骗。

第二天，那人又打电话来了。李大勇生气地问："你有完没完啊？你闲着没事，我还要蹬车挣钱。"可那人并不生气，认真地说："已经把两千元存进你的账户了，请你去查查。"李大勇不相信，可到银行一查，自己的账户上果然存进了两千元。世上竟然有

这种美事？李大勇立刻把两千元领出来，回家把这事告诉了妻子。妻子叫他赶快去杀死赵广明家的鸽子，把剩下的八千元也弄到手。李大勇问："要是杀了赵家的鸽子后，那人不给八千元呢？"妻子说："以前在乡下没人给钱你不还打鸟玩吗？现在反正已经得了两千元，就算那八千元不给，也值了。不如赌一赌。"

李大勇当天就带了一支气枪，蹬着三轮车到赵广明家附近转悠。一会儿，赵家的那对鸽子从楼顶上双双飞下来，李大勇看四下无人，就举枪瞄准，"扑扑"两枪，两只鸽子应声掉在了地上。李大勇过去，确认两只鸽子都死后，才蹬车离开。真是神了，李大勇刚刚离开，神秘的电话就来了，那人说："八千元已经存进你的账户。"李大勇马上去银行查，八千元果然已经到账了，他生怕账上的钱溜掉似的，又全部领了出来。

晚上，李大勇和妻子高兴得睡不着觉，这不是天上掉馅饼是什么？一万块钱，得蹬多长时间的三轮车才赚得到！可那神秘人到底是谁，为什么要花一万元请人杀死赵家的鸽子？这事很容易下手，他为什么自己不去杀呢？再说，杀死赵家的鸽子对他有什么好处？夫妻俩百思不得其解，一夜都没睡好。

李大勇正和妻子猜想着，神秘人又打电话来了："赵广明养了一条狼狗，你知道吗？"李大勇心里一喜，赶紧说："知道。"他心里想，如果这家伙要我杀死赵广明的狼狗，一定要他给三万元。可没想到那人却说："如果你弄死赵广明那条狼狗，会得到五万元。"李大勇高兴得几乎跳起来，连声说："我一定照办，一定照办。"

挂机前，李大勇试探着问神秘人是谁，为什么要杀死赵广明的鸽子和狗，那人却说："你最好别问，一旦知道底细，这种生意就轮不到你做了。"李大勇一听这话，立刻闭了嘴。

三天后，李大勇带着尖刀埋伏在赵家附近，他还带了一只烤鸡腿，上面涂了药，即使受过训练的狼狗，也会被药迷得丧失了警惕。等到下午，赵家的狗终于出来了，李大勇就拿鸡腿逗引它，那条狼狗乖乖地跟在李大勇的身后，一路跟到一栋烂尾楼里。楼里空无一人，李大勇左手刚把鸡腿塞进狗嘴，右手就一刀捅进狗的胸膛，狼狗四腿一蹬，当场毙命。

杀了狗，李大勇就去银行查账，神了，账户上已经存进五万元了。看来神秘人不但讲信用，而且对他的一举一动了如指掌，李大勇依旧把五万元全部取了出来。

这么多年了，李大勇蹬三轮车挣的钱，也就是刚能糊口，稍有什么花钱的事还需要哥哥接济。现在他一下子有了六万元，当然不会再蹬三轮车了，他准备开店做生意。

当李大勇四处寻找店面的时候，神秘人的电话居然又来了。那人上来就说："老弟，我想给你五百万。"李大勇一惊，追问道："这回要我杀什么？莫非……"那人压低声音说："赵广明的小儿子。"李大勇虽说有点想到，但真听对方这么说，还是惊叫了起来："你要我杀人！"那人说："你自己想清楚，五百万啊！"

李大勇一时不知道说什么好，那人催道："想不想要？"李大勇说："让我考虑一个星期。""好，一个星期后我再给你电话。"

李大勇回家跟妻子商量，接不接这单生意。妻子叫他千万不要杀人，否则就算有了钱，一辈子也过不好，可李大勇根本控制不了自己的想法，他不想再蹬三轮车了，连店铺他也暂时不找了。五百万钻进他的脑袋里，就像魔鬼一样死死咬住他，再也不出来了。到最后，李大勇不再去想是不是该杀人，而是想怎么能神不知鬼不觉地把赵广明的小儿子干掉，不要让人发现。

李大勇的哥哥是小学老师，赵广明的小儿子就在哥哥那个班读书。李大勇决定找哥哥，摸清赵家小儿子的活动规律。李大勇来到哥哥家，可嫂子却说一放暑假，他哥就出去了，现在大概在越南了，他问哥哥去越南干什么，嫂子不高兴地说："他原本是和

赵广明去南宁参加母校的校庆的，可前几天又打电话回来说要去越南，现在连手机都关掉了，还不知道是不是去越南呢。"

李大勇懒得理哥哥的家务事，但听说赵广明也在这么远的地方，觉得事情少了些障碍。于是他又来到赵家门口瞎转悠，看到保姆正好买菜回来，这保姆他听人家喊过叫阿兰的，突然，他计上心来。

他马上去街上买了一张新的手机SIM卡，换掉旧卡，拨通了赵家的电话，问清是阿兰后，他压低声音说："你把赵广明家门口那棵大菊花拔掉，我给你一千元。"

打过电话后，李大勇就躲在赵家门外，看着赵家门前那棵大菊花。一天过去了，那棵菊花还好好的。晚上，他悄悄把两百元钱放在菊花根上，又打电话给阿兰说："为表示诚意，我先给你两百元，已经放在菊花根上了，你快去拿。拔掉菊花后，再给你八百元。"这一招真灵，李大勇很快看见阿兰出来拿钱了。拿了钱，她马上把那棵菊花连根拔掉。

紧接着李大勇就收到了一条短信：来电显示已经显示了你的号码，花已拔掉，请把八百元存进下面这个账户。李大勇立即把阿兰的手机号码存起来，以便再联系。

李大勇把八百元存到阿兰的账户后，拨通了她的电话："你把赵家那条宠物猫咪毒死，我给你一万元。"阿兰爽快地说："好，明天你到赵家门前看死猫吧。"

第二天一早，李大勇蹬上三轮车，故意从赵家门前经过，果然看见那里有一只死了的猫咪。李大勇当即把一万元存进了阿兰的账户。

再下来要叫阿兰杀人了，李大勇拨通阿兰的手机，他也学神秘人的样子说道："小妹妹，我想给你八十万元。"阿兰冷静地问："要我干什么？"李大勇压低声音说："把赵广明的小儿子干掉！"那边没有回声，李大勇心想完了，白丢了一万多元。可沉默

一会儿后，阿兰竟然说："再加二十万。"李大勇兴奋地说："好，我给你一百万。"阿兰说："一言为定。"李大勇说："决不说谎！"

时间一天天过去，跟神秘人约好的一个星期不知不觉就到了。神秘人非常准时地打电话来，问李大勇想清楚没有。李大勇说："想清楚了。"神秘人问："你干不干？"李大勇咬牙说："干！"那人问："这可是杀人的事啊！你再好好想想。"李大勇说："我已经想好了，等我把赵广明的小儿子杀掉，你就把五百万存进我的账户里。"

神秘人忽然哈哈大笑，李大勇正莫名其妙，就听到那边说："阿勇，你……你怎么真的要杀人？"这声音好熟，李大勇再仔细一听，竟然是哥哥李大文，吃惊地问："哥，你不是去越南了吗？这是怎么回事？"

原来，李大文和赵广明去南宁参加完校庆早就回来了，根本没有去越南。赵广明一路上吹牛说，他能把淑女变成娼妓，把君子变成凶犯，没有什么是钱改变不了的。李大文很不服气，就问他能把弟弟李大勇变成杀人犯吗，赵广明高深莫测地说保证一个月内，把李大勇改造成杀人犯。两个人就此下赌，如果一个月内赵广明能把李大勇改造成杀人犯，此后不管赵广明说什么，李大文都要表示赞同，哪怕赵广明说"公鸡生鸭蛋"，李大文

也要附和说"亲眼见"；而如果赵广明在一个月内不能把李大勇改造成杀人犯，就要输给李大文十万元。

为了避免李大文跟弟弟串通，事成之前，他们都一起住在赵广明的另一座房子里，两个人每分钟都形影不离，晚上也睡在一起，由别人在外面锁好房门。李大文怕妻子着急，就当着赵广明的面打电话告诉妻子，说去越南了，一个月后回来。打完电话，他就把手机关掉，交给赵广明保管。一次次给李大勇打电话的神秘人，正是赵广明本人。

李大文痛心地说："阿勇，在我心里你是最老实本分的人，怎么两三个回合。就被他改造成杀人犯了？幸好我们安排人寸步不离地把赵广明的小儿子带在身边，不让你有下手的机会，否则后果不堪设想，你恐怕早就杀了人，只有死路一条了。"

李大勇这才回过神来，说："哥，你快看赵广明的儿子死了没有！"李大文说："没事，他和保姆在一起，有人看着呢。"李大勇惊叫说："保姆是我的同谋！快救孩子！"

当李大勇和赵广明赶到赵家时，不见阿兰，屋里一片哭声，赵广明的小儿子已经死了。赵广明抱起儿子的尸体，泪流满面，声嘶力竭地喊："怎么会这样？怎么会这样啊！"

（本篇月月评短信代码：0805）

（题图、插图：安玉民）

《红色天网》

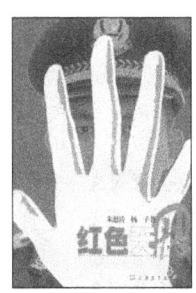

本书是作家朱恩涛、杨子继长篇小说《公安局长》之后精心打造的又一部反腐力作，也是内地第一部正面描述中国国际刑警跨国追捕金融诈骗逃犯、淋漓尽致地展现年轻的中国国际刑警英姿风采的长篇小说。

故事大意是，一个专门针对金融界人士的雇佣杀手已潜入国内，而此时东海市发展银行副行长又突然离奇自杀，某贸易公司老总曾假这个副行长之手将巨额美金转移境外，此时也匆忙携情人外逃。高层领导下令限期破案，国际刑警总部也对该老总下达了红色通缉令。受命处理此案的国际刑警联络处高级警官李鑫立即率女警官郭璐等奔赴南美洲某国抓捕逃犯，他们在异国他乡依靠同行的鼎力支持与配合，以及华人社团的全力协助，历经艰险，不怕磨难，最终胜利完成了任务。然而在这场尖锐复杂的斗争中，女警官郭璐却永远躺在了异国他乡……故事情深意切，又不乏峰回路转的悬念惊奇，作品内容时刻牵动着你的心。

投资吸引力

□ 陶柏军

小陶是闽南人，在北方一个滨海城市读的大学，毕业后，就留在了当地最大的民营企业，做一名普通的业务员。平常老有人笑话他的普通话不标准，可谁也没想到，他的闽南方言在关键时候倒派上了大用场。

这天早晨刚上班，主管跑过来神秘兮兮地对小陶说："陈总让你去一下他办公室。"小陶一听，心里不禁"咯噔"一下，琢磨开了：公司上下这么多人，陈总怎么会认识他这样一个小人物？再说自己和陈总之间还隔着好多层呢，他找一个普通员工能有什么事呢？

小陶忐忑不安地敲开了陈总办公室的门。陈总笑着问："你就是小陶吧，老家是福建的？"小陶赶紧点头。陈总让他坐下后，说道："小伙子，说几句家乡话给我听听。"小陶不敢怠慢，背了一段自己家乡的民谣，然后又用普通话说了一遍大致意思。陈总听罢，满意地点点头，递过来一份材料，说："我们最近有个大项目，香港投资方的王总明天来考察投资环境，王总也是闽南人，18岁为谋生去了香港。我打算明天让你参加这个接待活动，让他听听乡音。"

小陶这才明白过来是怎么回事，心中暗自高兴：真是机会从天降，搞好这次接待，对自己今后在公司的发展肯定大有好处。

第二天一早，小陶和公司的几位主要领导跟着陈总一起去机场接王总，而王总一行除了几个项目负责人外，还有两个身强体壮的小伙子，看上去像是保镖。

谈判进行得很顺利，到下午的时候大家也都比较累了，王总笑着说："这是我第一次来你们这座美丽的海滨城市，是不是先出去转转，满足一下我的好奇心？"大家都知道，这也是王总考察的重点内容之一，他是想看看整个城市的投资环境。

陈总指着小陶对王总说："我看就咱们三个人出去吧，轻车简从。"小陶马上明白了陈总的意思：这次王总来是带着保镖的，显然对这里的治安有些不放心，陈总建议不带保镖出去，就是希望王总相信这座城市的安全。

小陶赶紧附和这个建议，并对王总说："相信这里的投资环境一定会让您满意的。"这是头一回轮到他说话，他说的是家乡话。王总一听到浓重的闽南音，立刻来了兴趣，拉着小陶就用家乡话交谈起来，也没有否定陈总的建议，大家就这样有说有笑地上了陈总的汽车。

陈总敢这样建议，的确也是因为城市环境和治安都不错，汽车一路行驶，小陶一路用家乡话向王总介绍风土人情，王总兴致很高，小陶介绍得

也越发带劲。

汽车路过一条步行街时，小陶赶紧说："这是我们市很出名的小吃一条街，天南海北的小吃都汇聚在这里。您既可以吃到新疆的羊肉串，也可以吃到四川的担担面，还有贵州的米粉，有上百个品种，都挺正宗。"王总此时兴致正高，对陈总说："下去看看？"陈总赶紧叫司机停车。

他们选了一个还算干净的桌子坐下，每人点了两三样小吃。旁边那桌，坐着几个穿着很时髦的小伙子，喝着大扎的啤酒，嘴里还高声地行着酒令。小陶有些担心这里的嘈杂会让王总不舒服，可没想到王总却很有感触地说："我年轻的时候，在香港码头出苦力，收工以后也是这样喝酒的，回想起来，那种感觉真是爽快啊！"

小陶刚想接着王总的话说点什么，一件出人意料的事情发生了：那几个年轻人看出这边的人似乎在议论他们，有点不开心，一个染着黄头发的小伙子摇摇晃晃地端着啤酒杯站了起来，大声吼道："说什么呢，老子喝酒碍着你们了？"小陶明白，这时候只有他一个人方便出面，立刻站起来说："你吼什么？少在香港客人面前丢人！"黄毛眉毛一扬"有什么了不起啊，大家还不都是在这儿混！"说完，猛一抬手，一大杯啤酒全部泼到了王总的身上。小陶被黄毛突如其来的举动搞懵了，不顾一切地冲了过

去，和他厮打起来，可他哪里是几个小混混的对手啊，一分钟不到，就被那几个人打出了鼻血。

周围很快有人过来拉架，小陶总算没有再挨揍。陈总的司机跑过来，用一条毛巾捂住小陶正在出血的鼻子，几个人狼狈万分地回到了车上。陈总气得浑身发抖，他大概是要报警，可是拿着手机却拨不出号码。再看王总，浑身让啤酒浇了个透，小陶猛然想到了投资环境！天啊，王总还会把资金投到这里吗？那可是好几个亿啊！

这时，陈总的电话总算打通了，他怒吼着："你赶紧到小吃一条街，刚才有几个小混混把香港的王总和我的一

个员工打伤了，可不能轻饶了他们！"小陶知道，陈总这是给这个区派出所的陈所长打电话，陈所长是他弟弟。

回到公司，小陶去清洗了一下，回到会议室后，发现王总已经换了衣服坐在那儿了，大家都不说话。小陶真后悔啊，不应该带着两位老总去这条乱七八糟的街道！正想着，陈总的手机铃声打破了尴尬，可只听了几句，他就吼了起来："什么？你让王总到派出所接受调查？有没有搞错！我要求你们带着肇事者到我公司来！"

王总看上去已经恢复了常态，他略带笑意地对陈总说："今天的这件事有些出乎预料，责任不在你们。关于项目的事情，我回香港后会认真考虑的。"在场的人都明白王总今天是来签约的，现在说回到香港再考虑，那就是泡汤了啊。小陶更是恨死自己了，几个亿的投资就让几个街头的小流氓给毁了，弄不好连自己的前程也要给毁了！

这时陈总也有些乱了方寸，除了道歉，竟然说不出别的话来。倒是公司的一位副总头脑还算清醒，他把陈总和小陶叫到一边，说："一会儿公安那边的人过来，一定要让他们严肃处理，最好把为首的抓起来，以破坏招商引资的名义让他多吃点苦头。实在不行，就叫咱们公司的保安把那家伙的胳膊打断，大不了多花几个钱。这

样，王总解了心头之恨，合作的事情或许还有回旋的余地。"陈总听了，无奈地点了点头。

十几分钟后，派出所的车开进了公司的大门，在陈总的办公室里，那几个小混混再不嚣张了，全低下了头。陈所长让小陶把当时的情景再复述一遍，没有异议后，双方签字。很快，他宣布了处理决定：一，黄毛等四人向王先生道歉，并赔偿人民币五十元；向小陶道歉，并赔偿医疗费等二百元。二，派出所对毛森等四人罚款二百元。宣布完后，这几个小混混一一向王总和小陶道了歉，并拿出了赔偿金。

接着，陈所长就要带着这几个人离开公司。小陶真没想到会是这么简单的处理结果，陈总当然不满意，一把抓住了陈所长的胳膊"怎么，就这么处理了？"陈所长一本正经地说："对呀，根据你们今天这件事儿的情节和性质，按照治安处罚条例的规定，就应该这样处理。"

一听这话，陈总不禁大怒"你知不知道，王总是香港的投资商，我们正在合作一个十几亿的大项目，王总今天就是要考察咱们市的投资环境的。这是一次简单的流氓滋事吗？这是一个破坏我市形象的大事件，怎么可以这么轻易就处理了呢？王总身价几十亿，赔偿五十元人民币，是不是开玩笑啊？"

陈所长甩开陈总的手，正色道："在我的辖区里，没有什么王总陈总，都是普通的市民，再大的人物在这里被人泼了啤酒，我的处理也是这样！今天到你这里来办公，已经考虑了你这里的特殊情况，算是特事特办了！"说完，带着那几个人转身出去了，大概是看到了公司那几个虎视眈眈的保安，陈所长又转过身来说："要是这四个当事人今后受到什么伤害，我第一个就会怀疑是你们报复的。"

陈总气得两手直抖，但也许是意识到这次合作是无可挽回地失败了，他慢慢平静了下来，对王总说："对不起，作为企业家，我们有时候也无能为力。我马上送你们去机场，希望此事不要耽误你们更多的时间和精力。"

没想到的是，王总却没有站起来，而是笑着说："其实，那位警察说得对，不管当事人是谁，都要一视同仁，这是我们最需要的投资环境，如果企业也有这样的规范意识，投资环境就没什么需要多考察的了。不知道陈总可否允许我们再多打扰一夜，合作的事情明天继续谈？还有小陶，我看晚上就咱俩再出去转转，你看怎么样，这乡音我还没听够呢！"

听了这番话，大伙都愣了，小陶算是反应最快的，带头鼓起了掌。

（本篇月月评短信代码：0806）

（题图、插图：杨宏富）

生死声响

□ 吴相阳

大为集团老总胡大为最近心里有点不安，这段时间有不少人向他反映，开发区的一号商贸楼质量有问题，二号楼已经停工了，还欠了民工不少钱，要是一号楼再出了问题，这个烂摊子可真没法收拾了。

这天傍晚，胡大为没和手下打招呼，换上蓝色粗布的工作服，独自一人来到了施工工地。

离收工还有半个钟头，胡大为想进入楼内看看，谁知楼下突然冒出个头戴安全帽的瘦高个民工，把他挡住了："您找谁？"

"我——"胡大为愣了愣，他到这个工地来过多次，民工们应该认识自己，他反问道，"你是新来的？"

瘦高个摇摇头说："我在二号楼施工，不过二号楼歇工了，工钱还没发，这边缺个看门的，我就过来了。您想找谁？"

胡大为突发奇想地把到嘴边的话又咽了回去，即兴编了谎："快过年了，和你一样，也想从工头那儿要回一笔欠款，老婆孩子眼巴巴地盼着呢！"

瘦高个挺同情地打量了他一眼，不过，还是指着身后的一块写有"施工危险、闲人莫进"的牌子说："施工的地方挺危险，我是管理员，可不允许你上去……"

胡大为内心一时还真的为这个民工叫好，可嘴上却说："你看我一把年纪，又大老远的跑来，还是让我上去吧。"

瘦高个犹豫了一下，但依然挡在胡大为的身前："你看，都6点30分了，上面也快收工了，你就在这里等等吧。"瘦高个捋起袖子，扬了扬腕上的一块马蹄铁一般的手表。胡大为心里一愣：都什么年代了，还有人戴着二三十年前的旧表？就在他心里正琢磨的时候，瘦高个以为他不信，几乎将表凑在了他的眼前，表上一道浅痕让他大吃一惊：这手表竟像是他十几年前送出去的那块。有一年寒冬季节，他那时还是个工程经理，曾发动公司员工为那些贫困乡村来的民工们"捐物献爱心"，他当时就将一些闲置的衣物连同这块旧表送了出去，上面那块痕的形状很特别，所以他印象很深，怎么现在却落在这个年轻人手里了？

胡大为定了定神，觉得这事有点巧罢了，也没有必要深究，他抬腕看看自己的表，那上面显示的时间是：5点30分，他笑了笑，对这位年轻人说："你的表该换了，不然会误工的。"

瘦高个闹了个大红脸，急急辩白说："别看我这表像古董，可守时着呢，不然我早就叫它退休歇着去了，只是想让你在下面等着，刚才趁你不注意故意拨快了。那这样吧，看你年纪都快比上我乡下的老父亲了，大老远讨点过年钱也挺不容易的，那就上去见见工头，这是我最后一天当班，

也是头一次做回人情，不过能不能讨到，就另外一说了。"

胡大为正要从楼洞内上去，瘦高个又急急从身后撵来，胡大为以为他要改主意，刚想争辩，只见瘦高个把自己头上的安全帽摘下递过来，说："上面时不时掉下土渣，你戴上这个。另外，要是工头罚我工钱，你可要帮我说说情。"

胡大为心里一暖，拍拍年轻人的肩，戴上安全帽，正要顺着阶梯向上爬，突然听到"啪啪"的响动，他停下来，正在惊诧之间，突然，脚下一抖，耳畔传来"轰隆隆"巨响，下面的那位瘦高个大惊失色，忙喊"快蹲下……"

话没完，头顶"唏哩哗啦"的东西迎头盖脸砸下来，胡大为脑子"嗡"的一下，就像被旋转了好几圈，掉进了地狱似的。

这是怎么啦？胡大为睁开眼，眼前黑漆漆的，身子被困在一个很小的空间，伸展不得，而窜进鼻孔的是呛人的粉尘，咳嗽不成不咳嗽更不成，憋得他流出了眼泪。胡大为意识到是工程出了小范围的垮塌事故，不迟不早让他赶上趟了。他虽和建筑工程打了大半辈子交道，不安全事故处理过一桩又一桩，可像这样被断裂的楼板和砖头压在下面还是生平头一遭，但不知为什么，耳畔并没有传来更大的

声响，一时宁静得有些恐怖。

胡大为吃力地伸出手，试着向前摸了摸，竟摸到一块冰凉的玩意儿，他吓了一大跳，再向下一摸，是温热的手臂，他随即便明白这一定是刚才那个戴着"马蹄铁"的年轻人的手臂，他准还活着，胡大为正要呼唤一声，就听到细弱的声音："是、是你吗？"

"是我，你受伤了吗？"

"没事，脑子还能使。真对不起，让你碰上这倒霉的事。"

"咳，年轻人，怪我连累了你！"胡大为没想到会这样，他有些绝望，"我们、我们能活着出去吗？"

"按我的感觉，这个事故不算大，而且上面有人，应该立刻就开始抢救，咱俩应该能活下去。不过，话又说回来，要他们知道底下压了人才成啊。"

胡大为心里挺不是滋味："你好像不是第一次遇上这样的事故？"

"我虽说是第一次，可听我爹讲得多了，他什么火焰山都过过，"年轻人说，"你肯定也是第一次了，讨点钱真是不容易！"

这时，胡大为忽然感到胸腔发闷，他使劲吸口气，胸口针扎一般疼痛，看来心脏的老毛病要发作了，他从办公室出来的时候，换了工作服，却忘了把救心药从西装口袋里拿出来，现在空气不流通，他额头上的冷汗开始大滴大滴滚落在手臂上，牙也被他咬得咯咯响。

这时，年轻人忽然笑着说："你牙齿咬得咯咯响，是吓得直哆嗦吗？到了这时候，怕有什么用？还是省点气力吧！"

胡大为没力气解释，他的头脑开始有些昏昏沉沉，年轻人像是意识到什么，问道："你，你没事吧？"胡大为听得到他的问话，却没有办法回答，年轻人像是明白了，摘下自己手腕上的表，摸索着够着胡大为的手，帮他把老式表攥在手心里，说："你要挺住，我教给你一个法子，把这手表放在心口边，听着这手表'嚓嚓嚓嚓'

的转动声，这表不像现在流行的静音表，一点声音都没有，它的发条特有力，响一声，你心里念叨一下，让心脏跟着它的节奏跳。这法子你试试，挺灵验的。"

胡大为觉得有些不可思议，不过，他还是试着费力地把手表贴在胸口，果然，那表"嚓嚓嚓嚓"不停歇的响动声，让他身体产生一种有节律的颤动，他嘴里默默数着："一、二、三、四……"

胡大为的神志真的暂时没有陷入恍惚，他感到吃惊，喘息着问："年轻人，你，你怎么想出这个办法的呢？"

年轻人回答："我哪有本事想出这个办法，这表是我父亲传给我的，他在建筑工地上做了一辈子工人，这些话是我第一天到工地干活的时候他告诉我的，表也是那个时候传给我的。他经历过几次事故，都是数着这块表的'嚓嚓'声过来的，老天还算照顾他，每次事故都有惊无险。"

胡大为听到这些，突然转变了话题，问道："他们欠你多少工钱呢？"

"半个年头的，现在还说什么钱的事，你快跟着数吧！"黑黢黢的狭小空间又是可怕的寂静，只有贴在胸口的表倔强地转着。

过了一会，胡大为突然觉得不对，那年轻人怎么一点声息都没有了呢？他轻轻地叫了两声，还是没有回答。他赶紧用手去摸，却摸到了一只

冰凉的胳膊。胡大为着急地说道："你怎么啦？快醒醒，快把这块表贴在你的胸口上……"

年轻人下意识地动了动手指，用几乎很难听清的声音说："我不瞒你了，我的头没有头盔防护，受了伤，早就开始流血了，恐怕撑不下去了，是我刚才没拦住你，才出了这样的事，要是那块表能救下你，就好了。"

胡大为没料到会是这样，他想把表放在年轻人的胸口，可是，他够不着，年轻人已经没了任何反应。胡大为落泪了，他恨死自己没早点来工地看，早点发现问题。当他缩回手时，忽然想到自己腕上的超静音手表，这是一块进口的高级金表，他颤抖着把表取下来，他要戴在年轻人的腕上，让年轻人的老父亲永远不要看见冰凉的"马蹄铁"。就在这时候，胡大为听到了砖头石板被扒动的声音，有人来了！他激动地刚想发出声音，心里突然一阵疼痛，眼前渐渐地黑了下来。

半个小时后，胡大为被送到了医院，他睁开眼来，看到年轻人躺在自己隔壁的床上，已经有了气息，再看看自己手中还攥着那块"马蹄铁"，却惊异地发现那表的发条不知什么时候断了，他下定了决心，至少在自己的工地上，他永远不让民工们再有机会用这样的"传家宝"。

（本篇月月评短信代码：0807）

（题图、插图：王申生）

恼人的

□王学良

现在的手机短信真是五花八门，啥样都有，一条好的短信，不仅娱乐了自己，也娱乐了大家；但一条烦人的短信，却也能让人苦恼不已。小伙子亚三平时就特别爱用短信捉弄别人，可最近，他自己却被短信折腾得不轻！

这天晚上十点多，亚三刚进入梦乡，突然床头的手机滴滴作响。谁这么晚了还发短信？亚三翻了个身，不去理会，可手机却一直响个不停。

会不会有什么急事？亚三揉了揉眼睛，打开床头灯拿起手机一看，只见上面显示："姿势不对，起来重睡！"

哪个家伙故意整我！亚三气得差点跳了起来，可号码很陌生，他想不出是谁，再想想或许是发错了。亚三

骂了声"无聊！"关了灯接着睡觉。

可是，任凭亚三在床上换遍了姿势也无法再入眠。于是他只好起身抓了根香烟，大口大口地吸，边吸心里边咒骂刚才那个无聊的短信，把他的睡意都吓跑了。

正在他吞云吐雾的时候，手机又响了，这次短消息的内容让亚三觉得有点莫名其妙："请不要在床上吸烟，否则落地的灰烬可能是你自己。"

显然，这两个短消息不是发错了，是故意冲着他来的，更奇怪的是，那个人怎么知道自己在抽烟？亚三立刻按照号码拨了过去，想了一堆骂人的话，可铃声响了好久，没人接。

夜渐渐深了，亚三被这两条短消

息一搅，睡意全无了，半躺在床上疑惑地想：这个人怎么知道我在抽烟？看来，他也是个男人，可能也经常失眠，一失眠就抽烟，失眠多了，神经就不正常，然后心里就不平衡。于是，乱按个号码以发短信的方式来捉弄别人，看谁倒霉陪他一起失眠了。真是个神经病！亚三想通了以后，干脆把手机关上了，看你怎么得逞。

关机后，亚三又躺下睡觉，可还是怎么也睡不着，于是又起身拿了本书，翻了几页，可一点也看不进去，脑子里全是那两条短消息。亚三突然想，现在他在干什么？继续给自己发短信？他忍不住打开手机，果然，早有一条新短信在等他了："睡不着吧，起来看书为什么要关机？怕我了？哈哈哈！"

亚三火冒三丈，那句"怕我了"让亚三很吃不消。怕你？我亚三是捉弄型的短信高手呢！好，陪你玩玩！

亚三从床上跳下来，冲到电视机前，打开电视，手指在遥控器上按来按去，却没找到一个好节目。正准备关掉，这时，手机响了，亚三一看"今天不是周末，没有足球赛陪你疯，而且很多频道都休息了，你还是关掉电视吧！"

难不成他是神仙？亚三陷入了一片沉思，也许这个人抓住了一般正常人的心理，睡不着时肯定会起来看书或看电视什么的来消消闲，巧了，正

好被他猜中了。可下一步我该怎么办呢？忽然，亚三眼前一亮：对了，来杯酒，看你这次怎么猜？

亚三刚抓起酒杯，手机"嘀嘀"响了："喝酒可以，但千万不要贪杯哎！"

"到底是人是鬼？"亚三骂了一句，放下酒杯，走到阳台上。外面漆黑一片，冷风一阵一阵迎面吹来，亚三打了个寒战，手机的短信却在这时伴着冷风而至："7月15马上要到了，最近各处闹鬼闹得厉害，在外头可要小心噢，还是回屋吧！"

"我亚三从不怕鬼！"亚三这声吼得虽然理直气壮，可心里却慌得很，连忙折回屋里，他想放点音乐壮壮胆，刚走到音响前，短信就跟了过来："邻居都睡熟了，别让他们在'夜半歌声'中惊恐地醒来！"

天啊！太不可思议了，亚三毛骨悚然地想到了一个词儿 针孔摄像机。

一提到"针孔摄像机"，亚三不由自主地想起了不久前发生的一件事：一日，亚三闲得无聊，拿起手机给一位女同事发了这么一条短信："目前针孔摄像机日渐泛滥，为了保证你的私密处不被别人偷窥，请以后着装洗澡，大小便不要脱内裤，切记，切记！"

这种短信要是发给别人，看了笑几声也就罢了，根本不会放在心上，

可那个女同事偏偏有点神经兮兮，看了短信后，把家里翻了个遍，好多天睡不着觉，亚三知道后实在不忍心，主动去道出了实情，那位女同事才"正常"了。

难道我的房子真被人安装了针孔摄像机？如果是就糟了，自己的私生活全部暴露在别人跟前，这和当众脱光衣服有什么分别？想到这，亚三坐不住了，开始疯狂地在房子各个角落进行全面的搜索。

差不多花了将近一个小时，亚三把整个房子角角落落都翻了个遍，累得瘫倒在沙发上时，短信又幽灵般地来了："辛苦你了，可我没在你房子里装什么针孔摄像机哎！"

顿时，亚三"腾"地一下从沙发上跳了起来，想不到自己平时常捉弄别人，现在轮到别人来捉弄自己了。这时候，短信又来了："这一次，我希望你得到的教训是深刻的，短信不是拿来捉弄人的，也不是拿来整人的，它的正确用途是：出门在外，发条短信，向家人报个平安；升官发达，发条短信向亲戚好友报个喜；遇上解决不了的事，发条短信告诉朋友家人，大家帮你一起分担！好了，折腾了一整夜，天也亮了，你该上班了。"

亚三往窗外一看，天已经蒙蒙亮了，亚三连忙穿上衣服，拿着公文包去上班。在办公室门口，他碰上了曾捉弄过的那位女同事，亚三很尴尬，想想自己昨夜的遭遇，真想上去认真道个歉，可那位女同事却一改原来怒目而视的样子，脸带微笑地向他点了点头，擦身而过。过了一小会，手机响了，亚三拿出一看，上面写着："振作起来吧，祝你以后百事可乐，万事芬达，心情雪碧，工作红牛，生活鲜橙多，天天娃哈哈，月月乐百事，年年高乐高，永远都醒目！还有，晚上记得拉窗帘，不然，一个小型望远镜就能把你看得清清楚楚啦！"

亚三恍然大悟，自己怎么忘了，被他捉弄过的女同事，就住在他对面楼里啊。

（本篇月月评短信代码：0808）

（题图、插图：魏忠善）

心中有个

□ 袁　翼

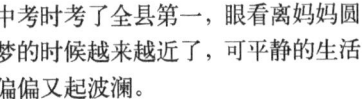

　　中考时考了全县第一，眼看离妈妈圆梦的时候越来越近了，可平静的生活偏偏又起波澜。

　　这天，小亚中午放学回来，像往常一样看到香喷喷的饭菜已摆在桌上，一大碗红烧排骨正冒着热气。小亚的馋虫一下被钩了上来，扔下书包坐在桌旁连吃了两块，然后眉飞色舞地叫道："今天是什么好日子啊，不是周末也有肉吃？呵，这排骨真香！老妈，你也来一块！"小亚挑来挑去，夹住一块肉多的大排骨，塞进妈妈的饭碗里。

　　可妈妈皱起眉头，举着筷子犹豫了好一会儿，迟迟不动口。

　　小亚催道："吃呀，老妈，你不是也很爱吃排骨的嘛！"妈妈笑了笑，下决心似的，轻轻咬了一小口，咽下，突然捂起嘴巴站起身，飞快地跑进卫生间。

　　小亚是个不幸的女孩，很小的时候爸爸死于工伤事故，前几年，妈妈又下了岗，找不着挣钱的工作，给人打打杂工，月收入只有三四百元，虽然妈妈说过当初施工单位赔了一大笔钱，可小亚知道，家里的生活和自己读书的开支不小，日子过得很是拮据。好在连遭打击的妈妈很坚强，从不哀声叹气，把清贫的日子过得井井有条，这让小亚觉得很踏实，心灵上也没留下什么阴影。

　　小亚知道，妈妈能这么乐观，是因为心中有个梦，就是把小亚送进最好的名牌大学。小亚当然也很争气，

"呃、呃、呃……"卫生间里传出妈妈的干呕声。小亚闻声跑进去，轻轻地拍着妈妈的背，急切地问："妈，妈，你怎么啦？"

妈妈难受地说："小亚，我也不瞒你了，妈妈有病，怕你分心，一直不敢跟你讲。"

小亚慌了："妈，你得的是什么病？不要紧吧？"

妈妈轻描淡写地说："没关系，没关系的，这病就是有点怪，一吃油荤就吐得厉害。医生也说不清是什么病，我去看过几回了，医生说我的身体一点问题都没有，应该没什么大不了，现在只能吃点药试试看。"

妈妈拿出藏在衣柜里的药瓶，摇了摇剩下的半瓶药，笑了笑"这药我吃了好几天了，效果不大。不过只要不吃油荤就没事了，也没什么大碍。"

小亚担心极了，好在日子一天天过去，妈妈的身体的确没见什么异常，有次还在小亚的面前转了转身子，笑着说："小亚，妈的病呀，说坏也不坏，不用减肥了，你看，妈的身材多苗条！"小亚也忍不住笑了，可眼眶湿漉漉的，她真想不通，现在医学这么发达，却对这种病束手无策！

一转眼，小亚读高三了，进入考前冲刺阶段，老师对小亚妈妈说，没有意外，清华北大是任小亚选的，弄不好，还能考个全市的高考状元出来。

妈妈的心甜透了，特意买来了营养学书籍，搭配荤素，简直像个营养师。小亚开玩笑地说："哟嗬，我的老妈，你别一不小心，给咱家捧回个诺贝尔营养学大奖来！"妈妈拍拍小亚的头，笑着说，"诺贝尔奖还是留着我宝贝女儿拿吧！"小亚点点头，似乎暗下了决心。

黑色的六月转眼到了，不幸的是，老师说的那个"意外"，恰恰降临到了小亚的头上！

这天早上英语考试结束后，小亚一回家就伏在书桌上哭了起来。妈妈安慰道："小亚，别对自己要求太高，英语是你的强项，你不会考砸的！"

"妈，我对不起你，"小亚啜泣着说，"你不知道，我太紧张太粗心了，填答题卡时，我把题号填错了一个，下面40分全都错了！我根本不可能进北大、清华了，几年的心血都白费了呀！"

妈妈倒吸一口凉气，头"嗡嗡"直响，眼泪无声地滚落，嘴上却说："傻丫头，我当多大事呢！不就是北大、清华嘛，有什么了不起的？上不了就上不了……"妈妈顿了顿，似乎有点不甘心："你要是……真想上，咱明年……再考也行嘛。"

"读高四？不，我不想！"小亚嘟着嘴巴说，"妈，我估计上重点大学分数还够，到了大学里，我还可以继续努力的！"

妈妈无奈地点点头。

标准答案下来后，妈妈不放心，亲自陪小亚去了学校，请老师反复评判了几遍，根据估分，小亚上个重点大学的确没问题。

该填报哪所重点大学呢？两人想来想去还是拿不定主意，实在没办法，小亚只得建议说："老妈，这样吧，我把老师说的学校都写出来，抓阄决定，好不好？"

几天几夜的折磨，妈妈已经筋疲力尽，垂头丧气地答道："抓吧，抓吧，听天由命好了！"

小亚走进房间，一会儿捧出几个写好的纸团，沮丧地说："老妈，我今年的运气坏透了，请你抓吧，一锤定音，咱再不犹豫了。"

妈妈闭上眼睛，伸手抓了一个，剥开一看，是一所著名的医科大学，小亚咕哝着说："倒霉，我最不想上的就是这类学校！"妈妈却说："能上这个学校，就谢天谢地了！"

小亚伸了伸舌头，不敢再吭声，在志愿表上填报了那所学校。

高考成绩揭晓那天，小亚出去玩了，妈妈守在电话旁，终于打通了查询热线，得知小亚总分的那一刹那，妈妈差点晕了过去！

电话里，语音报出小亚的英语成绩，竟然考了一百四十五分，总分比估分高出了五十多分！这怎么可能？是不是弄错了？再查询，还是这个结果，妈妈愣在那里像一截木头，懵了。

不一会儿，电话铃响了，电话那头是班主任懊恼的声音："唉，小亚妈，你家小亚的考分，是全省理科第四名，全市的状元，按县里的规定，她有两万元的奖金哩！清华、北大都稳上，真可惜呀。我不明白，小亚为什么要故意隐瞒自己的分数呢？"

"故意隐瞒？不会吧？"妈妈将信将疑地答道，"估分时，小亚可能粗心，把自己的答案记错了。"

班主任很肯定地说："绝对不可能！你家小亚我还不了解？她根本不是那种粗心孩子，要是我没猜错的

话，她考试后，一直在跟我们说假话！我想，她这样做，背后一定有什么原因。"

正在这时，小亚笑嘻嘻地回来了，妈妈放下电话，劈头质问道："小亚，你给我老实交代，你的分数到底是怎么回事？"

小亚低下头，捏着衣角说道："妈，对不起，我……我怕说了我的真实考分，你不让我填报医科大学。妈妈，你不知道，我的梦想，就是好好学医，有天能治好你的病，让你吃上香喷喷的红烧肉！"

妈妈目瞪口呆，两串豆大的泪珠涌了出来："老天！我的傻丫头，妈妈什么病都没有啊！妈妈是骗你的，是妈妈害了你呀！妈妈的梦也被你毁了！"

小亚吃了一惊："妈妈，你、你为什么要跟我说假话？"

妈妈叹了口气："丫头，家里实在太穷了呀，妈妈每个月就那几百块收入，想节约一点，攒钱供你上大学，还想让你吃得有营养，自己舍不得吃，就编了个谎话。"小亚心里一酸："妈，家里不是还有一大笔赔偿款吗？你干吗要这样做？"

"家里根本没那笔钱，妈知道你懂事，怕你担心家里没钱，连书都不肯读。现在你也不小了，妈索性把什么都给你说了吧。"妈妈无力地靠在椅背上，泪如雨下，"小亚，你的亲生父亲并没死，而是在一所名牌大学当教授，他大学毕业后，一心要留在大城市发展，我们被抛弃的时候，你才刚刚出生，要怪都只怪妈妈复习了好几年，也没能考上大学。"

小亚这时候才明白为什么妈妈这么想让自己考上北京的名牌大学！她扑进妈妈怀里，放声大哭起来。妈妈抚摸着小亚的头发，爱怜地说："好丫头，你考了状元，给妈妈争了口气，妈妈满足了！为了妈妈，你放弃了上北大、清华，你现在后悔吗？"

"不，不，妈妈！"小亚抬起头，"即使你把这些都告诉了我，我也不后悔，只要努力，哪里读书都能成才的！再说名牌大学里，个个是高手，我很难多拿奖学金。我在网上查过了，上医科大学后，我有把握靠奖学金和勤工俭学来供自己上学。既然家里没有那笔赔偿金，我的选择就更对了，怎么会后悔呢？"

妈妈心里一颤，动情地说："我的乖女儿，我明白了，填志愿那天，你在纸团上写的肯定都是医科大！你的点子真不少，妈是没办法啦！"

小亚得意地笑了："那当然，我的新点子是，等读完了大学，我还要读研究生，咱们还有很多梦要圆！"

妈妈破涕为笑，轻轻刮了刮小亚的鼻子，把小亚紧紧地搂在怀里……

（本篇月月评短信代码：0809）

（题图、插图：安玉民）

三宝成佛

□ 傅 人

唐天宝年间，连年战乱，年轻的壮劳力多被官府抓去当兵，民怨沸腾。

咸阳城北，有一个宋家庄。庄中宋三宝一家，就只剩下他一个男丁。宋母和两个寡嫂凑了几两银子，交给三宝，含着泪对他说："你也17岁了，宋家的香火就指望你了，赶紧外出活命吧，走得越远越好，什么时候，战乱平息了，你再回来。"三宝也知道再呆下去，早晚也要上沙场，而他从小就爱读书不善武，要真上了战场，自

己必是一死。

临行前夜，大嫂给三宝剃了个光头，又撕烂了他的外衣，希望能就此躲避官兵的眼睛。

三宝含泪告别了母亲和嫂子，一直向西南走去。几个月后，到了四川绵阳一带，此时他双脚早已溃烂，每走一步，都很艰难。

这日黄昏，三宝来到一个较大的庄子，只见这里炊烟袅袅，鸡犬之声相闻，许多青壮年男子正扛着锄头从田间劳作归来，嘴里还哼着小曲。三宝知道，他终于逃出了战乱区。

四下里打量了一番，三宝发现在庄子的北面有一座庙宇，庙门上有"明净寺"三个大字，就打算过去投宿。走到近前，发现庙门虚掩，轻轻叩门，却久久没人应答。他小心翼翼地推门走了进去。这座寺院虽然看上

去有些破旧，但是大殿偏殿和禅房都还算完整，大殿正中有地藏菩萨的塑像，两侧还有8尊三宝叫不上名字的罗汉。可奇怪的是，他在院子里绕了好几圈，竟没有发现一个人影。

此时三宝已经是饥肠辘辘，他来到寺庙的后房，发现这里灶台、柴火、火镰一应俱全，院中有水井，墙角布袋里有杂粮。只是灶台上面有一层薄薄的灰尘，由此可以判断，几天前这里还有人住。三宝顾不了许多，赶紧打水生火煮饭。

这一顿饭是三宝逃出家门以来吃得最饱的一次。吃完饭，三宝来到禅房，发现这里也是被褥齐全，床头的案几上还有僧人穿的袈裟。三宝看到这些倒是放心了许多，看样子这里的和尚出去云游了，他脱去身上脏兮兮的烂袍，把干净的袈裟披在身上，又用柜子里的剃刀把自己杂草似的头发剃了个精光。三宝自言自语："出家人都是以慈悲为怀，我三宝落难到此，多有冒犯，想必这寺院的和尚改日回来，也能原谅我。"

就在这时，禅房的门开了，进来了一个叼着烟袋的老汉。三宝一愣神，不知道该和他说什么好。老汉也愣住了，把披着袈裟的三宝上下打量了一番，点了点头："终于有和尚来了，那我就放心了。"

三宝听老人这么说，赶紧让座，然后问他庙里的情况。老汉告诉三宝："我们这里叫陈刘庄，有陈刘两家大户。我姓孙，叫孙喜奎，是一个外姓人家。这座庙修建有几十年了，开始的时候香火很盛，和尚也多。后来不知怎么的，出家人大多都走了，只有上了岁数的惠能长老留在了庙里。没想到半个月前惠能长老外出化缘时，竟从桥上失足掉到了河里，被水冲走了。惠能长老没了以后，庄子里就让我平时多看管庙里的东西。你来了，这就好了，庙里哪能没有和尚呢！"

三宝看看自己身上的袈裟，又摸摸光溜溜的头，明白了，这老汉把他当成出家人了，三宝刚想解释，又突然想到：我何不将错就错？干脆就在这庙里当和尚吧，要不自己去哪里安身呢？等老人走了以后，三宝来到大殿，把所有的事情都向菩萨说明了，自己不是有意欺骗，更不是冒犯佛门，只想有个安身之处。

第二天，三宝不顾脚上的伤痛，起了个大早，把寺庙的前庭后院都打扫干净。佛龛上的灰尘也被他擦去了，庙里又重新点起了香烛。听说明净寺里来了一个小和尚，庄子里的娃娃们都来看热闹，还有一些信佛的婆姨们来到这里给菩萨磕头，功德箱里竟然有了新的香火钱。

半月后的一天晚上，庙里忽然来了一个哭哭啼啼的中年妇人，她来到菩萨的面前，跪拜祈祷。三宝听了一下，原来是妇人的丈夫出门多日未归，家中的小儿得病却没有钱医治，她祈祷菩萨保佑儿子转危为安。三宝心里说：孩子有病，那得赶紧想法子看郎中，这可是救命的事，想想自己在这里有吃有住也用不到钱，于是回到禅房，打开自己从家里带出的包裹，数了数，还有大约三两银子。待那妇人拜完菩萨回家时，三宝悄悄地尾随其后，把三两银子偷偷地放在了那个妇人的窗下。

两天后，那个妇人又来了，她来感谢菩萨赐她银两，小儿的病也已治好了。妇人走后，明净寺菩萨显灵的消息就不胫而走，自此，明净寺的香火更加旺盛了。

又过了些日子，三宝从功德箱里拿出一部分钱财，准备到城里买些香烛。路过冲走慧能长老的那条河时，看到河上的木桥确实已经破烂不堪，很是危险。从城里回来后，三宝找到了孙喜奎老汉，打听为什么官

府不修这座桥。孙老汉告诉三宝："官府就知道收取苛捐杂税，哪管百姓的死活？算上惠能长老，这座破桥上已经有四个人落水了。"三宝又问："要是建一座结实的石桥，那得多少银子？"孙老汉思忖了一下："少说也得 100 两！"三宝想了想，说："我把寺里的香火钱拿出来，再想办法化些银子，你最好能找一些庄里的工匠来，尽量省着点，咱把桥给修了吧。"孙老汉点头："那就试试吧。"

三宝又把陈刘庄的两个大户陈员外和刘员外请到庙里，把自己的想法向他们说了。两位员外看到外乡来的和尚都在为庄里人的事情着想，深为感动，每人认捐了 50 两银子。

数日后，孙老汉从外乡买回了石

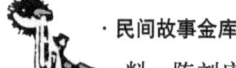

·民间故事金库·

料，陈刘庄的工匠和青壮年男丁一起上阵，一座非常坚固的石桥很快就在河上架了起来。三宝把花费的银两都张榜公布，陈刘庄的老少乡亲无不对"三宝和尚"敬佩无比。而三宝心里说：多做些善事吧，也希望能弥补我这个假和尚的罪过。

转眼两年的时间过去了，明净寺的香火越来越旺，十里八乡的人都赶到这个灵验仁慈的庙里来烧香，功德箱里的钱自然也越来越多。三宝也不把这些钱留着，过段时间就拿些出来修桥补路，或是接济生病的穷庄户。庄里人对三宝更是爱戴，粮米水果自是不断地送来。

然而，好景不长，三宝最担心的事情还是发生了。一天晚上，三宝已经在禅房躺下休息，院外忽然传来叩门声。三宝打开庙门，一下子愣住了，门外站着的竟是一老一少两个和尚！老和尚向三宝深施一礼："我们师徒乃是白马寺的出家人，得知惠能长老已经辞世，方丈派我们到此主持明净寺。"三宝一听，赶紧说："二位高僧快快请进！"

三宝把两个和尚让进禅房，然后到后院为他们准备了一些斋饭。用饭期间，三宝得知老和尚法号叫世空，小和尚叫了尘。这顿饭吃完了，三宝也知道必须和他们说实话了。

三宝跪在世空和尚面前，把自己如何从老家逃难出来的经过一五一十地说了出来。世空和尚搀扶起三宝，口中说道："善哉，善哉！你为避兵乱，流落异乡。虽妄称僧人，但你一心向善，佛祖不会怪罪的，若是一心向佛，也可以就在此出家。"世空和尚还告诉三宝，外面的兵乱已经基本平息。三宝摇了摇头说："我凡念未消，想念母亲，更不想让宋家无后，既然战乱已平，我打算回乡了。"

第二天一早，三宝踏上了回家的路。走的时候，他从功德箱里拿了三两银子，留下了一张欠据，还给孙老汉和陈刘两位员外各留下书信一封，述说了实情，请他们和乡亲们原谅。

十年后，已经娶妻生子、经商发了财的三宝带着儿子来到明净寺，先是还了自己欠下的三两银子，又捐了重金让了尘重修寺庙。了尘告诉他，世空长老和孙老汉都已经辞世，自己现在是寺中的住持。正说话间，儿子指着一尊佛像惊讶地对三宝说："父亲，这座佛像不是您么？"三宝过去一看，不觉大吃一惊：在众神像当中，竟然有一尊是穿着袈裟的自己！了尘对三宝说："当年您不辞而别后，乡亲们都十分感念您所做的善事，更敬佩您的向善仁慈之心，说您虽不懂佛法，但是向善之心可鉴日月，于是自发给您塑了这座像。"三宝面对自己的塑像，不知不觉中，竟然泪眼婆娑。

（题图、插图：黄全昌）

"空空"劫

□ 铁 流

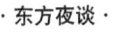

明末清初，山东淄川县境内有个书生叫朱玄武，科举屡试不中，索性不再考了。他在乡里安心做了个教书先生，每日里对神仙、法术之类的事情潜心钻研，除了上课，再也不碰圣贤之书了。用他自己的话说："正路走不通，咱就走旁门，就算不能成仙，炼点金子出来，发点儿财也不错啊！"谁知就越钻研越有兴趣，也真让他搞出一点小法术。

这一日，学生们刚刚散学回家，朱玄武就急急忙忙回到内堂，架起铜鼎，放上水，往里面放了些牛肉、鸭头、鸡翅、鹅掌，盖上自制的大盖子，然后生起火来，跪在一旁念念有词。

这是他从一本古书上找的炼金秘诀，可朱玄武总觉得这不像是炼金，倒像是在熬汤，幸亏这些材料也不贵，试试倒也无妨。

念了一个时辰的经，内堂里已是香气充盈，肯定是这些好吃的都煮熟了，这会儿按理应该看见金光从鼎内射出才对，可还是只有香气，没有金光。朱玄武叹了口气，又失败了，也好，就当是提前做了个晚餐吧！朱玄武走到鼎前，掀开盖子，低头一看，却吃了一惊。

鼎里面的大块儿牛肉都不见了，只剩下鸭头和一些鸡骨、鹅掌。朱玄武是目不转睛地看着鼎念经的，这中间盖子一次也没有打开过，里面的东

西怎么会变成这样呢。朱玄武正百思不得其解的时候，半空中突然传来一阵儿窃笑，抬头一看，却又什么都没有，只听风声过耳，窗户也被风刮开了，片刻后，一切安静了。

朱玄武定下心一想，知道自己可能是遇到狐仙了。第二天，他又把鼎煮了起来，里面还是放了昨天的那些东西，自己照旧跪在一旁念经。过了大半个时辰，鼎里面开始有响动，好像有活物左冲右突地想往外闯。大鼎被撞得"咣咣"直响，但是依然稳如泰山，纹丝不动。朱玄武照样在那里念经，一动不动，其实他之前早就悄悄在鼎盖上画了一个"闭关锁"的暗符，这个鼎现在是只能进不能出。

突然，鼎里传出喊声来："饶命啊，饶命！先生饶了我吧！下次不敢了！"朱玄武这才起身说道："你这畜生，昨天吃了我的法物，居然还敢嘲笑于我！"里面又是一阵哭喊"先生先把火撤些吧，我再也不敢了，以后当牛做马伺候先生！"朱玄武撤了些火，说："好，那你就发个'诛仙誓'，永远忠实于我。"

"啊，诛仙誓？"

"你要是不发，我就添火了。"

里面的狐仙一听，只好嘀咕着发了诛仙誓。这诛仙誓是对修仙法的人最狠、最灵验的毒誓，一旦违背就会被抓进太上老君的炼丹炉里当火炭，烧上七七四十九天，惨烈而死，且永世不得超生。

狐仙发了誓，朱玄武这才掀开了盖子。随着"哗啦"一声水响，一个正当妙龄的年轻女子，突然出现在朱玄武的面前，体态婀娜，面容如玉，娇喘一声跪倒在朱玄武面前："多谢先生饶命！小女子愿意为先生做任何事情。"这狐仙的春衫尽湿，紧贴在身上，更显得身材玲珑，格外诱人，真是雨后梨花分外娇!

朱玄武后退一步,冷笑一声"哼哼,还是把这一套收起来为好!"狐仙尴尬地笑了一下说:"先生是正人君子,佩服佩服!"说着,摇身一变,成了一个瘦小的童儿。

"你要为我效劳,都有什么本事啊!"朱玄武问道。小狐仙不好意思地说:"小弟不会多少法术,最拿手的是穿墙越壁,都是为了偷东西方便才苦练的!另外,小弟还有一个'空空袋',不论什么东西放进去都会消失得无影无踪,不过只能变没有,可不能再变回来,一般我也不经常用。因为我只能自己穿墙越壁,里面原来的东西却带不出来,所以,一般我都是原地偷吃。"

朱玄武皱着眉头说:"你这点本事能帮上我什么忙啊!"小狐仙面有喜色:"那先生就放我走吧!""哪能这么便宜你,让我再想想!"朱玄武原地转悠了一会儿,突然喜上眉梢:"有主意了,我有个办法能把你这点道行和宝贝用得齐齐整整!"

一个月后,朱玄武一身道士打扮进了京城,自号"玄武天师"。每到一处,他就在闹市里显示一下让东西消失的法术,取得信任后再给大户人家看风水,打算等攒够了钱,去捐个知府做做。可正当钱快攒够的时候,却在九门提督段大人家出了大乱子。

这天,段大人叫人喊来朱玄武,

对他说"京城风传你有把东西变没了的本事,我夫人就偏不信你这个邪,说你要是有本事,就把她变没了!你这就到我内堂让我夫人出堂!"说完又压低了嗓门对朱玄武说:"你要是真把她给变没了,我给你白银千两!这个黄脸婆,杀了我两个小妾,这下她自寻死路可怪不得我,要是敢不从命,我现在就要你的脑袋!"朱玄武心里暗暗叫苦,可也只得点头答应。

到了内堂,夫人早早坐在椅子上等着了。她右手一指朱玄武"废话少说,快耍你的把戏吧,老娘等了多时了!"朱玄武"喏喏"连声,只得找来几个丫鬟仆人,用手拽着黄幔搭起一个帐篷,把段夫人罩在其中。然后开始念经。

朱玄武正在念着,突见帐篷一阵晃动,接着"哗啦"一声,帐篷四裂而散,有两人扭成一团从里面跌出,地上除了撕裂的黄幔,还有两片黑布,好像就是原来的空空袋。再仔细一看,小狐仙已经现了人形,被段夫人拧着耳朵,揪住胳膊按倒在地"小兔崽子,还想用口袋套你老娘!"说着松开拧耳朵的手,使劲抓了小狐仙的脸一把,小狐仙的脸上立刻显出五条血道子。朱玄武此时万念俱灰,心想,这下死定了!

就在这当口儿,小狐仙被一抓之后,竟然连人形都保持不住了,直接现出一条毛茸茸的大尾巴来。"好啊，妖孽！"段大人一把扯出腰刀，不等他把刀举起来，小狐仙尾巴一抬，一股恶臭扑面而来，所有人都晕乎乎地倒在了地上。

等朱玄武醒过来，发现自己已经在城外的荒山上了。

"狐仙兄弟，多谢救命之恩！可这都是怎么一回事儿啊！"

小狐仙这时已经回复了人形，听了朱玄武的话，不好意思地一笑："先生，其实我不是狐仙，我，我是只黄鼠狼，先生就叫我黄郎好了。除了我，谁还能放出这等臭屁来把你们熏晕，要不怎能趁机救先生出来。"黄郎看朱玄武仍是十分疲惫的样子，连忙又

扶着他躺下。"那婆娘前世是只母狮子，比老虎还要凶上三分，我怎么斗得过她。更倒霉的是，她的丈夫想必也经常受她抓，她的指甲缝里必有段大人的血迹，她一抓破我的脸，段大人的血就留在我的脸上了，我才立刻露出尾巴来！"

朱玄武插话道："不对呀！你们不是遇到黑狗血才显原形吗？怎么……"

"嗨！先生你毕竟不如我的道行深，那段大人虽然不是黑狗，可我看得出，他的肺和黑狗的别无二致，心也和狼的一模一样！"

朱玄武恍然大悟，"哦，段大人是狼心狗肺呀！"

"恕我直言，先生！你这个官还是不要做了，你胸怀百姓，心地善良，到了官场一定不是他们的对手，到时候，你不但救不了百姓，还会把自己的性命搭进去！"

朱玄武长叹一声半晌无言。黄郎看他如此颓废，心中不忍："先生，倒也不是没有办法让你能在这清廷的官府里步步高升，如

鱼得水。"

朱玄武大喜："什么办法？"

"我只要找到师兄，让他给你换上'狼心'、'狗肺'、'狗腿'、'鹰爪子'、'乌龟背'、'肥猪肚子'，那时候，估计你就差不多能行了！"

朱玄武摆手打断黄郎的话："你不必再说了，要是变成那样，我还做官干什么呀！黄兄弟，你自由了，我还是回去教我的书，了此残生吧！"

黄郎听到自己获得自由，竟然潸然泪下："先生高义，黄郎自愿服侍先生，终生伴随先生左右，先生可以潜心教书，多教出几个好学生来，将来让学生们著书立说，把赃官们的这些丑事天下流传，让百姓们都识破他们的真面目。待有朝一日，英雄出世，天下的百姓不是就有救了吗！"

朱玄武听了此言，打起精神说："走，咱们这就回去办私塾去，我要好好教几个得意门生出来。"

回到淄川县的家中，黄郎让朱玄武去后堂洗个澡，休息片刻，自己在前面收拾打扫。朱玄武梳洗已毕，又美美地睡了一会儿，最后被一阵扑鼻的饭菜香味唤醒了。他走到前堂一看，大吃一惊，在这不到两个时辰的工夫黄郎已把前堂全部收拾停当，饭桌上摆了两副碗筷，一壶酒，两只酒杯，三个热菜。而黄郎则一副女儿打扮坐在那儿，和当日刚从鼎里跳出来时的模样差不多。

"小兄弟，怎么又闹起来了，快吃饭吧！"朱玄武笑着伸手揉了揉黄郎的耳朵。黄郎突然面红耳赤："先生，黄郎本来是女郎，那日见先生不为我所惑，敬佩先生的君子之风，所以从那以后都以男子面目示人了。小女子黄玉儿，钦佩先生的为人，愿终生服侍先生！"说着起身离凳，款款下拜。朱玄武也慌忙站起身，快步上前把黄玉儿搀扶起来。

从此后，朱玄武真就一心教书，带出了不少好弟子。这一天晚饭时候，朱玄武兴冲冲地回来了，兴奋地说："我有个弟子，思路敏捷，想法独特，提出的问题何其敏锐，真是个不可多得的人才，将来他的文采会强我百倍啊！玉儿，我的得意门生可算是找到了，咱们当初的打算有指望了。等他成人之后，我准备把咱们的经历全都告诉他，那时候，你也找些同门师兄什么的，多找些掌故给他作撰书立言的材料。"

黄玉儿看丈夫这么高兴，也开心得很："那还不容易吗，到时候摆个祭坛，把师兄们都请过来就是了！哎，对了，你这个得意门生叫什么名字呀！"

朱玄武放下筷子，郑重地说道："你记住了，他的名字将来必定会流芳百世，四海传扬！他姓蒲，字留仙，名松龄，蒲松龄是也！"

(题图、插图：黄全昌)

半瓶水的风度

一个年轻人刚进公司,有一次,公司派他去机场接董事长。

那是他第一次见董事长,既紧张,又兴奋,提前很早就到了机场。天气很热,他觉得口渴,就在机场买了一瓶矿泉水。

刚喝了几口,飞机就到了。他赶忙奔向旅客出口处,这时,他手里的矿泉水就显得格格不入:怎么能拿着半瓶矿泉水去和他景仰的董事长握手?于是他把手里的矿泉水扔到了垃圾桶里。

后来,当董事长笑呵呵地和他握手时,他发现董事长其实是一位很随和的长辈,头发已经白了。年轻人忽然看到他手中拿着一只矿泉水的瓶子,像别人一样,那是一瓶普通的矿泉水。董事长拿着那只瓶子和年轻人说话,年轻人注意到那瓶底只有一口水了,但是他没有丢掉它。

董事长拿着那只装有一口水的瓶子坐上了接他的车子。上车后,年轻人问董事长:"您是否口渴?车上准备了水。"董事长摆摆手,然后把瓶中最后一口水喝完了。

年轻人忽然知道了什么是真正的风度。真正的风度,就是做最自然的自己,做最自然的事。

（推荐者:陈召锋）

（插图:安玉民）

土豆和土豆不一样

有个年轻人,进入大学后由于学校和专业都不理想,他索性不再努力,逃课、喝酒,任由自己一天天地消沉下去。

惟一的例外,就是杨教授的生物课他一次也没逃过,他实在太喜欢这个学科了,而且杨教授的课讲得生动有趣,即使大多数同学都不认真听,他还是讲得津津有味。

一次，年轻人在作业本里夹了一张纸条：老师，现在大学生比土豆还便宜，是吗？他自己也不知道自己为什么要这么做，可能是出于对杨教授的信任，也可能是因为自己内心并不甘心像现在这样消沉，却又找不到努力的理由。

那天下课后，杨教授把他叫到自己家里，四菜一汤，还拿出一瓶酒，师生两人喝得不亦乐乎。

酒到酣处，教授拿出一个又小又青，还发了芽的土豆，对年轻人说："你知道它值多少钱吗？皮多肉少又有毒，告诉你，白送给谁谁也不要。"说着，教授把土豆扔进了垃圾筒。

接着，教授又拿出一个土豆，看上去有一斤多重："这是有机肥料栽培的土豆，个大新鲜无污染，六块多一斤！"

年轻人听得愣了。教授把大土豆塞到他手里，说："做这样的土豆吧，记住，土豆和土豆是不一样的！"

（推荐者：姜　玉）

痛苦和盐

盐 铺里的一个学徒总是对现状不满，觉得日子过得不如意，常向师傅抱怨。

这一天，师傅又听到徒弟在抱怨，于是让他去取两小包盐过来。

徒弟把盐取回来后，师傅让徒弟把其中一包盐倒进水杯里喝下去，然后问他味道如何。

徒弟只喝了一口，就吐了出来，说："很苦。"

师傅笑着让徒弟带着另一包盐和自己一起去湖边。

师傅让徒弟把盐全部撒进湖水里，然后对徒弟说："现在你喝点湖水试试看。"徒弟不知道师傅是什么意思，只好去喝了口湖水。

师傅问："什么味道？"

徒弟回答："很清凉。"

师傅问："尝到咸味了吗？"

徒弟回答："没有。"

师傅点了点头，坐在这个总爱怨天尤人的徒弟身边，握着他的手说："人生的苦痛如同这些盐，有一定的数量，既不会多也不会少。我们承受苦痛的容积决定痛苦的程度。所以当你感到痛苦的时候，就把你承受的容积放大些，让自己的心不是一杯水，而是一个湖。"

（推荐者：张　侃）

人生之路多岔道，需想好了再走。

神枪

□ 柴兴志

1. 逃亡遇劫

小白是市射击队的一号选手，眼看全国大赛选拔赛近在眼前，队领导们都对他满怀希望。

小白却并没把选拔赛当回事，每当他举起手里这把跟了自己三年的爱枪，就好像自己的胳膊一下子伸长了50米，简直就是指哪儿打哪儿，凭自己的实力，入选大赛早已是十拿九稳的事了，选拔赛算什么？到时候就等着抱奖杯吧。

教练可不是这么想，对他抓得可紧呢，照样要小白跟队友们一样端着枪一瞄就是一天。小白烦透了，一个神枪手为什么要陪一帮笨蛋们傻站

着？正满腹牢骚的时候，一群麻雀唧唧喳喳地从头上飞过，嗨，多好的活动目标啊，这样练才能提高水平，说不定自己还能拿个飞碟冠军呢，小白站不住了，悄悄把枪掖在怀里，装作上厕所溜了出来。

小白当然不敢走正门，他跳出围墙，顺着麻雀飞去的方向，一口气追到山坳的麦田边。金灿灿的麦田里，几个老人和一群孩子正挥着小旗、放着炮仗在驱赶麻雀，小白跑过去拦住他们，说了声："看我的！"立刻拿出看家本事，快速装弹瞄准，对准低空掠过的麻雀连发五枪，果然枪响雀落，弹无虚发，旁边的人忍不住叫起

好来。小白越发来了兴致，上下左右连连射击，麻雀一只接一只应声坠落，孩子们欢呼着去给他捡战利品。

真是过瘾啊，直到手里的子弹打光了，麻雀统统吓跑了，打下的麻雀也穿了一大串，小白这才发现时候不早，于是给每个孩子分了两只麻雀，匆忙往回赶。那些孩子也有意思，拿了麻雀还塞给他几个炮仗作为交换，小白也就顺手揣兜里了。

等到翻过射击队的围墙，他才发现训练结束了，心里一下子敲起鼓来：别人都好骗，枪库那个李保管怎么对付？小白平时最恨李保管，每次训练结束他就立刻收枪，决不含糊，可小白有时候忍不住要把枪偷带回宿舍摆弄，为这个李保管没少到队里告状，害得小白也常挨批评，两个人从此就成了死对头，今天如果被他抓住小辫子可就麻烦了。

小白想先躲进厕所再想辙，可刚溜过墙角，猛听一声大喝："站住！把枪交出来！"李保管铁青着脸站在了面前。小白只好强作笑脸，一手交枪一手把那串麻雀奉上："嘻嘻，我可是为了练练枪法，还顺便给您打几只麻雀下酒，这是野味啊，可香呢……"李保管一把夺过枪："少跟我玩儿这套，走，见队长去！"接着不由分说就抓住小白，把他拖进了队部。

事情闹大了，这种事怎敢隐瞒不报！上报市里后很快有了结论：射击队宣布了开除小白的决定，原因是平时逃避训练，经常违纪屡教不改，偷携枪支到野外打鸟，错误性质已属违法，考虑到小白尚不满十八岁，所以决定从轻处理。

多好的冠军苗子啊，怎奈法纪无情，队领导们只能忍痛割爱了，一面准备做好小白的思想工作，一面通知了小白的家长，请他们速来领人。

小白心里又悔又气：领奖台是上不去了，如同自己胳膊的爱枪也要离他而去了，这个可恶的李保管分明是在报复，本来睁一眼闭一眼就瞒过去了，这家伙偏要揪住不放，结果毁了自己的大好前程。你这个李保管不要得意，你不仁别怪我不义。

怎么报复呢？小白在屋里转起了圈子，手往兜里一插摸到了几个炮仗，心里立刻有了主意。

天快黑的时候，小白悄悄溜到枪库旁边的树丛里，看到李保管正在清点枪支准备下班，他马上跑到枪库后面的墙根儿下，贴窗放了个加长引信的炮仗，点燃后自己便藏进树丛。引信"呲呲"冒了会儿青烟，轰然一声炸响，吓了一跳的李保管顾不上锁门，慌忙跑出来查看。调虎离山成功了，小白乘机溜进去偷了自己的爱枪，抓了两盒子弹，跳出围墙逃之夭夭。

到省城下了火车后，他先到饭馆

点了两个菜一瓶啤酒，吃饱喝足又看了场进口大片，散场出来已近半夜，本想找个旅馆睡一夜，一摸口袋傻了眼：走前只顾算计报复李保管、偷手枪，银行卡忘在了宿舍里，全部家当只剩了二十多元！小白有点儿后悔了，当时赌气脑瓜一热跑出来，全忘了盗窃枪支已经触犯了法律，更没想过今后该怎么面对父母，到如今有家难回走投无路了。

小白决定先到车站里忍一夜，好好想想下一步怎么办，可到了车站才知道，没有车票不让进候车室。听说车站附近的小巷里有许多十元一夜的小旅店，小白就随便找了条小巷拐进

去，小巷里黑漆漆的，远远地看到有家门前亮着灯，想来定是小旅店，便加快脚步向灯光走去。

这时，忽听一声低喝："站住！"眼前闪出两个黑影挡住了他的去路，手里亮闪闪的像是握着刀子，小白猛回头要跑，又是两个黑影闪出来截断了退路，一个高个儿黑影喝道："想活命就把钱掏出来！"事已至此，小白索性镇定下来，伸手握住腰里的手枪，退几步靠在墙上，说"我没钱！"

高个儿喝道："别他妈舍命不舍财，不交钱就宰了你！"说着就持刀逼了过来。小白"嗖"地掏出手枪"站住！再动我就开枪了！"高个儿一愣"你有枪？"接着又冷笑起来"假的吧？"小白"哗啦"顶上子弹："你再走一步试试！"高个儿不敢动了。

小白拿枪指着高个儿的鼻子命令道："把路让开！"高个儿看着黑洞洞的枪口连连后退，小白身后的两个人也让开了路，小白举着枪倒退，没退几步，就听高个儿迟迟疑疑地问："你，你是小白吗？"小白愣住了："你？你是谁？"高个儿哈哈一笑，收起刀子跑上来，把脸凑到小白眼前："你看看我是谁？"小白定睛一看："你？"原来是小学同学大黑。

大黑哈哈大笑："我一看你这张小白脸就觉得面熟，真是大水冲了龙王庙啦！你不是在射击队吗？咋跑这儿来啦？"小白收起枪叹道："一言难

尽啊！"大黑搂住小白的肩笑道："那就多说几言，走，找个地方喝酒去！"

一行人来到夜宵摊子，团团围坐喝起酒来。小白一口气说了自己的遭遇，大黑听了不以为然，这点儿事在他看来不过是小菜一碟，他们哥儿几个打架斗殴抢劫盗窃，更大的事儿多着呢，没办法，辍了学又怕吃苦不愿找工作，不这样干拿啥吃喝玩乐！现在巧遇了带着枪的小白，能把他拉进来岂不是如虎添翼？

没等大黑说完这个意思，小白立刻断然拒绝，自己惹祸归惹祸，也宁可无家可归流落街头，这种偷抢打杀的事坚决不干。大黑并不失望，他知道啥事都要有个过程，自己当初不也是一步步走过来的吗？眼下第一步就是先把小白留下。

想到这里，大黑拍拍小白笑道："你不干大哥不勉强，可总不能看着兄弟你挨饿受冻，这样吧，我先给你找个地方安顿下来，再想法儿给你找个饭碗。"如此安排当然最好，小白连连称谢，吃过酒饭，大黑打发走几个手下，带着小白来到一条灯火通明的大街上。

2. 引火烧身

大黑领小白来的是市区最繁华的地方，街道两旁各有一家大型洗浴中心，街东的叫"碧波"，街西的叫"绿浪"，都是檐上霓虹灯，门前大灯箱，

醒目地亮着打折优惠的大广告，门口的漂亮小姐正满面堆笑地招揽顾客，"绿浪"的小姐显然认得大黑，迎上来殷勤地为他拉开了玻璃大门。

大黑领着小白上了三楼，正顺着走廊往前走，旁边的一扇门里突然响起了女人的尖叫声，紧接着房门被撞开了，一个粗壮的汉子甩开拉拉扯扯的小姐拔腿便走，小姐追上来死死拉住不放，一叠声地要他付钱，汉子火了，狠狠一脚踢倒小姐，两个服务员慌忙赶来，一见这汉子就没了脾气，满脸赔笑地劝阻、道歉，汉子却是不依不饶，连他们一块儿踢打，大黑忙上去拦住汉子，笑嘻嘻地说："老毒兄弟，这是我大哥开的买卖，不看僧面看佛面，这么闹腾儿不合适吧？"

这个叫老毒的汉子连眼皮都没抬，扬手就是一个大耳光，扇得大黑一个趔趄险些跌倒，墨镜帽子一起飞了出去，老毒骂道："瞎了你的狗眼，臭狗腿子也敢来充人？"大黑恼羞成怒，"嗖"地拔刀扑了上去，那老毒会者不忙，突然一个转身，大黑只道他要逃，持刀奋力突刺，不想老毒在转身中同时飞起右腿，大黑只觉手腕一麻，刀子"嗡"地一声高高飞起，没等缓过神来，老毒已一个旋转回来，一手接住掉下来的刀子，另一条腿正扫在大黑身上，大黑"哇呀"跌了个狗吃屎，被老毒抢上来踏在脚下，拿

刀抵住了咽喉。

老毒冷笑"我让你狗改不了吃屎，割你只耳朵长长记性！"揪住大黑的耳朵就要下刀。此刻已容不得小白多想，拔枪大喝一声："住手！我要开枪了！"老毒一愣，猛回头看到了一把怪模怪样的手枪，细长的枪管，粗厚的木枪柄，枪身上立着一个手指头粗细的瞄准镜，跟他印象中的手枪根本是两码事。

老毒放掉大黑直起身来，掂着刀子盯着小白："臭毛孩子也想吓唬人？好呀，你开枪吧！"说罢持刀一步步逼过来，小白"哗啦"顶上子弹："站住！再动我真开枪了！"老毒嘿嘿笑起来："开呀，不开你是狗养的！"

不动真格的是不行了，小白突然向侧面跳开一步，对准老毒手里的刀子扣下扳机，"乒"地一声，刀子断作两截，刀尖飞起来"嘣"地钉在了墙上，老毒看着手里的半截刀子愣住了。小白对准老毒的眼睛喝道："快滚！再动我叫你变独眼龙！"

老毒瞪着黑洞洞的枪口呆立了一会儿，跺脚"嗨"了一声："老子认栽了！"丢下半截刀子愤愤而去。

小白正要收枪，肩上被人拍了一下："神枪啊！"回头一看，一个西装革履戴眼镜的男人正在冲他微笑，大黑忙上前介绍："这就是我欧大哥，绿浪的大老板。"又对欧大哥介绍："这

是我兄弟小白，原来是市射击队的，昨天……"欧大哥打断大黑："这不是说话的地方，来来，都屋里坐。"边说边亲热地牵着手把小白拉进了经理室。

欧大哥长得白白净净文质彬彬，像个挺有学问的知识分子，他安静地听大黑讲了小白的遭遇，挺同情地说："他还是个孩子，射击队也太过分了！"想了想，又对小白说："他们发现丢了枪一定会报警，家是不能回了，你就先在我这里避避风头，就给我当个保……啊，秘书，管吃管住，每月再给你几百元零花钱，你看行不行？"

没等小白说话，大黑抢着连连答应："好好，太好了！"小白站起来鞠了个躬："谢谢欧大哥，谢谢！"欧大哥轻描淡写地摆摆手："这不算什么。"说着从抽屉里拿出一叠钱塞给大黑："拿去和小哥儿几个玩玩。"

大黑喜笑颜开，知趣地鞠躬告辞，小白跟着走出来。大黑拉着小白的手羡慕地说："你真有运气，我们跟了他这么多年，也就是要我们出力的时候才赏点儿钱，你可是一步登天了。"接着又嘱咐："可别真把自己当秘书，其实就是保镖，他用你的时候你就上，平时就是瞎子聋子哑巴，千万别掺和他的事，这样他才越来越信任你。还有，老毒可不是好惹的，你自己也要当心点儿！"

大黑走后，欧大哥给小白在"绿浪"二楼安排了单间卧室，配了手机，平时吃住都在"绿浪"，随时听招呼跟着出去，有时谈生意有时吃喝玩乐。小白记牢了大黑的嘱咐，果然做了瞎子聋子哑巴，遇到欧大哥跟人低语就赶紧避开，很快就赢得了欧大哥的信任，渐渐地有事也不瞒他了，零花钱一给就是上千，高兴了还给他添置高档服装，日子过得挺惬意。

一天晚上，陪欧大哥回来已过了半夜，小白躺下刚要熄灯，只听轰然一声巨响，一块大砖头飞了进来，临街的窗子立刻粉碎，没等小白跳起，又一块大砖头紧贴着头皮掠过，墙上的大镜子也"哗啦"碎成一堆，小白刚把枪抓在手里，一团黑糊糊的东西打着旋儿飞进来，落在床上"嘭"地变成一个火球，"劈劈啪啪"地烧了起来。小白急忙扑到窗前，只见街上两个黑影飞快逃蹿，正想下楼去追，只觉身后热气逼人，整个床都已燃烧起来。

小白踢开门大叫："着火了，快来人呀！"一边就摘下门后挂着的外衣拼命扑

打，这时火已成势，这一扑打反倒成了扇风加氧，手里的外衣也烘烘地烧起来，顺势引燃了小白身上的衣服，小白又慌忙撕扯身上的衣服，可是越着急越撕不下来，全身很快就变成了火把，连头发也跟着烧了起来。

这时员工们纷纷赶到，抄起灭火器一开，噗地冒出一股黄水，接着就哑巴了，一连试了几个都是如此。欧大哥这时赶到，见状大叫："笨蛋！快开消火栓！"几个员工急忙接上水枪，打开消火栓，一条水龙猛喷出来，一通横扫之后，火焰熄灭了，屋里满是浓烟水雾，员工们冲进去乱摸一气，终于抬出了地板上的小白。

急救车把小白送进医院，医生询问失火原因，欧大哥说了声："吸烟不小心呗。"医生摇头叹了口气，立刻投

入了抢救。

好在小白主要是一时窒息，很快就恢复了知觉，除了双手和脖子以上烧伤重一些，其他都是浅度烧伤，经过紧急处理后要住院治疗。欧大哥马上派人取钱，安排小白住进单间病房，要求医生只管用好药，还雇了护工日夜陪护。

好药好条件起了作用，小白身上的烧伤很快结了痂，只是脑袋和双手还没消肿，那天护工扶他起来上卫生间，小白一下子从镜子里看到一个怪物：肿得圆圆的脑袋上没了头发眉毛，眼睛嘴唇肿得只剩下一条小缝儿，脸上满是黑一道白一道的疤痕，活脱儿一个花皮大西瓜！

小白缩进被窝里哭起来，虽然医生说不会毁容，可这张脸啥时候才能变回人模样？要是让爸爸妈妈看到……想起爸爸妈妈，小白更伤心了。

这时，门一响有人进来了，小白忙擦了泪探出头，原来是欧大哥。欧大哥提了好大一包营养品，笑眯眯地坐下问长问短，他看到小白脸上的泪痕，脸色也严肃起来："你知道这把火是谁放的吧？"小白点点头，他想起大黑的警告，老毒老毒，果然歹毒！

欧大哥狠狠地说："君子报仇，十天不晚！"十天？小白吓了一跳，忙说："我吃点儿亏算了，可别闹出大事来。"欧大哥摇摇头："这不是吃点儿

亏的事，你为我差点儿丢了命，我要是当了缩头乌龟，今后还怎么在世面上混！再说，你就忍得下这口气？"小白想起自己的花皮大西瓜脑袋，一股火冒上来，咬着牙点点头。

欧大哥满意地走了，小白也冷静下来，他想自己对老毒动枪是为了救大黑，跟他欧大哥根本没关系，他之所以这么说是醉翁之意不在酒吧？自从跟了欧大哥以后，小白就知道欧大哥和老毒为了争夺洗浴市场结下了深仇。欧大哥财大气粗，老毒搞个"碧波"，欧大哥就在对门建个规模更大的"绿浪"，老毒敢打八折，欧大哥就敢打五折，竞争中总是稳居上风，可老毒虽然财力不足却凶狠好斗，不但亲自出马来闹事儿，还指使手下一帮亡命徒经常捣乱。欧大哥不胜其扰，早就处心积虑要搞垮老毒，这次就要乘机动手了。虽然如此，但欧大哥确实待自己不薄，为人总要知恩图报，能帮的时候还是该帮他一把。

3. 神枪发威

一周之后，小白出院了，脸上虽然没落下疤，可是眉毛头发还没长出来，脖子脸上都是新长出的皮肤，惨白惨白地像患了白癜风，欧大哥说多晒晒太阳就好了，让人把他的房间搬到三楼经理室旁边，要他整天在阳台上晒太阳，休养生息。

一天夜里，小白忍不住又想起了

爸爸妈妈，反正躺在被窝里也睡不着，索性坐起来擦枪。正擦着，欧大哥推门进来，饶有兴趣地跟着摆弄起来，他捏起花生米大小的子弹问："这东西能打多远？"小白说："有效射程50米。"欧大哥点点头："足够了，可惜枪声大了点儿。"小白说："这好办，装个消声器就行。"小白爱枪，平时最爱看兵器知识杂志，也颇有研究，看欧大哥感兴趣，就在纸上画了消声器草图，欧大哥看明白了，要他在草图上标出尺寸，拿上走了。

第二天夜里，欧大哥果然拿来了消声器，往枪口上一装正合适，说了声："咱去试试枪。"拉上小白上了楼顶，小白装上子弹四面一望，只见屋檐上蹲着只迷路的鸽子，小白甩手就是一枪，鸽子一个跟头栽下来，枪声轻得只像人吐口唾沫，欧大哥乐了，拉小白藏到楼顶上立的大招牌后面，指着对面"碧波"说："打它一枪找个乐儿。"小白忙说："那可不行，要出人命的！"

欧大哥笑了："谁要你打人了？"他指着"碧波"玻璃大门上贴的美人画说："打那个大美人的肚脐。"小白放了心，稳稳地出枪瞄准，把握十足地扣下了扳机。

"碧波"的大门里，老板娘正满脸堆笑地送客人出来，刚要伸手推门，只听"喀嚓"一声，玻璃大门上绽开了一朵花，花心里突现一个圆圆的小

洞，老板娘只觉耳朵一热，抬手一摸，小半只耳垂连同耳环一起不翼而飞，一缕鲜血顺着腮帮子淌了下来，大厅里的人们大吃一惊，谁也闹不清出了啥事，一个个瞠目结舌呆若木鸡。

正在这时，大门外一辆出租车停了下来，老毒刚从车里钻出来，只听车顶上"嘭"地一声，车上的顶灯突然一跳，正砸在老毒头上，老毒"哇"地一缩脖子，顶灯连着根电线挂在了眼前，老毒定睛一看，顶灯上出现个圆圆的小洞，吓得大叫一声："有人开枪！"接着就抱头钻进了"碧波"。

这一声大叫惊醒了大厅里的人，"嗷"地一声炸了锅，有的抱头鼠蹿，

有的钻到桌子底下，老毒拖起老婆逃进了办公室，一面找出药箱给她上药包扎，一面问事情的经过。

正在问着，收银小姐慌慌张张地跑进来报告："顾客们不肯交钱，还找咱们要惊吓费。"老毒叹口气："不交算了，就说刚才是外面流氓打架走了火，告诉他们不要声张，每人补偿三张免费票。"小姐问："咱们不报警了？"老毒大怒"报你娘的屁！警察一来咱们做不做生意？"马上派小姐出去安抚出租司机，多给钱包赔顶灯，只要他别声张。

老毒可不是头脑简单的狂徒，一见是开枪，立刻就想到了"绿浪"里那个拿着怪枪的小白脸，上次没有烧死他，现在一定是被姓欧的利用来搞鬼，搞鬼的目的当然是要自己做不成生意，傻瓜才会上那个当！老毒一贯只信黑道不走白道，冤有头债有主，以眼还眼以牙还牙，他心里清楚，自己劣迹斑斑，警察来了决没他好果子吃，搞不好反会说他是黑吃黑，二话不说就先给他封了门，如今之计还是先忍一忍，好好想个法子杀他个回马枪。

第二天晚上下起了大雨，九点多的时候雨小了，街上的人又多了起来，"碧波"的顾客虽然少多了，可有些人拿了免费票，有些人还不知情，依旧不断有人光顾。

一辆小轿车在"碧波"门前停下来，门一开先跳下了一只穿着花裙子的小白狗，接着下来一个妖艳的女人和一个衣冠楚楚的老头儿。女人牵着狗刚踏上台阶，只听"卟"地一声，小狗高高翘起的毛掸子尾巴突然炸开了花，疼得小狗"嗷"地嚎叫一声，认定身后的女人就是袭击者，猛回身扑上去，一口咬住了女人的胳膊，咬得女人"哇"地跌了个仰面朝天，老头儿急得手足无措，脚下一滑又砸在女人身上，人叫狗嚎地滚作了一团。

门里的迎宾小姐只道她们不小心滑倒，慌忙打着雨伞来扶，没等她跑下台阶，又是"嘭"地一声，头顶的伞帽弹上了天，手里只剩下光秃秃的伞柄，迎宾小姐有了昨天的经验，尖叫一声："有人打枪！"连滚带爬地钻进了门里。

"碧波"里又是大乱，正在筹划报复的老毒大吃一惊，慌忙跑出来安抚顾客，他听了迎宾小姐的报告，立刻跑出去要稳住那对男女，只可惜来迟了一步，人家已经报了警。

发生枪击属于大案，刑警队长亲自带队出动，马上封锁了"碧波"和门前的大街，一面勘察现场一面询问受害者。

警察们找到了那把打断的雨伞，根据断痕判断确属枪击，再询问老毒时，这家伙瞪着眼装傻充愣，员工们更是一问三不知。刑警队长心细，在大厅里转着圈儿搜寻，忽然看到玻璃大门上里外各贴着一张画，画下面隐隐像有裂纹，伸手揭开画一看，清清楚楚一个弹洞!

队长大怒，他早就知道老毒涉嫌团伙犯罪，只是一时证据不足，现在出了枪击事件，事情的性质就变了。这时候，勘察现场的警察从沙发底下找到了一只沾有血迹的耳环，耳环上还嵌着一个撞扁的弹头，肯定是当时慌乱中被人踢到沙发底下去的。

既有血耳环就一定有人受伤，队长马上命令集合"碧波"的全体女人，老板娘只好捂着耳朵来集合，队长看着老板娘的耳朵冷笑，瞪着眼逼视老毒，老毒再也装不下去了，索性竹筒倒豆子，从到"绿浪"捣乱碰上拿着怪枪的小白脸说起……

队长让人把弹头带回去检验，为了避免事态发展殃及无辜，"碧波"封门停业保留现场，老毒不准擅自离开居住地，随时听候调查传唤。

队长出门又看了周围的环境，发现除了对门的"绿浪"，两侧紧邻着还有两座高层居民楼，从这三个地方都可以开枪打到"碧波"，而开枪就会有枪声，可能就会有人发现可疑的人和事。队长决定派人分组逐户排查，重点监视"绿浪"，同时检验弹头确定枪型，根据枪型追查枪源，再根据老毒的描述给持枪嫌疑人画像，通报各地公安机关协查。

4. 牢笼困兽

"绿浪"里，欧大哥乐开了花，当初一见小白就觉得是老天给自己送来了帮手，不然怎肯花钱养闲人! 这两天晚上又解恨又有趣，终于搞得老毒封了门，"碧波"从此必将一蹶不振，今后洗浴业的天下就唯我独尊了!

欧大哥派人到大饭店买来了海鲜，叫来几个亲信为小白庆功，亲信们会巴结，歌颂欧大哥是英明大哥，赞扬小白是神枪侠客，吆五喝六地轮番灌起酒来，小白不胜酒力，才喝了几轮就哇哇吐起来，欧大哥只得让亲信们扶了小白回屋。

欧大哥意犹未尽，正巧情妇月月来了，欧大哥看到月月又想起小白，这小子可是个有用的人，要让他死心塌地给自己卖命，可还得下功夫。想到这里，马上从浴室招来个漂亮的按摩小姐，命令她使尽浑身解数，一定要把小白彻底迷住，别小看女人的力量啊，英雄还难过美人关呢!

不想没过多久，美女就回来汇报，说小白是个雏儿，一见她脱衣服就又慌又怕，简直像见了老虎，蒙着脑袋不敢露面，结果啥事也没办成。欧大哥大骂小姐废物，月月笑道"人家还是个孩子，这么开门见山反倒把他吓住了，要循序渐进，懂吗?"欧大哥也笑了:"你倒是个勾搭人的老手，就派你去怎么样?"月月扑上去

就拧他的嘴，两个人嘻嘻哈哈地滚作一团……

不想才高兴了一天，手下人就报告店里发现了几个生面孔的客人，他们不要小姐不按摩，好歹洗一把就楼上楼下地到处乱转，一个住在旁边居民楼里的手下还发现警察正在挨户调查。

欧大哥有些慌了，警察挨户调查他不怕，如果来洗浴的几个陌生人真是警察就可怕了，那一定是老毒迫于无奈走了白道。咳，自己怎么就没想到老毒会改道呢，"绿浪"被警察盯上了！

别的倒不怕，手里的宝贝现在可成了烧红的火炭：放在家里不安全，丢出去又怕被警察捡到引火烧身，他想起自己新近买的那套商品房，刚装修完还没来得及搬进去，正好可以把

小白藏在那里，想到这儿，欧大哥立刻找来小白，把他狠狠吓唬了一顿，小白一听就慌了，答应当晚就去躲起来。

欧大哥又找来情妇月月交代了一番，趁当夜散场人多的时候，月月跟小白化装成一对情侣混出了"绿浪"。

小白就在欧大哥的房子里安顿下来。这套房子又宽敞又漂亮，各种电器设施一应俱全，月月隔天就来送一次食品饮料，聊上一会儿，小白养尊处优两耳不闻窗外事，闷了只好看看电视放张光盘，严格地遵守欧大哥的命令，从不敢迈出房门一步。

过了几天，小白渐渐烦闷起来，豪华的房间变成了牢笼，他不知道外面的情况，更不知道何时才有出头之日，他开始怀念射击队里的生活，更想念把自己视为珍宝的爸爸妈妈，他整天在房间里走来走去，不时地望着窗外的蓝天发呆。

月月发现了小白的烦躁，体贴得像个大姐姐一样地把小白揽在怀里，轻言软语地不住抚慰，小白偎在她温暖馨香的怀里又像回到了妈妈身边，

不同的是感到身体有了一种异样的冲动。

月月回去把小白的情况汇报了欧大哥，欧大哥一听更紧张了，原来今天警察刚刚找上门来，他们拿出一张小白的照片，说是有人在"绿浪"看到小白跟人动了枪，一个劲儿地追问当时的情况。欧大哥一口咬定自己当时不在场，好不容易才把警察对付走。现在小白如此心情实在危险，如果憋急了跑出来，一旦被警察发现可就糟了！

欧大哥眼珠子不停地转来转去，最后在月月脸上定了格，他咬着月月的耳朵说了几句，月月红着脸一个劲儿地摇头，欧大哥急了："你以为我愿意吗？这是没办法的办法！不稳住他，万一他跑出来怎么办？你想让我蹲大狱吗？"月月无语了。

第二天，月月提着一大包东西来到了小白住处，亲自动手烧了一桌好菜，又从酒柜里拿出一瓶ＸＯ倒了两杯，拿起一杯冲小白晃了晃，举起来一饮而尽，小白从没喝过这种酒，闻了闻，一股怪味儿，可生怕被月月笑话没见过世面，举杯憋气地干了下去，月月不停地劝酒，小白不停地干杯，一会儿就醺醺然了。

小白倚在沙发上，月月拿出一张光盘放进影碟机，不一会儿，屏幕上出现了一对暧昧的男女……

小白听说过这叫黄碟，只是从没

亲眼见过，毕竟是十七八岁情窦初开的年龄，不禁张着嘴巴直了眼，身体也一阵阵地发热膨胀，激动之中忽然想起了月月就在身边，慌忙偷瞥一眼，却见月月不知何时已脱去了外衣，雪白的肌肤，红红的脸蛋儿，满眼风情地正对他微笑，屏幕上的景象竟真真地出现在眼前，小白再也控制不住自己了。

时间过得飞快，转眼到了半夜，月月匆匆起身走了，小白呆呆地望着屋顶，满脑子都是月月的万种风情，牢笼似的生活忽然大放光彩，他心里只有一个念头：企盼着月月的再次到来……

月月回去报告的时候，欧大哥正像热锅上的蚂蚁在屋里转来转去，他想到警察既然有了小白的照片，就说明他们已经根据射击队的报案确定了小白的身份，当然也查明了那是支运动手枪，这些欧大哥都不怕，办案是要讲证据的，只要他们抓不住小白，天王老子也拿他没法，可现在麻烦了，他刚听了手下人的报告，说警察已经封锁了各条出市的通道，正在调查他和亲友们的住处，显然是怀疑他藏匿了小白，自己新买的这套房子是在房管局办了手续的，一旦被他们查到……

他烦躁地打断了月月的汇报，背着手在屋里转了一阵，最后终于下定了决心。

5．命悬一线

晚上小白看了一会儿电视，可满眼都是迷人的月月，干脆洗洗上了床，刚躺下不大工夫，忽听门锁一响，月月一头闯了进来，小白喜出望外，跳起来扑了上去，月月一把推开小白，气喘吁吁地叫道："出事了！出事了！"小白吓了一跳："啥事？"月月惊恐地说："咱俩的事欧大哥知道了！"小白不相信："他咋会知道？"月月说："我猜这屋里一定有摄像机！"说着就到处寻找起来。

小白也忙跟着找起来，忽听月月指着墙上的猫头鹰挂钟叫道："就在这儿！"小白这才发现猫头鹰的两只眼睛应该是随着钟摆左右活动的，可是现在却有一只眼睛不动，他踩着椅子上去打开钟盖，摄像头果然就藏在猫头鹰的那只眼睛里。

糟了！小白现在才想到月月是欧大哥的情妇，还听说过欧大哥当初为了争夺月月，派人给情敌泼了硫酸，接着又想起欧大哥在"绿浪"里纵容卖淫，逼良为娼制作黄色录像，他不就是用了暗藏的摄像机吗？自己本来就已经是欧大哥的一块心病，如今又色令智昏闯了大祸，欧大哥肯定要杀人灭口了！

小白冲口而出："得赶快跑！"月月催道："对，事不宜迟！"小白问："你怎么办？"月月气得打了他一下："我还能怎么办？欧大哥饶得了我

吗？跟你一块儿跑呗！"小白感动得抱住月月就亲，月月挣出来骂道："也不看看啥时候，还不快收拾东西！"小白也没啥可收拾的，披上枪带上钱，拉着月月就走。

两个人上了大街，月月看看灯火通明的街灯，说："走大街太危险了，咱们走小巷吧！"小白为难了："我不认得路呀。"月月胸有成竹："我认得，穿几条小巷就到车站了。"拉着小白就钻进了小巷。

天不知不觉就阴沉下来，突然呜呜地刮起了风，紧接着一道闪电，"喀嚓"一声雷响，就下起了大雨。小白慌忙脱下皮夹克顶在两个人的头上，互相扶着冒雨前进，小巷里很黑，好在有地下的雨水反光，只管趟着水一路走下去。

两个人随着小巷拐了个弯，没走出几步，小白忽听身后有人"呱唧呱唧"地追上来，急忙掀起夹克回头，就在一掀夹克的一刹那，只听"嗡"地一声风响，一条大棒直砸下来，擦着小白的胳膊打在月月头上，月月一声没吭就瘫在了地下，小白反应迅速，一蹿身子跳开，拔出手枪，对准又举起大棒的家伙正要开火，那家伙一眼看见小白的怪枪，猛地大叫一声："别开枪，我是大黑！"跟着冲上来的几个家伙愣住了，小白举着枪也愣住了。

"你、你？"小白不知说什么才好，"怎么又是你？"大黑狠狠给自

己一耳光"真他妈悬!"俯身看看倒在地下的月月:"幸好打偏了,死不了。"回头对手下的几个家伙说:"各自回家,等我通知。"说完,摘下月月的挎包,拉起小白就跑,小白身不由己,被大黑直拖到他租住的小房子里。

没等小白再问,大黑就说出了事情的原委:

欧大哥只交待他说要干掉一个仇人,命令大黑在这里埋伏,说今晚月月会把一个男人引过来,到时候只管一顿乱棍打死,月月就会给他们十万元,哥几个先逃到外地去躲上一阵,等风声过了再说,大黑只道又是欧大哥的什么情敌,想也没想就答应下来。

行动本来计划得挺好,全是这场大雨救了小白的命,大黑本是要在小巷拐弯处下手的,可小巷里本来就黑,两个人蒙上了皮夹克不说,偏巧个头又一般高,等大黑决定按男左女右下手时,两个人已经走过了拐弯处,大黑追上来时又被小白发现了,这致命的一闷棍就打偏了。

一席话,听得小白脊背发凉心头冒火,好一个欧大哥,只道老毒歹毒,原来欧大哥更是心狠手黑! 过去的事一起涌上心头,他现在想明白了,欧大哥收留他可不是发善心,目的就是为了利用他打垮老毒,老毒垮了,小白没用了,为了摆脱牵连,就派大黑

杀人灭口,虽然自己捡了一条命,但欧大哥一计不成就会生二计,一面警察抓,一面坏人杀,事情逼到这里已别无选择,只有一条路好走了!

大黑见他发愣,急得推他一把:"别发愣呀,你打算怎么办? 天一亮就来不及跑了!"小白咬牙说:"我要找姓欧的报仇!"大黑看小白的样子是下了决心,只好叹口气说:"你救过我一命,今天我也救了你一命,咱俩就算扯平了,你要跟他拼命是你的事。"他拍拍月月的挎包:"好在钱已经到手,我们可要远走高飞了。"走到门口又加了一句:"我这个住处欧大

哥不知道，你好自为之吧！"

大黑走了，孤单的小白忽然想起了月月，他还是不愿相信月月会忍心害他，想到月月还昏倒在巷子里，也真怕出了人命，决定去看看问个明白，推开门又冲进了大雨里。

小白跌跌撞撞好不容易找到巷口，远远就见一个女人从巷里出来，摇摇晃晃地走上了大街，他急忙跑过去扶住女人，细看果然正是满头血污的月月，月月也认出了小白，两腿一软又坐在了地上，小白刚把她抱起来，还没来得及开口，就听一阵脚步声，巷子里有人说话："欧大哥说的是这条巷子吗？"另一个声音说："没错。"那人又说："真他妈怪了，就算大黑没干掉小白，月月也该回来呀，怪不得欧大哥急得又派咱来找。"另一个说："我早说大黑靠不住，欧大哥就不肯听。走吧，咱再上大街找找。"说着，电筒光一闪就出了巷子。

欧大哥果然又派人来追杀了！

月月突然尖叫起来："快过来，小白在这儿！"两个家伙一怔，随即握着刀子冲了过来，小白恨得两眼喷火，用力把月月扔在地上，狠踢一脚撒腿就跑，两个家伙人高马大，大步流星穷追不舍，耳听身后奔跑声越来越近，小白头也没回，甩手就是一枪，追在前面的家伙只听"乒"的一声，脚下跳起一朵火花，吓得"啪嚓"趴在

了地上，后面的家伙一看也急忙卧倒，小白乘机钻进另一条小巷，七拐八拐地绕了好一阵子才辨明方向，天快亮时终于回到大黑的住处。

6. 锄黑除恶

小白心力交瘁，进了屋就倒在了床上，逃过了这一场生死险劫，他开始冷静下来，姓欧的想掩盖他强抢豪夺偷税漏税逼良为娼的罪恶行径，好继续为非作歹，自己要报仇，最好的办法是把他揭露出来，同时也可以戴罪立功争取宽大。

小白知道，欧大哥有一本记载黑道往来的黑账，那是一张光盘，藏在保险柜里，只要拿到这张光盘，顺藤摸瓜，再有自己做人证，欧大哥的一切罪行就暴露无遗了。

歇到下午，小白出发了，他先到附近发廊染了黄头发，再到超市买了些化妆品，最后买了副墨镜和一身花哨的休闲装。回到家里，小白动手打扮起来，先在脸上抹了一层褐色的粉底霜，盖住了自己的小白脸，又在鼻子下面粘上一道假胡子，戴上墨镜换上休闲装，对着镜子一照：自己都不认识自己了，典型的花花公子！

晚上行动以前，小白打通了报警电话，上来就说明了自己的身份，刑警队长挺高兴，一个劲儿地劝他自首争取宽大处理，小白答应了，又对队长说了欧大哥的黑账，接着问："我把

这张光盘搞出来，算不算立功？"队长说："当然算，"马上又警告小白："你把情况告诉我们就行了，这些人心狠手黑，千万不要自己冒险！"小白没说话就关了手机，他有他的主意：要干就要人赃俱获，自己不冒险，算是立功吗！

此时正是十点钟左右，洗浴的人不少，小白打了车直奔"绿浪"。迎宾小姐一看他这副花花公子的模样，就知道来了好主顾，立刻满脸媚笑地挎住了小白的胳膊，连声叫里面的小姐开门，小白见平时这么熟悉的小姐们都认不出自己，放开胆子大摇大摆地进了门，没等小姐问就老练地说："开三楼单间！"

小白跟着小姐上了三楼，选了欧大哥经理室斜对面的一个房间，小姐笑嘻嘻地问："来个全套服务？"小白看看表"我要包一夜房，现在玩儿还太早，半夜以后你再来！"小姐上齐了酒水，笑嘻嘻地走了。

屋里静了下来，小白支着耳朵听着对门的动静，过了不到半个小时，忽听有个小姐跑来"乒乓"地猛敲经理室的门，欧大哥应声开门，不知听小姐说了句什么，他吃惊地"啊"了一声，没顾上锁门就跟着小姐匆匆跑向楼梯。机会难得，待他们下了楼，小白闪出来，看看左右没人，闪身钻进了经理室。

小白进门直奔保险柜，正好保险柜也没来得及锁，小白乐坏了，拉开里面的小抽屉，果然在最下面找到了那张光盘。小白忙把光盘揣进怀里，正待起身撤退，走廊里响起一阵脚步声，只听欧大哥的声音说："先进屋，先进屋，有话好说。"脚步声越来越近，小白眼见撤退不及，一闪身躲进了卫生间。

欧大哥和另一个人进了屋，只听那人气汹汹地喝道："少他妈给我装笑面虎，老子今天就来跟你算总账！"小白听这声音耳熟，趴在门缝上看：竟是满脸杀气的老毒！小白明白了：只因警察一时破不了案，封门停业的老毒急眼了！

欧大哥赔笑道："警察不是正在抓小白吗？你跟我算什么账？"老毒吼道："少他妈装蒜，老子今天是找根子！""啪"地一声，老毒掏出一支枪拍在桌上："看见了吗？老子搞来了霰弹火枪，一枪把你打成筛子！"欧大哥慌了："别动手，有话好说。"老毒冷笑："好说也行，你赔偿我一切损失！"欧大哥吓了一跳"一切损失？多少？"老毒哼了一声："赔我一个'碧波'！"

"啊？"欧大哥叫起来，"你也太黑了！"话音没落，只听"轰"地一声，一片霰弹全打在卫生间门上，屋子里硝烟弥漫，眼前不见了欧大哥，小白顾不得多想，举枪跳出卫生间，对准老毒大喝一声："不许动！"

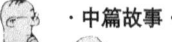

老毒大吃一惊，他这一枪本是吓唬欧大哥的，不想竟吓出个小白来。抱头趴在桌子底下的欧大哥认出了小白的枪，尖声哀叫："小白快救我！"老毒见状急忙装子弹，小白甩手一枪打飞了老毒的火枪，厉声大喝："再动就打死你！"老毒不敢动了。

小白掏出光盘晃了晃，拿枪指着欧大哥对老毒说："老毒，我已经拿到了他的犯罪证据，警察马上就到。你身上也不干净，要想立功，就把他捆起来！"老毒正在犹豫，忽听走廊里嘈杂起来，隐约听到小姐尖叫："警察来了！"老毒一听马上动了手，扑上去按住欧大哥就抽他的裤腰带捆人，小白闪身又进了卫生间。

刑警队长带人冲进了经理室，老毒赶紧表功："你们看，我把他抓住

了！"队长问："小白呢？"老毒一看傻了眼："刚、刚才还在屋里。"

捆成一团的欧大哥忙争取主动："在、在卫生间。"队长急忙冲进去，卫生间里不见了小白，却见洗手池上放着一张光盘，旁边是一支运动手枪，压着一张小纸条，纸条上面草草写着：坏人抓住了，光盘找到了，我回家看看父母，三天内回来自首。

队长摇头苦笑，他接到小白的自首电话就估计到小白会来"绿浪"，马上部署警察扮成顾客监视情况，便衣侦察员正在找小白，却看到老毒气汹汹地闯进来，不一会儿又听到楼上似乎有枪声，便立刻报告了队长，队长马上带人冲了进来，不想还是晚了一步。

可小白是怎么跑掉的呢？欧大哥交代，原来卫生间的大镜子是个暗门，从暗门可以直通楼外的安全梯，本是预防意外逃跑用的，结果倒给小白留了条出路。

队长把纸条递给副队长，副队长看了也是苦笑："到底是个孩子啊！怎么办？咱们去找他吗？"队长想了想，说："孩子是想家了，咱们就等几天吧，我相信他一定会回来的。"

（题图、插图：杨宏富）

原创漫画系列《BRAVO 东东》问世

《故事会》与《我为歌狂》携手进军原创漫画新领域

东东是谁？东东是一个普通的初中生，有一点调皮捣蛋，脑子里充满各种奇思怪想，常常有点稀里糊涂，渴望做一个大男人，向往朦胧甜蜜的爱情……他还有一个搞笑的妈妈，一个严肃的爸爸，一帮性格各异、趣味横生的同学！也许东东就在你的身边，也许东东就是你自己，也许东东的许多故事许多想法都曾经发生在你的身上，也许东东会成为中国的樱桃小丸子！

一套反应 e 世代中学生生活的漫画丛书《BRAVO 东东》已由上海文艺出版社正式出版发行。该套书由曾经轰动一时的《我为歌狂》原班人马倾力打造，风格轻松活泼，风趣幽默，视觉效果和故事性俱佳，作为"故事会漫画丛书"向市场推出。

漂来的狗儿（青春系列小说）

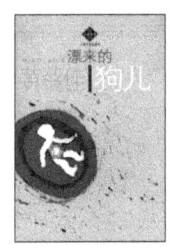

七十年代是一个奇特的年代，灰暗沉闷的生活禁锢了成年人的灵魂，却无法遏制孩子们自由奔放的性情。在"梧桐院"的小小天地里，一群中学教师的孩子和一个邻家女孩狗儿结成玩伴，玩得上天入地，花样百出，趣味无穷。聪明的小爱、博学的方明亮、高贵的小兔子、调皮的小山和小水、精灵般的小妹、心比天高命比纸薄的狗儿……这些可爱又可敬的孩子，是凡俗土地上开出来的摇曳的花朵，每一片花瓣都涂抹着温情和理想，闪耀出那个奇特年代的人性之光。因为他们"教师子女"的独特身份，每个人都在书香的氤氲中出生长大，相比于同时代的同龄孩子，他们的知识面更广，见识更多，胆子更大，脑子更灵，更能够创造乐趣，让童年的每一天都过得精彩纷呈。

这是一部讲述成长的小说，趣味盎然的小说，快乐而忧伤的小说。书中的背景和人物仿佛一段封存已久的电影，作者架起放映机，银幕亮起，胶带走片发出"沙沙"的响声，人物就动起来了，笑起来了，招手把你带进银幕中去了。你跟着他们一起捞小鱼，粘知了，去中学图书馆偷书，看连环画《红楼梦》，给伟大领袖写信，在漂亮的芭蕾舞演员面前自惭形秽，惶惑于身体的发育长大，被侮辱被伤害而后抗争，品尝少男少女的朦胧恋情……最后影像定格，灯光熄灭，银幕隐入黑暗，你会有一声轻轻的叹息，心里想：物质最贫困的童年其实是精神最自由的童年。

细米（青春系列小说）

少年细米生来就是一个爱脸红的男孩儿，他与表妹红藕两小无猜，一同长大，日子如清水一般自然流淌。然而，有那么一天，大河上飘来一叶巨大的白帆，白帆下飘来了一群仿佛来自天国的女孩儿。这些从苏州城里来这里插队的女知青，给平静的乡村带来了一股新鲜而迷人的气息，而其中的梅纹姑娘以她纯净而温柔的情感与精神力量，使细米这个桀骜不驯的乡野之子步入新的成长历程。他们初次相见时，彼此就有了一种奇异的感觉。在后来苦难而温馨的岁月中，细米一边在梅纹的引领下走向前方，一边开始暗恋着她的声音、她的举止以及她身上所有的一切，而她在那段孤独无助的时光里，似乎更深刻地陷入了一种对于细米的不可名状的眷恋。一种非恋情的恋情，在一个到处是河流与芦苇的水乡世界中令人感动地展开着，处处风采飘逸，处处诗意流动。

小说深谙人的情感的微妙，写就了一段天地之间可以与日月同在的情感故事，以优雅的笔调完成了一个少年的心灵雕塑。安宁的村落、寂静的麦田、旋转的风车、河里的小船、各色的鸽子、雪白的芦花、袅袅的炊烟，与四季优美的乡村风景一道，参加了这个东方少年的现实世界的加冕礼。

鸟　奴（青春小说系列）

这是一部故事精彩可读性很强的动物小说；这是一部蕴含深刻哲理让人掩卷沉思的动物小说。动物行为学家"我"与藏族向导强巴在滇北高原日曲卡雪山进行野外科学考察时，意外地发现一对蛇雕与一对鹩哥把自己的窝筑在同一棵大青树上。从动物分类学上说，蛇雕属于食肉猛禽，鹩哥属于普通鸣禽，蛇雕是各种雀鸟的天敌，鹩哥被列入蛇雕的食谱。在大自然的食物链上，二者是猎手与猎物的关系，怎么可能共栖共存呢？"我"决心揭开这个谜。"我"埋伏在离大青树不远的石坑里，亲眼目睹蛇雕一家子是如何飞扬跋扈欺凌可怜的鹩哥的，也清楚地看到鹩哥一家子是如何谨小慎微忍气吞声在夹缝中求生存的。经过半年的观察研究，"我"排除了这家子蛇雕与这家子鹩哥之间传统的"共生共栖"、"单惠共栖"和"假性共栖"这几种大自然常见的共栖关系，而是属于非常罕见的主子与奴隶的共栖关系。动物界特殊的"兽际关系"，折射人类社会复杂的"人际关系"，具有强烈的震撼力量。作品语言流畅生动，对大自然的描写惟妙惟肖，值得一读。

· 阿 P 系列幽默故事 ·

少玩这把戏

□ 李清林

结婚一周年纪念日那天，阿 P 向领导请假，提前一会儿下班，到商店给老婆买了一条铂金项链，然后急匆匆地赶回家准备酒菜，打算好好庆祝一下。

阿 P 到家，见老婆已经回来了，高兴地冲上去对老婆说："你看我给你买了什么？"边说边急不可耐地往外掏礼物。可手往口袋里一探，傻啦。你道怎么了？口袋里空空如也，项链没了。阿 P 不由惊叫起来："坏了，丢了！"

老婆见他手上空空，以为阿 P 在逗自己，不高兴了，嘟哝着说："你没买就算了，我也没跟你要礼物，干吗骗人家？"阿 P "刷"一下汗就冒出来

了，几千块钱哪！他顾不上解释，赶紧转身下楼，顺原路往回找，可他心里也明白，找回来的可能性几乎等于零，因为他下班回家经过的路段正处闹市区，行人如梭，这么显眼的首饰盒，恐怕早让人捡走了。可再绝望也不能不找找看啊，阿 P 抱着不到黄河不死心的侥幸心理，一路低头找过去。

在一个热闹的路口处，他突然眼睛一亮，只见那精巧的红首饰盒竟然就躺在地上，他简直不敢相信，急忙过去捡起来，打开一看，可不就是自己买的那根项链，还好好的放在里面。阿 P 心里乐开了花，眉开眼笑地把首饰盒揣进了兜里。

他正要往回走，一抬头却发现周围过往的行人都用一种怪怪的眼光看着他。一个骑自行车的男人，经过阿 P 身边时，用车把碰了他一下，低声说："快扔了，小心受骗！"边说边头也不回地骑过去了。

阿P一愣，仔细一琢磨才回过味儿来，心里乐了：我说这么多人来来往往的，明明看到了怎么不捡呢，原来都认为是骗子设的骗局呀。想想挺好笑的，如今骗子多，人们都警惕得有些神经过敏了，不过今天这样倒成全我阿P了，哈哈！谢谢骗子！

项链失而复得，两口子异常高兴，纪念日自然过了个五彩缤纷。

第二天，阿P兴犹未尽，到单位又对同事们讲起这件事。可同事听了都摇头，说阿P这家伙又在编瞎话，怎么会有这样的事呢？阿P见大伙不信，急了，说这明明就是他亲身经历的事情，怎么会假呢？可任他怎么说，大伙还是不相信，和阿P坐对面的牛嘎更是较劲，对阿P说："耳听为虚，眼见为实，要让大家相信，除非你再演练一遍，否则，哼！一边凉快去！"阿P被他激火了，"腾"一下站起来，涨红着脸说道："演练就演练，不过不能白练，要是果然应验了，怎么办？"牛嘎也不含糊，拍着胸脯说："要是应验了，我再搭你一条项链，不过要是真丢了，你可不要怪我。"阿P一拍桌子："项链早让我老婆戴脖子上了，这次咱换样东西，用我腕子上这块金表怎样？"牛嘎点头说可以，众人都很感兴趣，一致同意作证。

这天中午，牛嘎陪着阿P选了个繁华路段，阿P从腕上褪下金表，放

在醒目的地方，然后两人退到一边观察。正是中午下班时间，人来人往的，可怪事，就是没有人捡那块表。金表在阳光下熠熠发光，有些人分明看见了，可看一眼就过去了，有的人甚至还拐弯绕过去，怕沾上什么似的。

约定的半个小时过去了，阿P得意地走过去把表收起来，回到单位见了大家，阿P摆出胜利者的姿态，用眼睛斜着牛嘎，得意地说："怎么样，该兑现诺言了吧？"

牛嘎没想到结果会是这样，但就这样白白认输掏钱，他不仅心疼，还不甘心。于是强词夺理地狡辩道："先别这么早下结论，咱俩站的地方离表太近，两个大活人就那么虎视眈眈在旁边盯着，傻瓜才会去拿那表。要是人离得远些，就是一百块表也肯定剩不下，早换主儿了。所以这次不能算数。要是按我说的，离远些再试一次，不管啥结果，我都认。"

见牛嘎耍赖，阿P有些生气，但转念一想，前面两次都一样效果，再试还不是外甥打灯笼——照旧（舅），于是大度地一摆手，说："好好，就依你，再试一次！"

于是两人又一起来到上次放表的马路上，把手表放在醒目的地方，准备退得远一些观察。可这次却不像上次了，他们还没退出几步，就见一个小青年走过去捡起金表，转身就走。阿P一见，急了，大喊起来："站住，那是我

的！"边喊边赶过去。小青年见阿P扑过来，加快脚步兔子般奔逃，阿P又气又急，拼命往前追。牛嘎也顾不上幸灾乐祸了，跟在阿P后面一起追过去。惹得周围行人纷纷驻足观看。

常言说"快狗撵不上怕狗"，小青年为了逃脱，没命地跑。阿P两个为了夺回金表，拼命地咬住不放，累得汗流浃背，上气不接下气，可总还有点距离。三追两追，远离了闹市，那小子拐进了一条狭窄的小胡同，阿P和牛嘎一见，高兴了，他们都知道这是条死胡同，这下子那家伙没处逃了。果然，那小青年见无路可走，回身站住了。阿P赶到近前，愤愤地骂："小兔崽子，你倒是跑啊，看我怎么收拾你！快把表给我！"

没想到那小青年一点儿没有害怕的样子，哈哈大笑，说："咱们还说不定谁收拾谁哪！"话音未落，只见旁边一个街门打开，从里面闪出好几个彪形大汉，"呼啦"一下把阿P和牛嘎围了起来，接着，不由分说把他俩打翻在地，好一顿拳打脚踢，直到为首一个三十岁左右的汉子说声"停"，方才住手。阿P和牛嘎缓了好半天，才"哼哼唧唧"地从地上爬起来，阿P战战兢兢地说："各位兄弟，误会了吧？咱们可是素不相识，并没有得罪过你们呀？"

为首的汉子用鼻子"哼"了一声，说："你还敢说没得罪？真是揍得轻

了。我问你，今天为什么跑到这里来了？"阿P一指捡表的小青年，说："他拿了我的金表，我们是想要回来。"那汉子眼睛一瞪："你拿我当小孩耍是不？哼！你们这几天干的事，全都在我掌握之中。跟你们说，设骗局钓鱼儿坑人这把戏，是你爷爷我早玩腻了的，如今我金盆洗手，改邪归正了，可你们却在这个地盘上班门弄斧，不知道的人还以为我贼心不死哪，岂不败坏了老子的名声？念你们是初犯，从轻处罚，今天就算是教训教训你们，下次再犯，老子送你们进派出所呆着去！"

说完，他从小青年手中要过金

表，咬牙切齿地把它狠狠地摔在水泥路上，率领一伙人扬长而去。

阿P和牛嘎像一对破皮掉毛的呆鹅，直着脖子狼狈地傻杵在那里。再看那金表，被摔得七零八落，成了废物，这回可真的是扔在大街上也没人捡了。

平白无故地挨了一顿打，还损失了金表，阿P是又心疼又窝火，可这火又无处可撒。想埋怨牛嘎，又说不出口，本来嘛，打赌是你阿P情愿的嘛，结局是有人捡表，自然应该算牛嘎赢。再说牛嘎陪着挨了一顿拳脚，也够窝囊的。牛嘎见阿P损失惨重，有些不好意思，结结巴巴地说："你、你看这事闹的！"阿P沮丧地说"算了，眼下当务之急，倒是得考虑个说法，明天见到单位的同事好有个能盖过面子的交代，咱各自回家都想想吧。"

阿P和牛嘎分手后，失魂落魄无精打采地往家走，差点儿让车撞上，气得司机探出头来直嚷嚷："你不怕死，别砸我饭碗啊。"阿P这才回过神儿来，连连道歉。拐进离家不远的胡同口，迎面冷风一呛，阿P觉得咽喉不爽，不由大声地咳嗽几声，清理清理嗓子。不想他这一咳嗽，走在他前面的一个民工模样的小伙子立马停下了脚步，有几分惶恐地凑过来，低声说："大哥，刚才的事情可能你都看见

了，不瞒您说，我确实在路上捡到个手机。按说应该交还失主才对，可我手头正缺钱，就准备拿它换俩钱用。既然您看见了，求您千万保密，没别的，咱按规矩，见面分一半，东西归您，反正我也用不上，您看着给我几个钱儿，好么？"

阿P一听，明白了，这家伙是想设局儿让我上当，骗我的钱啊。才经了刚才的事，阿P心头的火苗"腾"地就冒起多高，一挥手，"啪"地给了那人一个大耳光，吼道："好小子，瞎了狗眼，骗到你祖宗头上来了！你也不打听打听我是何等人物？你这套把戏，老子早就玩腻了，你还跑这来班门弄斧。念你初犯，老子今天放过你，下次再让我碰上，小心扒了你的皮！"

那家伙吓得慌慌张张地逃走了，阿P望着他那狼狈的样子，一阵大笑，觉得心里痛快了不少，一扫失表挨打的郁闷，脚步轻盈地返回家去。刚刚上到三楼，就听一阵急促的脚步声从头上传来，一抬头，只见老婆急慌慌地从上面跑下来，差点儿跟阿P撞个满怀。阿P扶住老婆，问道："你干吗这么着急？"老婆一见是阿P，眼泪就下来了："别问了，赶紧跟我回去找。"阿P奇怪地问："找什么？"老婆着急地说："我新买的手机丢道上了，我想想最可能丢在巷口那一带。"

阿P一听，顿时明白了，刚才那

· 幽默世界 ·

白忙乎

□ 李 末

叶灯长了一副花花肠肠，还有些心理变态。他把自己家多余的房子出租给了一对新婚的小青年，在人家入住前，叶灯便做了手脚，在隐蔽处安装了一个针孔摄像头，准备在隔壁看"免费小电影"，偷窥人家小夫妻的私生活。

小夫妻搬过来的第一个晚上，叶灯打开机器，准备偷窥，可看到的却是一片花花绿绿的色彩，仔细琢磨图案，好像是件什么衣物。这一夜，他自然一无所获。第二天，他找了个借口到隔壁一看，果然，镜头的上方被人家钉了个钩子，上面挂了一件女衬衫，歪打正着把视线挡了个严严实实。

叶灯好沮丧，但又不能不让人家

小子捡的就是老婆的手机！唉——他后悔地抬手照自己脑袋"咣咣"擂了好几拳。

老婆莫名其妙地喊："你个傻帽儿，不赶紧下楼找，打脑袋干啥呀？"阿P说："还找什么找？早让人捡走了！"

老婆不甘心地说："那不一定，上次那项链不就没人捡吗？"

阿P还争辩："上次是上次，这次

人家早跑远了。"老婆奇怪地问："你怎么知道跑远了？"阿P不敢再说了，再说也要露馅儿了，他无奈地摆摆手，闷声不吭地跟在老婆后面，下楼到街上去找手机了。

手机自然是没找到，可阿P一想也好，自己坏了金表，老婆丢了手机，这下扯平，谁也不用埋怨谁啦！

（本篇月月评短信代码：0810）

（题图、插图：李 加 史 琦）

挂衣服吧，只好等着碰运气，说不定哪天钩子上不挂东西了呢？到了晚上，叶灯故伎重演，又开始偷窥，可镜头前还是啥景物都看不到，而且一连几天都是如此，把个叶灯折腾得像热锅上的蚂蚁——团团转。经过几天的冥思苦想，叶灯总算想出了个办法。

这天，叶灯在街上买了个衣架，等人家小夫妻一下班就送了过去。叶灯搓着手，一副不好意思的样子，说"我买了个衣架，可回来一看和自己的家具不太配，想起来你们好像没衣架，就放在这边给你们用吧。"小两口非常感动，连声称谢。

到了晚上，叶灯喜滋滋地打开机器，一看又傻眼了，镜头前还是一片模糊。第二天又找借口去看，叶灯差点没气晕过去，衣服是挂在衣架上了，可那枚钉子也没闲着，挂了一个竖幅的画作！

叶灯急了，他要根本解决问题，他想好了，要找机会，把摄像头挪到天花板上去！

就这样，一来二去，两个月过去了。这天，叶灯听说小夫妻俩要出趟远门，赶紧偷偷溜过去，要给镜头挪位置，可谁知才干了一半活，那小夫妻俩突然回家了，叶灯被当场逮了个现行。事情败露，惊动了派出所，结果是叶灯不但退还了小两口全部房租，还赔偿了精神损失费一万元。

叶灯偷鸡不成还弄了满手屎，真是王八钻灶坑——又憋气又窝火，满街的人都不用好眼光瞅他，邻居们断言说，发生了这种事，叶灯那房子是再也不会有人来租喽。

这天，叶灯正在家里犯愁，突然有人敲门。开门一看，是一男一女两个年轻人，看抱胳膊搂腰的亲热样子，是一对恋人。

见了叶灯，他们开门见山就问："听说你有房子要出租？"叶灯一听，喜出望外，连连点头。对方提出要看看屋子，叶灯急忙打开房门，请他们进去看。两个年轻人在屋子里上上下下仔细地检查，连犄角旮旯都不放过，叶灯跟在后面有些奇怪："你们查什么呐？"那女的看样子是个老实人，说："跟你说实话吧，我们是在检查这房间是否安了摄像头。"叶灯吓得急忙摆手："没，没，我发誓，绝对没有。"

那女的看叶灯着急的样子，乐了，笑着说："真装了才好呢。"见叶灯一时没反应过来，又说："你没听说吗？有对小夫妻租了人家房子，那房东偷着安了摄像头，他们一开始就发现了，先用东西挡着，假装不知道，过段时间找个机会告到公安局，抓了那蠢房东一个大憋头，不但房租退回，还白得了上万元赔偿金。"

叶灯听到这里，窝囊得捶胸顿足，把脑袋在墙上撞得咚咚响。

哑巴吃黄连

□ 郭 英

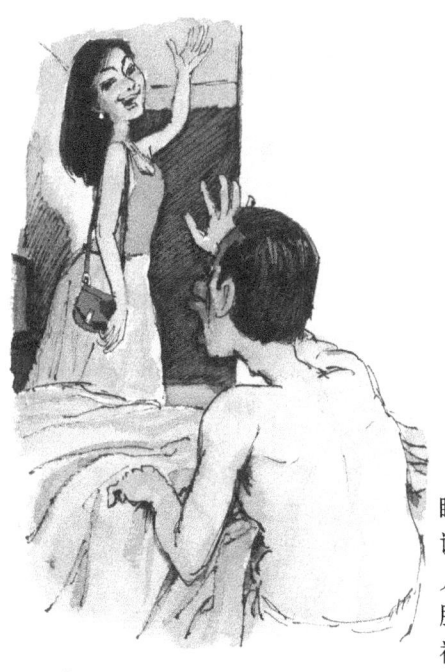

小美调到外贸公司工作时间不长，由于她人长得性感漂亮，性格也开朗活泼，单位里的男同事经常喜欢与她开玩笑讨些嘴上便宜。小美也不气恼，可总是找合适的机会以牙还牙。

一天上午，爱俏的小美穿着一件新买的无袖连衣裙来上班。她一出现，办公室所有的眼球全被吸引住了，柔软的料子贴着小美曲线玲珑的身体，真是美丽动人。

过了一会，小美出去办事，在走廊上碰到了部门李主管。李主管是那种看见美女腿就挪不动的主儿，这会儿他看见小美风姿绰约地走过来，眼睛顿时直了，不由自主地喊住小美说："小美，我那里有份合同，你等会儿去拿过来。"边说边盯着小美的肩膀看。小美说："看什么呢！这么入神！"李主管回过神来，连忙说："我刚才看见一只苍蝇飞进你衣服里了。""哎呀！"小美连忙翻找着。趁小美抬手翻找的机会，李主管的眼睛紧盯着看，真像要把小美吃了似的。

"看够了没有？"等小美明白主管是在偷看时，笑着喊了一声，李主管这才从陶醉中醒过来，干咳了一声，有些尴尬地走了。

十分钟后，小美去了李主管的办公室。合同拿到后，小美却不走，她娇滴滴地说："李主管，今天晚上我们一起出去吃个晚饭好吗？"李主管惊奇地看着小美，心里既高兴又忐忑，他摸不清这美人说的究竟是真是假。小美看出了他的心思，又一个媚眼抛

过来："不相信啊，我可是说真的，今晚等我电话，我们不见不散哦！"

李主管翻翻眼睛什么都没说，可接下来一整天都坐不住了，盼望着天早点黑下来。

晚上七点钟，小美的电话终于响起来："李主管，我们今晚去哪儿吃饭呢？我现在在鸳鸯湖公园等你呢。"李主管在办公室等得正焦急，赶紧说："好好，我马上到，你千万不要走开啊。"

小美选了一家档次比较高的饭店，点菜时还净挑贵的，算起来也得三四百块钱。李主管虽然有点心疼钞票，可看着小美脉脉含情的眼睛，也就劝自己不要计较那么多了。

吃完饭出来，李主管看着风情万种的小美，试探着说："要不要我送你回家？"小美把长发一甩，红红的小嘴一撇，说："现在回家太早了，我们先去找个地方休息一下吧！"

李主管真没想到有这等好事，忙问："到哪休息？要不我们去宾馆？"

小美娇嗔地看了他一眼，没有说话也没有摇头，一切尽在不言中，李主管乐得连忙拦了辆车。一上车，小美就报了个酒店的名字，李主管心里一惊，那可是附近一家四星级酒店，这下自己恐怕现金都不够，要刷卡了。他刚想建议换个地方，一抬头看到小美正娇羞地看着他，到嘴的话又

咽了回去。

总算进了酒店的房间，小美娇滴滴地说："主管，其实你长得蛮帅的，我一进公司就喜欢上你了，可就是怕你不理我。"李主管结结巴巴地说："怎么、怎么会呢？"别看李主管平时总是喜欢看美女，但其实是出了名的"妻管严"，刚才下班还跟老婆撒谎说陪客户，他真没有过这样的经历，要来真的了，反而显出一副不知所措的样子。

"还等什么呢！你还不赶紧脱衣服。"小美装作不开心的样子。

李主管听了这话，激动得脑子里一片空白，慌忙钻到被子里，三下五除二就脱得只剩下一条裤衩。他热切地看着小美，可谁知小美并没有上床的意思，她看着李主管，舒了一口气，说道："好了，我现在要走了。"

"哎，你不是说、说我们……你这是什么意思啊？"李主管涨红着脸问。

"我说了什么？谢谢你的破费，"小美丢给李主管一个飞吻，"你不会真打算留在这里过夜吧？你河东狮吼的老婆再看不到你回家，你就完蛋喽！我先走了，拜拜！"

李主管望着小美袅袅婷婷离去的身影，再想想今天自己大把花出去的钱，真是哑巴吃黄连，有苦说不出。原来，太容易撞上的桃花运，并不是那么好消受的。

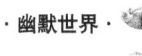

·幽默世界·

租个漂亮女孩

□ 陈振林

田业大学毕业后在一家企业的办公室工作，他和女孩子交往有障碍，女朋友是谈一个吹一个，七年过去了，还是光棍一个。

最近，田业的母亲觉得胃不舒服，去医院一查，医生怀疑是肿瘤。田业母亲的眼泪就掉下来了："我恐怕看不到儿子娶媳妇了！"

这话说得田业心里酸一阵苦一阵的，安顿好母亲，就出去找铁哥们刘心喝酒。

田业愁眉苦脸地说："我知道我妈想看我娶媳妇，哪怕就是订婚，她也心安了，这找女朋友要是像租碟片似的，想要的时候就能租到就好了！"

刘心一听，一拍大腿说"你这个

闷葫芦倒能想出这样的好主意，咱就租一个女朋友，让你父母瞧瞧。"

"可租谁呢？"田业郁闷地说，"哪有女孩平白无故愿意和人家订婚的？"

"那你就不用管了，"刘心说，"这事我来办吧，我给你租个漂亮女孩。"

田业听他这么一说，点头答应了。

刘心办事效率还挺高，田业很快和那女孩见了一面，那女孩还真是漂亮哩，一见面，就大方地说自己叫小红。刘心也没忘做公证人，订了个临时合同：租期一天，任务就是参加订婚仪式；仪式结束后，小红拿得到的订婚戒指到田业处兑换1000元。

说做就做，订婚日子就定在星期天。为了让订婚仪式显得隆重逼真，田业特意买了些小礼物，去请办公室的主任和两个副主任，三位领导都欣然答应。

订婚仪式上，小红一点也不拘谨，表现得十分自然，田业病中的母亲笑得合不拢嘴。当田业带着小红去包房给单位里的三个主任敬酒时，他发现小红倒表现得有些拘谨，而几个主任也都先是一愣，然后眼神就躲闪起来，田业心想：小红太漂亮了，可能主任们都不相信我田业能娶上这样的媳妇吧。

办完订婚仪式，小红领到1000元钱后，对刘心耳语了几句，之后便走了。田业问小红说了什么，刘心连连摆手，说人家在谢我呢。

没过两天，田业居然被提为办公室副主任，而且据说是其他几位主任力荐的。田业惊讶，公司里的人也惊讶。

看着田业订婚、升职，老母亲高兴得没法提，医院最后的切片报告出来，说肿瘤是良性的，老母亲劲头更大了，非要田业赶紧结婚，还不停地问："为什么不让小红来家里多玩玩呀？"

田业哪敢明说呀，不得不加紧了去找。也是个巧，就在街上，田业和高中时的女同学张曼邂逅，互相一问，都还没结婚，两人立刻重温旧梦，没过多久就决定结婚，不再举行订婚仪式了。

田业连忙又买了些礼品去请主任们参加婚礼，而且还准备让主任做主婚人。可不知为啥，他们三个像商量好了似的，都说有公务在身，不能参加。

碰了壁的田业又找到了刘心，刘心也没多说，只是关照田业："你和张曼两人一起再去请一次吧。"

果然，田业和张曼一同去请，三位主任见过张曼，脸上立即阴转多云，满口答应到时一定去凑凑热闹。

这下田业更不明白了，缠着刘心一定要弄清楚是怎么回事。刘心被缠得没法，只得悄悄对田业说："我告诉你原因吧，你当时订婚时租来的小红呀，是市区最高档的帝王娱乐城里的小姐，呵呵，兄弟和她有点交情，订婚那天，小红临走时在我耳边说，你们三个主任她都领教过哩。"

·幽默世界·

换一种说法

□ 廖祖平

王艺精心举办了一次个人影展，那些照片都是他精心创作的，其中两张他特别满意，一张是《古代玉器》，王艺很好地运用逆光，将一件古代仕女玉雕拍得玲珑剔透；一张是《落日海滩》，这是王艺旅游时抓拍到的一张照片，如诗如画，这两幅作品都曾在摄影大赛上获过奖。但是事情就这么奇怪，开展数日，观众寥寥无几，王艺不禁有点怅然若失。

正在这时，好友范泉来了，他对王艺说："不是你的作品不好，而是策划、运作不当，我来帮你，我包你的影展要多火有多火！"

于是第二天，王艺影展的海报换成了："著名国际摄影大师王艺先生影作精品展出——国际影展获奖作品

《仕女玉照》、《美女走光图》，难得一见，请勿错过！"

你别说，这海报作用还真是立竿见影，没多久，人就开始多了起来！

那幅《古代玉器》更名为《仕女玉照》，这没错，很扣题的，看过的人都禁不住哑然失笑："原来是这么一幅玉照！"

《美女走光图》就是那幅《落日海滩》，改成这标题，王艺百思不得其解这"走光"一词，说的是女子把不该暴露的地方不经意地暴露了，这是哪挨哪啊？风马牛不相及么！但就是这么一改，立即引起了轰动效应，作品面前人流不息，不过，观众看了也觉不解这怎么叫《美女走光图》呢？

好友范泉充当解说员，他娓娓动听地解释道："作者拍这幅照片之前，海滩上曾是美女如云，但他没带相机，等他匆匆把相机取来时，美女都'走光'了，就只剩下这美丽的落日海滩，所以这幅作品就叫《美女走光图》"！

（本栏题图：李加史琦）